Nous Interdire D'Aimer

Tome 1

Justine Pottier

Les éditions caméléon
8 place Pierre et Marie Curie
60530 Neuilly en thelle

Dépôt légal : Janvier 2023

www.leseditionscameleon.com

Dédicace

Prologue

Lorsqu'on a cette impression que la vie veut nous envoyer un message. Que peut-être, nous ne méritons pas le bonheur. Quand tout ce que l'on avait nous échappe. Quand tous les êtres chers nous abandonnent les uns après les autres.

Peut-on survivre ? Peut-on se reconstruire ? Oublier ?

Non ! Jamais, je n'oublierai.

Comment effacer les regards des gens qu'on aime ? Leurs sourires, leurs rires, tous ces moments passés avec eux, tristes ou joyeux, nous rendent vivants l'espace d'un instant.

On ne peut pas enterrer les souvenirs.

Jamais.

On espère juste réussir à se relever. Mais certains proches sont là pour nous soutenir, pour nous rappeler que, quoi qu'il arrive, la vie a parfois du bon.

On commence par faire semblant de rire, de vivre, pour n'inquiéter personne. Pour éviter les regards de pitié des uns et des autres. Puis un jour, on se rend compte qu'on ne rit plus pour faire plaisir aux autres, mais bien par envie. Une blague ou un moment joyeux avec ces êtres qui nous sont chers depuis plus ou moins longtemps. À partir de là, nous nous ouvrons de nouveau en racontant, parfois, une partie de nos vies.

On commence à refaire confiance.

Confiance en la vie, confiance en l'amour, confiance en tout…

Et enfin, on revit.

Tous ces moments, je les connais.

Je n'ai que 24 ans, mais j'ai déjà vécu beaucoup trop d'abandons. Certains m'ont trahie quand d'autres ont perdu la vie. Et je sais maintenant qu'il me suffit d'une seule personne présente pour m'aider. Juste une et je me relèverai.

Mais à l'heure actuelle, la seule personne qui pourrait m'aider est allongée là, dans ce lit ridiculement petit pour lui, dans cette chambre froide qui sent l'antiseptique à plein nez.

Je ne sais pas s'il va se réveiller un jour. Ni même quelles seront les séquelles s'il y parvient.

Deux mois.

Deux mois que je suis à ses côtés, jour et nuit.

Je refuse de quitter cette chambre de peur de rater son premier regard.

Mes yeux se posent sur l'homme que j'aime, son abdomen monte et descend au rythme de ses respirations artificielles. Le bip-bip régulier me rassure, il me signifie qu'il est toujours avec moi. Qu'il se bat. Qu'il ne m'a pas encore abandonnée. La solitude est devenue mon quotidien. Et même si sa famille n'est jamais loin, ils ne sont pas là pour moi. Eux aussi sont tristes, mais ils sont présents les uns pour les autres. Ils font de leur mieux pour me montrer leur soutien, pourtant, ils ne comprennent pas que je suis seule, sans lui.

Je n'ai plus personne.

Cette fois-ci, il n'y aura pas de recommencement.

S'il n'ouvre pas ses beaux yeux verts, alors je fermerai les miens pour toujours. Perdue dans mes pensées, je joue machinalement avec la bague autour de mon annulaire lorsqu'un son strident résonne. Je me lève d'un bond de ma chaise et regarde le personnel soignant se précipiter sur mon homme. Sans m'en rendre compte,

j'ai cessé de respirer. Une infirmière me sort de la chambre et m'ordonne de me reprendre.

—Respirez et inspirez, mademoiselle, il faut vous calmer. Regardez-moi !

Je la regarde, les yeux vides. Pourquoi respirer si lui a décidé de me quitter. Il est tout pour moi. Il est mon oxygène. Mon corps s'alourdit sous le poids de la souffrance que m'impose cette épreuve. Puis le sol se dérobe sous mes pieds. La dernière chose à laquelle je pense est que je vais les retrouver. Désormais, avec lui, tous les êtres que j'aime sont là-haut. Prenant conscience que j'ai tout perdu, je lâche prise et laisse le noir m'engloutir, un sourire aux lèvres.

Chapitre 1

La rencontre.

Ezra

Quand nous sommes de patrouille dans le secteur, c'est toujours à pied. Parce qu'on sait qu'on finit par devoir se servir de nos jambes. Et ce que je vois va nous en donner la preuve.

—Belle fresque! hurlé-je.

Le jeune homme se retourne et commence à courir, je m'en doutais, ils font ça à chaque fois. Je regarde mon coéquipier qui me fait signe, il va le coincer par les ruelles de gauche, moi, je prends par la droite. Je ne sais pas pourquoi ils courent comme ça, ils savent bien qu'on va les avoir, c'est une telle perte de temps…

Je suis presque au bout de la rue lorsque je le vois passer devant moi. Le gamin a une détente hallucinante. Il doit avoir l'habitude… Je mets la seconde et sprinte jusqu'à le rattraper. Comme quoi, les joggings matinaux sont utiles. Roméo, lui, est à la traîne. Tandis que je dépasse notre petit délinquant, je décide de jouer un peu. Je me retourne et cours devant lui, nous sommes face à face. Je lève un sourcil en attendant qu'il comprenne. Il me regarde, les yeux comme des soucoupes, et finit par s'arrêter, dépité. Je souris à mon pote qui arrive enfin. Il passe les menottes à notre ami et se penche, les mains sur les genoux.

—T'as bouffé du lion ce matin au petit-déj' ou quoi?

Je le regarde, un sourire arrogant aux lèvres.

—Plutôt une lionne à vrai dire…

J'entends notre nouvel ami pouffer.

Je lui mets une tape derrière le crâne pour le faire taire.

—Tu m'énerves Ez'! Franchement, comment tu peux avoir autant d'énergie, après avoir baisé toute la nuit?

—Je ne me suis vraiment pas foulé, je dois dire, pour une fois. Elle a tout fait, si tu vois ce que je veux dire…

Il me regarde, exaspéré. Contrairement à lui, je n'attends pas le grand amour. Je suis loin d'être romantique et je ne donne pas dans les relations. J'ai déjà donné et vu comment ça s'est terminé, il est hors de question que je recommence un jour. L'amour, la fidélité, ce n'est pas pour moi et honnêtement, je ne sais pas comment ça pourrait être autrement pour quelqu'un. Finalement, on en retire que des emmerdes.

Il est vrai que je n'ai pas toujours eu ce discours, fut un temps où je parlais mariage, bébé, etc.

Après tout, mes parents sont amoureux comme au premier jour depuis plus de 25 ans, pourquoi me serais-je méfié? Puis mon ex m'a trahi et ma vision du couple a changé.

Je me contente de draguer les femmes qui savent parfaitement qu'il ne se passera rien de plus qu'une bonne partie de jambes en l'air, ensuite, chacun reprend sa route.

Nous arrivons devant notre voiture de patrouille où on installe l'artiste de rue pour le ramener au poste. Je prends place au volant et commence à demander au petit délinquant de derrière, son nom et son âge.

Marlon n'a que 16 ans, il vit dans un centre pas loin d'ici. Étant mineur, on décide de ne lui faire qu'un simple rappel à l'ordre avant de le ramener où il crèche. Je connais bien ce genre d'établissement. Ma mère en gère plusieurs, dont celui du jeune homme. Je devine que Marlon n'a pas dû avoir la vie facile, mais cela n'excuse pas son comportement. Il va falloir que son référent lui fasse la morale parce que s'il continue comme ça, il devra assumer ses actes. Même si, pour les mineurs, les sanctions sont souvent moins violentes. Quand un jeune commence sa vie d'adulte dans un centre de détention pour mineur, il la finit souvent en prison.

Une fois devant le centre, j'entends mon portable sonner et fais signe à Roméo de s'occuper du petit. Je réponds avec le sourire sachant que je vais entendre la douce voix de ma mère dans le combiné.

—Maman, que puis-je faire pour toi?

—Ezra, mon grand, comment vas-tu?

—Bien maman, comme d'hab', mais tu ne m'appelles pas pour ça, je suppose, puisqu'on s'est vus hier matin.

Je me doute qu'elle souhaite me parler d'Enzo, ce dernier a essayé de me joindre à plusieurs reprises hier soir, mais je n'ai pas répondu.

—Oui, bon… Ton frère m'a dit que tu ne lui répondais pas et…

—Non, maman, je ne lui ai pas répondu hier soir ni les autres fois, depuis maintenant cinq ans. Je ne vois pas pourquoi ça changerait aujourd'hui.

J'entends ma mère souffler, je sais que c'est dur pour elle de voir ses fils se tirer la gueule, mais je ne pourrai jamais agir comme si de rien n'était. Depuis ce fameux jour, j'ai décidé de ne plus le voir. Mes parents avaient compris sur le moment, mais après tous ces mois, ils espèrent que je lui pardonne.

—Écoute maman, je suis désolé, mais je ne peux pas.

—Je comprends mon grand. C'est juste qu'ils vont se marier et je ne voulais pas que tu l'apprennes par quelqu'un d'autre.

Mon souffle se coupe. Il va se marier. Avec elle. Mes poings se serrent jusqu'à faire blanchir mes phalanges.

—OK, je suis au courant maintenant… Je dois te laisser maman, je ramène un de tes petits protégés au centre.

—Oh non! Quel centre?

—Celui du château. Il a dessiné des graffitis et nous a bien fait courir le p'tit con!

—Ezra, ton langage!

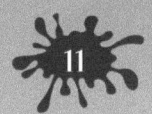

11

Je ris dans ma barbe. Elle essaie encore d'être autoritaire avec moi et ça me fait rire à chaque fois.

—Pff… Arrête de te foutre de moi, je peux encore te filer une raclée digne de ce nom ! Dis-moi plutôt de qui il s'agit.

—Marlon, 16 ans. C'est tout ce que je peux te confier, Roméo est parti le déposer. Tu sais peut-être qui est son tuteur ?

—Oh oui, Mlle Duval. Elle est très compétente malgré son jeune âge. Elle m'a beaucoup impressionnée. J'ai toute confiance en elle, elle va remettre Marlon dans le droit chemin.

—J'espère bien, je ne voudrais pas que ce pauvre gosse finisse dans nos locaux.

—J'ai toute confiance en Ariana. Elle va trouver une solution, ne sois pas trop dur avec elle, me supplie-t-elle.

—Ce n'est pas parce que tu lui accordes ta confiance que je vais en faire de même. Elle doit avoir un rappel à la loi comme d'habitude.

—Loin de moi l'idée de t'apprendre comment faire ton travail mon grand. Je te laisse, mais réfléchis pour le mariage de ton frère.

Elle raccroche avant que je ne puisse lui répondre. Réfléchir à quoi ? Si elle croit que je vais assister à cette mascarade, elle a perdu la tête.

Je sors de la voiture et me dirige vers l'entrée du centre. De ce que j'entends, Roméo est en mode séduction. Je ne saisis pas encore à qui il parle, mais ma curiosité est à son maximum. Encore plus quand j'entends cette voix douce et attirante, son rire est légèrement rauque, comme si elle avait fumé un paquet de clopes juste avant qu'on arrive. Je ne sais pas pourquoi, mais son intonation m'interpelle, j'ai une subite envie de savoir à qui elle appartient. J'espère que ce n'est pas une vieille bique, sinon ce qui se cache dans mon pantalon et qui a réagi à ce son va vite déchanter. Je m'approche et sors mon sourire Colgate, celui auquel aucune femme ne résiste. Si elle est à mon goût, j'ai bien l'intention de la mettre dans mon lit. Rien que d'y penser, je me sens à l'étroit dans mon caleçon.

Je me plante donc devant la demoiselle qui retient Marlon. Le gosse pourrait très bien se barrer. Mais vu le regard qu'il lui lance de temps en temps, il la craint trop pour oser un quelconque geste. Mon regard longe la main qui retient le jeune et remonte délicatement son bras nu. Arrivé à son cou, je stoppe là ma remontée. Je poursuis mon inspection par le bas du corps, histoire de faire durer le plaisir. La robe blanche que Mlle Duval porte a un corsage parsemé de perles brillantes qui descend jusqu'à sa jupe évasée lui arrivant juste au-dessus du genou. Je poursuis sur ses mollets fins qui paraissent doux au toucher, j'ai envie de lécher cette zone jusqu'à ses cuisses et remonter un peu plus haut, là où je pourrais laisser mon talent lui faire voir des étoiles. Ses pieds sont chaussés de talons hauts qui lui confèrent une assurance non feinte.

Je remonte lentement mon regard, profitant de la courbe sensuelle de ses hanches et celle de son cou gracieux. Son visage est encore plus criant de beauté, je ne crois pas avoir eu un jour une femme si belle devant les yeux. Je comprends tout à fait pourquoi mon pote a sorti l'artillerie lourde. Des cheveux roux attachés à l'aide d'une pince tombent sur un visage à la peau laiteuse parsemée de quelques taches de rousseur lui donnant un air de poupée de porcelaine. Son nez fin, encadré de deux iris d'un bleu si clair qu'ils me donnent envie de plonger dedans. Et que dire de cette bouche pulpeuse… Celle qu'elle mordille tout en écoutant mon coéquipier l'inviter à sortir.

Je n'attends pas qu'elle réponde et me présente. Hors de question que mon pote sorte avec elle. Pour le coup, elle est à moi ! Je ne suis pas possessif et après une nuit avec elle, il pourra la réconforter et sortir autant de fois qu'il le souhaite avec elle, mais je la veux d'abord. Je ne suis pas souvent si égoïste, mais là, je dois bien avouer que je ne peux pas agir autrement, elle dégage un truc fort qui me donne envie de tout faire pour l'avoir. Ça ne sera que pour une nuit, mais je suis certain que ça sera l'une des meilleures de ma vie.

—Bonjour, je suis l'agent Leroux.

Je lui tends la main en espérant qu'elle ne la refuse pas, j'ai envie de sentir sa peau sous mes doigts.

—Enchantée, monsieur.

Elle met sa main dans la mienne et me donne une poignée ferme, mais délicate. Je sens mon épiderme frissonner à ce contact et l'espace d'une seconde, nos regards se croisent. Je suis persuadé qu'elle l'a ressenti. La lueur que j'ai aperçue dans son regard me le confirme. Je lui souris encore plus et la relâche doucement.

Elle reporte son regard vers mon collègue pour lui répondre.

—Je suis désolée, mais mon petit ami n'apprécierait sûrement pas que j'accepte votre proposition.

Je vois le sourire de mon pote se faner légèrement et moi, mon humeur est devenue légèrement plus sombre.

Ariana

La journée a plutôt bien commencé, j'ai eu les retours des stages que font Erica et Karim et ils sont très bons. Je suis fière d'eux, comme de tous les jeunes. Ils font beaucoup d'efforts pour avoir une vie meilleure que celle qu'on leur impose.

J'ai moi-même vécu des choses qui m'ont marquée, mais parfois, je me dis qu'ils ont bien plus de force de caractère que moi. Eux sont placés dans des centres comme celui où je travaille, ils ne connaissent personne et n'ont rien à quoi se raccrocher. Certains doivent faire le deuil de personnes disparues, d'autres arrivent en colère parce que leurs parents sont en prison ou les ont simplement abandonnés. Ils n'ont plus de repères et c'est à nous de gérer leurs humeurs en les aidant à affronter la vie d'adultes qui les attend. Le centre n'accueille que des jeunes entre dix et dix-huit ans.

Lorsqu'ils arrivent, nous devenons leurs référents. Chaque jeune a un tuteur avec qui il fait le point chaque semaine, il s'occupe également des rendez-vous médicaux ou scolaires. Nous sommes quatre dans ce centre, il y a Arnaud, Lila, Tim et moi. Bien que chaque enfant ait un référent, rien ne l'empêche de partager avec un autre. Nous nous tenons à leur disposition tout en contrôlant leurs agissements.

Je suis la tutrice de trois ados, Erica, Karim et Marlon. Mes collègues ayant déjà quatre jeunes, le prochain arrivant prévu est pour moi.

J'entends une voiture se garer, je regarde l'heure, il est bien trop tôt pour qu'Arnaud me remplace. Je jette un œil à la fenêtre et aperçois une voiture de police sur le trottoir d'en face et fronce les sourcils. Je ne sais pas pourquoi ils sont là, mais j'espère que ce n'est pas pour déjà emmener un nouveau jeune. Notre capacité d'accueil est limitée et je n'aimerais pas avoir à refuser un ado un jour.

J'aimerais pouvoir aider plus, pouvoir ouvrir d'autres centres comme celui-là, mais c'est tellement compliqué. Je rencontre très souvent la directrice des établissements de la région et même si je sais qu'elle a raison de me répéter que je ne pourrai jamais aider tout le monde, je tiens à apporter ma contribution. En travaillant avec eux, je sais que j'aide ces jeunes à se trouver en les soutenant. Mais j'ai l'impression de ne jamais en faire assez.

Peter, mon copain, en revanche trouve que j'en fais trop, que je passe plus de temps au centre qu'avec lui, c'est souvent un sujet de tensions entre nous. Que ça lui plaise ou non, je suis comme ça !

Ce soir, je me suis arrangée pour finir plus tôt. J'ai changé ma garde avec Arnaud, je prendrai celle du week-end à la place. Je veux surprendre Peter pour son anniversaire. J'ai tout prévu. Je vais aller faire les courses pour lui préparer un repas digne de ce nom. Nous avons échangé nos clés, il y a six mois. Pourtant, c'est chez lui que nous nous retrouvons le plus souvent. Il faut dire que ma colocation avec Cécilia ne facilite pas nos moments intimes.

Pour l'occasion, j'ai enfilé ma petite robe blanche, celle que j'adore et dans laquelle je me sens belle et sexy. Ça me change de mon jean, débardeur et Converse que j'ai l'habitude de porter quand je bosse. Les jeunes n'ont pas manqué de me faire des compliments qui m'ont fait rougir, ce qui les a fait bien rire.

J'espère que les flics n'en ont pas pour longtemps, sinon je serai en retard et adieu l'effet de surprise pour mon chéri.

Je sors sur le pas de la porte juste au moment où l'un des policiers ouvre la portière arrière du véhicule, laissant apparaître un de mes jeunes. Marlon baisse la tête quand il me voit et je fronce les sourcils d'incompréhension.

Qu'est-ce qu'il a bien pu faire pour que ça soit les flics qui le ramènent ?

Marlon est arrivé il y a deux semaines. Il a perdu sa mère dans un accident de voiture quand il avait trois ans. Son père l'a élevé, mais il s'est enfui parce que la police le cherchait, abandonnant son fils livré à lui-même. C'est son lycée qui a fini par appeler les autorités, il ne venait presque plus en cours et quand il faisait une apparition c'était sale et amaigri.

On a découvert qu'il vivait seul depuis trois mois, sans eau ni électricité. Sans un sou, il volait dans les poubelles pour se nourrir. Nous l'avons donc accueilli jusqu'à sa majorité et jusqu'ici, il avait un comportement exemplaire.

Marlon est escorté par un homme à la haute stature, il en impose rien que dans l'assurance de sa démarche. Ils passent le portail et pendant qu'ils remontent l'allée, j'en profite pour laisser mon regard traîner sur l'agent de police. Le sourire qu'il m'adresse est contagieux, je sens mes zygomatiques tendus à leur maximum. C'est tout à fait mon genre d'homme. Il est blond avec des yeux bleu profond, il doit faire des ravages. Oui, j'ai un gros faible pour les blondinets aux yeux azur. C'est ce qui m'a attirée en premier chez Peter, même s'il a les yeux plus foncés que l'homme qui vient vers moi, il a un cul à se damner, ça compense.

Je suis sortie de ma contemplation par le policier qui s'adresse à moi.

—Bonjour, je suis l'agent Monceau. Vous êtes bien la personne qui s'occupe de ce centre ?

Sa voix est douce, il inspire confiance.

—Bonjour, je suis Mlle Duval, l'une des tutrices de ce centre. Qu'a fait Marlon ?

Son sourire ne le quitte pas et j'ai la sensation qu'il s'est redressé comme s'il bombait le torse. Son regard me scanne, mais sans me gêner, il reste discret dans son inspection.

« Bien plus que moi, il y a quelques secondes », me dis-je en rougissant.

—Il a fait des graffitis dans une rue pas très loin d'ici. Ce n'est rien de bien grave en soi, ne vous inquiétez pas. Mais nous pensions qu'un rappel à l'ordre était utile. Et puis, il nous a promis qu'il ne recommencerait pas, alors on se doit de lui accorder notre confiance, non ?

Je souris, ravie qu'il ne jette pas la pierre à mon petit protégé. Je sais bien qu'il y a des gens beaucoup moins conciliants qui n'hésitent pas à condamner nos jeunes pour tout et n'importe quoi. Je suis d'avis qu'ils n'arriveront jamais à grandir et devenir de bons adultes, s'ils sont accusés de tout à chaque fois.

—Merci. Oui, je pense que l'on peut faire confiance à Marlon pour éviter de refaire ce genre de choses. Hein, Marlon ?

Il me répond par un grognement que je prends pour un accord. Je vais quand même devoir lui parler tout à l'heure et le sanctionner, histoire qu'il sache que je ne laisserai pas passer.

Je relève la tête vers l'agent Monceau dans l'optique de le remercier et prendre congé, mais il me prend de cours.

—Accepteriez-vous un dîner en ma compagnie ?

Je n'ai pas le temps de répondre qu'une main tendue se dresse devant moi. Étonnée, je regarde le nouvel arrivant. Il doit s'agir du coéquipier de M. Monceau. Lui aussi est grand, et bien plus baraqué que son collègue. Son t-shirt avec l'écusson de la police est tendu comme s'il peinait à contenir tous les muscles de l'homme qui le porte. Les deux policiers côte à côte sont le parfait opposé. Quand

l'un est blond, l'autre est brun, la voix de l'un est douce, l'autre est légèrement éraillée et une octave plus grave. Ses yeux sont d'un vert éblouissant. Je n'en ai jamais vu de tels. Cette couleur en est presque ensorcelante.

Je prends la main qu'il me tend en l'écoutant se présenter.

—Bonjour, je suis l'agent Leroux.

—Enchantée, monsieur.

Troublée par ce que le contact avec sa peau me fait ressentir, je mets un peu plus de temps que la convenance ne l'autorise à retirer ma main. Je suis sûre que je suis aussi rouge qu'une tomate et qu'il m'a sentie frissonner entre ses doigts. Une fois remise de toutes ces sensations inédites que mon corps a subies, je reprends le cours de la conversation. L'agent Monceau m'a posé une question, je me dois de lui répondre honnêtement sans lui donner l'espoir qu'il puisse y avoir quelque chose entre nous. Je m'autorise à regarder les beaux gosses quand j'en rencontre, mais je suis fidèle et je sais que je ne tromperai jamais Peter.

—Je suis désolée, mais mon petit ami n'apprécierait sûrement pas que j'accepte votre proposition.

La déception perceptible sur son visage me fait sourire. Je suis heureuse de plaire à ce genre d'hommes, dommage pour lui, je suis amoureuse d'un autre. On ne peut rien contre l'amour.

L'agent Leroux se redresse d'un coup dans une posture encore moins engageante que tout à l'heure. Par réflexe, je recule d'un pas, la main posée sur le bras de Marlon le faisant reculer aussi.

—J'espère que l'on n'aura pas encore à courir après ce jeune homme et que vous ferez le nécessaire pour qu'il comprenne que ces agissements ne sont pas tolérés. Je suppose que vous savez que vous serez autant responsable que lui s'il devait finir dans nos bureaux.

Sa voix a claqué dans l'air comme une sentence. Je ne sais pas pour qui il se prend d'un coup, mais il va baisser d'un ton, surtout en présence de Marlon. Me faire remettre en place devant les jeunes, ce n'est jamais bon pour la crédibilité et l'autorité.

Je dois lever la tête pour le regarder dans les yeux. C'est souvent dans ces moments-là que je regrette ma petite taille. Il me prend de haut avec ses airs de gros dur et ça a le don de m'agacer. Je ne suis pas du genre à enfreindre les lois, je ne me suis même jamais pris de PV ou d'amende de ma vie. Je suis plutôt calme. J'aime la discipline et le respect est une chose primordiale pour moi. Alors, qu'il ose insinuer que je ne fais pas mon travail correctement me met en colère. Comme si je me moquais des bêtises qu'ils pouvaient commettre. Et quand il me menace, c'est la goutte d'eau.

—Connaissant votre directrice, elle ne serait pas ravie d'apprendre que vous ne surveillez pas vos petits protégés.

La colère que je contenais explose en moi.

—Non, mais pour qui vous prenez-vous ? Que vous connaissiez ma patronne ou non ne vous donne pas le droit d'insinuer que je ne fais pas mon travail correctement. Marlon était censé être au lycée à cette heure. Je n'avais aucune raison de penser qu'il pouvait arpenter les rues, en train de faire je ne sais quoi !

—C'est bien ce que je vous reproche ! Vous êtes sa tutrice, vous devriez savoir où se trouvent les jeunes sous votre responsabilité !

—Non, mais n'importe quoi ! Votre mère savait-elle où vous vous trouviez quand vous séchiez les cours, vous ? Non parce que vu votre niveau cérébral, je ne suis pas certaine que vous ayez été un jour en cours !

—Vous vous calmez immédiatement ou je vous embarque pour outrage à agent !

J'aperçois son collègue poser la main sur l'épaule de l'autre abruti et je me souviens que Marlon est toujours à nos côtés, malgré ma demande pour qu'il retourne à l'intérieur. Je lui demande de m'attendre dans mon bureau, quand je le surprends à se toucher le poignet. Je le retiens par le bras et l'inspecte. Il a une marque rouge tout autour du poignet. J'ai une idée d'où proviennent ces marques sur chacun de ses bras et au lieu de me calmer, ça me met hors de moi. J'intime à Marlon de m'attendre à l'intérieur. Il n'a pas besoin d'assister à ce qui va suivre.

—Vous lui avez mis les menottes ? Non, mais vous êtes complètement malades ! Ce n'est qu'un gosse ! Vous ne pouviez pas vous contenter de l'effrayer avant de le ramener ?

Le blond avance d'un pas pour me répondre bien plus calmement que moi.

—Oui, vous avez raison, on n'aurait pas…

—Non, mais vas-y Roméo, excuse-toi de l'avoir arrêté pendant qu'on y est ! Ce n'est pas parce que tu veux la baiser que tu dois lui cirer les pompes.

Oh ! Je suis tellement choquée que je n'ose même pas répondre. Non, mais pour qui il se prend ce mec ? Elle est belle la France, si c'est avec ce genre de policiers qu'ils veulent nous protéger, je préfère me débrouiller seule.

Son acolyte a l'air aussi choqué que moi, ce qui me rassure un peu. Lui a l'air bien moins con, on va peut-être en faire quelque chose.

—Je suis ravie d'apprendre que je ne mérite qu'un petit coup dans un coin sombre, mais ce qui me ravit le plus, c'est de pouvoir informer votre supérieur de votre comportement inacceptable envers vos concitoyens, M. Leroux.

Ils se retournent tous les deux, l'un choqué et l'autre, un sourire mauvais sur le visage. Le blond prend son bad-cop par le bras et l'incite à retourner dans leur véhicule.

J'attends de les voir disparaître au coin de la rue pour rentrer. J'ai un gamin à engueuler et une sanction à trouver. Je ne sais pas qui est cet homme, mais il m'a mis les nerfs sens dessus dessous et je déteste ça.

Chapitre 2

La trahison.

Ezra

Mon pote me pousse jusqu'à la voiture. Ce qui m'agace. De quoi a-t-il peur ? Jamais je ne m'en prendrais physiquement à une femme, même si celle-ci mériterait une bonne leçon. Je n'en reviens pas de la façon dont elle m'a parlé, jusqu'ici aucune nana n'a osé s'adresser à moi de cette manière. Encore moins pendant mon service. J'ai peut-être dépassé un peu les bornes, mais savoir qu'elle n'était pas libre m'a énervé sans vraiment en comprendre la raison. Jamais, je n'ai été si virulent avec une meuf surtout pour si peu, elle est canon et alors… Une de perdue dix de retrouvées comme on dit.

Une fois au volant, je n'attends pas pour démarrer et m'éloigner de ce centre et surtout des yeux bleus de la belle tutrice qui y travaille. Roméo a tout juste le temps de s'asseoir qu'il est obligé de se cramponner au siège pour se maintenir en place.

—Non, mais ça ne va pas bien chez toi ? Tu ne pouvais pas attendre que je sois installé ?

L'entendre grogner me fait sourire en coin. Ce qui l'exaspère un peu plus, surtout qu'il sait que je ne répondrai pas.

—Alors, tu vas me dire ce qui te prend de traiter de traînée la tutrice de ce pauvre gosse ?

—Je ne l'ai pas insultée, c'est vous qui avez mal compris.

Il me jette un coup d'œil dubitatif. Je reste le regard rivé sur la route, je ne vais pas me justifier, il va s'imaginer des choses. Je ne sais déjà pas moi-même ce qui m'a pris. Elle est canon, c'est vrai et sa peau douce sous mes doigts m'a fait un putain d'effet. Quand elle s'est énervée, que son épiderme a rougi de colère pour défendre son protégé, j'ai bien cru que j'allais l'emporter avec moi pour un tête-à-tête bien plus sensuel.

Au lieu de ça, il a fallu que je réfrène mes envies, chose à laquelle je ne suis pas habitué. Rares sont les femmes qui me résistent. D'ailleurs, aucune jusque-là ne s'est refusée à moi. La plupart du temps, quand je veux baiser, j'ai juste à choisir, je lui paie un verre et c'est plié.

Je crois bien que c'est aussi la première fois que je rencontre une femme intéressante dans le cadre de mon de travail.

J'ai pour habitude de mettre des œillères au boulot. Je n'ai pas vraiment envie d'avoir des problèmes avec mon boss.

—Je vois, tu vas rien me dire de plus. Je laisse tomber pour le moment, mais on y reviendra !

Il sait toujours quand me tirer les vers du nez et quand il ne faut rien faire. On se connaît depuis qu'on est ados, on a fait les quatre cents coups ensemble. Il était toujours fourré chez nous. Ses parents étaient souvent en voyage d'affaires, alors dans ces moments-là, il squattait notre chambre d'ami qu'il s'est très vite appropriée. Et au fil des années, il est devenu un membre à part entière de notre famille.

Au début, nous étions trois, Roméo, Enzo et moi. Puis, mon jumeau s'est éloigné peu à peu. Quand nous sommes entrés en école de police, lui entrait en fac de droit. Nos choix de carrière étaient différents, mais on se voyait systématiquement au repas de famille du dimanche. Et on se faisait des soirées chez moi, c'était cool.

Le jour où mes examens ont été validés, tout a basculé. Quand je suis allé chez mes parents pour leur apprendre la nouvelle, ma vie a radicalement changé et mon frère est devenu persona non grata.

Une fois de retour dans nos bureaux, notre conversation est bien plus détendue, notre service se termine et l'on convient de se retrouver au bar quelques rues plus loin.

Comme après chaque journée de boulot, je passe voir le boss pour le saluer et lui faire un rapport oral. Le capitaine Leroux, qui est également mon père, n'aime pas la paperasse, alors même si on consigne tout sur l'ordi et sur papier, il nous demande de lui résumer nos affaires.

Quand j'entre dans le couloir qui mène à son bureau, sa porte est fermée. Je suis étonné, il a l'habitude de la laisser ouverte surtout quand il sait qu'un service se termine.

En m'approchant de celle-ci discrètement, je distingue plusieurs voix graves.

Je recule et attends debout le dos appuyé contre le mur. Je repense à mon service pour faire le point avant de parler à mon père, mais la seule image qui me vient est le visage de Mlle Duval. Je ne sais pas trop quoi penser d'elle ni de mon comportement d'ailleurs.

Voilà une demi-heure que je poireaute et je commence à perdre patience. Mon portable à la main, j'envoie un SMS à mon pote pour l'avertir de mon retard. Je n'ai pas le temps de ranger celui-ci dans ma poche que la porte s'ouvre sur trois hommes à l'air sombre. Leurs brassards au nom de la criminelle me font tiquer, je les salue d'un hochement de tête.

Mon boss les remercie rapidement et m'invite à entrer. Il ferme la porte derrière lui et vient s'installer sur le fauteuil en face de moi, sa mine éteinte ne me dit rien qui vaille.

—Alors cette patrouille, fils ?

—Un vol, un accrochage en voiture qui s'est terminé en bagarre et un graffiti de plus sur un mur.

—Bien, je suppose que tout est retranscrit dans les dossiers ?

—Euh, oui comme d'hab mon capitaine.

Il est bizarre. D'habitude, il me demande en détail comment on a réglé chaque situation et on reste un moment à discuter. Je

décide de mettre les pieds dans le plat, en espérant des réponses et peut-être l'aider à résoudre le problème qui lui a enlevé son sourire aujourd'hui.

—Pourquoi la crime était là ?

—Une vieille enquête est rouverte et ils souhaitent échanger à ce propos.

Il ne poursuit pas et je comprends qu'il ne me confiera rien de plus. Le boulot, c'est le boulot, je me lève donc pour prendre congé.

Je ne serai peut-être pas si en retard que ça finalement.

Mon appart est seulement à quelques rues du commissariat, je ne mets que cinq minutes pour rentrer. Il n'est pas très grand, mais fonctionnel. On entre directement par le coin cuisine ouvert sur le salon où mon clic-clac fait face à mon écran plat de cent quarante-deux centimètres avec barre de son intégrée. Je n'ai besoin que de ça et de ma PlayStation pour mon confort personnel. La salle de bain avec w.c. est à gauche en entrant. Ma chambre est au bout du salon, j'ai juste la place pour mon lit et une commode, mais après tout, une piaule ne sert qu'à se pieuter. Pas besoin d'un cent mètres carrés quand on vit seul.

Après une bonne douche et des fringues propres sur le dos, je retrouve Roméo installé à une table, au fond du bar. Je salue Jimmy au comptoir et m'installe en face de mon pote qui lève un sourcil en me voyant.

—Je croyais que tu devais être en retard ?

—Moi aussi, mon père était en réunion avec des agents de la criminelle. J'ai poireauté trente minutes dans le couloir. Je ne sais pas ce qui se passe, il m'a vite congédié.

—La crime' ? Qu'est-ce qu'ils foutaient là ?

Je hausse les épaules lui permettant de comprendre que je me pose aussi la question.

—Mon père m'a parlé d'une affaire qui serait rouverte, je n'en sais pas plus.

On reste pensifs jusqu'à ce que Jimmy nous apporte nos consos. Lorsque mon ami me sort son sourire de psychopathe, je sais que je ne vais pas aimer ce qu'il va prononcer.

—Allez, raconte à ton pote ce qui s'est passé ?

—Je ne vois pas de quoi tu parles, va falloir m'éclaircir mon pote ! m'exclamé-je en appuyant bien, sur le dernier mot, élargissant son sourire.

—Jouer à l'ignorance ne marche pas avec moi.

J'aurai essayé. Il m'énerve à me connaître par cœur ce con. Je ne réponds pas et il décide d'attaquer.

—Elle te plaît. J'en suis sûr. Il n'y a pas d'autres explications.

—Tu l'as bien regardée ? Évidemment qu'elle me plaît, elle plairait à n'importe qui cette fille ! Toi-même, tu la draguais.

—Ouais, sauf que je ne me suis pas acharné sur elle une fois que j'ai su qu'elle n'était pas disponible.

—N'importe quoi…

—Si tu veux mon avis…

—Non, merci ça ira, grogné-je.

Je sais très bien qu'il va me le donner quand même, mais ça me gave déjà, il ne peut pas passer à autre chose, bon sang !

—Je disais donc, avant que tu ne me coupes la parole, juste pour ne pas entendre la vérité que tu refuses de voir. À mon avis, elle te plaît, mais pas que pour une partie de jambes en l'air à la va-vite.

Hein ? Mais il a fumé quoi avant de venir ? Déjà, je ne baise jamais à la va-vite, je suis bien trop endurant pour ça et puis de quoi il me parle ? À part le sexe, les femmes ne m'intéressent pas et il le sait très bien !

Ariana

Arnaud est arrivé au moment où je sortais du bureau avec Marlon. Lui et moi avons eu une grande discussion et je pense qu'il n'est pas près de recommencer. Il a été impressionné par les flics. Je lui ai expliqué que je ne serai pas toujours là pour le défendre et que s'il veut devenir un adulte responsable, il doit respecter la loi.

En quittant le centre, je me suis arrêtée faire quelques courses pour le repas de ce soir. Au menu, lasagnes et salade fraîche. Pour le dessert, je vais lui cuisiner une tarte aux fraises, je sais que c'est son dessert favori. J'espère juste avoir le temps de tout préparer avant son retour.

Dans la voiture, je décide d'appeler ma grand-mère.

—Allô, ma bichette, c'est toi ?

—Oui, mamie Pêche, je viens aux nouvelles.

—Oh tu es mignonne ! Mais tu sais, je suis en pleine forme et comme je répète toujours : « Pêche à la pêche ! »

Elle me fait rire. C'est elle qui me donne la pêche. Elle est la dernière membre de ma famille, c'est elle qui m'a élevée après le décès de mes parents et je suis fière d'être sa petite fille.

—Je suis heureuse de l'entendre. Dis, tu te souviens que je ne pourrai pas venir te voir ce week-end.

—Oui, oui, tu préfères travailler que de voir ta grand-mère.

—Hé, mais non, ce n'est pas du tout ça !

—Je sais ma bichette, c'est pour faire une surprise à l'autre babouin.

—Mamie…

Vous l'aurez compris, mamie Pêche n'aime pas trop mon petit ami. En réalité, je crois qu'elle n'affectionne pas beaucoup les gens qui gravitent autour de moi. Elle est très protectrice, mais même si elle ne les apprécie pas, elle ne me le reproche pas. Elle pense que je dois faire mes propres expériences et respecte ma vie privée.

—Je sais, l'amour, ça ne se commande pas. Tu passeras quand même me voir dans la semaine ?

—Oui, je peux passer vendredi si tu n'as rien de prévu ?

—C'est noté bichette. Je te laisse, Claude doit me rendre visite, je vais me pomponner un peu.

—OK, mamie surtout pas de folie !

—Mais sans folie, la vie serait ennuyeuse ma bichette.

Je l'entends rire dans le combiné avant qu'elle ne raccroche. Ma grand-mère est exceptionnelle avec son grain de folie qui lui est propre.

En arrivant devant l'immeuble de Peter, je zieute un peu le parking pour m'assurer qu'il n'est pas déjà rentré. Il m'a dit qu'il devait retrouver des amis à lui dans un bar et qu'il ne rentrerait pas avant 20 h. Je lui avais demandé ce qu'il avait prévu en prétextant vouloir l'appeler quand il serait au calme.

Je sors encombrée de deux sacs pleins de provisions ainsi que mon sac à main où j'ai mis du rechange pour demain, parce que je compte bien passer la nuit avec lui. Quand j'arrive devant la porte, je colle mon oreille dessus histoire de percevoir si j'entends un bruit quelconque. Rien. J'entre donc avec ma clé dans la serrure et pose mes affaires dans l'entrée, le temps pour moi de suspendre mon gilet et mon sac. Puis, je me dirige vers la cuisine pour ranger tout ce qui est frais. Je commence par la tarte aux fraises pour qu'elle soit à bonne température d'ici le dessert.

Au moment où j'enfourne les lasagnes, j'entends un bruit de serrure et la porte s'ouvrir violemment. Il est 19 h 30 à ma montre, je n'ai pas eu le temps de passer les dessous que j'avais prévus, tant pis, je passerai par la salle de bain vite fait tout à l'heure. Comme j'ai pris soin de fermer la porte de la cuisine, il n'a encore aucune idée que je suis là. Je me dépêche donc de retirer mon tablier et passe une main dans mes cheveux que je laisse libres sur mes épaules.

Je ne sais pas ce qu'il fabrique, mais il fait un bruit monstre. J'espère qu'il n'est pas bourré sinon j'aurai préparé tout ça pour rien. Je passe la porte avec le sourire et me fige.

Les yeux plissés, ma tête ne voulant pas comprendre ce qu'il se joue sous mes yeux, je suis comme un poisson hors de l'eau.

Peter est bien là, debout devant la table de salon, mais ce que j'ai du mal à interpréter, c'est qu'il y a des jambes qui entourent ses hanches et des mains dans ses cheveux.

Étant certainement maso, je reste à les regarder échanger leur salive. Je penche la tête d'incompréhension. J'aperçois mon petit ami dégrafer le soutien-gorge d'une autre femme devant moi, et je me sens comme une biche prise dans les phares d'une voiture. J'observe la scène, je sais qu'il faut que je bouge, mais mon cerveau est bloqué sur pause. Gros bug !

—J'ai trop envie de toi, bébé.

J'entends la femme gémir et c'est comme un électrochoc.

Mes neurones se reconnectent et ça disjoncte là-haut.

—Non, mais c'est quoi ce bordel ?

Mon cri a alerté les deux protagonistes de mon cauchemar personnel qui réagissent immédiatement. L'un tourne la tête sûrement pour voir qui a osé interrompre un moment qui devait être agréable, l'autre au contraire se cache contre le torse de mon compagnon.

Peter passe d'un visage contrarié à une mine surprise, puis résignée. Il finit par s'écarter de la pouffe et glisse une main sur sa nuque, l'air embarrassé. Le silence s'étire. J'ai les yeux rivés sur lui essayant de comprendre, j'espère entendre un truc, n'importe quoi, mais rien. Je sens la colère monter en moi.

—Mais parle ? Dis quelque chose…

—Tu veux que je te dise quoi Ariana ? Je ne pense pas qu'il y ait besoin d'explications. Tu n'es jamais là ! Il y en a toujours que pour ces gosses ou pour ta grand-mère. Alors oui, je me console comme je peux, figure-toi !

Je le regarde complètement ahurie. Je suis toujours chez lui quand je ne bosse pas. Je ne sais même pas pourquoi j'ai un appart' puisque je n'y suis jamais. J'y passe juste en coup de vent pour récupérer des affaires. Je me retourne vers la femme qui assiste

à une scène de ménage, la pauvre, je ne serais pas si en colère, je la plaindrais, elle qui venait pour passer un bon moment. Elle est servie. Je la détaille et je crois que c'est à ce moment-là que les larmes ont commencé à couler. J'aurais eu moins mal si ça n'avait été qu'une pouffe ramassée dans un bar, mais non, il a fallu qu'il tape où ça fait mal. Il a fallu qu'il jette son dévolu sur elle.

Ma meilleure amie m'observe, mais ne montre aucune émotion. J'ai l'impression d'être la seule à souffrir de cette situation. Je les regarde l'un après l'autre et comprends.

— Ça dure depuis quand ?

Comme ils ne me répondent pas et que je ne compte pas rester ici, je commence à récupérer mes affaires en silence. J'essaie de penser à tout ce que je pourrais avoir laissé, mon portable dans la cuisine à côté de la tarte aux fraises. Pendant un instant, je songe à l'embarquer, il ne la mérite pas après tout, puis finalement, je m'en fous. Il me reste juste mon sac et mon gilet dans l'entrée et je me casse avant de m'effondrer. Pour le moment, les larmes coulent, mais ce n'est rien par rapport à ce que je sens venir du plus profond de mon cœur.

Je reviens sur mes pas avec l'intention de partir de cet endroit, quand je remarque que les deux amants sont partis dans une discussion à voix basse, je décide qu'ils me doivent des réponses. Ce qu'ils vont répondre va sûrement être très douloureux, mais je n'arriverai pas à avancer si je ne sais pas depuis combien de temps ils se jouent de la pauvre conne naïve que je suis.

Je me plante donc devant eux et m'éclaircis la gorge pour rappeler ma présence.

— Je ne partirai pas sans cette réponse. Depuis quand vous vous foutez de ma gueule tous les deux ? Ma voix chevrote sur les derniers mots et ça m'agace de leur montrer que tout ça me touche, mais il faudrait être sans cœur pour ne pas réagir à cette trahison. Ils se jettent des coups d'œil, mais ne m'expliquent rien. Je me concentre sur Cécilia dans l'intention de la secouer un peu, mais quand je remarque le sourire mauvais qu'elle m'adresse, je ne reconnais pas cette femme. Ma meilleure amie est douce et

honnête, mais jamais méchante. Elle prend une inspiration pour répondre, son rictus toujours accroché aux lèvres et avant même d'entendre ses mots, je sais que mon cœur va avoir du mal à se remettre de tout ça.

—Bientôt trois ans et franchement, je ne comprends pas que tu n'aies rien vu avant. C'est navrant !

Devant mon incompréhension, elle ajoute :

—À partir du moment où tu as refusé de m'aider pour mon entreprise alors que tu as largement les moyens, j'ai compris qu'on n'était pas vraiment amies toi et moi.

Je fonce vers la sortie sans attendre, j'ai eu ma réponse. Je savais qu'en leur dévoilant mon passé, ils changeraient, mais jusqu'ici, je n'avais rien perçu. Pas de regard de pitié, non. De la compassion et du soutien, voilà ce que j'avais discerné. Quelle naïve !

J'ai attendu trois ans avant de raconter cet épisode de ma vie à ma meilleure amie et deux ans à mon petit ami. Enfin, je devrais plutôt parler d'ex-amie et ex-petit ami à ce stade.

Je me souviens parfaitement du moment où elle m'a demandé de lui prêter de l'argent pour ouvrir sa propre entreprise d'organisatrice de mariage. C'était deux ou trois mois après que je lui ai expliqué les circonstances dans lesquelles mes parents étaient décédés. Je lui avais alors confié que je me servais de l'héritage que j'avais touché pour faire des dons. Je veux gagner ma vie par moi-même et préfère que l'argent laissé par mes parents serve pour des causes justes. J'avais donc refusé, mais avais quand même pris en charge la totalité des charges de l'appartement et du loyer, il ne lui restait plus qu'à payer les provisions et sachant que je n'étais jamais là-bas, elle payait que pour elle. Quand j'y pense, elle a la belle vie, cette pouffiasse.

D'ailleurs, ça me fait penser que je vais devoir trouver un autre logement et rapidement. Il est hors de question que je reste avec elle et je vais me dépêcher de donner mon préavis. Il va sûrement falloir que j'aille vivre quelque temps chez mamie Pêche. Dire qu'elle avait raison est un euphémisme.

À l'avenir, je l'écouterai quand elle m'avouera ne pas aimer les personnes de mon entourage.

Je marche depuis un moment, sans trop savoir où mes pas me portent. La nuit commence à tomber, mais je n'ai pas le courage d'aller pleurer chez ma grand-mère ce soir. Il me faut un temps pour digérer tout ce qui s'est déroulé.

Je m'installe sur un banc et regarde autour de moi. En face, je découvre une magnifique fresque. Elle se compose de trois parties : d'abord un couple souriant qui tient la main d'un enfant, ensuite il n'y a plus qu'un seul adulte qui est aux côtés du môme le tenant par les épaules et pour finir l'enfant est recroquevillé, seul. L'abandon est le mot qui me vient à l'esprit quand je regarde ce mur. Exactement ce que j'éprouve ce soir et ce que j'ai ressenti à la mort de mes parents. J'ai eu la chance d'avoir mamie Pêche pour m'aider à me relever. J'ai conscience que d'autres n'ont personne, j'ai beaucoup de chance dans mon malheur, pas comme les jeunes du centre par exemple. On a beau faire notre possible pour être là pour eux, ils savent qu'ils n'ont plus de famille proche.

—Vous admirez le travail de votre petit protégé ?

Je sursaute la main sur le cœur.

—Pardon, je ne voulais pas vous effrayer.

Je regarde l'homme qui s'incruste sur mon banc et suis surprise de voir l'agent Leroux.

—Qu'est-ce que vous fabriquez seule alors qu'il va bientôt faire nuit noire ?

Ne voulant pas répondre à cette question, je décide d'esquiver en revenant à un sujet plus simple.

—Alors, si je comprends bien c'est Marlon qui a fait ça ?

Il acquiesce sans commenter mon changement de sujet. Le silence s'étire. On admire ce mur recouvert des bêtises de Marlon. Je souris en pensant qu'il a bien fait de recouvrir ce mur, je regretterais presque de l'avoir puni.

—Vous êtes bien plus jolie quand vous souriez.

Pendant un instant, j'avais oublié sa présence et tous les soucis qui m'ont conduite ici.

—Vous devriez rentrer chez vous, les rues ne sont pas sûres la nuit.

—Je croyais que la police était là pour notre sécurité.

Ma taquinerie le fait rire et mon cœur rate un battement.

—Désolé, mais je ne suis pas en service et dans notre métier, on sait que l'on ne peut pas toujours être là au bon moment. Comme vous n'avez pu prévoir que Marlon allait sécher pour créer cette fresque.

—Comme on ne peut pas fuir l'inévitable.

—Ouais, vous avez raison. Comme on ne peut pas fuir éternellement et pourtant, parfois, cela nous paraît être la seule solution.

—Et c'est pour ça que je ne vais pas rentrer chez moi.

Il me regarde étonné et perplexe me scrutant de ses yeux verts, qui brillent à la lumière des lampadaires.

—Et vous comptez aller où ? Rester sur ce banc ? Je vous préviens, je prends mon service à huit heures, je n'hésiterai pas à venir vous déloger. Et peut-être même que je vous mettrai une amende. Être SDF n'est pas donné à tout le monde.

—Et vous allez adorer ça, je parie !

Il ne nie pas et je l'entends rire discrètement. Cette conversation sans queue ni tête me fait du bien. Et dire qu'il y a quelques heures, nous nous menacions mutuellement. Je n'aurais jamais pu envisager d'être là, à rire avec lui sur ce banc.

Je me lève et empoigne mon sac à main, il va falloir que je me trouve un endroit où dormir quand même.

—J'aimerais bien savoir où vous allez passer la nuit si ce n'est pas chez vous.

—En quoi ça vous regarde ?

—Oh ! Mais détrompez-vous, je ne veux pas le savoir, j'aimerais juste être sûr que mes collègues ne m'apprendront pas avoir

retrouvé votre corps dans un squat demain matin. Vous comprenez, ma conscience professionnelle m'interdit de vous laisser mourir de froid.

—Très bien ! Si c'est pour soulager votre conscience, je vais vous annoncer simplement que je vais me trouver un hôtel. Cela vous convient-il, M. l'agent ?

—Ezra. Appelez-moi Ezra et je ne pense pas pouvoir vous laisser dans un hôtel glauque. Je me répète, mais les rues ne sont pas très fréquentables surtout pour une belle femme. On pourrait très bien vous suivre d'ici jusqu'à cet hôtel. Il y a des malades partout, vous savez ?

Ezra, j'aime le son que son prénom provoque dans ma tête. Je trouve qu'il lui va bien, il m'apparaît bien plus sympathique en Ezra qu'en l'agent Leroux. Oui, pour moi un prénom, c'est très important et il y a des personnes qui le portent très mal. Par exemple, si vous remarquez un beau gosse dans la rue, vous le trouvez canon, vos yeux apprécient la vue et dès qu'il vous dit qu'il s'appelle Jean-Eude, bizarrement, ça le rend beaucoup moins sexy, non ?

—Venez chez moi !

Je le regarde complètement perdue. Ma confusion le fait sourire et son regard confiant me donne l'envie folle d'accepter. Après tout, c'est un agent de police, je ne vois pas ce qu'il pourrait me faire de mal. Je suis certainement naïve de penser qu'il ne pourrait rien m'arriver en sa présence après tout, il n'est pas un super héros, mais je n'ai pas envie d'être seule ce soir. Je n'arriverai jamais à dormir si je me retrouve dans une chambre isolée avec ma colère pour seule compagnie.

—Enfin, je veux dire, j'ai un clic-clac, Mlle Duval. Je ne me permettrais pas d'insinuer que vous et moi, euh bah qu'on euh…

Je ressens sa gêne, il passe sa main gauche dans ses cheveux, comme un tic nerveux. En le voyant agir ainsi, j'ai une soudaine envie de remplacer ses doigts par les miens. Sa chevelure brune a l'air de glisser en douceur sous sa main tatouée. J'avais bien aperçu

un trait noir entourant son annulaire gauche comme un anneau sur la main que j'avais serrée pour le saluer au centre.

J'en viens à me demander s'il n'en a pas à d'autres endroits du corps.

Je secoue la tête, reprenant le fil de la conversation.

—Ariana ! Si je suis amenée à dormir chez vous, je pense que vous pouvez m'appeler par mon prénom. On pourrait même se laisser aller à se tutoyer, tu ne crois pas, Ezra.

Il m'adresse un signe de tête m'incitant à le suivre.

Nous marchons côte à côte dans un silence accueillant. Je pourrais me croire seule si je n'avais pas une conscience aiguë de sa présence.

La scène de notre rencontre défile dans ma tête et j'ai du mal à reconnaître l'homme qui m'a asséné des paroles si virulentes.

Ce soir, je me sens bien à ses côtés et à y regarder de plus près, il est possible que les bruns aux yeux verts me plaisent bien finalement.

Chapitre 3

Un repas sous haute tension.

Ezra

En arrivant devant mon appartement, je me demande encore ce qui m'a pris de lui proposer de l'héberger.

Peut-être est-ce son sourire qui m'a ébloui ou alors la tristesse que j'ai découverte au fond de ses prunelles. Je ne sais pas vraiment, mais j'ai ressenti une folle envie de la protéger. Lorsqu'elle m'a confié qu'elle ne rentrait pas chez elle, j'ai d'abord eu envie de lui demander ce qu'elle fuyait, cependant j'ai eu peur que les réponses qu'elle me donnerait ne me fassent réagir violemment. Je suis parfois très sanguin et sans trop savoir pourquoi, j'aimerais lui montrer une autre facette de ma personnalité.

Elle a cette aura lumineuse autour d'elle qui nous attire comme un aimant. J'ai l'impression d'être un de ces moustiques qui ne peut s'empêcher de voler vers la lumière quitte à y laisser la vie et ça me ferait presque peur si je ne savais pas mon cœur complètement hermétique à tout ce qui touche aux sentiments.

Nous entrons et je lui fais visiter mon logement, histoire qu'elle n'ait pas à ouvrir chaque porte pour trouver les toilettes. Vous me direz, elle n'aurait pas à chercher longtemps.

Elle s'avance lentement et s'installe sur mon canapé.

Je la vois observer mon univers et me surprends à me demander ce qu'elle peut en penser. Ma déco minimaliste se compose de deux cadres posés sur le meuble télé, une photo de mes parents et une autre avec Roméo le jour où l'on a reçu notre insigne. Un large

sourire me barrant le visage à ce moment-là, je ne savais pas encore que ce que je croyais acquis me serait retiré par un autre.

Je lui propose quelque chose à boire, histoire d'entamer une conversation, mais elle refuse d'un signe de tête et je me sens empoté, ce silence, qui était jusque-là agréable, m'oppresse. Il faut avouer qu'aucune femme n'est venue ici pour autre chose que partager un moment intime avec moi. Pour me donner une contenance, je bois un verre d'eau par petites gorgées lorsqu'elle me surprend.

—Ça te dérange si l'on fait une partie ?

Elle me désigne la Play' du menton pour que je comprenne de quoi elle me parle. J'avale l'eau qui m'est restée en bouche et acquiesce.

—Choisis ! Les jeux sont dans le meuble.

Elle hoche la tête et observe minutieusement chaque boîtier. Je suis curieux de savoir ce qu'elle va choisir, je n'ai pas vraiment de jeux pour gonzesse, les sims ne font pas partie de ma collection.

Ariana finit par se relever, un large sourire sur le visage, en brandissant devant moi un jeu que j'adore.

—Tu veux vraiment jouer à Call of ?

—Ce jeu est génial, en plus ça va me défouler de tuer quelques mecs. Vaut mieux en ligne qu'en vrai, non ?

—Dois-je comprendre que si je refuse, tu iras tuer quelqu'un pour décompresser ?

J'ai pris mon regard de flic, celui que je réserve aux délinquants qui entrent dans nos bureaux.

—Je ne répondrai qu'en présence de mon avocat !

Et là, comme ça, on se met à rire, la tension qui régnait depuis que nous avons passé la porte se volatilise. J'adore qu'elle me réponde, qu'elle n'ait pas peur de moi, ou de ce que je pourrais penser.

Après tout, elle vient de m'avouer vouloir commettre un meurtre, un autre que moi l'aurait peut-être bien déjà embarquée,

je suis flic après tout, j'en ai le droit. Je sais qu'elle plaisantait, mais on aurait pu le prendre au pied de la lettre.

Savoir qu'elle me fait suffisamment confiance pour me sortir ce genre de blague me fait quelque chose. Je n'ai pas envie d'analyser ce que je ressens pour le moment, alors je branche la PS4 et lui tends une manette.

—J'espère que tu n'es pas trop mauvaise joueuse, parce que je ne vais pas te faire de cadeaux.

—Ne t'inquiète pas pour moi. En revanche, laisse-moi le numéro de ta maman, que je puisse l'appeler pour qu'elle vienne te consoler quand je t'aurai ratatiné.

Merde! J'adore sa répartie, non, mais c'est quoi cette meuf?

Nous jouons pendant plus d'une heure et je suis complètement dépité. Elle m'a battu à plate couture à chaque partie. J'ai même fini par lui demander qu'on joue dans la même équipe pour changer.

Heureusement, elle n'a fait aucun commentaire, elle m'a juste servi son sourire à tomber.

Je m'aperçois qu'il est plus de minuit et je décide d'arrêter là pour ce soir. Il faut quand même que je me lève demain sachant que je cours une heure tous les matins, avant mon service. Je déplie le clic-clac et vais lui chercher une couverture pendant qu'elle va se rafraîchir dans la salle de bain.

Quand je reviens de ma chambre avec un oreiller, je vois la porte s'ouvrir légèrement et sa tête dépasser du battant. Je m'approche quand j'entends mon prénom.

—Ezra, hum… comment dire, je n'avais pas vraiment prévu de dormir chez un inconnu, alors bon… tu aurais un peignoir ou un truc avec lequel je pourrais me couvrir?

Je la sens embêtée, alors je dédramatise.

—Eh! Je ne suis plus un inconnu! Tu viens de me mettre une dérouillée à mon jeu préféré, ça crée des liens!

Son rire est léger, mais ses rougeurs sont bien visibles, je la sens embarrassée. J'adore savoir que je peux la faire rire et que son corps réagit en conséquence.

—Ezra, je suis en sous-vêtements et nuisette transparente, c'est assez gênant.

Mon sang ne fait qu'un tour à ces mots, enfin, je devrais dire que mon cerveau n'est plus irrigué, ça expliquerait pourquoi, au lieu de lui filer un peignoir, une couverture ou n'importe quoi pour la couvrir, je pousse la porte qui la cache. Elle s'est reculée instinctivement comme un animal devant son prédateur. Elle me regarde droit dans les yeux, mais ne bouge pas devant mon regard affamé qui glisse sur chaque parcelle de son corps.

Elle a eu raison de me prévenir, si je n'étais pas si excité, j'aurais pu être choqué. Jamais, je n'aurais pensé que cette femme si sage le jour, se transforme en femme fatale au coucher du soleil.

Sa nuisette noire transparente laisse apercevoir ses sous-vêtements en dentelle de la même couleur.

Elle est couverte, mais en même temps totalement nue sous mon regard perçant.

Ses cheveux roux tombent en cascade sur ses épaules et j'ai une irrésistible envie de les toucher. Je m'approche lentement pour ne pas l'effrayer et prends une mèche soyeuse entre mes doigts.

Elle me regarde faire, mais ne m'arrête pas. Mes yeux parcourent son visage parsemé de taches de rousseur que j'ai envie d'embrasser une par une.

Ses yeux si bleus me donnent l'impression de me transpercer l'âme, son nez légèrement retroussé, ses pommettes hautes et ses lèvres pleines m'appellent irrépressiblement.

Sans attendre, je prends possession de ses lèvres et la sensation de bien-être que je ressens est tellement forte que j'ai l'impression que mes jambes vont me lâcher. J'entoure son corps de mes bras, la caressant par-dessus le tissu qui la recouvre. Ne percevant aucune résistance de sa part, je pousse ma chance en l'attrapant sous les cuisses, la soulève pour qu'elle s'asseye sur le meuble du lavabo. De

surprise, elle ouvre sa bouche et j'en profite pour glisser ma langue entre ses lèvres à la recherche de la sienne.

Au départ timide, elle finit par prendre de l'assurance et me taquine en mordillant ma lèvre inférieure, ce qui me fait grogner de satisfaction.

Sans rompre le contact, je pose mes mains à la lisière de sa nuisette et la relève lentement en frôlant ses hanches, son ventre jusqu'à ce qu'elle disparaisse. Je me recule un peu, me détachant de sa bouche pour avoir le loisir de l'admirer. Sa peau comme son visage sont pleins de taches de son, qui frémit sous le toucher de mes doigts, son regard assombri de désir me supplie de ne pas m'arrêter.

Comme si j'en avais l'intention !

De toute façon, je ne serais pas capable de la lâcher maintenant, tout mon corps est sous son emprise. Je risque la combustion spontanée à chaque seconde. Tout ça, seulement après quelques baisers et caresses qui n'ont pas encore atteint les points stratégiques de nos deux corps.

Mon t-shirt est parti je ne sais où, il y a quelques minutes et les mains d'Ariana passent sur chaque muscle à découvert. Commençant par mes épaules, elle glisse en bas de mon dos et remonte sur mon ventre, se délectant du dessin de mes abdos.

Je n'ai jamais autant aimé prendre le temps de découvrir le corps d'une femme.

Je reprends sa bouche avec le plus de douceur dont je suis capable à cet instant. Je me débarrasse vite de son soutien-gorge qui empêche mes mains d'explorer les courbes de ses seins lourds de désir.

Les gémissements dont elle me récompense font monter encore plus la pression dans mon caleçon.

Ma queue, n'étant pas habituée à attendre si longtemps avant de pouvoir évacuer la tension qui la traverse, devient presque douloureuse.

Je suis partagé entre le désir de goûter sa peau et celui d'assouvir ce besoin primaire qui m'habite.

Son odeur fruitée et la douceur de son épiderme sous ma langue me décident.

Ne la sentant pas à l'aise dans cette position, je la porte jusqu'au canapé. J'ai bien fait de le déplier, ça sera plus pratique. Je la dépose au milieu pour être certain de ne pas basculer, on connaît tous ce moment où, au bord d'un clic-clac, on se retrouve à terre. Ce n'est pas du tout dans mon planning ce soir.

Elle s'apprête à poser ses mains sur les boutons de mon jean, mais je l'arrête d'un geste. Le regard rempli d'incompréhension qu'elle me jette m'incite à lui expliquer mes intentions.

—Laisse-moi te goûter. Je veux prendre mon temps, tu veux bien ?

Elle acquiesce non sans rougir un peu plus au son de ma voix. Sa peau habituellement blanche est écarlate, sûrement à cause de l'excitation et peut-être un peu à la gêne, mais je ne lui laisse pas le temps de changer d'avis et prends chacun de ses seins en coupe, m'appliquant à les lécher, mordiller ou pincer chaque mamelon durci.

Je suis allongé sur elle, mon jean au creux de ses hanches. La chaleur de son sexe me fait grogner.

Sa respiration, déjà hachée par le traitement dont j'ai abreuvé sa poitrine, devient encore plus laborieuse quand ma langue glisse le long de ses côtes jusqu'à son ventre plat qui se creuse quand je fais le tour de son nombril laissant un sillon humide sur sa peau. Mais quand je lape le creux de celui-ci, elle pousse un cri et rit.

OK, mademoiselle est chatouilleuse à cet endroit.

Je lève un sourcil, mon sourire le plus séducteur aux lèvres, et son rire se coupe.

Elle a compris.

Je ne perds pas de temps et pose ma bouche sur le tissu qui recouvre son intimité.

Elle se cambre.

Je pousse délicatement son tanga sur le côté pour avoir un meilleur accès.

Je passe plusieurs fois au centre névralgique de son sexe la laissant s'habituer à mon toucher et prends le temps de savourer son désir.

Le sexe oral n'est pas ma spécialité, enfin quand c'est moi qui le pratique. Je n'ai encore jamais ressenti le besoin de poser ma bouche sur une femme de cette façon, peut-être aussi parce que leur odeur ne me faisait pas tourner la tête comme celle d'Ariana.

Faut avouer aussi qu'en ramenant des filles de soirées, on sait parfaitement pourquoi on est là et je ne m'encombre pas de préliminaires.

Pour le coup, je n'ai pas beaucoup d'expériences en la matière. Il n'y a qu'avec mon ex que j'ai un peu pratiqué, mais elle n'aimait pas ça, je pense qu'elle sentait que je le faisais que pour lui faire plaisir et du coup ça manquait de passion.

Alors c'est à l'instinct que j'embrasse, mordille et lèche ses lèvres et son clitoris qui palpite.

Quand mes doigts s'invitent à la danse, je la sens se tendre, j'observe son visage exprimer sa jouissance.

Putain, ce qu'elle est belle !

Je remonte vers son visage la laissant se remettre de son orgasme, un sourire fier me barrant la tronche.

Quand elle reprend pied dans la réalité, je lui demande si elle se sent bien tout en embrassant son menton, ses joues, son nez et au moment où je m'apprête à atteindre ses lèvres, c'est la douche froide.

Ariana

—Si on m'avait dit que le connard de ce matin me ferait voir les étoiles ce soir, je ne l'aurais pas cru.

À l'instant où je prononce ces paroles, je les regrette, Ezra se tend et son regard empreint de désir se durcit en quelques instants. Il se relève et psalmodie.

—Non, mais quel con ! Quel con, je ne suis pas comme lui, putain !

Je n'ai pas le temps de faire un geste pour me relever qu'il est déjà dans sa chambre.

Je pose mes mains sur mon visage, les yeux au plafond.

Quelle conne ! Insulter l'homme qui vient de te donner l'orgasme le plus intense de ta vie n'est vraiment pas cool.

Bordel, il me traitait de traînée pas plus tard que cet après-midi et moi, je ne trouve pas d'autre moyen que de le lui confirmer en me livrant à lui, ce soir.

Cette nuit-là, je ne dors pas, je passe mon temps à essayer de comprendre à quel moment, je suis devenue si conne.

À 5 h 30, je décide que ça suffit, je récupère mes affaires, ma nuisette et mon soutif se trouvent dans la salle de bain, là où tout a basculé entre Ezra et moi.

Je me rafraîchis le visage, attache mes cheveux en queue-de-cheval et ramasse le bazar que l'on a mis hier, la console sortie, le plat de pop-corn qu'il nous avait préparé pour grignoter pendant la partie.

Je plie la couverture et l'abandonne sur le lit de fortune qu'il a bien voulu mettre à ma disposition pour la nuit.

Il va falloir que je pense à le remercier.

Quand je sors enfin de son immeuble, les lampadaires viennent de s'allumer et j'aperçois un bar éclairé, je me dirige de ce côté-là en songeant qu'un café bien chaud serait le bienvenu pour m'éclaircir les idées.

Je passe la porte du seul endroit ouvert à cette heure dans le coin et suis accueillie par une voix grave.

—C'est fermé!

Je regarde partout cherchant d'où provient cette voix au ton bourru et perçois des bruits de bouteilles s'entrechoquer derrière le comptoir. Je prends un tabouret haut et m'y installe.

—C'est faux, j'ai pu entrer donc techniquement c'est ouvert.

L'homme se relève et me fixe. Je pense d'abord qu'il va me jeter dehors, mais il finit par me sourire et me demander ce que je souhaite boire.

Je commande donc le café tant désiré et il m'offre un croissant tout chaud.

On discute quelque temps, moi en prenant mon petit déjeuner et lui en continuant de travailler.

J'apprends qu'il s'appelle Jimmy et qu'il est le propriétaire de l'établissement. Il me demande ce que je fais là alors qu'il n'est même pas encore 6 h, je lui réponds que je suis venue rencontrer mon nouveau meilleur ami, il rit et on continue comme ça pendant une heure. Ensuite, les clients se faisant plus nombreux, il passe de table en table sans que l'on puisse avoir une autre conversation.

J'en profite pour envoyer un mail à mon proprio, pour lui donner mon préavis de départ du logement en précisant que je viendrai lui apporter le loyer du mois cet après-midi.

Je sais que Cécilia bosse l'après-midi, je vais en profiter pour récupérer mes affaires. En attendant, je passe voir ma grand-mère pour lui demander si elle accepte de m'héberger quelque temps.

Quand j'arrive chez mamie Pêche, elle est installée dans son fauteuil devant les infos du matin, un thé à la main. Je l'embrasse et m'installe sur son canapé, elle baisse le son de la télé et vient s'asseoir à mes côtés en silence, elle a compris que quelque chose n'allait pas et me laisse le temps de lui expliquer.

Je réfléchis aux mots qui vont sortir de ma bouche. Je ne sais pas par où commencer.

La soirée d'hier a été riche en rebondissements et je n'ai pas pris le temps de mettre des mots sur tout ça.

Je revois Peter et Cécilia enlacés, rejoue en boucle les mots assassins qu'elle m'a dits. J'ai l'impression qu'un coup de poing me tord le ventre. Je ne sais pas quand les larmes ont commencé à couler, c'est la main de mamie Pêche qui les essuie d'un geste tendre qui me pousse à réagir.

Je sanglote dans les bras réconfortants de ma grand-mère lui expliquant ce que j'ai surpris, je ne suis pas persuadée qu'elle comprenne tout ce que je raconte, mais elle n'émet aucun commentaire jusqu'à ce que je me calme.

—Tu avais raison mamie Pêche, c'est un vrai babouin!

Et je me remets en mode grandes eaux avant que ma grand-mère ne me prenne les mains pour m'inciter à la regarder. Je renifle, me mouche dans ma manche comme la gamine que je suis toujours auprès d'elle.

—Ma bichette, sèche-moi ces larmes de crocodile. Si j'ai bien compris, le babouin a forniqué avec la guenon?

Je hoche la tête, sa synthèse atypique a le mérite de me faire rire.

—Ah! revoilà ma petite fille, j'ai bien cru qu'il t'avait cassée. Écoute-moi bien, ma bichette! Je veux que tu relèves la tête, tu n'es pas une autruche. Te cacher la tête dans le sable ne te ressemble pas. Laisse le babouin et la guenon faire ce qu'ils veulent, la vie se chargera d'eux. Maintenant, répète après moi «Je suis une femme forte, pas un putain d'animal de cirque».

L'entendre jurer ne me choque pas, cela lui arrive souvent, elle répète que les personnes vraies disent des gros mots, les autres sont des menteurs!

Je prends une grande inspiration et me lance la tête haute.

—Je suis une femme forte, pas un putain d'animal de cirque!

—Bien! Maintenant, tu vas me dire où tu as passé la nuit, parce que ça ma bichette, ça m'intéresse.

Avec son air canaille, elle ne fait pas ses soixante-quinze ans. Mamie Pêche est la personne que j'admire le plus, elle m'a toujours fascinée avec son excentricité, sa joie de vivre, sa folie, je n'ai jamais vu de femme plus forte qu'elle. Certaines personnes admirent les gens célèbres, qui ont accompli des choses aux yeux de tous. Moi, mon héroïne, c'est elle.

—J'étais chez un ami, il m'a hébergée, je ne voulais pas te déranger si tard.

—Un ami? Je peux savoir quel homme a pu supplanter ta pauvre mamie Pêche. Il est beau au moins?

Ah! Ma grand-mère et ses tirades volubiles!

—Oui, c'est un ami et je n'ai pas dormi dans sa baignoire, mais sur son canapé.

—Oh, mais peu importe où, le principal c'est que tu l'as chevauché ou inversement.

—Mamie!

—Quoi? J'ai été jeune, tu crois que ta mère est arrivée comment?

Nous rions et j'oriente la conversation sur mon hébergement temporaire. Elle est ravie que je revienne vivre avec elle et m'a promis de ne pas faire trop de bruit quand Claude, son petit ami, viendra dormir. Je lève les yeux au ciel faussement exaspérée.

Ensuite, je suis allée récupérer toutes mes affaires dans mon ancien appartement. Et après avoir payé ma part du loyer, fait couper l'eau et l'électricité, j'ai repris le cours de ma vie.

La semaine s'est déroulée comme d'habitude. Je suis allée au boulot, me suis occupée des jeunes, ai discuté de bijoux avec Erica, cuisine avec Karim, mécanique avec James… J'étais en binôme avec Lila qui a géré les activités sportives et artistiques pour certains, pendant que je gérais les devoirs avec les autres. Les week-ends sont souvent bien chargés.

Nous sommes lundi et j'ai rendez-vous avec Marie, ma directrice, pour lui soumettre une idée que j'ai eue il y a moment, mais qui s'est fait de plus en plus de place dans mon cerveau.

Comme à son habitude, Marie m'accueille d'une accolade chaleureuse et m'indique les deux fauteuils qui se font face. Cette pièce est composée d'un coin bureau et d'un endroit plus douillet, style petit salon un peu vieillot, mais hyper sympa.

Je prends donc place et j'entre dans le vif du sujet.

—Alors voilà, si je suis là c'est pour te parler d'une idée pour récolter un peu d'argent pour les centres. Comme tu le sais, les dons mensuels que j'effectue proviennent de mon héritage et malheureusement, les billets ne se reproduisent pas entre eux.

—Si seulement…

—Oui, j'ai encore de quoi verser des dons pendant quelques années, mais ensuite il faudrait trouver un moyen de récolter plus d'argent. Les jeunes ont besoin de nous. Je ne veux pas qu'un jour tu sois obligée de fermer l'un des centres, faute d'aide financière.

—Je sais et cela me désole que l'on ne trouve pas plus de gens comme toi, ma petite Ariana.

—Mes parents n'auraient pas voulu que cet argent soit mal utilisé. Je ne fais qu'honorer leurs mémoires.

Comme à chaque fois que je parle d'eux, ma voix devient tremblante et mes yeux humides. Je chasse la mélancolie d'une inspiration et reprends.

—J'ai donc pensé que l'on pourrait organiser un gala, avec des œuvres à mettre aux enchères par exemple. Les personnes paieraient l'entrée pour le repas, la soirée dansante ensuite ceux qui le veulent pourront enchérir…

—Ariana, je suis désolée de te couper, mais nous avons déjà tenté ça il y a quelques années et ça n'a pas été concluant. Trouver des artistes qui acceptent de céder leurs œuvres à une association, c'est de plus en plus rare. Je ne te parle même pas du repas, de la salle à payer. La dernière fois, nous avons plus dépensé que ce que cela nous avait rapporté. Je suis d'accord pour que l'on réfléchisse à un moyen pour trouver plus de dons, mais je ne crois pas que celle-ci soit la bonne.

Je suis déçue. J'aurais aimé trouver une façon de rapporter de l'argent pour les centres. Je ne désespère pas, je sais que l'on va trouver. Il le faut. Marie m'a invitée à déjeuner dimanche midi chez elle pour que l'on puisse en discuter un peu plus.

Quand je sors de ce rendez-vous, je me sens optimiste. Je décide de rendre visite à mon nouvel ami Jimmy, je commande un café et réfléchis.

J'ai une mission que je compte mener à bien et en plus, je fais d'une pierre deux coups puisque ça me permet de penser à autre chose qu'à mon ex, sa trahison, Cécilia ou encore le beau policier qui hante mes pensées depuis cinq jours.

—Alors Jimmy quoi de neuf ? Personne n'est venu t'embêter à 6 h ce matin ?

Il me sourit chaleureusement et me prépare mon breuvage en me répondant que sa matinée avait été moins palpitante que le jour où je suis venue. On continue à discuter de tout et de rien, je lui parle de mes idées pour le centre, il m'encourage tout en servant les quelques clients qui viennent profiter du beau temps de la fin d'été pour prendre un verre en terrasse.

—Tu vois, il faudrait que je trouve une salle pas chère voire qu'on accepte de me la prêter pour l'événement. Peut-être un chef qui accepte de guider des bénévoles comme commis. Si on arrive à réaliser ça, on pourrait dégager plus de bénéfices.

—Il te faudrait quel genre de salle ? Grande, petite ? Est-ce qu'une salle de réception dans un château t'irait ?

—Ah ah, très drôle ! Personne ne prêterait un château à une association. Non, une salle pas trop petite pour pouvoir mettre des tables et une piste de danse et s'il y avait une cuisine ça serait top !

—OK, alors j'ai peut-être quelque chose. Je me renseigne et je te redis ça. Tu as une date ou pas encore ?

—Tu rigoles, tu aiderais la chieuse que je suis ?

Son rire est contagieux, je réponds à sa question une fois que nous sommes calmés.

—Il n'y a pas encore de date, je te rappelle que pour le moment il n'y a aucun événement.

Je suis super excitée, si Jimmy me trouve la salle ça ferait une chose de moins et Marie reconsidérerait sûrement l'idée du gala. Je suis tellement contente que je saute au cou de mon ami et lui colle un gros bisou sur la joue.

Il rigole en m'enlaçant de ses bras.

—Hum hum… Bonjour Jimmy, mademoiselle Duval.

Tellement prise dans mon euphorie, je n'ai pas vu arriver l'agent Monceau. Je me recule en rougissant, gênée. Jimmy, pas perturbé, demande à son client de s'installer pendant qu'il lui prépare sa boisson.

—Alors comme ça, vous connaissez Jimmy?

—Oui, depuis peu, mais nous sommes devenus amis très rapidement. Ce mec est génial!

Je hausse les épaules, mal à l'aise devant le coéquipier de l'homme qui m'obsède.

Je rougis de plus en plus sous son regard, ce qui le fait rire.

—Je tenais à m'excuser pour le comportement de mon collègue l'autre jour. Il a été irrespectueux et ce n'était pas professionnel de sa part.

—Oh non, ne vous excusez pas pour lui, il s'est déjà fait pardonner.

L'étonnement se lit clairement sur son visage et il me sourit plus largement.

—Voyez-vous ça! Très bien, vous m'en voyez ravi qu'il se soit comporté en homme pour une fois.

Oh! Je crois avoir fait une connerie, il ne devait pas être au courant pour l'autre nuit. Je suis sûrement écarlate maintenant. Merde, j'aurais mieux fait d'accepter ses excuses et me taire. À ma décharge, je croyais que les mecs se racontaient des choses comme ça, je les pensais proches vu la photo que j'ai aperçue chez Ezra.

—Rom' tu t'installes à votre table ou tu restes avec Ariana?

L'agent de police s'installe à mes côtés. Habillé en civil, polo et short long, il est sacrément beau. Une petite voix intérieure me dit qu'il ne l'est pas autant qu'un certain homme brun aux yeux verts et aux tatouages qui m'empêche de dormir la nuit.

—Donc, mademoiselle Duval a un prénom…

—Effectivement et je serais ravie que vous vous en serviez.

—Eh bien, dans ce cas, appelez-moi Roméo.

Nous nous sourions en buvant nos boissons respectives, tandis que je suis toujours au café, lui, s'octroie une bière fraîche.

—La bière de fin de service est toujours meilleure. D'habitude, je bois seul dans mon coin en attendant Ezra, annonce-t-il en buvant une gorgée. Ce bar est pile entre nos apparts et le commissariat. On vient ici depuis notre premier jour en tant qu'officier, mais je suis heureux de ne pas être seul aujourd'hui pour attendre Ez'.

Mon sourire se fane un peu à la mention de son ami. Il va venir ici. Il faut que je parte.

—J'ai été ravie de vous tenir compagnie, mais il va falloir que je vous laisse à présent.

S'il est surpris de ma soudaine précipitation, il n'en montre rien. Je récupère mon sac et commence à sortir mon portefeuille. Quand une main se pose dessus, je relève la tête, soulagée de voir que c'est Jimmy.

—Je ne fais pas payer ma meilleure amie.

Je le regarde sans comprendre et m'apprête à répliquer, mais il me coupe.

—En revanche, file-moi ton numéro que je te prévienne pour le truc dont on a parlé.

Je note mes coordonnées dans son portable le sourire aux lèvres à la pensée qu'il va m'aider dans ma mission.

Je salue les deux hommes et sors en priant pour ne pas rencontrer Ezra maintenant. Je ne suis pas prête. Il me fait ressentir beaucoup trop de choses contradictoires et j'ai du mal à faire le tri dans ma tête. Surtout que nous ne nous sommes pas quittés en bons termes.

Le reste de la semaine est vite passé, j'ai eu plein d'idées pour le gala, grâce à Jimmy, j'ai trouvé la salle et gratuitement. Enfin la salle, c'est carrément dans un château ! Lorsque je suis arrivée sur le lieu du rendez-vous, j'étais sceptique. Qui serait assez fou pour louer cet endroit à un petit prix ? Mais Harris, le cousin de Jimmy, est le propriétaire de ce bâtiment et m'a assuré qu'il pouvait nous le prêter, car il avait eu une annulation. Oui, bon, il y a une contrainte, c'est la date. Le gala devra se dérouler le 28 novembre si l'on veut cette salle.

Ensuite, j'ai eu des idées à la pelle et j'ai hâte d'en parler à Marie.

C'est d'ailleurs devant son entrée que je me trouve, une bouteille de vin et un flan dans les mains, attendant que l'on vienne m'ouvrir la porte de cette sublime maison de banlieue.

Je suis accueillie par un homme immense aux larges épaules, je commence à me demander si je suis à la bonne adresse, Marie est tellement petite et fine que le contraste entre les deux est saisissant. Et puis, je me souviens de cet homme et j'espère que lui ne m'aura pas reconnue.

—Bonjour, vous devez être Ariana. Je suis Maxence, ma femme m'a beaucoup parlé de vous. Entrez, on va s'installer derrière. On s'est dit que vu le temps, on allait faire un barbecue.

Il m'incite à le suivre jusqu'à une porte-fenêtre qui donne sur un magnifique jardin où est dressée une table pas loin d'un barbecue d'où s'échappent déjà des odeurs délicieuses.

Me rendant compte que j'ai toujours les mains prises et que je n'ai pas encore décroché un mot, trop choquée par le souvenir qui m'est revenu, je me reprends un peu tremblante.

—Je vous ai apporté une bouteille de vin, je ne sais pas ce que ça vaut, je n'y connais strictement rien et aussi un flan pour le dessert. Je déteste venir les mains vides.

Il me sourit, jette un œil à la bouteille et hume le dessert encore tiède qu'il s'empresse de mettre en cuisine.

Je reste les bras ballants en observant le jardin, la table est dressée pour six personnes, j'espère ne pas déranger. Je sais que

Marie ne m'aurait pas invitée si ça avait été le cas, mais je déteste me sentir de trop, c'est une sensation très désagréable. Je me retourne au son d'une conversation émise par Marie et deux hommes qui s'apprêtent à me rejoindre. Je souris à ma directrice quand elle s'approche et elle m'enlace en me souhaitant la bienvenue.

—Qu'est-ce qu'elle fout là ? C'est une blague ?!

Je reconnais cette voix, celle qui appartient à l'homme que j'ai soigneusement évité l'autre jour au bar. Le ton qu'il a employé me confirme son aversion pour moi. Je ne sais pas ce que je lui ai fait à part le traiter de connard. Je ne l'ai pas forcé l'autre nuit, c'est même lui qui s'est jeté sur moi, tout ça pour s'arrêter au moment le plus intéressant.

—Ezra !

Marie le reprend devant son manque de politesse, je n'ose toujours pas le regarder. Je sens mes joues chauffer et j'ai peur qu'à la vue de son corps, ses yeux, ses mains, les images qui tournent en boucle dans ma tête ne ressurgissent et qu'il se joue de ma gêne devant tout le monde. Il a été charmant il y a deux semaines, mais je me souviens aussi comment il m'a parlé la première fois. Pendant qu'Ezra s'explique avec sa mère, des baskets entrent dans mon champ de vision dérangeant mon décompte des brins d'herbe.

—Bonjour, Ariana, on se voit souvent en ce moment.

Je relève la tête à l'écoute de la voix douce de Roméo.

—C'est vrai, le monde est petit.

On échange un sourire et à l'approche de Marie, il s'éclipse rejoindre son ami ronchon.

—Excuse mon fils, il n'est pas méchant, il a bon fond, mais un vrai caractère de cochon. Allez viens, on va prendre l'apéro, ça va détendre tout le monde.

Marie m'indique une chaise sur laquelle prendre place, évidemment, c'est celle à côté de son fils, j'aurais préféré celle qui me fait face et qui est restée vide.

Nous trinquons au beau temps. Mon voisin tendu sur sa chaise prend bien soin de ne pas m'adresser la parole. Je n'y prête pas attention et j'en profite pour discuter de tout et de rien avec Roméo.

Nos hôtes s'absentent quelques minutes en cuisine. Ezra en profite pour s'adresser à moi d'un ton agressif.

—Et ton mec, il compte se pointer avant le dessert ou pas ?

Je le regarde sans comprendre, il fixe la place qui est restée vide en face de moi.

—Je ne sais pas de quoi tu parles. Je suis venue seule et je n'ai pas de petit ami.

—Là, je vais me vexer, mademoiselle Duval ! s'exclame Roméo.

Je me tourne vers lui, ne comprenant pas tout de suite pourquoi il se vexerait, puis sous les ricanements d'Ezra, ça me revient. Je pose instinctivement une main sur son avant-bras en signe d'excuse.

—Oh ! Ne te vexe pas. Je ne t'ai pas menti l'autre jour, c'est juste qu'entre-temps le prince charmant s'est transformé en babouin, bredouillé-je rapidement.

—En grenouille, me reprend Ezra.

—Hein ?

—Le prince charmant, c'est en grenouille qu'il se transforme.

Je jette un œil à mon voisin qui me sert son putain de sourire de loveur, ça change de son indifférence d'un coup.

—C'est vrai, mais mamie Pêche l'a baptisé le babouin alors je me comprends.

—Ta grand-mère est aussi bizarre que toi ? me questionne-t-il un sourire au coin des lèvres.

—Hé ! Mamie Pêche est géniale ! Sa folie est une des choses que je préfère chez elle, m'exclamé-je faussement vexée.

—Je n'ai pas dit que la bizarrerie n'était pas une bonne chose, c'est plutôt attirant au contraire.

Je rougis à ce compliment déguisé.

—Et merde, j'arrive toujours trop tard !

Roméo s'exclame vivement sans que je ne comprenne pourquoi contrairement au brun à mes côtés.

—Je te confirme mon grand, mais t'inquiète une Juliette va bien finir par arriver, rajoute son ami.

Ils pouffent comme deux gonzesses sous mon regard perplexe.

Marie et Maxence reviennent les bras chargés et je vois un autre homme derrière eux, sûrement le dernier invité.

Je ressens une grande tension émanant du corps de mon voisin de gauche à l'instant où j'aperçois l'inconnu, je peux affirmer sans aucun doute qu'il s'agit du frère d'Ezra. Son jumeau plus précisément, ils se ressemblent comme deux gouttes d'eau au premier abord. Seulement, quand il s'approche, je discerne des yeux bien plus foncés que le vert que j'aime tant chez son frère. Leurs looks ne sont pas les mêmes. Alors que le nouveau venu est en chemise et pantalon de costume, Ezra porte un t-shirt noir simple sur un short en jean et des baskets, c'est tellement sexy la simplicité. Leur carrure est elle aussi un peu différente, on comprend vite qui est le plus sportif des deux.

Marie inspecte la réaction de son fils déjà attablé, comme s'il allait lui sauter dessus à un moment ou un autre. Je ne sais pas trop ce qui m'attend, mais je pense que le super repas convivial auquel je pensais participer vient de tourner à l'orage.

—Bonjour, tout le monde ! Désolé du retard.

L'inconnu me tend la main par-dessus la table que je serre par politesse.

—Je suis Enzo, vous êtes l'amie de mon frère ?

Je secoue la tête dans un signe de négation et m'apprête à rectifier quand Ezra s'en mêle.

—Pourquoi, tu veux te la faire celle-là aussi ?

Ezra s'est levé, fusillant son frère du regard.

—Pas de bol, je suis célibataire et puis Azzalée ne te convient plus, finalement ?

— Quoi ! N'importe quoi! Ezra, on va se marier elle et moi, je croyais que maman te l'avait dit!

Enzo regarde sa mère qui est devenue blanche comme un linge et acquiesce. Maxence regarde ses fils, mais ne réagit pas comme s'il savait que ça devait se passer ainsi.

— Et alors, parce que maman m'a appris que tu allais l'épouser, tu crois que je serais assez fou pour te présenter la femme que je fréquente ? Jamais !

Il se retourne, ses deux mains maltraitant sa chevelure de frustration. La colère qui émane d'Ezra à cet instant est palpable, personne ne parle pendant un long moment, jusqu'à ce qu'il rompe le silence devenu pesant.

— Je suppose donc que tu refuses d'être mon témoin ? Tu restes mon frère quand même !

Sur ces paroles, Ezra tourne le regard vers lui, rouge de fureur. Je ne comprends pas encore ce qu'il se passe, même si j'en ai une vague idée, je peux très bien me tromper, j'ai pour habitude de ne pas faire de conclusion hâtive.

Ezra serre ses poings compulsivement, prêt à cogner. Sa respiration est forte, digne d'un taureau sur le point de charger. Il me ferait presque peur, si je n'avais pas une irrésistible envie de le prendre dans mes bras.

Nous sommes tous dans l'attente de sa réaction qui ne se fait pas attendre puisque d'un coup, il lui assène des mots durs.

— Tu n'es plus mon frère, Enzo ! Tu as cessé de l'être le jour où je t'ai surpris en train de coucher avec ma fiancée. Franchement, tu pensais vraiment que j'allais accepter d'être témoin le jour où tu te maries avec mon ex ?

Sa dernière phrase a été prononcée sur un ton douloureux. Il secoue la tête et part sans se retourner.

Je le rejoins en courant au moment où il passe la porte d'entrée. Je ne sais pas encore ce que je vais lui dire, mais mon instinct me pousse à le suivre. Je comprends ce qu'il ressent. Peter et Cécilia m'ont fait la même chose, sauf que pour lui cela vient de son

propre frère. Quelqu'un avec qui il a grandi et avec qui il partage ses parents, sa famille, toute sa vie finalement.

Est-ce que l'on peut réellement se relever de ce genre de trahison ? Mamie Pêche répliquerait que l'on peut se remettre de tout tant que l'on a une personne pour nous aider, nous accompagner, nous soutenir.

Ezra a-t-il une personne de confiance pour prendre cette place ? Roméo et lui ont l'air très proches, mais se raccroche-t-il suffisamment à lui pour tourner définitivement la page ?

Je ne peux pas répondre à ces questions.

Alors à la place, j'attrape son bras avant qu'il ne descende les marches du perron et prenne sa voiture.

Chapitre 4

Juste une nuit !

Ezra

Putain, mais c'est quoi ce bordel ! Pourquoi ils m'ont fait ça ? Ils savent que je ne parle plus à Enzo. Ce n'est pas parce qu'il va se marier avec Azzalée que je vais tout à coup lui pardonner et tirer un trait sur leur trahison.

En deux ans, je n'ai jamais demandé de nouvelles ni s'ils étaient ensemble, c'est maman qui me glissait quelques allusions de temps en temps.

Non, mais merde ! Depuis quand se marier avec l'ex-fiancée de son frère est anodin ? Et me demander d'être son témoin, faut être culotté quand même ! Je les hais tous les deux.

En ouvrant la porte, je remarque le tremblement de mes mains, j'inspire un grand bol d'air afin de me calmer. Il ne manquerait plus que j'aie un accident en roulant dans cet état.

Au moment où j'amorce la descente des marches, une main douce me saisit l'avant-bras. Surpris, je me retourne et la découvre.

Ariana me regarde avec ses beaux yeux bleus remplis de douceur et d'inquiétude.

Qu'est-ce qu'elle fout là ? Pourquoi m'a-t-elle couru après ? On ne se connaît pas après tout, et puis je n'ai franchement pas été le mec le plus sympa de la Terre avec elle.

Elle me montre les marches d'un signe et va s'asseoir.

Tel un automate, je m'installe à ses côtés. Le silence s'étire entre nous, je ne comprends pas ce qu'elle attend de moi, alors je regarde la rue, les voitures qui défilent.

—Pour ce que ça vaut, je suis désolée, Ezra.

—Pourquoi t'excuses-tu ? Tu savais qu'il serait là ? l'interrogé-je en haussant le ton, m'imaginant plein de scénarios possibles, tous plus alambiqués les uns que les autres.

Ce qui est complètement ridicule puisqu'elle ne connaissait pas Enzo avant aujourd'hui.

—Non, mais je suis désolée que ton ex t'ait trompé avec ton propre frère.

Sa voix est calme et posée. Entendre ces mots me fait du bien. Personne jusqu'ici ne m'a dit clairement qu'il était désolé de ce qui m'arrivait. Mes parents m'ont soutenu à leur manière. Ils se sont efforcés de ne plus m'inviter en même temps que mon frère, ce qui est un gros sacrifice pour eux.

Roméo aussi a été d'un grand soutien, il m'a accompagné dans mes soirées de beuverie pour me surveiller, me ramener chez moi en un seul morceau et m'a aidé à insulter mon ex et mon frère, mais aucun d'eux ne m'a dit clairement «Je suis désolé de ce qui t'arrive Ezra».

C'est comme si les mots d'Ariana atténuaient une partie de ma colère.

—Merci, Ariana et je te demande pardon pour l'autre jour.

—Comment ça ?

—Quand tu m'as rappelé le comportement de connard que j'avais eu, je me suis souvenu que tu avais rembarré Rom' parce que tu étais en couple, expliqué-je contrit.

—Ah… répond-elle embarrassée.

—Oui, et je me suis promis de ne jamais piquer la femme d'un autre, alors quand ça m'est revenu, j'ai pété un plomb.

—Moi qui ai cru que tu te vengeais de moi pour t'avoir laminé à Call of !

Elle frappe mon épaule de la sienne me provoquant un long frisson au toucher de sa peau douce. Je tente de cacher mon trouble en riant de sa gêne et sa tentative de diversion. Autant pendant l'acte, elle n'est pas prude, alors qu'en parler la fait rougir d'embarras.

—Et toi, que s'est-il passé avec ton ex?

Si ma question lui paraît indiscrète, elle n'en montre rien.

—Pour faire court, le babouin s'est tapé la guenon.

—Ça, c'est encore ta grand-mère! m'écrié-je avant de rire devant son air surpris.

—Oui, les synthèses de ma grand-mère sont assez farfelues, mais ont le mérite d'être claires. Je précise que la guenon était ma meilleure amie. Ça a duré trois ans sur les cinq que nous avons passés ensemble, Peter et moi.

—Ouh dur!

—Ouais… souffle-t-elle tristement.

L'instant d'après elle pouffe et un léger rire sort de sa jolie bouche. Je l'interroge du regard.

—Je ne pensais pas que l'on avait autant de points communs.

—Parce qu'on a été trahis et trompés? demandé-je perplexe. Je m'en serais passé et toi aussi, je suppose.

Elle hoche la tête et ajoute.

—Et pour nos goûts en matière de jeux vidéo et parce que l'on est tous les deux en colère actuellement.

Mes coudes posés sur mes genoux, la tête entre mes mains, je tourne le visage pour mieux la voir.

—Je peux te poser une question?

Je hausse les épaules, au point où on en est…

—Tu n'as jamais avoué ce que tu ressentais à ton frère? Pourtant, vous avez l'air d'être en froid depuis un moment.

Je détourne mon regard vers la rue l'empêchant d'apercevoir mon visage. J'ai la sensation qu'elle arrive à lire en moi et c'est très perturbant.

—Non. Il y a cinq ans, quand c'est arrivé, j'ai tout simplement coupé les ponts. Je n'ai plus revu aucun d'eux.

—Tu ne leur as pas crié dessus, ou frappé ton frère? Je ne sais pas… trouvé un moyen de te venger? demande-t-elle visiblement surprise.

—Pourquoi, tu as fait tout ça toi? m'informé-je les sourcils haussés accompagnant mon sourire en coin.

—J'ai crié, oui, et je me suis peut-être un peu vengée, c'est vrai.

La sentant gênée de me l'avouer, je bouscule légèrement son épaule en lui souriant, comme elle me l'a fait tout à l'heure.

—T'as fait quoi? Tu as crevé ses pneus?

—Oh non! C'est surtout Cécilia qui a pris pour les deux. Nous vivions en colocation elle et moi. Je ne pouvais pas rentrer chez moi et agir comme si rien ne s'était passé, alors j'ai donné mon préavis au proprio et quand je suis allée récupérer mes affaires, j'ai mis un coup de ciseaux dans chacun de ses vêtements. J'ai mis de la cire épilatoire dans ses chaussures. Ah et j'ai demandé à couper l'eau et l'électricité, ils étaient à mon nom. Donc, à l'heure actuelle, elle doit vivre dans le noir et sans eau, énumère-t-elle une pointe de fierté dans la voix.

—La vache, faut pas te chercher, toi!

—Parfois, évacuer sa colère fait du bien, je suis toujours triste, mais pendant que j'étais occupée à faire tout ça, je ne pensais plus à ma douleur.

—Et ton ex alors? questionné-je curieux.

—Quand j'ai découvert son infidélité, j'ai voulu lui balancer une tarte aux fraises au visage, mais c'est moi qui l'avais cuisinée, ça m'aurait fait chier qu'elle finisse sur la tête d'un babouin.

—Merde, c'est con quand même, il l'aurait bien mérité. Tu penses trouver une vengeance pour lui?

Elle secoue la tête.

—Non, pas pour le moment, j'ai autre chose en tête de bien plus important.

—Comme?

—Trouver comment récolter de l'argent pour aider ta mère à garder les centres ouverts voire en ouvrir d'autres, c'est d'ailleurs pour ça que je suis là aujourd'hui.

—Oh! Tu n'étais pas là pour assister à cette débâcle familiale? Mince, moi qui me suis pourtant donné à fond pour te divertir.

Son rire un peu rauque me procure toujours le même effet que la première fois. Et mon caleçon en est le plus affecté.

—Allez, je vais aller parler de mes superbes idées à ta mère, tu viens?

Je la regarde toute souriante et j'ai presque envie de la suivre. Elle est tellement belle en short en jean et débardeur, sa peau découverte est un appel au toucher, mais savoir ce qui m'attend de l'autre côté de cette maison me fait hésiter.

—En plus, j'ai préparé un dessert que j'adore, je ne veux pas le louper.

—Quel dessert?

—Un flan, j'aime ça c'est simple, mais c'est mon péché mignon.

Oh, elle me prend par les sentiments. Le flan est ma pâtisserie préférée.

—C'est toi qui l'as fait? demandé-je impressionné

—Bien sûr! J'aime bien cuisiner, surtout les desserts.

—C'est mon dessert favori, mais ma mère n'a jamais su en faire un assez bon pour moi alors elle les achète.

—Eh bien, j'espère être à la hauteur de votre palais d'expert, monsieur Leroux.

Je lui souris et nous retournons auprès des autres avant qu'elle ne s'installe à sa place, je lui glisse à l'oreille :

—Ma mère a dû faire une tarte aux fraises pour mon frère, tu crois que je peux te piquer ta vengeance ?

Nous rions sous les yeux interloqués du reste des personnes encore attablées.

Le repas se poursuit, j'ignore Enzo et me concentre sur ma jolie voisine de table. Elle explique à ma mère ce qu'elle veut accomplir et je suis impressionné. Elle veut vraiment aider ces jeunes. Ma mère, qui paraît sceptique au début, semble de plus en plus emballée par l'enthousiasme débordant d'Ariana.

Il faut dire que ses idées sont bonnes et surtout, elle a trouvé comment dépenser le moins possible.

Ma mère récapitule avec émerveillement ce que la jeune femme lui a dit.

—Donc, tu as trouvé le lieu, le chef cuisinier, les commis et les serveurs et même les œuvres à présenter et tout ça, gratuitement ?

—Oui, par contre il faudrait que le gala ait lieu le 28 novembre, ça fait un peu juste, mais c'est la seule date où le château n'est pas loué. Le chef Alain a bloqué la date même si on attend ton aval. Les jeunes sont ravis de pouvoir participer, que ce soit en cuisine, au service ou même pour donner leurs œuvres. Je sais que ce ne sont pas des œuvres d'artistes reconnus, mais je suis persuadée que plus d'un te blufferait. Il nous manque la musique, mais je vais y réfléchir sérieusement dans la semaine.

—Attends Ariana, tu te rends compte de tout ce que tu as accompli ? S'il ne nous reste plus que l'orchestre et la nourriture à payer, on va pouvoir récolter de sacrés bénéfices, dit ma mère impressionnée.

—Ah, j'ai oublié pour les produits frais, j'ai contacté quelques producteurs locaux, qui veulent bien faire don de certains produits de saison. Le chef Picoli m'a affirmé pouvoir cuisiner un repas gastronomique avec les produits proposés.

—Chef Picoli ? Le chef Picoli ? Celui du restaurant 4 étoiles qui travaille au Paluma hôtel ? demandé-je

Ça ne peut pas être lui, ça serait incroyable. Je ne sais pas d'où vient cette nana, mais elle est vraiment exceptionnelle. Elle se tourne vers moi pour me répondre.

—Oui, c'est lui. Un de mes jeunes, Karim, a effectué un stage sous ses ordres et il a été impressionné par son talent. Quand j'ai dû lui rendre visite pour faire le point, on a sympathisé et j'ai parlé du centre, de mon projet de gala, il a proposé lui-même de guider les jeunes en cuisine.

Elle hausse les épaules, comme si elle n'avait rien fait de spécial. J'ai l'impression qu'elle aime vraiment aider les autres d'une manière ou d'une autre. Comme moi tout à l'heure, alors que je n'ai cessé de l'insulter ou la repousser alors même qu'elle ne me connaît pas. Elle est venue me parler, m'a aidé à me calmer et m'a convaincu de revenir à cette table.

Nos sommes tous subjugués par cette femme à l'altruisme débordant. Mon frère lui annonce qu'il a de gros clients à son cabinet qui seraient sûrement ravis de prendre une place pour ce gala. Surtout quand on sait qu'il faut attendre un an, pour y avoir une table. C'est dire, comme le chef Picoli est apprécié.

Il m'énerve, il se fait toujours passer pour le plus gentil de nous deux. Avant, je n'y prenais pas garde, mais là, devant Ariana, j'ai un pincement au cœur tellement c'est flagrant. J'aimerais pouvoir l'aider moi aussi, mais je n'ai aucune idée ni aucun contact. J'ai les yeux rivés sur elle depuis un moment quand Roméo me glisse discrètement.

—Tu baves mon pote !

Je le fusille du regard, mais il continue.

—Fais gaffe, cette fille est spéciale.

Je le regarde sans comprendre. Je ne suis pas idiot, je sais qu'elle n'est pas comme les autres femmes. Je crois même que je l'ai su dès notre première dispute.

Vers 17 h, tout le monde s'apprête à partir non sans avoir aidé mes parents à débarrasser la table. Ariana repart avec son plat dans lequel il ne reste que deux parts de flan. Vu que j'en ai

pris trois, on peut dire qu'il est bon. Ariana remercie mes parents chaleureusement sous mon regard observateur. Une idée me trotte dans la tête depuis que nous avons échangé sur nos vies. Une idée que je compte bien lui soumettre avant son départ. Mon père sourit à la jeune femme, mais je reconnais ce regard suspicieux, c'est celui du flic méfiant, il scrute son visage comme s'il l'avait déjà vue et au froncement de ses sourcils, il a l'air en pleine réflexion.

Ariana ne remarque rien et continue sa conversation avec ma mère avant de finir par venir saluer mon pote.

J'en profite pour embrasser ma mère et donner une accolade à mon père avant qu'ils ne retournent dans leur maison.

Je cours afin de l'attraper quand elle monte dans sa voiture.

—Ariana, attends !

Elle stoppe ses mouvements, assise derrière le volant, elle relève le regard sur moi.

—Je pensais que pour te remercier de m'avoir aidé tout à l'heure, je pouvais commander des pizzas et tu pourrais me rejoindre chez moi. Peut-être que l'on pourrait aussi finir ce que l'on a commencé l'autre soir.

Le bras appuyé sur la porte ouverte de sa voiture, je penche la tête pour mieux voir sa réaction.

Son sourire, encadré par ses joues rougies, me fait un effet dingue, j'ai presque envie de croiser les doigts comme un gamin priant pour qu'elle accepte.

—OK, pour la pizza et pour le reste, disons que si tu arrives à me battre à Call of, on pourrait éventuellement reprendre là où tu t'étais arrêté la dernière fois, me répond-elle, espiègle.

Je ferme la porte et recule en hochant la tête avec mon plus grand sourire greffé sur les lèvres.

J'ai peut-être l'air d'un con, mais pour le coup, rien à foutre parce que ce soir, je compte bien gagner à mon jeu favori et avoir ma récompense.

Roméo, le dos contre ma voiture, secoue la tête en constatant mon sourire vainqueur.

—Je suppose que la soirée pizza chez toi n'est plus d'actualité ?

—Détrompe-toi, je mangerai bien de la pizza ce soir, mais oui effectivement tu n'es plus le bienvenu.

Je devrais m'excuser de le planter, car d'ordinaire nous passons toujours la soirée ensemble après le repas familial, mais je ne suis pas hypocrite et je préfère largement la passer avec la jolie rousse.

—Tu n'es qu'un connard chanceux ! Mais mec, souviens-toi, elle n'est pas comme les autres, ne fais pas tout foirer ! m'avertit-il en secouant la tête.

—Je ne vois pas de quoi tu parles, on va juste lancer une partie de Call-of.

—Mais bien sûr, je vais te croire… Ariana a bien trop de classe pour jouer à ce jeu, ton excuse ne tient pas la route mon ami…

Je ne le contredis pas, je n'ai pas vraiment envie qu'il apprenne que je me suis fait battre par cette poupée rousse.

Ariana

Quand j'arrive chez ma grand-mère, elle est attablée devant un thé avec Claude.

—Ah, ma bichette, alors comment s'est passé ton déjeuner ?

—Très bien mamie Pêche ! m'exclamé-je fièrement. Marie a adoré mes idées. On va pouvoir mettre tout en place en espérant avoir le temps de tout organiser en trois mois.

Parler du gala me rend euphorique et inquiète à la fois. Il y a encore beaucoup de choses à préparer et tant que tout ne sera pas

prêt, je crois que je vais stresser, peut-être même jusqu'à ce qu'il soit terminé.

—Je suis fière de toi ma bichette, me rétorque-t-elle un sourire dans la voix.

Elle me caresse la joue avec tendresse, me montrant tout son amour dans ce simple geste. Je pose ma propre main sur la sienne accentuant son toucher. Qu'est-ce que j'aime ma grand-mère !

Je les laisse à leur discussion sur les bienfaits des massages tantriques pour attiser le désir.

Je crois que Claude est aussi atteint que mamie Pêche.

Dans ma chambre, je prépare un sac avec des affaires de rechange ainsi que la fameuse nuisette qui avait fait perdre la tête à mon hôte.

Je file sous la douche, inspecte la moindre parcelle de ma peau et m'assure qu'aucun poil disgracieux ne soit visible, ensuite, je me lave le corps, mes cheveux ont pris l'odeur des grillades. J'adore les barbecues, mais pas les émanations de brûlé qui s'incruste partout sur moi. Je finis par une couche de crème hydratante sur toute la surface de ma peau, laissant une odeur légère et un toucher velouté.

Je ne prends pas la peine de me maquiller, je ne suis pas là pour le séduire, il m'a déjà vue démaquillée et nue de toute façon. J'ai bien compris ce qui allait se passer ce soir, je ne suis pas née de la dernière pluie comme dit ma grand-mère. Je ne vais pas jouer ma prude maintenant, j'ai adoré ce qui s'est déroulé la dernière fois et j'ai hâte de sentir à nouveau ses mains sur moi. En revanche, je sais aussi que rien d'autre de bon ne pourrait ressortir d'une relation plus poussée avec Ezra. Il est encore trop en colère de la trahison de son frère avec son ex pour pouvoir offrir sa confiance à une autre femme.

Il n'est pas prêt et moi non plus.

Peter et moi, on est restés cinq ans ensemble et même si j'ai appris que ces trois dernières années n'ont été que mensonges et tromperies, je l'ai aimé. Je l'aime peut-être encore aujourd'hui, je ne sais pas. Il ne s'est pas écoulé assez de temps pour que je fasse

le deuil de cette relation de plusieurs années. Je pensais faire ma vie avec cet homme, fonder une famille et d'un coup, tout s'est écroulé.

Jusqu'ici, je n'ai pas trop pensé à ce que je ressentais vis-à-vis de la situation. La tristesse de la découverte de l'infidélité de Peter a laissé place à la colère immédiatement après avoir passé la porte de son appartement.

Alors non, je ne suis pas disposée à me lancer dans une autre relation amoureuse.

Ezra sera le parfait tremplin pour m'aider à me remettre de tout ça. Une nuit dans les bras d'un homme ne me fera pas de mal, après tout, ce que l'on s'apprête à faire se résume à un plaisir partagé et rien d'autre. Une fois prête, je sors avec mon sac et préviens ma grand-mère de mon absence cette nuit.

—Oh, attends ma bichette ! m'interpelle-t-elle d'une voix forte.

Je m'arrête à la porte et l'attends sagement, mais légèrement impatiente. Elle arrive avec quelques papiers brillants entre les mains.

—Tiens, mets-moi ça dans ton sac, je suis sûre que tu en auras plus besoin que moi.

Quand je distingue enfin ce qu'elle y glisse, le rouge me monte au visage.

—Mais mamie Pêche, pourquoi tu me donnes ça ? protesté-je embarrassée.

Elle hausse les sourcils, l'air surprise que je pose cette question.

—Si tu ne sais pas à quoi ça sert, c'est que j'ai toute ton éducation à refaire, ma bichette.

—Je sais à quoi sert un préservatif, mamie Pêche. Je veux dire pourquoi autant ?

—Le babouin ne devait pas beaucoup te satisfaire, j'espère que celui-ci est mieux. Dans ma jeunesse avec ton grand-père, on aurait largement pu se servir de tout ou la moitié de ces protections si

seulement ça avait existé. Il faut profiter de sa jeunesse ma bichette, dit-elle, pleine d'entrain.

—Très bien mamie Pêche, je n'ai pas besoin de tout savoir.

Je m'empresse de partir, pour ne pas en entendre plus, mais c'est sans compter la discrétion de ma grand-mère.

—Tu me raconteras ma bichette ? Je veux tout savoir des performances de ton amant. Tu sais avec mes amies on ne peut plus se raconter ce genre de choses, ça me manque, ajoute-t-elle bien fort pour que je l'entende.

Je ne me retourne même pas, d'une parce que je suis hyper embarrassée et de deux, certains voisins sont sortis et sont soit choqués, soit amusés par les propos de leur voisine. Moi, je suis écarlate, pour ne pas changer.

Je prends le temps du trajet pour me remettre de ce moment et quand je me gare devant l'immeuble d'Ezra je me sens plus sereine. Le miroir du pare-soleil me renvoie l'image d'une femme plus sûre d'elle. Je frappe à la porte et en quelques secondes, je me retrouve de l'autre côté, le dos appuyé contre le battant, les bras autour du cou d'Ezra, nos bouches collées l'une à l'autre, ma langue partant à la recherche de celle de mon amant d'un soir.

Nous nous embrassons pendant un moment passant de la douceur à la brutalité, j'ai l'impression qu'avec ce baiser se joue notre prochaine étreinte. C'est à qui prendra la main, qui va dominer cette partie de jambes en l'air qui s'annonce mémorable.

On se sépare seulement quand nous manquons de souffle. Front contre front, nos respirations erratiques, nous nous regardons les yeux dans les yeux sans nous lâcher. Nos regards se parlent, se confient tout le désir que nous ressentons à cet instant. Ezra se recule un peu plus et nos corps se séparent totalement.

Instantanément, sa chaleur me manque, je frissonne.

—On devrait se calmer un peu. Je ne voulais pas te sauter dessus comme ça et puis, j'aimerais bien qu'on atteigne la chambre cette fois, s'arrête-t-il essoufflé.

Un peu perdue, j'ai du mal à comprendre pourquoi il ne m'a pas tout simplement emmenée dans sa chambre, si c'est ce qu'il veut ? Je le laisse continuer à parler tout en réfléchissant.

—En plus, les pizzas vont refroidir.

Je ne sais pas trop comment prendre ce qu'il me dit, j'étais venue pour faire l'amour alors pourquoi il s'est arrêté si lui aussi le voulait ? Les pizzas ? Ça se réchauffe. À moins, qu'il n'ait eu peur que je ne sois pas sur la même longueur d'onde.

—Tu n'as pas de four Ezra ? demandé-je un sourire au coin des lèvres.

Il se retourne, une expression perplexe sur le visage.

—Si, pourquoi ?

—On pourra donc les réchauffer, dis-je en le fixant droit dans les yeux. Ezra, toi et moi, on sait parfaitement pourquoi je suis là ce soir.

Je m'approche de lui prenant bien soin de balancer mes hanches sensuellement et pose l'une de mes mains sur le ventre de mon amant, sous son t-shirt sa peau est chaude et la douceur de ses abdos me donne chaud. Je continue d'explorer son torse tout en le regardant, il déglutit ne sachant pas comment réagir. Je décide de l'aider.

—Emmène-moi dans ta chambre Ezra. Pour une nuit, seulement cette nuit…

Sur la pointe des pieds, j'embrasse la base de son cou, juste au-dessus de sa clavicule et remonte lentement au niveau de son oreille ce qui le fait grogner. En quelques instants, je suis transportée sur un lit et il s'empresse de se débarrasser de son haut, ce qui me laisse le loisir de parcourir des yeux et des doigts tout le haut de son corps.

Nos lèvres se retrouvent et tout devient frénétique, guidés par notre désir qui, pour ma part, me paraît inépuisable. Le reste de nos affaires partent de tous les côtés. Nos mains se frôlent, se caressent et s'étreignent au moment où nous ne pouvons plus repousser l'inévitable.

Ezra est positionné sur moi, ses mains maintenant les miennes et ses hanches au creux des miennes. Nos yeux ne se sont pas lâchés le temps qu'il mette un préservatif. Nos regards se fixent l'un à l'autre jusqu'à ce que mon amant prenne place en moi. Mes yeux se ferment sous cette sensation délicieuse. Je mords ma lèvre inférieure, pour essayer de réguler la boule de désir au creux de mon ventre, qui ne demande qu'à s'épanouir. Mon désir n'a jamais été si fort. Mon amant se laisse guider par ses envies, il accélère la cadence comme possédé. Je vis ce moment, hors du temps, je m'abandonne totalement à lui, soumise à ses envies.

Ses muscles se contractent de plus en plus à mesure que son pubis vient à la rencontre du mien. Je sens le plaisir monter de plus en plus haut, de plus en plus fort, comme si un raz-de-marée s'apprêtait à envahir mon corps.

Les yeux d'Ezra flamboient.

La sueur perle légèrement sous l'effort. Je sens que la fin est proche pour lui comme pour moi. Au moment où je m'y attends le moins, il stimule le point névralgique de mon sexe, me faisant basculer dans un torrent de gémissements. Les siens ? Les miens ? Je ne sais pas, sûrement un peu des deux.

Ezra a la délicatesse de se retirer avant de s'affaler à mes côtés.

Nous reprenons notre respiration en silence, chacun dans nos pensées. Enfin, les miennes se résument à « Putain de bordel, c'était extraordinaire » en boucle. Ezra regarde le plafond comme fasciné par la peinture blanche.

Je commence à rassembler mes affaires et à me rhabiller, je ne pense pas que la pizza soit toujours d'actualité, il doit avoir l'habitude que les femmes se barrent après avoir eu ce qu'elles voulaient. J'enfile mon chemisier, Ezra se lève et se plante devant moi. Le fait d'être nu ne le dérange absolument pas apparemment. J'ai presque envie de rire en le voyant si sérieux, debout, les bras croisés sur le torse.

— On a un problème ! s'exclame-t-il d'un coup.

Je suis surprise et un peu inquiète aussi. Je le fixe donc en attente d'explications.

—Je ne suis pas d'accord.

—Avec quoi? lancé-je perdue en boutonnant mon haut.

—Tu as dit que ça ne serait que pour une nuit et je ne suis pas d'accord avec ça.

—Écoute, sois plus clair, je ne comprends pas Ezra!

—J'en veux encore! Putain Ariana, tu ne vas pas me dire que tu n'as pas trouvé ça dingue? ajoute-t-il en levant ses bras en l'air d'un air théâtral qui pourrait me faire rire si la situation s'y prêtait.

—Oui, mais ça s'arrête là, Ezra! affirmé-je, sûre de moi en mettant mes chaussures.

—Pourquoi? On s'entend bien toi et moi, on peut dire que l'on est amis, on peut se dire que l'on s'octroie quelques moments de plaisir sans nuire à notre amitié.

Il se fiche de moi? Ce n'est pas possible autrement! Il se rapproche de moi, sûrement pour m'amadouer.

—Nous ne sommes pas amis, on ne se connaît même pas!

—Si!

—Non, Ezra tu ne connais rien de ma vie et moi de la tienne, réponds-je en sortant de la chambre.

—Je te connais, Ariana. Je sais que ton ex t'a trompée avec ta meilleure amie, que tu travailles avec ma mère et que tu aimes tellement ça que tu organises même le gala en trouvant des idées plus folles les unes que les autres. Que ta grand-mère est une personne importante pour toi et que tu tiens ton grain de folie d'elle. Je sais aussi que je ne laisse pas n'importe qui dormir chez moi et que seuls mes amis ont le droit de toucher à ma console, ajoute-t-il en s'approchant de moi avant de reprendre en me fixant droit dans les yeux. Oh et tu rougis quand tu es gênée et parler de sexe t'embarrasse tellement que dans ces moments-là tu deviens aussi rouge qu'une tomate bien mûre. En revanche, pendant l'acte, tu n'es plus du tout la même, tu es même très entreprenante.

Merde, il me laisse sur le cul. C'est vrai, qu'en quelque temps, il en a appris beaucoup sur moi. Je garde le silence et reste bouche bée. Il en profite pour récupérer ses vêtements me laissant à mes réflexions.

—On peut toujours essayer, ça n'engage à rien.

Mon cerveau carbure, tous les scénarios possibles défilent dans ma tête et dans chacun d'eux, ça se termine mal pour moi. Travaillant auprès de mineurs, je me dois d'avoir une image irréprochable. Passer d'une relation stable à un plan cul en quelques jours pourrait donner aux gens une mauvaise image de moi! Et je ne veux surtout pas donner cette impression. Je ne sais pas, coucher une nuit avec quelqu'un n'engage à rien, on peut toujours rencontrer la personne de nos rêves le jour suivant, et puis je n'ai pas envie de coucher avec Ezra s'il se tape d'autres greluches à côté. Je n'oublie pas qu'il est le fils de ma directrice, si elle l'apprend, elle risque de se faire des films et elle finira peut-être par ne plus m'accorder sa confiance une fois qu'on aura décidé que cet arrangement sera terminé.

En même temps, je suis tentée d'accepter. Ezra est un super amant, j'aime être avec lui, nos conversations ne m'ennuient pas et je me sens bien en sa compagnie. Être amis, c'est possible, mais pour être aussi amants, il va falloir que les choses soient claires.

—OK! On peut essayer.

—Yes, je savais que tu ne pouvais pas résister au Dieu du sexe que je suis! dit-il en levant fièrement son poing en l'air.

Je lève les yeux au ciel.

—Par contre, je veux qu'on établisse des règles, proposé-je les mains sur les hanches en réfléchissant.

—Quoi? Quelles règles? On est amis, on peut aussi coucher ensemble et basta!

—Apporte-moi un papier et un crayon, on va tout noter et si ça ne te convient pas, il n'y aura rien d'autre entre nous.

Je le sens légèrement contrarié, mais il s'exécute. On se rend dans le salon et je m'assieds à même le sol devant la table basse.

Règles de Sexe-friends
entre
Ariana et Ezra.

N1 : n'avoir aucune autre relation sexuelle avec un autre partenaire sans avertir l'autre.

N 2 : se voir au moins une fois par semaine.

N 3 : n'en parler à personne !

Cet arrangement prendra fin si l'une de ces règles est enfreinte ou si l'un ou l'autre décide qu'il ne lui est plus profitable.

Chapitre 5

Sexfriends, mais encore...

Ezra

Je regarde Ariana écrire sur la feuille en silence. Concentrée, elle a l'air certaine que l'idée que j'ai eue, qui si vous voulez mon avis est franchement géniale, ne pourrait pas se faire sans imposer des règles.

Je ne pensais pas qu'elle accepterait si facilement. Au début, elle paraissait tellement réfractaire que j'ai même douté que cela fonctionne. Je ne sais pas comment j'aurais réagi si elle était restée sur sa première réponse. Je ne suis pas fleur bleue romantique ou ce genre de choses bien au contraire. Pour moi une étreinte entre deux êtres n'est que ça, une simple étreinte créée pour satisfaire un besoin, une envie, rien de plus.

Avec mon ex, c'était pareil, je n'ai jamais ressenti de différence, que je fasse l'amour à Azzalé ou, avant elle, aux conquêtes que j'ai pu avoir. Je n'ai jamais eu envie de l'emmener au cinéma, au restaurant ou de partir en week-end en amoureux. Non, entre nous, c'était différent, on était différents, peut-être trop quand j'y pense, mais c'est ce que j'aimais chez elle, elle ne faisait pas semblant d'être une autre. Quand j'invitais mes potes à la maison, elle sortait retrouver ses copines, ou alors quand je voulais aller voir un film d'action au cinéma, elle allait dans une autre salle voir un truc romantique.

En fait, on était tellement différents que nous ne partagions rien ensemble. On pourrait même se demander ce que l'on foutait en couple.

Pour en revenir à Ariana, je ne trouve pas les mots pour décrire ce qu'il s'est passé dans mon lit ce soir. Je crois qu'elle m'a grillé le cerveau. Il ne s'est rien passé d'extraordinaire, je veux dire qu'on n'a pas fait des positions exceptionnelles, le missionnaire franchement, je connais plus transcendant. Elle ne m'a même pas sucé ou masturbé, mais ce que j'ai ressenti a été une explosion de sensations.

J'ai eu l'impression de m'envoler, sans jamais avoir quitté la chambre. Alors qu'elle refuse de recommencer, non, je ne peux pas accepter ça. Si elle veut des règles, elle en aura et je les tiendrai. Enfin, si elles sont raisonnables, il ne faudrait pas exagérer non plus.

Quand elle termine de gribouiller ses lignes, elle me tend sa feuille. Je la lis attentivement et je sens que je vais devoir batailler serré. Il faut absolument changer la deuxième, la trois à modifier légèrement, en revanche la première me plaît bien. Savoir que je serai le seul à profiter de son corps m'enchante. Si j'arrive à changer la deuxième règle, je devrais pouvoir m'en contenter.

—Je suis d'accord avec la première, mais va falloir revoir les deux autres, lui dis-je en lui retournant sa feuille.

—Pourquoi ça ne m'étonne pas ?

—Parce que tu sais comme moi que se voir qu'une fois par semaine, c'est loin d'être suffisant, surtout si tu veux que l'on respecte le numéro 1.

—La première n'est pas discutable, je ne suis pas une de tes poupées interchangeables, affirme-t-elle d'une voix forte.

Comme si je pouvais penser le contraire…

—Alors on modifie la deux !

—Non, si tu sais lire, c'est indiqué au moins une fois par semaine, on peut très bien se voir plus selon nos emplois du temps.

—Ouais, bah y a plutôt intérêt parce que je ne me contenterai pas de ça. Ma libido doit être contentée plusieurs fois par semaine.

Surtout si c'est aussi bon que tout à l'heure, mais ça, je le garde pour moi, il ne faudrait pas qu'elle se serve de ce pouvoir sur moi pour rédiger d'autres règles encore plus farfelues.

—Bien ! Donc on est d'accord ? On s'arrangera en fonction de nos agendas respectifs et pour le reste, il n'y a pas vraiment à discuter !

—On est d'accord, mais seulement pour ces deux-là. La troisième doit changer.

—Hein ? Mais non ! Personne ne doit être au courant, s'affole-t-elle en se levant.

—Écoute Ariana, je ne sais pas comment cacher ça à mon meilleur ami. Roméo et moi, on est toujours ensemble, au boulot ou avec des potes, il va forcément le savoir à un moment.

—Ah, oui tu as raison. Bon bah, du coup, je pense que l'on va laisser tomber, c'est mieux.

Hein ?! Mais qu'est-ce qu'elle me fait là ? J'accepte, ses règles à la con et elle dès que je discute l'une d'elles, elle laisse tout tomber.

—Attends, tu rigoles ?!

Je la vois mettre sa veste et se diriger vers la sortie. Je l'attrape par le bras et me glisse devant la porte lui barrant l'accès.

—Pourquoi, tu t'en vas ? Tu ne peux pas faire une petite concession ? demandé-je un brin agacé.

—Ce n'est pas juste une petite concession, pour moi.

—Tu crois quoi ? Que je vais le crier sur tous les toits ? Non, je dis juste que je ne vais pas mentir à mon meilleur ami, de toute façon à un moment donné, il va s'en rendre compte, il n'est pas idiot.

—Tu ne comprends pas… souffle-t-elle en baissant le regard.

—Alors, explique-moi !

J'ai haussé le ton, la faisant sursauter, mais là, elle m'exaspère à jouer la sainte nitouche.

—Je n'ai pas envie que l'on me prenne pour une irresponsable. Merde, j'ai des responsabilités ! Je me dois de montrer le bon exemple aux jeunes.

—Comme je te le répète, je ne le dirai pas à tout le monde et Roméo est quelqu'un de confiance, il ne te jugera pas. Toi aussi, tu peux en parler à une personne de ton choix et puis tu n'es pas une salope en faisant ça au contraire, tu es une femme qui assume ses désirs. Nous sommes deux adultes consentants personne ne peut nous reprocher ça !

—Très bien, mais je pense que la personne à qui je vais en parler va vouloir te rencontrer.

—Pas de problème, je n'ai rien à cacher de toute façon, dis-je en haussant les épaules.

—Je ne suis pas persuadée que tu sois si confiant quand tu seras devant mamie Pêche, me répond-elle mutine, en rejoignant le salon.

Merde, elle veut me présenter à sa grand-mère. Je n'y avais pas songé. Rencontrer la famille, ce n'est pas vraiment mon truc, car on entre plus dans l'intimité de la personne et sa grand-mère pourrait croire que nous sommes en couple. Dans quelle merde je me suis fourré ?! me demandé-je en la suivant.

—Ta grand-mère ? Tu ne veux pas me présenter à tes parents pendant qu'on y est ?

Son teint devient livide à cette fausse proposition ou au ton brut que j'ai employé. Je ne sais pas, mais on dirait qu'elle a vu un fantôme.

—Mamie Pêche est la personne en qui j'ai le plus confiance, alors c'est elle ou rien. Je te rappelle que ma meilleure amie est certainement dans le lit de mon ex à l'heure où je te parle. Et ne t'inquiète pas pour mes parents, je ne les présente pas à n'importe qui ! s'exclame-t-elle d'un ton sec.

Je suis légèrement mal à l'aise, sous le ton cassant qu'elle emploie et un peu vexé aussi, je ne suis pas n'importe qui quand même ! Je

suis un flic sérieux et responsable, ses parents m'adoreraient, j'en mettrais ma main à couper!

Oh putain, me voilà à vouloir rencontrer ses parents maintenant, n'importe quoi! Elle me rend complètement marteau cette fille. Jamais je ne verrai d'autres membres de sa famille, seulement sa grand-mère, point.

—OK, va pour ta grand-mère.

Déstabilisé par mes pensées, je me dirige vers la cuisine et allume le four après y avoir mis les pizzas. Je la regarde toujours plantée devant la porte, l'air un peu perdu.

—Allez viens, on va zigouiller quelques mecs pour sceller notre accord.

D'abord hésitante, elle finit par me rejoindre sur le canapé et prend la manette que je lui tends.

—Putain, c'est quoi ce bordel?

Ma voix grave du réveil résonne entre deux sonneries. Je sens que l'on bouge à mes côtés et la sonnerie s'arrête.

—Pardon, je dois aller bosser.

Hein?! La brume de sommeil se dissipe et je me souviens de ce qu'il s'est passé hier. L'accord qu'Ariana et moi avons passé et que l'on a scellé dignement bien après avoir repris des forces en mangeant de la pizza réchauffée.

Un sourire idiot recourbe mes lèvres, je jette un œil à ma nouvelle amie qui s'empresse de récupérer son sac et doit se rendre dans la salle de bain, je suppose.

Supposition qui se confirme quand j'entends l'eau de la douche.

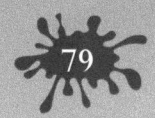

Je ne réfléchis pas plus longtemps et vais la rejoindre. La voir nue sous ma douche réveille encore plus mon érection matinale.

Je me glisse derrière elle et pose mes mains sur son ventre pour l'attirer à moi et lui faire sentir mon désir. Elle frissonne sous mon toucher et tourne la tête me donnant accès à sa bouche, que je m'empresse d'embrasser. Ce baiser fait monter la température, mes doigts l'effleurent doucement suivant le ruissellement de l'eau sur sa peau. Arrivé à la lisière de son pubis, je m'arrête, elle halète, je frôle son clitoris, elle gémit. J'introduis un doigt en elle, elle mord sa lèvre, deux doigts et elle me griffe l'épaule. Je continue de plus en plus vite, les va-et-vient de mes doigts jusqu'à sentir l'expression de sa jouissance sur ma main. Je l'embrasse en attendant qu'elle revienne à elle. Ariana me sourit et s'agenouille devant moi sans attendre, pas que j'en aie quelque chose à redire, mais je n'avais pas ça en tête pour le coup.

—Je te préviens, si je suis en retard au boulot ça sera de ta faute.

Je n'ai pas le temps de répliquer quoi que ce soit qu'elle lèche toute la longueur de ma queue. Un râle s'échappe de ma gorge quand elle prend mon sexe en bouche, elle l'aspire, le suce, le lèche tout en faisant des mouvements de va-et-vient avec sa main.

La vache, elle sait y faire ! Je la laisse continuer jusqu'à ne plus pouvoir me retenir.

—Ariana, arrête-toi, je ne tiens plus.

Je manque de jouir, rien qu'en voyant, ses yeux emplis de désir se poser sur moi. Elle finit par s'écarter, mais au lieu de reculer complètement elle continue de me branler et ma semence se déverse sur ses seins.

La tête rejetée en arrière, les muscles tendus, je reprends possession de mes moyens tout en la regardant se laver tranquillement comme s'il ne s'était rien passé. Nous sortons quasiment en même temps. Propres et satisfaits. On s'habille chacun de notre côté et je me rends en cuisine préparer le café.

—Bon je file, je vais être en retard !

Elle est déjà sur le palier quand je la rattrape.

—Hé! On se revoit quand? questionné-je en butinant son cou.

—Ah euh là, je suis de garde pendant 24 h alors disons mercredi?

—Tu déconnes? grogné-je en la relâchant.

Merde, ce n'est pas possible. Après l'avant-goût de ce matin, je pensais que l'on se verrait plus tôt, genre ce soir. Demain, max!

—Non, Ezra je ne plaisante pas et si ça te pose problème…

Elle ne finit pas sa phrase et descend les marches de l'immeuble.

Je referme le battant et tout en buvant mon café, je lui envoie un SMS. Heureusement que j'ai pensé à lui demander son numéro.

À mercredi Melle Duval!

Je me disais aussi! Au fait, je programme une rencontre avec mamie Pêche pour le 20.

Dans deux semaines? Elle est si occupée que ça ta grand-mère?

Non, mais je bosse ce week-end.

Putain, tu déconnes? Je n'aurais jamais cru avoir un planning de baise un jour!

Sur la route vers le commissariat, je reçois un simple émoji clin d'œil. Cette fille va me tuer. Il va vraiment falloir que l'on discute de ce planning maintenant que j'ai goûté à la saveur de sa peau, je ne suis pas sûr de pouvoir m'en passer pendant de trop longs moments.

—Ton jogging s'est si bien passé que ça ce matin ?

Je lève mon regard qui était fixé sur mon portable pour voir Roméo, déjà installé en uniforme dans notre bureau.

—De quoi tu parles ? Je n'ai pas été courir.

Il me dévisage sceptique. Merde, c'est vrai ça pourquoi je ne me suis pas levé pour aller courir comme d'habitude ? Les images d'Ariana et moi sous la douche me reviennent par flash et je dois avouer que c'était bien mieux que tous les joggings matinaux que j'ai pu faire.

—OK, rassure-moi juste, tu ne t'es pas comporté comme un connard ?

Je hausse les épaules, désinvolte.

—Non, on a un arrangement, elle et moi.

Il me regarde étonné, un sourire en coin.

—Un arrangement ? Tous les deux ? OK, bon tu me raconteras ça plus tard, le chef nous a convoqués dans son bureau, va te changer, je t'attends.

Je suis surpris que mon paternel nous ait sollicités un matin à notre arrivée. Je me dépêche et rejoins mon coéquipier devant le bureau du chef. Je toque et entends la voix bourrue de mon père, nous sommant d'entrer. Il a son air sérieux, le visage grave, Rom' et moi, nous jetons un œil comprenant que cette conversation ne sera pas des plus agréables.

—Agent Monceau, agent Leroux, j'ai une mission importante à vous confier. Il s'agit d'une ancienne affaire qui refait surface depuis quelque temps, commence-t-il tout en réfléchissant.

Puis il se frotte le menton avant de reprendre :

—C'était il y a 11-12 ans à peu près. Un braquage dans un supermarché, qui s'est fini en fusillade. C'est moi qui étais responsable de l'enquête à l'époque, nous n'avons malheureusement pas eu assez d'indices pour trouver de suspects.

—Et aujourd'hui, il y a du nouveau ? demandé-je sachant qu'il ne nous aurait pas dit tout cela sinon.

Roméo très studieux a déjà tout noté sur son calepin, moi, je me contente d'écouter attentivement.

—Un appel anonyme a indiqué une adresse où chercher le possible responsable, mais quand la criminelle est allée sur place, ils n'ont rien trouvé. Tout avait disparu, il n'y avait personne et aucun papier qui pourrait nous donner l'identité des habitants de cette maison. La criminelle a décidé de nous céder l'affaire. Je connais bien les faits et ils n'ont pas de temps à perdre avec une vieille histoire.

—On doit faire quoi ? demandé-je, prêt à me mettre au travail.

—J'y viens. Il faudrait aller aux archives chercher le dossier, comme ça fait plus de dix ans, tout a été mis sur papier pour vider les serveurs.

—OK, on y va de suite, lancé-je en me levant, imité par Roméo.

—Merci et bon courage !

Les archives se trouvent à environ une heure trente d'ici dans un entrepôt bien gardé. Dans la voiture, Roméo en profite pour se renseigner sur l'arrangement qu'Ariana et moi avons passé.

—Tu veux dire que vous êtes amis tout en couchant ensemble ? me questionne mon ami, sceptique.

—Oui, c'est le concept de sex-friends. Pourquoi, tu ris ?

—Désolé, mais c'est ridicule !

—Non, au contraire, c'est génial. Je peux passer une soirée avec elle à jouer à la console ou aller boire un verre tout en sachant que je n'aurai pas d'efforts à faire pour la mettre dans mon lit, m'exclamé-je fier de mon idée.

—Ouais, et si tu rencontres une autre femme qui te plaît, ou qu'elle se trouve un homme qui veut d'elle plus que pour du cul ?

—C'est simple, on arrête tout avant de succomber à un ou une autre partenaire.

—Tu veux dire que tu dois d'abord avertir Ariana si tu t'apprêtes à te taper une autre nana ? demande-t-il encore plus étonné.

—Oui, tout comme elle, surtout si on veut rester amis.

Il explose de rire, sans plus s'arrêter. Je ne sais pas ce qu'il lui prend, notre arrangement est parfait. J'attends qu'il se calme, en conduisant vers notre destination. Il ne se stoppe qu'au moment où je me gare devant le bâtiment des archives.

—C'est bon, on peut y aller ? lui demandé-je, agacé.

Il hoche la tête et m'emboîte le pas. Nous montrons nos badges aux agents qui nous laissent passer.

Quand on entre dans la salle où se trouvent les dossiers, on comprend pourquoi mon père et les agents d'accueil nous ont souhaité bonne chance. La pièce de 1200 m2 est remplie de cartons triés par années, ensuite, il faut regarder toutes les boîtes pour trouver celle dont on a besoin.

—On en a pour la semaine, voire même la suivante, constate mon coéquipier dépité.

—Ouais, allez au boulot !

On souffle de concert et on commence nos recherches qui s'annoncent fastidieuses.

Ariana

Ma garde se termine et je suis crevée. Je ne peux pas reprocher aux jeunes de ne pas s'investir pour le gala. Ils me posent beaucoup de questions et ont hâte d'y être. Heureusement qu'ils avaient cours sinon je n'aurais pas pu régler certaines choses comme confirmer la salle, le chef et organiser les livraisons des produits frais sur place. Arnaud, avec qui j'étais de garde pendant ces 24 h, a aussi une piste pour un orchestre, l'un de ses protégés est inscrit dans une école de musique, il va se renseigner auprès d'eux.

Ce projet prend forme et tout le monde participe, je trouve ça chouette.

J'attends impatiente le retour de Marlon, il m'a demandé mon avis sur le tableau qu'il aimerait peindre pour le gala et vu son talent, je suis convaincue qu'il va nous bluffer. Je suis en cuisine quand le raffut dans l'entrée m'indique l'arrivée des collégiens et lycéens. Arnaud leur demande de bien mettre leurs sacs dans leurs chambres avant de prendre un goûter. Je sors un moelleux au chocolat du four et le place à côté de la tarte aux pommes que j'ai faite plus tôt.

—Hum! Ça sent trop bon!

—Tu as raison Karim, j'espère juste que ce sera aussi bon que ça en a l'air, confié-je en souriant.

—Tu n'as jamais préparé de gâteau qui ait été mauvais, Ariana.

Je souris un peu plus à Karim et lui sers une part de tarte.

—Ça a été les cours aujourd'hui?

—Ouais bof. Je préfèrerais le stage avec Alain.

—J'en suis consciente, mais tu sais que si tu bosses dur tu auras ton brevet et tu commenceras ton apprentissage dans ses cuisines.

On est coupés par tous les autres jeunes qui arrivent, je les sers et on discute tous ensemble. J'aime ces moments où on échange sur tout et rien, qu'il y ait une ambiance conviviale un peu comme si nous étions une grande famille.

Au fond, pour eux, c'est ce que nous sommes et me rendre utile et disponible pour eux me rend heureuse. Savoir que je les aide à se créer un avenir, que peut-être un peu grâce à moi, ils auront une vie bien plus belle que ce qu'ils ont vécu jusqu'ici. Si je peux y contribuer rien qu'un peu, alors j'aurai réussi ma vie, moi aussi. Je pense qu'inconsciemment, j'exerce ce métier parce que sans ma grand-mère, j'aurais moi aussi dû être placée dans un centre comme celui-ci. J'ai eu plus de chance qu'eux et je compte bien la mettre à profit pour aider ceux qui en ont besoin.

Arnaud envoie tout le monde faire ses devoirs et j'en profite pour inviter Marlon à me rejoindre dans mon bureau.

Je vérifie mon portable, en attendant qu'il apparaisse.

10 appels en absence.

3 textos.

Je reste quelques secondes à regarder mon téléphone, un peu sonnée. Qu'est-ce qu'il me veut celui-là ? Je lis rapidement les textos et les efface. Le revoir, après ce qu'il m'a fait ? Il rêve ! Ça fait déjà quelques jours que Peter essaie de me joindre, mais je refuse ses appels.

Je ne sais pas ce qu'il croit, mais je ne vais pas lui faciliter la tâche, si vraiment il veut que l'on se voie pour discuter, il attendra que je sois prête. Marlon me sort de mes pensées en s'asseyant en face de moi. Je prends les croquis qu'il me tend et essaie de le rassurer d'un regard. Je le sens tendu pendant que j'observe ses œuvres.

Il y a trois portraits, ils ressemblent un peu à ceux qu'il avait dessinés sur le mur.

Le premier représente une famille dans une maison, ils sont autour d'une table remplie de nourriture.

La deuxième, il y a un ado assis à la même table, mais vide cette fois et son regard est empli de tristesse, on peut même y percevoir la photo de la famille accrochée au mur au-dessus de la chaise sur laquelle est installé le jeune homme.

Le dernier est plus joyeux et me fait monter les larmes aux yeux. Il s'agit de la façade du centre, on peut voir à l'intérieur plein de jeunes qui jouent, parlent, rient entourés d'adultes qui étrangement nous ressemblent, à Lila, Tim, Arnaud et moi.

Ce tableau m'émeut beaucoup, je mets un peu de temps à reprendre la parole.

—Marlon, c'est sublime! Je suis bluffée par ton talent. J'adore et je sais qu'ils plairont beaucoup le jour du gala, dis-je admirative, les yeux fixés sur le dessin. T'es bien sûr de vouloir les vendre au profit du centre?

—Oui, je vous dois bien ça!

—Non, Marlon tu ne nous dois rien si tu préfères les garder tu en as le droit, personne ne t'en voudra.

Il me regarde, hoche la tête et se lève.

—Je sais, mais je pense que je me le dois à moi-même, et puis je vois bien que ça te tient à cœur ce gala. Moi aussi, j'aimerais y participer, dit-il timidement en fixant ses mains posées sur ses genoux.

—Très bien. Aimerais-tu que je rapporte des tableaux vierges et un chevalet pour les reproduire?

—Oui, ça serait cool! s'enthousiasme-t-il en se dirigeant vers la porte. Merci Ariana.

—De rien. Eh, Marlon?

Il se retourne la main sur la poignée.

—Tu es un jeune homme avec un grand cœur. Tu réaliseras de grandes choses un jour. Aie juste confiance en toi.

Il quitte mon bureau en souriant et je termine donc ma garde sur une note positive.

À peine arrivée à ma voiture que mon portable se manifeste, je regarde le message qui me vient de Jimmy.

Ma chieuse me manque, elle n'est pas revenue boire un café à 6 h du mat'

Désolée, meilleur ami, je sors juste du boulot, je suis claquée !

J'aurais besoin de ma nouvelle meilleure amie, tu peux passer vite fait ?

OK, j'arrive, tu as intérêt à me faire un café serré.

C'est comme si c'était fait !

Je préviens mamie Pêche, qui me soupçonne de ne pas vouloir lui parler de ma nuit passée avec Ezra, dimanche dernier. Elle n'a pas complètement tort, repousser un peu cette conversation me permettra peut-être d'y voir clair.

Je me rends au bar à pied puisqu'il n'est qu'à quelques rues du centre. Quand j'arrive au comptoir, il n'y a personne pour m'accueillir, je m'installe sur un tabouret devant une tasse chaude

avec mon nom inscrit sur une serviette en papier. Je laisse mes yeux se promener dans la salle essayant d'apercevoir mon ami.

Il est sur ma droite, il discute avec des clients installés sur une banquette haute si bien que je ne peux pas dire à quoi ils ressemblent, mais je me doute que Jimmy les connaît bien vu leur conversation animée. Mon attention est détournée par le bruit d'un tabouret que l'on approche de moi.

—Bonzour, tu peux m'aider à monter z'il te plaît?

Une petite blondinette, haute comme trois pommes, m'observe les yeux pleins d'espoir.

—Bien sûr ma puce, mais tu es toute seule? Tes parents ne peuvent pas t'aider? questionné-je en regardant dans les environs pour voir où ils peuvent être.

Je la porte et l'installe sur le siège duquel ses petites jambes se balancent.

—Mon papa travaille et ma maman ne m'aime pas!

Son air désinvolte me scie. Elle m'annonce ça comme si c'était une évidence, que c'était normal.

—Pourquoi, tu dis ça, ma puce? Et ton papa, il est où actuellement? Tu n'es tout de même pas venue ici toute seule?

J'ai conscience de lui poser beaucoup de questions d'un coup, mais c'est plus fort que moi, laisser une petite fille seule dans un bar, c'est vraiment pas prudent.

—Dis, tu veux bien être ma maman?

Je recrache mon café, surprise. Je me dépêche d'attraper des serviettes, pour m'essuyer et éponger mes bêtises sous le rire de la petite chipie.

—Que penserais-tu si je devenais ton amie plutôt?

—Oh oui! s'écrie-t-elle joyeusement.

—Mais pour être amies, il faut que tu me donnes ton prénom et que tu me montres qui est ton papa, pour que je te ramène à lui.

—Ze m'appelle Lilou et z'ai 6 ans. Mon papa, c'est lui qui a fait ton café, m'explique-t-elle fièrement.

—Lilou, je suis enchantée de te connaître, moi, c'est Ariana.

—C'est zolie Ariana comme prénom, tu veux bien être ma copine maintenant ?

Je souris et hoche la tête, elle m'offre un câlin avec ses petits bras autour de mon cou et me demande de l'aider à descendre. Elle me tient la main en m'ordonnant de la suivre, ce que je fais avec le sourire maintenant que je sais qui est son père.

—Papa, papa, z'ai trouvé une nouvelle copine !

Jimmy a le sourire jusqu'aux oreilles en regardant sa fille, mais quand il lève la tête pour voir qui Lilou traîne derrière elle, il rit carrément.

—Eh bien ma chérie, tu ne perds pas de temps ! Tu fais un bon choix, Ariana est aussi devenue mon amie, lui dit-il en caressant ses cheveux tendrement.

—Oh cool ! Tu veux bien me la prêter ? Ze lui ai demandé d'être ma maman, mais elle n'a pas voulu.

Sa mine boudeuse me fait rire. Je m'approche d'elle et lui dépose un baiser sur la joue. Elle est adorable, je ne sais pas pourquoi Jimmy ne m'a rien dit à son sujet, mais après tout on ne se connaît pas depuis longtemps. Moi-même, je ne lui ai pas parlé de mon passé.

—Salut Ariana, je vais finir par m'inquiéter, on se voit souvent en ce moment.

Je n'avais pas porté attention aux clients qui étaient à la table, je ne devrais pourtant pas être surprise de voir Roméo et Ezra ici, mais j'avoue que je n'y ai pas vraiment réfléchi, quand Jimmy m'a demandé de venir le rejoindre.

—Bonsoir Rom'. Ezra.

Je garde un ton neutre, mais amical, je ne veux pas éveiller les soupçons, même si au regard que me lance Roméo, il est déjà au courant. Me sentant rougir, je détourne le regard et me concentre sur mon ami et sa fille.

—Tu voulais me parler ?

—Oui, c'est vrai viens, je te ressers un café ? me propose-t-il en contournant le bar.

—Je veux bien merci.

—Bah oui, elle a tout renversé, répond la petite chipie.

Jimmy nous jette un regard curieux et je demande discrètement à Lilou de se taire en posant mon index sur mes lèvres. Elle rigole, mais s'exécute en prenant ma main. Nous nous installons là où nous étions tout à l'heure, mon café est servi rapidement et un chocolat chaud vient le rejoindre pour ma nouvelle amie. Je prends une gorgée et incite Jimmy à parler.

—Déjà, je veux m'excuser de ne pas t'avoir dit pour Lilou.

Je balaie son excuse du revers de la main.

—J'aurais besoin d'un service, reprend-il.

—Dis toujours, si je peux t'aider…

—La nourrice de Lilou m'a planté et demain elle n'a pas école alors si tu pouvais me la garder quelques heures ?

Son visage arbore une moue suppliante qui m'amuse intérieurement et m'incite à me jouer de lui.

—Oh, demain ? Ça va être compliqué…

—Si tu ne peux pas c'est pas grave, laisse tomber.

—Je plaisante, ris-je. Je suis de repos, à quelle heure veux-tu que je vienne ?

—C'est vrai ? Tu m'enlèves une épine du pied, souffle-t-il soulagé. J'ai une livraison à 6 h, mais viens dès que tu peux, je vais me débrouiller.

—Attends, tu comptes réveiller ta fille à 5 h du mat' ?

—Non, j'habite au-dessus, j'irai voir comment elle va de temps en temps. Je n'ai pas vraiment d'autre choix, m'explique-t-il en haussant les épaules.

—Pff, gros bêta, je peux la garder avec moi ce soir, si tu veux ? Comme ça, tu seras tranquille et Lilou pourra dormir plus longtemps.

—Tu ferais ça ?

—Oui, enfin si tu me fais assez confiance pour me la confier, dis-je en soufflant sur mon café avant d'en boire une gorgée.

—Tu rigoles, qui serais-je pour ne pas avoir confiance en ma meilleure amie ! On ne se connaît pas vraiment c'est vrai, mais tu n'exercerais pas un métier si altruiste si tu n'étais pas une bonne personne et je sens que tu l'es.

Il contourne le bar et me prend dans ses bras.

—Tu me sauves, merci !

Des toussotements nous poussent à nous séparer. Rom' a l'air mal à l'aise et le regard d'Ezra est aussi noir qu'un ciel de tempête. Jimmy ne s'aperçoit de rien et leur sourit.

—Vous partez les mecs ? À demain, même heure ?

Ezra ne répond pas et se contente de fixer le bras du barman encore accroché à mes épaules. Je ne connaîtrais pas la nature de notre relation, je pourrais croire qu'il est jaloux.

—Je ne sais pas trop, on a une semaine chargée et Ez' n'est pas dispo demain soir, répond Roméo en essayant de provoquer une réaction chez son collègue d'un coup de coude.

Jimmy commence à comprendre qu'il y a un truc qui cloche et décide de ne pas insister.

—Lilou vient, on va préparer un sac, tu vas aller dormir chez Ariana ce soir !

—Ouais !

La petite ne se fait pas prier, elle saute dans les bras de son père pour descendre du tabouret, et court en direction d'une porte qui doit donner sur leur logement.

—Je croyais que tu ne voulais pas être sa mère ? m'agresse Ezra, ses yeux me fusillant toujours.

—Je ne le suis pas, je rends service à un ami, dis-je d'un ton neutre pour ne pas aggraver la situation qui me dépasse légèrement.

—Mais bien sûr ! Et ensuite, c'est lui que tu vas garder la nuit ? Dans ton lit peut-être aussi ?

—Ezra.... essaie d'intervenir son ami.

—T'en mêle pas Rom', s'il te plaît! On sait tous les deux que si tu pouvais, tu te la taperais!

Estomaquée par les mots d'Ezra, je ne réagis pas quand Roméo me fait la bise en me souhaitant une bonne soirée.

—Putain, vas-y te gêne pas mon pote!

Roméo recule les mains au niveau de sa tête, l'air innocent. Ce n'est qu'au moment où il quitte le bar que je reprends vie.

—Je peux savoir ce qui te prend?

—Tu plaisantes? Je te retrouve pendue au cou d'un autre mec alors que tu as dit que tu bossais et maintenant, tu vas faire du baby-sitting alors que tu aurais pu venir à la maison et tu me demandes à moi, ce qui ne va pas?

—On se voit demain comme on l'avait prévu, je ne vois pas ce que ça peut te faire que j'aie accepté de garder Lilou. C'est la fille de Jimmy et il est mon ami. Quand un ami me demande de l'aide, je l'aide et tu n'as pas ton mot à dire, annoncé-je en essayant de ne pas m'énerver.

—Et tu te pends au cou de tous tes amis? Putain, tu lui as collé tes seins sous le nez Ariana!

Les yeux écarquillés, je ne comprends rien à la réaction d'Ezra. Mes soupçons se confirment, il est jaloux et si mon cœur bat plus vite en y pensant, ma tête rejette cette hypothèse.

—Écoute Ezra, on a mis en place des règles pour que notre arrangement fonctionne et je compte les respecter, mais tu vas devoir me faire confiance quand je te dis que Jimmy n'est qu'un ami, m'exclamé-je d'un ton plus ferme.

—Ouais, pardon. C'est juste que je t'ai vue alors que tu m'avais dit que tu bossais… Je ne sais pas, je déteste les mensonges depuis…

Il ne finit pas sa phrase, mais je comprends. Je comprends que la trahison de son frère l'a marqué et le marque encore beaucoup.

—J'ai fini à 20 h et je comptais rentrer chez ma grand-mère, mais quand Jimmy m'a demandé de venir, car il avait besoin d'un service, je n'ai pas hésité.

—OK, je sais pas ce qui m'a pris, sûrement le manque de sexe depuis deux jours, souffle-t-il avec son sourire en coin.

—Oui, c'est certainement ça...

Nous nous sourions, l'orage semble passé. Jusqu'à quand ? Ça promet !

—Et si on ajoutait deux règles à notre arrangement ?

Son visage s'est fermé d'un coup et je vois passer une lueur d'inquiétude dans ses yeux.

—On a tous les deux subi les tromperies et les mensonges, alors si on ajoutait que l'on se fait confiance et surtout aucun mensonge.

—Je suis toujours honnête Ariana, mais pour la confiance, je ne sais pas, c'est... compliqué.

—Moi aussi, mais j'essaie de toujours accorder ma confiance à mes amis, et on est amis, toi et moi. En plus, tu ne risques pas de me piquer un jour mon fiancé...

Nos rires résonnent dans le bar et quelques clients nous observent, mais nous n'y prêtons pas attention.

Quand je regarde Ezra, j'ai une furieuse envie de l'embrasser. Je me mords la lèvre en repensant à toutes les sensations que son toucher me pousse à ressentir. Son regard se voile de désir et il amorce un pas vers moi. Son torse touche ma poitrine, nous sommes si proches. Nos souffles se lient, plus que quelques centimètres et nos bouches s'uniront. Je m'approche encore.

—Ah ze comprends tu veux que za zoit lui le papa de tes z'enfants.

D'un bond, nous nous séparons mal à l'aise de nous être fait surprendre.

—Hein ? Euh non !

Jimmy est mort de rire à ses côtés et je rougis encore... Ezra passe sa main dans ses cheveux et me regarde gêné.

—Bon, eh bien, moi je vais y aller, Jimmy on se voit plus tard ?

Il n'attend pas la réponse de notre ami et déguerpit.

—C'était quoi ça ? demande mon ami en désignant la sortie.

—Je ne vois pas de quoi tu parles…

Je suis encore plus rouge que la cape du chaperon dans le conte de Charles Perrault.

—Je vais faire comme si je te croyais.

Je souffle, soulagée qu'il me laisse tranquille avec ça.

—Enfin, pour ce soir en tout cas !

Eh merde !

—Bon Lilou on y va ? Tu as tout ce qu'il te faut ?

—Oui, mais papa me fait faire mes devoirs demain.

Son ton boudeur me colle le sourire aux lèvres.

—Jeune fille, les leçons que ta maîtresse te donne sont importantes.

—Mais z'est trop dur !

Jimmy, qui s'est agenouillé pour être à la hauteur de sa fille, me lance un regard désespéré. Je comprends que ce sujet revient souvent pour certains enfants, les devoirs à la maison sont une vraie corvée.

Je me mets à la hauteur de mes deux nouveaux amis.

—Tu sais Lilou, ton papa a raison et je vais t'aider à les faire. Tu verras ça ira vite, après on se baladera au parc pas loin de chez moi, ça te va ?

—Oui, mais ze zuis vraiment nulle !

—Ouh là, alors déjà tu m'enlèves ça de ta tête sinon toi et moi, on ne sera plus amies. Personne n'est nul ! Nous avons tous des difficultés dans des domaines différents, mais en travaillant dur, on peut toujours y arriver, d'accord ?

Elle me regarde les larmes aux yeux en hochant la tête. Je ne voulais pas la rendre triste, mais se rabaisser est quelque chose que

je ne supporte pas. Je me bats beaucoup pour que mes jeunes aient conscience de leur valeur, alors une petite fille de 6 ans…

—Tu me le promets ?

Encore un hochement de tête affirmatif. Jimmy a l'air désarçonné par ce que sa fille pense d'elle-même.

—OK, maintenant tu vas dire «Je suis Lilou et je suis trop géniale pour être nulle !» Allez vas-y, on t'écoute, l'incité-je en lui prenant les mains, pour l'encourager.

—Ze zuis Lilou et ze zuis trop zéniale pour être nulle !

—Voilà, maintenant, je veux que tu te le répètes à chaque fois que tu penses être nulle, c'est compris ?

—Oui, me promet-elle timidement.

—Jimmy, je te la ramène vers 17 h ça ira ?

Il me serre dans ses bras en me remerciant encore avant que l'on quitte le bar qui s'est vidé de ses derniers clients.

Une fois chez ma grand-mère, j'installe la petite dans ma chambre et je vais sur le canapé du salon.

—Ma bichette !

Je grogne et me retourne.

—Ma bichette, qu'est-ce que tu fabriques là ?

Mes yeux papillonnent et j'entraperçois mamie Pêche, affublée de son peignoir rose fuchsia qui agresse mes rétines. Je m'assieds en me remémorant la soirée d'hier, il faut que je dise à ma grand-mère que je garde Lilou aujourd'hui.

Je lui demande de me rejoindre à la cuisine, je me coule un café bien fort pour me réveiller.

—Alors ma bichette pourquoi je te retrouve sur le canapé ce matin ? Il y a un problème dans ta chambre ?

—Oh non, mamie Pêche ne t'inquiète pas, c'est juste que l'on a une petite invitée surprise aujourd'hui.

—Une amie à toi ?

—Lilou est la fille d'un ami, tu sais celui du bar, je t'en avais déjà parlé, non ?

—Si, celui qui a trouvé la salle pour le gala, c'est ça ?

Je hoche la tête, tout en buvant une gorgée de café.

—Voilà, sa nourrice l'a lâché, il m'a demandé si je pouvais la garder pour la journée, expliqué-je en prenant une tartine préalablement beurrée.

—Dis-moi, ce n'est pas avec lui que tu étais dimanche, si ?

—Oh non, c'est un autre homme. Il s'appelle Ezra, mais ce n'est pas sérieux, tu sais.

—Raconte, ma bichette.

Je suis consciente qu'elle ne lâchera pas, et puis j'ai dit que c'était la personne de confiance à qui j'expliquerai l'arrangement que nous avons passé Ezra et moi, alors je lui raconte tout. Notre rencontre, qu'il m'a hébergée le soir de ma séparation avec l'autre babouin. Le fait que j'ai découvert qu'il est le fils de ma patronne. Je lui parle de l'arrangement et des règles que j'ai imposées et que je l'ai invité le 20 pour le goûter, car je sais qu'elle voudrait le rencontrer.

Elle acquiesce à tout ce que je narre sans commentaires. Ce qui m'inquiète venant de mamie Pêche, si bavarde d'habitude.

—Mamie, ça va ? Tu ne dis rien ? m'inquiété-je.

—Excuse-moi ma bichette, je réfléchis.

Je la laisse à ses pensées et décide de préparer des crêpes pour la demoiselle qui ne tardera pas à se lever.

—En fait, tu t'es remise en couple ?

Surprise par la voix de ma grand-mère et par sa question, je sursaute et me brûle la main en voulant rattraper la poêle que j'ai lâchée de peur. Putain de réflexe à la con ! Je me précipite sous l'eau froide en pestant.

—Non, on n'est pas ensemble, je te l'ai expliqué, c'est un simple arrangement entre amis.

Son regard sceptique ne me dit rien qui vaille.

—Excuse-moi de ne pas bien comprendre ma bichette, mais pour une vieille chouette comme moi, quand on fricote avec quelqu'un qui est aussi un ami que l'on côtoie en dehors des galipettes, c'est notre petit ami.

—La différence, c'est l'absence de sentiments. Je ne suis pas amoureuse d'Ezra et réciproquement. L'amour n'entre pas en compte dans notre relation.

—Parce que tu crois que j'ai aimé ton grand-père au premier regard ? Non, on était amis, l'amour s'est installé après, ce sont tous ces moments agréables que j'ai passés avec lui qui m'ont fait tomber amoureuse de lui, m'explique-t-elle en souriant tendrement.

Je passe le reste de la journée à méditer ce qu'elle m'a dit, tout en m'occupant de Lilou. On commence par les devoirs qui la terrorisent tant. Je me rends compte qu'elle manque de confiance en elle, ce qui la bloque dans l'apprentissage de la lecture. Son zozotement la gêne pour lire à voix haute. L'après-midi nous allons, comme promis, au parc où elle joue de longues heures à sauter, grimper, se suspendre, on dirait un vrai petit singe.

Pendant ce temps-là, je lis sur un banc tout en refusant les appels incessants de Peter.

Chapitre 6

Mamie Pêche.

Ezra

— Putain !

— Merde ! T'as raison mec elle est trop forte, s'exclame-t-il impressionné.

On tourne tous les deux un regard de pitié à Ariana qui nous sourit, innocente.

— Que voulez-vous les gars, je suis meilleure que vous, il faut vous y habituer ! fanfaronne-t-elle avant de mordre dans sa part aux quatre fromages.

Nous sommes tous les trois chez moi pour une soirée pizzas et jeux vidéo. Rom' ne me croyait pas quand je lui ai dit qu'elle était vraiment forte à Call of Duty. Oui, parce que bien entendu elle n'a pas hésité à lui raconter comment elle m'a battu à chaque partie que l'on a disputée l'un contre l'autre.

Depuis maintenant deux semaines, on se retrouve chez moi tous les soirs où elle ne bosse pas, et même si, selon Roméo, nous sommes bien plus qu'amis, je persiste à dire que cet arrangement est génial.

Bordel, c'est le pied !

Non, vraiment cette relation amicale, avec un peu plus, est parfaite. Je ne me pose pas de questions. Je vois mes potes, Rom' et Jimmy au bar comme avant, la seule chose qui a changé, c'est que je

n'ai aucun effort à fournir pour séduire une femme, car je sais que je verrai Ariana dès qu'elle sera libre.

Au début, j'avais peur qu'elle ne soit trop souvent indisponible et que je sois frustré, mais non, pas du tout. Et puis, quand je repense aux sensations que je ressens en étant en elle ou tout simplement en la touchant, je n'ai plus du tout envie de coucher avec une autre nana.

Depuis que Jimmy nous a grillés l'autre jour, nous faisons attention quand nous sommes entourés. Ariana m'a confié qu'elle lui avait expliqué ce qui se passait entre nous et qu'il avait trouvé ça complètement nul. Pour lui, soit l'un de nous deux tombera amoureux de l'autre, soit on fera une connerie comme coucher avec un autre partenaire et dans les deux cas, il y aura un de nous qui souffrira.

Personnellement, je ne compte pas coucher avec une autre ni tomber amoureux, donc je les laisse radoter sans les écouter. De toute façon, je ne suis pas fait pour l'amour, on a vu ce que ça a donné la dernière fois. Je reprends une part de pizza tout en écoutant Ariana expliquer à Rom' comment elle a appris à jouer à ce jeu dans le but de discuter avec un de ses jeunes qui y était accro.

Plus j'apprends à la connaître, plus je l'admire. Elle est toujours à l'écoute des autres, veut faire les choses bien et surtout, elle est dévouée à sa famille et ses amis. Son ex ne sait pas ce qu'il a perdu, il ne la méritait pas de toute façon. Il lui faut un homme qui l'aime pour ce qu'elle est, une jeune femme altruiste, généreuse et un peu folle. Son visage d'ange, sa voix un peu rauque et son innocence feinte la rendent parfaite.

Je sais qu'un jour elle rencontrera cet homme, celui pour qui elle sera tout, pour qui elle fera tout, qu'elle aimera éperdument et ce jour-là, je serai heureux pour elle. Parce qu'elle le mérite.

À ce moment-là, je retournerai à mes habitudes, comme les filles faciles dans les bars…

—Bon, mon pote, je te dis à demain. Je passe te prendre ou tu y vas de ton côté? me demande Roméo en se levant du canapé.

Je regarde mon meilleur ami essayant de reconnecter mon cerveau, de quoi il me parle déjà ? Ah oui, demain, on est dimanche, c'est le déjeuner familial chez mes parents.

—Viens là, je ne sais pas encore si je prends ma voiture ou pas. Il faut que je sois chez la grand-mère d'Ariana à 16 h.

—Oh ! C'est vrai, le grand jour est arrivé, franchement je ne comprends pas votre truc. Jimmy, moi et maintenant ta grand-mère sommes au courant, pourquoi vous ne le dites pas à tout le monde que vous vous fréquentez ?

—On est juste amis Rom' ! rectifie Ariana.

—Ariana, je t'adore, mais toi et mon pote vous êtes trop naïfs.

Roméo part sur cet énoncé peu flatteur nous concernant. Ariana débarrasse les restes de pizzas pendant que je range ma console et les jeux sortis.

La sentant soucieuse, je la rejoins dans la cuisine. Elle boit un verre d'eau, dos à moi, face à l'évier. Je glisse mes mains sur son ventre collant son dos à mon torse, je pose ma tête sur la sienne.

—Il y a un problème ?

Aucune réponse.

—Ariana, je commence à te connaître et je sens que quelque chose te tracasse. C'est parce que l'on va voir ta grand-mère demain, ça te stresse ?

Elle pouffe et se retourne entre mes bras plongeant son regard dans le mien.

—C'est toi qui devrais avoir peur, elle va te mettre la misère ! me taquine-t-elle en souriant.

—J'en prends bonne note, mademoiselle, je viendrai avec mon gilet pare-balles.

Je l'embrasse sur le nez, elle rougit. Je sais que ce geste de tendresse peut paraître un peu trop intime vu notre relation, mais avec Ariana, je ne me pose pas de questions. Je vis le moment présent.

—Tu crois qu'il a raison ?

—Qui ?

—Roméo, tu penses qu'on est naïfs ? Tu penses que l'on se trompe avec l'arrangement ?

—Honnêtement, je n'en sais rien, mais pour le moment cela fonctionne et je n'ai pas l'intention de te blesser, si c'est ce dont tu as peur.

Elle se met sur la pointe des pieds et tire sur ma nuque pour m'inciter à baisser mon visage vers elle. Son baiser est doux et addictif. Je prends le temps de la savourer les mains posées sur son cul parfait. Elle m'échappe en un éclair, je ne comprends pas ce qu'il se passe, mais son regard mutin quand elle se rend dans la chambre me donne chaud et tend mon caleçon. Mon deuxième cerveau comprend plus vite que moi ce qui va se jouer en cette fin de soirée.

Je m'arrête à la porte et l'admire se déshabiller. Elle se tourne me laissant la contempler là, en sous-vêtements. Les cheveux lâchés qui balaient ses épaules, sa peau laiteuse parsemée de taches de rousseur que j'aime embrasser jusqu'à la faire frissonner. Son ensemble en dentelle noire épouse parfaitement ses formes. Je m'approche lentement augmentant la pression, on sait tous les deux ce qui va se dérouler et l'attente est le meilleur préliminaire qui soit. Son souffle s'accélère, je passe mon doigt sur son épaule à la lisière de son soutien-gorge et glisse jusqu'en haut de sa poitrine. Je remonte doucement ma main et cette fois, je descends sa bretelle. Je dégrafe son soutif d'une main experte pour enfin, admirer ses seins libérés de leurs entraves.

Ariana a les yeux fixés sur moi, attendant impatiemment, la prochaine étape. Je prends un malin plaisir à l'effleurer, sans vraiment la toucher. Tout le haut de son corps passe sous mes doigts. Sa peau se pare de chair de poule, sa respiration devient erratique. J'ai moi-même du mal à me contenir. Mes yeux se plantent dans les siens et mon propre souffle se coupe, ses iris bleus sont incandescents. Elle est magnifique.

Magnifique et toute à moi ! Je suis un putain de chanceux !

Je me penche et prends une de ses pointes durcies entre mes lèvres, tout en titillant sa poitrine gonflée, une de mes mains s'aventure plus bas, là où je trouverai la preuve de son envie de moi.

J'ai à peine touché son clitoris qu'elle gémit. Putain, comment fait-elle pour me retourner le cerveau avec ce simple son ?

Je ne tiens plus. À genoux, je retire son tanga et embrasse son sexe humide. Elle halète de plus belle. Je n'attends pas une seconde de plus pour me mettre nu et enfiler une capote. Elle en profite pour aller sur le lit, je la vois à quatre pattes et cette position, la vue de son cul, me font complètement vriller. Je lui intime de rester comme ça et vu le sourire qu'elle m'offre, elle est plutôt pour…

La levrette est une de mes positions préférées, tout simplement parce que je n'ai pas besoin de voir la tronche de la nana avec qui je baise et puis pour elle, c'est le pied. Elles n'ont rien à faire et je vais plus profondément en elles.

Mais vous savez quoi ?

La levrette avec Ariana, c'est bien plus que ça, elle prend tout ce que je lui donne sans rechigner, au contraire elle aime ça. Savoir que c'est elle que je baise me rend dingue. Cette femme me plonge de plus en plus dans la folie à chaque partie de jambes en l'air.

On ne perd pas de temps à s'endormir, épuisés, l'un contre l'autre.

Les réveils auprès d'Ariana ? Comment dire ? Je pourrais m'habituer à avoir un petit-déj' chaque matin. Elle se lève toujours avant moi, et même si parfois elle est déjà partie au taf, j'ai des crêpes, des gaufres ou une salade de fruits selon ce qu'elle trouve dans mes placards. Ces matins-là, je suis de bonne humeur et franchement, avec le boulot que l'on se tape en ce moment avec Roméo, il est content d'avoir un coéquipier bien luné. Il pense que c'est parce qu'on a baisé, je ne compte pas lui dire que c'est parce qu'elle me concocte de bons petits plats, ça lui donnerait de quoi argumenter sur notre naïveté.

Je me lève, enfile boxer et t-shirt propres et suis l'odeur délicieuse qui s'échappe de l'espace cuisine. Je trouve Ariana attablée devant

un mug. Elle lève les yeux vers moi et le sourire qu'elle m'adresse illumine encore plus mon réveil.

—Salut, bien dormi ?

Elle se tourne vers la cafetière et l'instant d'après dépose une tasse de café sur la table en même temps qu'une assiette remplie de donuts.

—J'ai bien dormi, merci. Tu sais, tu n'es pas obligée de préparer le petit déjeuner à chaque fois que tu es là, dis-je en récupérant mon breuvage brûlant.

Elle boit une gorgée et prend une bouchée de donuts tartinant ses lèvres de sucre, mes yeux sont fixés sur ce geste sensuel. Elle ne s'en rend pas compte, mais je n'ai plus du tout faim ni envie de parler, juste une furieuse envie d'elle… Oui, encore ! Ce n'est pas vraiment de ma faute, elle m'a rendu accro à son corps !

—Je sais, mais j'adore ça. D'ailleurs, j'ai préparé un flan, que l'on pourra manger chez mamie Pêche.

Ah bah pour le coup entendre parler de sa grand-mère diminue ma libido.

—Hum, tu me prends par les sentiments, fais gaffe, je risque de m'habituer à toute cette cuisine.

Elle rit, mais ne commente pas.

—Au fait, tu veux que je passe te prendre ici ou tu seras déjà là-bas ?

—Je serai avec mamie Pêche. Envoie-moi un message quand tu pars de chez tes parents.

La sonnette résonne, ce qui nous surprend. Ariana court vers ma chambre pour se cacher. Je regarde dans l'œilleton, qu'est-ce qu'il fout déjà là ?

J'ouvre à mon meilleur pote tout en criant à Ariana qu'elle peut sortir.

—Je dérange peut-être ?

Mon grognement lui répond et le fait rire. Connard !

Ariana arrive le sourire toujours accroché aux lèvres et fait la bise à Roméo. Je sais bien qu'il aurait aimé tenter sa chance avec elle, et peut-être que ça aurait marché entre eux, mais égoïstement, je me la suis appropriée et il n'a pas protesté. Ce mec a un cœur en or, le jour où il trouvera la femme de sa vie, elle aura de la chance.

—Tu veux boire un café, Rom' ? propose Ariana en retournant en cuisine.

—Oui, je veux bien puisque l'autre ronchon n'est pas encore prêt de toute façon.

—Attends, mais il est quelle heure ?

Il me montre son portable et je comprends mieux ce qu'il fait là, il est pile à l'heure, en revanche moi, je suis grave à la bourre.

—Merde, je file à la douche et on se barre.

Il ne m'écoute pas, trop absorbé par sa conversation avec notre amie. Pendant un instant, j'ai envie de me passer de douche et de partir immédiatement, le voir avec elle me dérange. Je n'ai pourtant pas à avoir peur de les laisser ensemble. Lui ne me ferait pas ce que mon frère m'a fait, en plus Ariana et moi sommes juste amis. Alors pourquoi, je m'inquiète de ce qu'ils pourraient se confier en mon absence ?

L'eau coule sur ma peau et tout en me lavant, j'essaie de comprendre mon comportement envers elle, je me rends bien compte que je suis jaloux des autres mecs qui l'approchent, mais en ai-je le droit ? Oui, je crois. Après tout, pour le moment, on a un deal et elle m'appartient. Un jour ça changera, mais tant que nous sommes d'accord sur les bases de notre relation, je dois lui accorder ma confiance et arrêter de grogner contre tous les hommes qui l'entourent. Elle a le droit de parler, rire ou même flirter, notre arrangement ne l'interdit pas tant que l'on ne franchit pas la barrière du sexe. Merde, rien que d'y penser, ça m'énerve !

Je me savonne plus durement, frustré par toutes ces réflexions. Il faut que je sorte vite, je les ai laissés assez longtemps tous les deux. En jean et chemise, je sors de la salle de bain sous les rires de mes amis.

—Qu'est-ce qu'il y a de drôle?

Ils se retournent vers moi et si mon meilleur ami pose un regard rieur sur moi, Ariana elle, fronce les sourcils.

—Quoi? Il y a un truc qui cloche? demandé-je surpris de la réaction d'Ariana.

—Tu vas à un mariage? me questionne-t-elle perplexe.

Je la regarde sans comprendre. Roméo pouffe dans son coin ce qui m'énerve et ce petit con le sait.

—Bon, vous allez me dire ce qui ne va pas? m'énervé-je.

—Ez' tu es… Tu as mis une chemise? continue-t-elle en m'observant bizarrement.

Je jette un œil à ma tenue impeccable sans comprendre ce qui peut bien les choquer.

—Merde, Roméo tu crois qu'il s'est apprêté pour ma grand-mère?

Mon pote la regarde sidéré par cette constatation.

—Hum, hum, je pense que oui, il n'a jamais fait cet effort pour moi en tout cas.

—Mamie Pêche va le bouffer tout cru! s'exclame-t-elle les bras croisés en secouant la tête de gauche à droite.

—À ce point?

—Attends, ça se voit à dix kilomètres qu'il n'est pas lui-même! En plus, je lui ai raconté notre première rencontre, et là, il ne fait pas du tout connard arrogant, mais plutôt gentil garçon…

—Et il s'est coiffé, et a même mis des chaussures de ville, ajoute-t-il.

Je les regarde échanger sur mon look devant moi comme si je n'existais pas. Je finis par abdiquer et aller me changer, mon éternel haut noir sous ma veste en cuir et enfile mes Timberland.

C'est vrai que je me sens mieux dans mes fringues.

—Bon, on file ou vous faites une réunion Tupperware?

Rom' est debout en deux secondes, il a compris à mon intonation que je n'avais pas envie de rire.

—Oh merde! Attends Ezra, je prends mon sac et j'arrive… m'interpelle Ariana.

—Pourquoi? Ma mère t'a invitée?

J'ai conscience de mon ton brusque, mais ils m'ont assez fait chier pour aujourd'hui. Qu'est-ce qu'elle croit en plus, qu'elle va s'inviter chez mes parents à chaque repas de famille?

—Euh, non, me répond-elle étonnée. Je ne suis pas chez moi, je vais donc rentrer, comme prévu.

—Ah, OK…

Merde, quel con, je m'énerve encore pour rien!

—Non, mais tu n'es pas pressée reste, je vais récupérer le double chez mes parents.

—Non, enfin je n'ai pas besoin de tes clés, je te les rendrai tout à l'heure, pas besoin de prendre tes doubles, m'explique-t-elle rapidement.

Je pars sans répondre. Pourquoi elle refuse de prendre mes clés? Ça serait plus simple quand elle vient dormir, surtout quand je finis tard. Est-ce qu'elle a déjà quelqu'un d'autre? C'est pour ça qu'elle n'en veut pas? Elle sait qu'elle ne s'en servira pas?

Putain, dans quoi je me suis lancé, c'était censé être simple, sans prise de tête. Nous passons du bon temps ensemble sans conséquence et surtout, sans sentiment. Et me voilà à me poser des questions à tout bout de champ, à décortiquer chacune de ses paroles, comme une putain de gonzesse.

Je me contente de suivre la voiture de Rom' jusqu'à notre destination, perdu dans mes pensées. Finalement, j'ai décidé de prendre mon véhicule, je n'ai pas eu envie de passer tout le trajet à l'entendre blablater sur notre relation à Ariana et moi.

Le repas se déroule comme d'habitude, dans la convivialité et le calme. Mon père nous félicite d'avoir mis la main sur le dossier du braquage, mais n'entre pas dans les détails, ma mère nous tuerait si

on passait notre dimanche à parler boulot. Mon frère, une nouvelle fois invité surprise, ne s'immisce dans aucune conversation pour mon plus grand plaisir, je ne suis pas prêt à lui pardonner et à lui parler non plus… On a vu ce que ça a donné la dernière fois…

Je prétexte avoir perdu mes clés pour récupérer mon double. Roméo me jette un regard suspect, mais n'émet aucun commentaire. Ma mère a été étonnée que je ne prenne pas de dessert, mais n'a rien dit. Je m'éclipse très vite après le repas, pour ne pas être en retard chez la grand-mère d'Ariana.

J'arrive à l'adresse indiquée par mon amie et la découvre sous le porche d'une maison un peu vieillie par le temps. Ariana n'est pas seule et ma jalousie reprend ses droits sur mon esprit. Je viens pour affronter sa grand-mère et vais devoir évincer un guignol en plus de ça !

Allez, c'est parti !

Ariana

En arrivant, je constate que ma grand-mère fait la sieste. J'en profite pour ranger mes affaires et mettre le flan au frais. J'effectue un brin de ménage en silence en songeant que depuis le début de notre arrangement avec Ezra, je n'ai dormi qu'une fois ici et ce n'était même pas dans mon lit.

Les deux semaines passées sont allées tellement vite. Sûrement, à cause du sentiment de liberté que je ressens depuis ma rupture. Ne pas avoir à faire d'efforts pour être parfaite pour quelqu'un à chaque instant est libérateur. Ezra me prend comme je suis et moi, je m'habitue à ses sautes d'humeur. En deux semaines, ma vie a changé. Mon cercle d'amis s'est élargi, avant je n'avais que Cécilia, Peter et leurs amis, étant donné que je n'avais pas le temps de voir d'autres personnes sans essuyer leurs reproches. Maintenant, j'ai

Jimmy, sa petite amie Paloma et Lilou. Roméo et Ezra bien sûr, plus le temps passe, plus nous nous rapprochons.

J'aime les moments que je passe avec chacun d'entre eux. C'est encore beaucoup trop tôt, mais il est possible que je leur parle de mon enfance. Du drame qui a façonné ma vie.

Vers 15 h, mamie Pêche sort de sa chambre. Je la vois s'approcher de son fauteuil lentement, ses traits sont encore tout chiffonnés de sommeil. Parfois, il m'arrive d'imaginer ma vie sans elle, pas que je le souhaite, mais comme elle aime le dire, un jour elle ira rejoindre sa fille et son mari. La mort ne l'effraie pas, car elle sait qu'elle est attendue de l'autre côté, mais moi, ce jour-là, je serai définitivement seule. Rien qu'à cette idée, je sens les larmes emplir mes yeux sans que je ne puisse rien y faire.

—Eh bien, ma bichette, tu m'as l'air bien tristounette ? À quoi penses-tu ? me surprend ma grand-mère en entrant dans la cuisine.

Je me frotte les yeux, honteuse d'avoir été surprise à pleurer.

—Rien mamie Pêche, tout va bien. Tu as bien dormi ?

—Comme un bienheureux, répond-elle d'une voix apaisée.

—Tant mieux. J'ai fait un peu de ménage et mon flan est au frigo, tu aimerais que l'on fasse quelque chose avant l'arrivée d'Ezra ? proposé-je en retournant au salon.

—Non, rien de spécial. Parle-moi plutôt de lui, que je puisse orienter mes questions.

—Mamie ! Tu ne vas pas lui faire subir un interrogatoire ?

—Bien sûr que si ! Voyons ma bichette, tu sais bien que je te protégerai toujours et s'il se trouve que c'est un serial killer ?! s'enflamme-t-elle en s'asseyant dans son fauteuil.

—Il est flic, mamie Pêche, pas gangster ! ris-je en m'installant dans le canapé.

—C'est pareil, je ne lui confierai ma bichette que quand il aura répondu à toutes mes interrogations.

—Très bien, mais pour ta gouverne, il n'en veut pas de ta bichette, nous sommes juste amis.

Elle rit toujours devant cette affirmation.

—Mais oui, et c'est pour cela que je te trouve plus épanouie, plus rayonnante, plus heureuse tout simplement…

—Ezra est un très bon ami et il y a Jimmy, sa fille et Roméo. C'est vrai que je me sens bien avec eux et surtout, je me sens entourée par de vraies personnes qui s'intéressent à moi. Pas comme Cécilia qui n'en voulait qu'à mon argent.

—Cette guenon ne te méritait pas ! rétorque-t-elle d'une voix forte.

Ma grand-mère prend ma main dans la sienne et la serre.

—Tu comptes leur dire un jour ? me demande-t-elle d'un ton doux.

—Pour Maman et Papa ?

Elle hoche la tête et je déglutis.

—Je pense oui. réponds-je incertaine.

—Quand ?

—Mamie ce n'est pas si simple, regarde ce que ça a donné la dernière fois que je l'ai dit à quelqu'un !

—Ce n'étaient pas les bonnes personnes, ma bichette, elles ne doivent pas te pousser à douter de tous ceux que tu rencontres. Ils finiront bien par l'apprendre, surtout le jeune homme qui ne va pas tarder à passer à la casserole.

Le double sens de sa dernière phrase nous fait rire.

—Je ne sais pas, on verra, pour l'instant, je vis au jour le jour et si vraiment la nature de notre relation change, alors je lui avouerai.

La sonnerie de mon portable nous interrompt.

—Ezra arrive, il part de chez Marie.

—Très bien, je vais me rafraîchir un peu et préparer mon interrogatoire…

Elle se dirige vers la salle de bain en sifflotant.

Pendant ce temps, je pose le flan sur le comptoir de la cuisine et dispose des tasses sur la petite table du salon ensuite, je sors

l'attendre sous le porche en espérant qu'il sera de meilleure humeur que tout à l'heure.

Quand j'ouvre la porte, je tombe nez à nez avec un homme qui n'est pas celui que j'attendais.

— Qu'est-ce que tu fous là ? m'exclamé-je surprise.

Je me suis raidie, les bras croisés sous ma poitrine dans une posture faussement désinvolte. Je ne veux pas qu'il s'aperçoive du trouble qui m'a envahie au moment où mon cerveau s'est rendu compte que c'était Peter devant cette porte.

— Tu ne réponds pas à mes appels, Ariana... soupire-t-il penaud.

— Tu ne t'es pas dit que c'était parce que je ne voulais pas te voir ?

Il baisse la tête et déglutit. C'est bien, je crois que le babouin a compris.

— Ariana, on devrait parler toi et moi, tu ne crois pas ? demande-t-il penaud en baissant le regard.

— Pourquoi ? Tu veux me raconter comment sont tes ébats avec mon ancienne meilleure amie, peut-être.

Il reste bouche bée ne s'attendant pas à ce que la docile petite Ariana lui tienne tête. C'est de ma faute, avec lui, j'ai toujours essayé de me comporter comme il voulait tout ça pour me faire pardonner de donner la priorité au centre avant notre relation. Il me faisait tellement culpabiliser que j'ai fini par y croire. Au final ça n'a servi à rien.

— Va-t'en Peter ! l'invectivé-je, agacée.

— Enfin Ariana, on doit... insiste-t-il avant d'être coupé.

— Elle t'a demandé de partir !

Je suis surprise de voir Ezra arriver derrière mon ex, son regard est noir et je sens que son humeur est peut-être même pire que quand on s'est séparés ce matin...

— T'es qui toi ? questionne mon ex, étonné.

— Celui qui a été invité, contrairement à toi !

Je vois que Peter commence à s'énerver comprenant qu'il a déjà été remplacé dans ma vie.

—Je vois que tu n'as pas perdu de temps! m'accuse-t-il en me fusillant du regard. Et dire que je m'en suis voulu. Quel con! J'aurais dû m'en douter, tu devais déjà avoir un homme sous le coude. Sûrement un qui sort tout droit d'un de tes foutus centres pour mioches sans avenir!

Sa remarque me met hors de moi, mais je n'ai pas le temps de répondre qu'Ezra me devance.

—Tu ne m'avais pas dit que le babouin était malentendant?

Je le regarde sans comprendre, mais il se retourne déjà vers mon ex.

—Elle t'a demandé de partir, le babouin, alors dégage!

Ez' s'est redressé de toute sa hauteur, les muscles bandés, le regard dur dirigé sur Peter, qui lui aussi se rapproche provoquant mon invité. Ils sont tous les deux prêts à en découdre, et même si le côté chevaleresque de cette bataille pourrait être romantique, je déteste la violence.

—Ez' rentre s'il te plaît, mamie Pêche va se demander ce que l'on fabrique.

Il hausse les sourcils à ma demande. Dans ses yeux, je perçois de la surprise et une sorte de déception. Je dépose un baiser au coin de ses lèvres par instinct et même si je sens son hésitation, il finit par entrer et fermer la porte derrière lui.

—Peter, je vais te demander de partir et si tu veux toujours que l'on se voie quand je serai prête, alors je te contacterai pour discuter, assuré-je d'un ton neutre, une main sur la poignée de la porte.

—Alors c'est lui que tu choisis?

Je secoue la tête. Il ne comprend rien!

—Non Peter, c'est toi qui as choisi pour moi en couchant avec une autre, lancé-je en le plantant là.

Le dos appuyé contre la porte, je souffle, de là où je suis, j'entends les rires de ma grand-mère et d'Ezra et cela m'apaise. Savoir qu'il peut cacher sa mauvaise humeur le temps d'un moment avec ma grand-mère me rassure.

J'entre discrètement dans la salle après avoir récupéré le flan dans la cuisine.

J'ai juste le temps d'entendre Ezra promettre quelque chose à ma mamie sans comprendre de quoi il s'agit, qu'ils se taisent à mon arrivée. Je pose un regard soupçonneux sur eux, mais ma grand-mère garde son air canaille et Ez' est impassible, je n'arrive pas à lire en lui dans ces moments-là et il le sait, je le soupçonne d'avoir appris cette technique pour son boulot.

—Désolée pour l'attente, mais voici de quoi me faire pardonner, dis-je en déposant le flan sur la table.

Je coupe une part à chacun de nous pendant que ma grand-mère commence son interrogatoire.

—Alors jeune homme, il paraît que vous en voulez à la culotte de ma bichette ?

—Mamie ! m'offusqué-je.

Mon invité s'étouffe de surprise avec la première bouchée. Je cours lui chercher un verre d'eau. Il me remercie d'un clin d'œil et engloutit son verre.

—Bah quoi ? Osez affirmer que ce n'est pas vrai ?

Ezra regarde ma grand-mère comme si une corne lui poussait sur la tête. Il se racle la gorge, s'éclaircit la voix avant de prendre la parole, mais ma grand-mère ne lui laisse pas le temps.

—Écoutez mon garçon, je ne suis pas née de la dernière pluie. Je vais vous poser une question et une seule !

Mon amant reprend une gorgée d'eau en attendant la suite.

—Réfléchis bien, c'est important ! Parce que moi, je ne comprends pas toute cette histoire d'être amis avec plus d'intimité, mais bon…

Il hoche la tête, les lèvres toujours posées sur son verre comme s'il créait une barrière. Le voir si mal à l'aise me fait doucement rire, même si je suis comme lui, un peu inquiète de ce que va lui demander mamie Pêche.

—Tout ce que veut savoir une vieille femme comme moi, c'est si tu arrives à faire jouir ma bichette ?

Ezra recrache l'eau qu'il tentait d'avaler, complètement ahuri, je dois avouer que mamie Pêche n'y est pas allée de main morte ! Je suis aussi rouge qu'un piment d'Alep.

Je réprimande ma grand-mère tout en tendant des serviettes à Ezra. Je lui montre la salle de bain pour qu'il se nettoie et en profite pour parler à mamie Pêche.

—Franchement mamie, tu étais obligée ?

Elle est fière d'elle avec son immense sourire aux lèvres.

—Cette question n'était clairement pas nécessaire ! décrété-je encore honteuse.

—Bien sûr que si ! Même si je connaissais déjà la réponse, ton air épanoui ne vient pas seulement de tes nouveaux amis.

Je la regarde choquée. Elle et moi n'avons jamais été gênées de parler de sexe, mais jamais de mes possibles orgasmes.

—En revanche, la question que je me pose vraiment c'est ce que l'autre babouin faisait là ?

Je suis surprise du brusque changement de conversation et mets un peu de temps à répondre.

—Moi aussi, je serais curieux de le savoir, ajoute Ezra, appuyé contre le chambranle de la porte de la salle les bras croisés.

—Je ne sais pas trop, me voir, je suppose, mais je n'en avais pas envie, expliqué-je d'un ton neutre en mangeant une part de flan.

—Tu es sûre ? Tu n'avais pas l'air de vouloir le quitter quand ce jeune homme est arrivé. Ne dis pas le contraire ma bichette, il ne serait pas entré seul si tu ne voulais pas rester avec le babouin.

—Hein ?! Non, mais qu'est-ce que tu racontes mamie Pêche ?

—Ta grand-mère n'a pas tort, tu m'as éjecté très vite de votre conversation, préférant que j'entre rencontrer ta mamie, seul, rajoute Ezra.

Je suis dans l'incompréhension totale. Comment on en est venus à parler de Peter, déjà ?

—Ma bichette, je sais que tu étais amoureuse du babouin, mais n'oublie pas qu'il t'a causé du mal…

—Non, mais de quoi vous parlez ? Vous pensez vraiment que j'ai fait venir Peter alors que j'avais invité un autre homme ? demandé-je interloquée.

Ezra pose sur moi le même regard qu'il posait sur mon ex et cela me blesse. Je suis blessée par ce qu'il pense de moi et déçue que ma grand-mère ne me connaisse pas si bien que cela.

J'enfile une veste sous les yeux de mes deux bourreaux.

—Je vous laisse finir le goûter, tout en maudissant cette pauvre Ariana si naïve ! Moi, je vais prendre l'air !

Je n'attends pas leur réponse et disparais. Je claque la porte et descends les marches d'un pas énergique.

—Attends Ariana ! m'appelle la voix d'Ezra.

Je ne me retourne pas et lui envoie un majeur bien haut.

Ma petite promenade m'a fait du bien, je me sens plus calme quand j'arrive devant la maison de ma grand-mère. Cependant, je n'entre pas tout de suite, je m'assieds sur les marches du perron, repensant à ce qu'il s'est passé. Je ne comprends pas trop pourquoi mamie Pêche pense que je pourrais accepter de retourner avec Peter après ce qu'il m'a fait.

Les yeux fixés sur la voiture d'Ezra qui est encore là, je me demande bien ce qu'ils ont pu se raconter ces deux-là…

—Salut Ariana !

Je suis surprise de voir Roméo venir à moi.

—Salut Rom', qu'est-ce que tu fais là ? demandé-je réellement étonnée de le trouver là.

—Ezra m'a invité à une partie de poker. Tu n'es pas au courant ?

Je secoue la tête pendant qu'il s'assied à mes côtés.

—Ne me dis pas qu'il a joué au con?

—Ne t'inquiète pas, il n'était pas seul…

—Raconte, m'incite-t-il en bousculant mon épaule de la sienne.

—Mon ex est venu me rendre visite au moment où il est arrivé et j'ai eu le malheur de demander à ton pote de rejoindre ma grand-mère le temps que je le fasse déguerpir.

—Aïe il n'a pas dû apprécier…

—Ouais, lui et mamie Pêche ont insinué que j'avais invité Peter pour le rendre jaloux ou je ne sais quoi! Ma grand-mère a même pensé que je voulais me remettre avec lui…

—Et ce n'est pas le cas? questionne-t-il en me regardant dans les yeux.

—Tu plaisantes! Je ne suis pas si bête.

—Tu as été longtemps avec lui, c'est normal d'espérer quelque chose surtout si tu étais amoureuse.

—Dans quelle langue je dois le dire, avec Peter, c'est terminé!

Il m'agace à la fin!

—Ne t'énerve pas Ariana, je te crois. Je ne pense pas qu'Ezra ait voulu te froisser, il n'a jamais été jaloux et il a du mal à gérer ce sentiment.

—Pourquoi il serait jaloux? Nous ne sommes qu'amis!

—Tu sais ce que j'en pense? Allez viens, on va aller bluffer un peu, m'encourage-t-il en m'adressant un signe de tête encourageant.

Nous nous levons et j'entre, Roméo sur les talons. La table de la salle à manger a été convertie en table de jeu où nous attendent Ezra et ma folle préférée.

—Eh bien te voilà avec un autre homme maintenant, tu les collectionnes, ma bichette? plaisante ma grand-mère.

Ezra jette un regard derrière moi et quand il aperçoit son pote, il semble soulagé.

—Pêche, je vous présente Roméo, dit Ezra en se levant pour saluer son ami.

—Enchantée, jeune homme vous êtes prêt à vous faire plumer par une vieille bique comme moi?

—J'en serais honoré, madame.

—Oh non! Appelez-moi, Pêche.

Je les laisse à leur conversation et me dirige vers la cuisine pour préparer un en-cas que l'on pourra déguster pendant la partie. Je sors tout ce qu'il faut pour faire des toasts et m'attelle à la tâche.

—Besoin d'aide? demande l'homme qui m'a suivie.

—Si tu veux…

Ezra s'installe en face de moi et tartine le pain de mie de fromage frais.

—J'espère que ça ne te dérange pas que l'on reste un peu?

Je vois bien qu'il n'est pas à l'aise, il cherche ses mots.

—Non, si mamie Pêche est heureuse je le suis aussi.

Mon ton est resté neutre et je n'ai pas levé les yeux, je veux qu'il comprenne qu'il m'a blessée, en insinuant me servir de lui pour reconquérir mon ex.

—Je suis désolé pour tout à l'heure.

Je plonge dans ses yeux verts qui me fascinent tant. À cet instant, ils brillent de sincérité.

—OK

—OK? C'est tout? questionne-t-il sceptique en arrêtant de tartiner les toasts.

—Tu veux que je te dise quoi?

—Peut-être que tu acceptes mes excuses et que tu m'expliques pourquoi tu as préféré rester avec lui plutôt qu'entrer avec moi, demande-t-il plus calmement.

—Tu en es encore là? Franchement Ez', je l'ai juste convié à partir et je lui ai bien dit que c'est moi qui le contacterais si un jour, je voulais lui parler.

—Donc, tu comptes le revoir ?

—Je ne sais pas.

Je hausse les épaules appuyant mon propos.

—Tu déconnes ?

—Eh ! Je fais ce que je veux ! Il est possible qu'un jour, je veuille des explications claires à ce qu'il s'est passé entre lui et moi. Pour le moment, ce n'est pas le cas, mais si j'en ressens le besoin oui, j'irai le voir.

Je le sens sur les nerfs, je fais le tour du comptoir et lui prends la main.

—On a dit que l'on se faisait confiance et surtout que l'on ne se mentait pas. C'est ce que je fais, je te dis la vérité, qu'elle te plaise ou non.

—Ouais, tu as raison. J'ai une question bien plus importante pour toi, dit-il d'un ton plus doux en m'enlaçant.

—Dis-moi.

—Tu dors chez moi ce soir ?

Son regard suggestif me fait rire et j'acquiesce. Je retourne à ma place et nous finissons de préparer nos toasts avant de rejoindre nos deux acolytes puis je m'apprête à me faire laminer au poker…

118

Chapitre 7

Quand le passé ressurgit.

Ezra

Je cours tout en pensant à tout ce qui s'est produit depuis ma rencontre avec Ariana. Nous passons de plus en plus de temps ensemble. Souvent, au bar avec Jimmy, son nouveau meilleur ami comme elle aime l'appeler. Ça ne m'enchante pas qu'elle ait choisi un homme pour se confier, mais bon comme elle ne cesse de me répéter, elle fait ce qu'elle veut.

Sacrée bonne femme !

Elle a de qui tenir avec Pêche, cette femme est légèrement cinglée, et ne cesse de parler de cul que ce soit de manière explicite ou non. Ça me fait rire parce qu'Ariana rougit à chaque fois. Nous avons fait connaissance il y a un mois et mis à part sa folie, c'est son amour pour sa petite fille qui m'interpelle. C'est un amour que seule une mère peut donner à son enfant. J'ai vite compris qu'elles étaient très proches toutes les deux.

Ariana ne me parle jamais de ses parents, je n'ai jamais posé de questions à ce sujet parce que cela ne me regarde pas, même si je sais que notre arrangement est devenu bien plus que cela en quelques semaines, je m'interdis de me mêler de sa vie personnelle. J'espère juste que, quand elle sera prête à m'en parler, elle le fera et puis, si je pose des questions elle me rendra la pareille et se mêlera de ma relation ou plutôt de ma non-relation avec Enzo.

Et ça, c'est hors de question !

Coupé dans mon jogging par la sonnerie de mon portable m'indiquant un message, je ralentis et continue à marcher jusqu'à chez moi le temps que mon pouls reprenne un rythme normal.

Je suis étonné par ce message, mon père me demande expressément d'être à 14 h au commissariat. Moi qui avais pris ma journée et comptais passer l'après-midi avec Ariana, au lit de préférence… Je monte les marches de mon immeuble et envoie un SMS à Ariana pour annuler notre déjeuner. Ç'aurait été notre première sortie à l'extérieur à deux. Notre relation ne se veut pas vraiment romantique, nous ne sortons que si nos amis sont présents.

C'est moi qui lui ai proposé un resto, je ressens le besoin d'avancer avec elle, en fait c'est très naturel entre nous. Je ne force pas mon intérêt lorsqu'elle parle de ses protégés avec toute la passion que cela lui inspire et elle m'écoute attentivement raconter les frasques de mes collègues ou des arrestations que l'on peut être amené à réaliser avec Rom'.

C'est d'ailleurs lui qui avait raison. Ariana et moi ne sommes pas que des amis. Certes, on s'apprécie, on se respecte, on se charrie même parfois comme de vrais copains, mais il y a aussi l'attirance qui nous pousse l'un vers l'autre dès que nous nous trouvons seuls. Ça devient de plus en plus difficile de résister à l'envie de la toucher en public, de l'embrasser ou bien même de grogner sur le mec qui ose la draguer devant moi. J'aimerais pouvoir montrer à tous ces gens qu'elle m'appartient.

Les féministes peuvent dire ce qu'elles veulent, que c'est une femme pas un objet, etc. Je peux vous dire que si elle me laissait faire, personne n'oserait l'approcher dans l'optique de la séduire. Je suis presque certain que toutes les femmes aiment que l'on ressorte un peu notre côté homme de Cro-Magnon, de temps en temps. Ne dites pas le contraire mesdames, vous aimez que l'on prenne soin de vous et que l'on revendique notre attachement à votre égard.

Je ne sais pas ce que je ressens exactement pour Ariana. Je ne pense pas que ce soit de l'amour. Je doute être capable de tomber réellement amoureux, mais le fait que l'on ait décidé de tout se

dire, tout le temps, ne rien se cacher, me rassure et petit à petit la confiance s'installe. C'est ce qui compte le plus pour moi, avoir confiance en elle est primordial pour la suite. Si suite, il doit y avoir…

La réponse d'Ariana me parvient alors que je sors de la douche, une serviette autour de la taille, une autre dans les mains qui frotte mes cheveux humides.

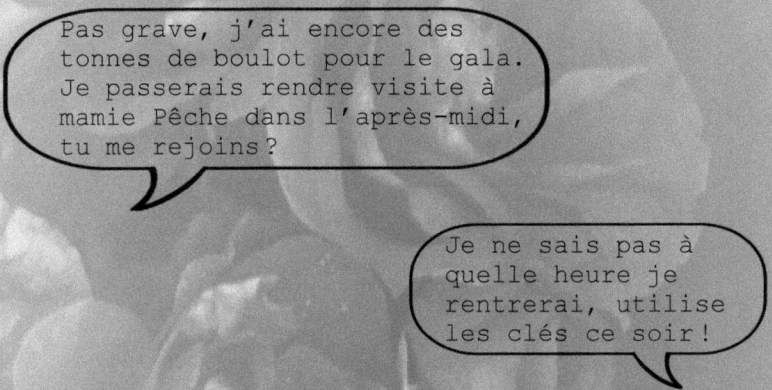

Pas grave, j'ai encore des tonnes de boulot pour le gala. Je passerais rendre visite à mamie Pêche dans l'après-midi, tu me rejoins?

Je ne sais pas à quelle heure je rentrerai, utilise les clés ce soir!

Cela fait un mois que je me bats pour qu'elle utilise la clé que j'ai refusé de lui reprendre. C'est une vraie tête de mule! Elle attend toujours que je lui envoie un message pour qu'elle vienne si on ne se retrouve pas chez Jimmy en soirée. Les soirs où je dois rédiger certains rapports, je peux finir très tard, mais madame préfère attendre chez son nouveau meilleur ami. Elle dit que cela ne la dérange pas, mais j'ai bien peur qu'un jour, elle s'épuise.

Et moi, je serais plus rassuré de la savoir chez moi plutôt que dans un bar où elle peut se faire approcher par n'importe quelle andouille qui pourrait la détourner de moi. Oui, je radote, mais je ne suis pas dupe. Je sais qu'elle peut rencontrer un mec, bien mieux que moi à n'importe quel coin de rue. J'espère juste avoir un peu de temps auprès d'elle, peut-être se contentera-t-elle d'un mec un peu paumé, qui manque de confiance en les autres, mais qui serait prêt à tuer pour ceux qu'il aime.

Oh, elle a soi-disant une bonne excuse pour ne pas utiliser cette foutue clé, ce serait pour ne pas empiéter sur mon territoire et me laisser le choix de ramener une autre fille chez moi, si je le souhaite. Ah et elle ne veut pas tomber un jour sur mes parents s'ils venaient à me rendre visite alors qu'elle est seule à l'appartement. Pour le coup, cet argument est un peu plus plausible, étant donné qu'ils ne viennent jamais chez moi. Alors je me dis que si on officialise un peu les choses, elle se sentirait plus libre et utiliserait cette foutue clé et moi, je serais plus serein de la savoir à l'abri à m'attendre.

Attendez, ne vous enflammez pas, je ne souhaite pas la présenter à mes parents. Non, je veux juste ne plus avoir à nous cacher devant nos amis, qui sont de toute manière déjà au courant. Voir où cela peut nous mener et faire évoluer notre relation.

Sa réponse m'amuse autant qu'elle m'exaspère.

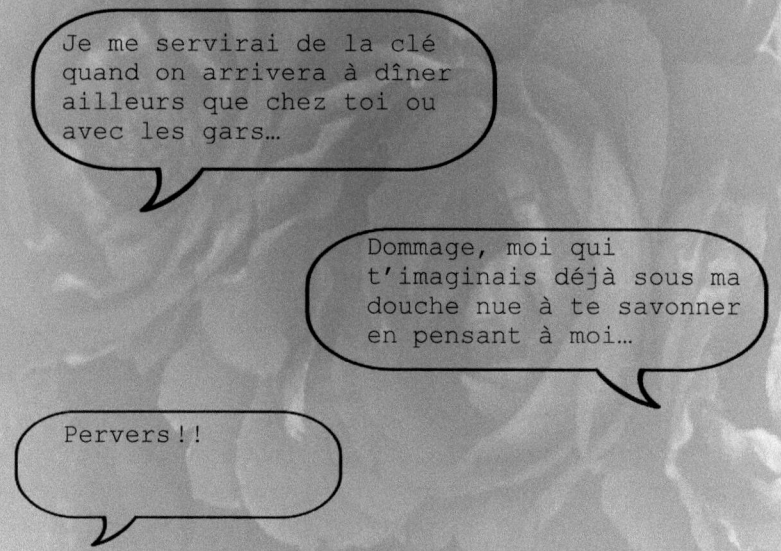

Je me servirai de la clé quand on arrivera à dîner ailleurs que chez toi ou avec les gars...

Dommage, moi qui t'imaginais déjà sous ma douche nue à te savonner en pensant à moi...

Pervers !!

Mon rire résonne à mes oreilles, si elle savait ce qui me traverse l'esprit quand je pense à elle, nue, elle rougirait, encore…

Comme je n'ai rien à faire en attendant 14 h, je décide d'aller chez Jimmy pour m'occuper, je prendrai un sandwich à la boulangerie

en passant. Avec un peu de chance, Roméo viendra prendre sa pause là-bas.

Au moment où je mets ma veste, je remarque le sac poubelle posé dans un coin, sûrement par Ariana vu qu'elle ne peut pas s'empêcher de nettoyer ou cuisiner dès qu'elle est là. Elle pense même à faire des courses en venant chez moi, il paraît que les conserves, le café et les plats à emporter ce n'est pas sain… Je ne vais pas vous mentir, cela m'arrange d'avoir de bons petits plats faits maison sans lever le petit doigt, mais pour le ménage, je suis encore capable de ranger ma piaule, il me semble.

Je prends donc le sac histoire qu'elle ne se dise pas que je suis un incapable et le dépose dans la benne avant de filer chez Jimmy. Arrivé au bar armé de mon sandwich, je m'installe à notre place habituelle, qui est d'ailleurs toujours libre, c'est étonnant quand on y pense. Je vais sûrement devoir poireauter une bonne heure avant que mon coéquipier se pointe…

Jimmy m'apporte le soda que je lui ai commandé et s'installe en face de moi.

—Salut, Ez', tu es tout seul aujourd'hui ? Rom' n'est pas avec toi ?

—Ouais, contrairement à lui, j'ai pris un jour de congé. Enfin normalement, mais mon chef m'a finalement convoqué cette aprem'. Du coup, je suis venu passer le temps qu'il me reste en ta compagnie.

—C'est sympa, mais avoue plutôt que tu es venu vérifier que ta petite amie n'était pas dans le coin… dit-il en se levant quand un client l'interpelle.

Je secoue la tête, exaspéré.

—Laisse-le Jim', il n'est pas encore prêt à admettre qu'il apprécie notre amie plus qu'il ne le dit, ajoute Roméo en arrivant derrière lui.

Je me tourne vers mon meilleur pote et le fusille du regard.

—Qu'est-ce que tu fous là toi ? Tu ne fous rien quand je ne suis pas là en fait !

—Eh bien, sympa l'accueil! balance-t-il en s'installant en face de moi. C'est plutôt à toi qu'on devrait poser la question. Tu n'étais pas censé aller déjeuner dans un resto avec Ariana?

Jimmy nous laisse pour aller servir ses clients et j'en suis soulagé. Je ne suis pas gêné de parler de ma relation avec lui, mais je sais qu'Ariana et lui se sont beaucoup rapprochés, il l'adore et elle lui rend bien. Je n'aimerais pas qu'il se sente obligé de la défendre ou de lui répéter ce que je m'apprête à révéler à mon meilleur pote.

—Si, j'ai dû annuler. Mon père m'a expressément demandé d'être à 14 h au boulot.

—Et? insiste-t-il.

—Quoi et?

—Tu vas pas me dire que tu as annulé pour ça, c'est une fausse excuse ça, Ezra! s'agace-t-il en bousculant mon épaule d'une main.

—C'est loin d'être une excuse. Je n'ai pas envie que notre déjeuner soit écourté parce que l'un ou l'autre doit aller bosser, je veux pouvoir lui parler sans avoir un chrono à regarder, expliqué-je en me reculant pour ne plus qu'il m'atteigne.

—Oh et de quoi as-tu besoin de lui parler qui va te demander autant de temps? Tu ne vas pas la lâcher, rassure-moi?

—Tu le sais très bien, connard!

Il se redresse intrigué par mon ton rageur.

—Allez, je t'écoute, dis à ton pote qu'il avait raison… m'incite-t-il en jouant avec ses sourcils et en tendant l'oreille.

Je grogne, il m'énerve, même s'il a raison, il me donne envie de lui en coller une…

—Alors là, tu rêves! Je n'ai pas dit que j'avais des sentiments, je veux juste voir avec elle si une relation plus exclusive l'intéresse, expliqué-je avant de prendre une gorgée de ma boisson.

—Vous ne l'êtes pas déjà?

—Si, mais, j'aimerais être sûr qu'elle ne cherche pas un autre mec à côté…

—OK, je ne suis pas convaincu que ça change grand-chose à votre truc, mais si tu ressens le besoin de lui parler c'est déjà que tu avances c'est plutôt cool! s'enthousiasme-t-il en adressant un signe de tête au serveur qui dépose son verre entre nous.

—Fous-toi de ma gueule…

Il boit une gorgée en cachant son rire. Il se fout royalement de ma gueule ce p'tit con!

Je commence à manger mon repas sans me soucier de lui. Je sais qu'il a du mal à comprendre pourquoi je me suis autant fermé aux femmes après Azzalée. Il aurait aimé que je règle mes comptes avec eux et qu'ensuite, je tourne la page. C'est impossible! Enfin jusqu'à maintenant, je pensais qu'offrir ma confiance à une femme était impossible pour moi. Mais Ariana a su passer la barrière et la gagner, longtemps réservée à mes proches.

—Et sinon, tu sais pourquoi ton père nous fait venir à son bureau, demande-t-il avant de croquer dans son sandwich.

—Non, il t'a aussi demandé de venir?

—Oui, c'est pour ça que je suis là plus tôt, il ne veut pas que l'un de nous soit en retard. Ça avait l'air important pour lui.

—Il ne t'a rien dit de plus?

Il me fait un signe négatif de la tête tout en croquant dans son propre déjeuner. Nous restons silencieux le temps de terminer notre repas. Ce n'est qu'au moment de prendre la direction du poste que nous reprenons la parole, notamment pour programmer de nous retrouver à la maison, pour une soirée console, bières et pizzas.

En saluant Jimmy, tout à l'heure, il m'a dit qu'Ariana gardait sa fille ce soir. Je suis un peu surpris qu'elle ne m'ait pas prévenu, mais ne fais aucun commentaire au risque de me faire charrier par mon coéquipier.

Cette fille me rend complètement dingue, et mes réactions sont parfois excessives, mais je me soigne…

Bon, en même temps là, j'aurais le droit d'être en colère, vu que nous avions prévu de nous voir ce soir et qu'elle devait dormir

à l'appart. Elle aurait pu me prévenir! Je ravale ma frustration en mettant mon uniforme dans les vestiaires du commissariat. Ensuite, je retrouve mon père adossé à mon bureau en face de Roméo. Quand il m'aperçoit, il nous fait signe de le suivre jusqu'à une voiture de patrouille. Sa mine sombre ne me dit rien qui vaille et donne le ton à notre après-midi.

—En voiture, je vous explique en route, nous annonce-t-il.

Pas de doute, ce qui se passe est important. Nous nous installons tous les deux en silence, attendant qu'il prenne la parole, ce qu'il ne tarde pas à faire après s'être raclé la gorge.

—Vous vous souvenez du dossier que vous êtes allés chercher aux archives?

Cette question est strictement rhétorique, nous hochons simplement la tête, signe que nous voyons de quoi il parle. En même temps, on a passé des semaines à chercher ce fichu dossier.

—J'ai pu rouvrir le dossier et mettre la main sur le témoin du braquage. Vous avez mon entière confiance, c'est pour ça que je veux que vous m'aidiez à trouver le salopard qui a commis ça.

Concentré sur ce qu'il me divulgue, je ne prête pas attention à la route. Lorsque le moteur s'éteint, je suis surpris de me trouver dans cette rue que je connais bien maintenant. Mon père descend, regarde le papier où il a dû noter l'adresse et tout en le fourrant dans sa poche se dirige vers une maison vieillie par le temps. Cette maison, je la connais. Plus précisément, je sais qui y habite. Je regarde Roméo qui a l'air aussi surpris que moi. On se pose sûrement les mêmes questions. La principale étant qu'est-ce que cette femme aussi folle soit elle a à voir avec cette histoire?! Pas le temps de demander plus d'explication à mon commandant, car il a déjà frappé et la porte s'ouvre sur Pêche.

—Bonjour, messieurs que puis-je faire pour vous? s'informe-t-elle méfiante.

Mon père nous présente sans savoir que nous connaissons cette dame, qui en un regard, nous reconnaît et nous adresse un

sourire lumineux qui vient balayer son inquiétude à la vue de nos uniformes.

—Oh, entrez les jeunes, je ne vous aurais presque pas reconnus avec vos vêtements de super flic. Qu'est-ce que vous avez l'air sérieux, dis donc!

Elle se retourne en nous indiquant de la suivre joyeusement. Notre chef nous regarde bizarrement attendant clairement une explication. Pêche nous installe sur son canapé et nous propose un café, mais mon père l'arrête en lui demandant de s'asseoir.

—Vous êtes aussi un ami de ma bichette? Elle n'est pas encore là, mais elle m'a dit qu'elle ne tarderait pas. Alors toi jeune homme, tu vas devoir attendre un peu avant de lui enlever sa culotte, elle a promis de passer du temps avec sa folle de grand-mère! s'exclame-t-elle avec emphase.

Si je suis légèrement gêné qu'elle parle de ma relation à mon père surtout en ces termes, Rom' lui essaie de retenir son fou rire. Mon père me jette un regard torve, se demandant sûrement ce que je lui cache, mais n'émet aucun commentaire.

—Je suis ravi d'apprendre que mon fils a une vie en dehors du boulot, mais ce n'est pas la raison de notre venue, madame Petit, s'exprime mon père un sourire au coin des lèvres.

—Oh désolée Ezra, je crois que j'ai gaffé… souffle-t-elle en riant faussement navrée, avant de reprendre un ton sérieux.

—Je vous écoute, qu'ai-je fait de répréhensible pour que vous veniez chez moi?

—Ce n'est pas vous précisément que nous sommes venus voir, mais votre petite fille. C'est au sujet du braquage, madame, précise mon chef.

Si je suis choqué d'apprendre que c'est Ariana et non sa grand-mère le témoin que mon père cherchait, la mine de Pêche m'inquiète bien plus, son teint est devenu blanc et ses yeux se sont éteints. Je décide de lui apporter un verre d'eau, pour elle, mais aussi pour me donner du temps. Le temps de reprendre mon rôle de flic. Je ne dois pas mêler mon boulot à mes affaires privées. Mon père nous

a résumé l'histoire du braquage qui a mal tourné comptant des dizaines de morts. Je n'aurais simplement pas pensé que la femme que je fréquente puisse avoir été témoin de ces atrocités, surtout si jeune. Le traumatisme a dû être violent pour elle et sa famille.

Quand je tends le verre d'eau à Pêche, elle a déjà repris quelques couleurs.

—Êtes-vous vraiment obligés de remuer le passé? Ma petite fille ne mérite-t-elle pas qu'on la laisse tranquille? supplie-t-elle en s'asseyant dans son fauteuil.

Je reste silencieux pendant que mon père lui explique que l'enquête a été rouverte suite à un appel téléphonique leur donnant une piste pour attraper le tueur.

—Vous savez, ma bichette est fragile. Cette histoire, elle n'en parle jamais, la seule fois où elle l'a fait elle a été blessée et trahie.

Elle me regarde en disant cela, essayant de me faire passer un message à travers ses paroles, mais je ne vois pas lequel et je n'ai de toute façon pas le temps d'y penser puisque la porte s'ouvre et la voix de notre témoin se répercute.

—Mamie Pêche, je suis là!

Quand elle nous découvre, elle est d'abord surprise, avant que l'inquiétude ne survienne à la vue de sa grand-mère.

—Mamie Pêche ça va? Tu as eu un souci?

Pêche prend le visage d'Ariana entre ses mains et la rassure sur son état.

—Ma bichette, tout va bien, ne t'inquiète pas. Ils sont là pour parler du braquage.

À la mention de l'affaire, elle se tourne vers moi, affolée. Son teint naturellement rosé est devenu blafard. Je la sens sur le point de s'effondrer, mais me retiens de l'approcher. Je ne dois pas oublier que je suis en service. Le commandant me virera de l'affaire sur-le-champ et maintenant que je sais qu'Ariana est concernée, j'ai besoin de savoir ce qui lui est arrivé exactement. Je ressens l'envie, et même le besoin de la protéger du braqueur toujours en fuite.

Quand elle décide de relater les faits après avoir accepté qu'on s'occupe de l'affaire, c'est la colère qui domine mon corps. Je fais tout pour museler mes émotions, mais cela devient de plus en plus difficile devant la tragédie qu'elle nous relate. Qu'elle a elle-même vécu.

Après l'avoir écoutée attentivement, nous partons rapidement et en bon connard que je suis, je lui adresse à peine un regard avant de la quitter.

Je suis beaucoup trop sonné par tout ce que j'ai appris sur elle et surtout, je me retiens de laisser exploser ma colère. Et taire mon putain de caractère n'est pas chose facile…

Ariana

Quand je reçois le SMS d'Ezra, je suis toujours au boulot. Je suis déçue qu'il annule, mais ne dis rien. Il va bien falloir pourtant que je lui parle. Entre nous, rien n'a vraiment changé et en même temps tout est différent. Nous nous cachons toujours de nos amis même s'ils sont déjà au courant, je préfère rester discrète. Chaque soirée de libre, je la passe avec lui, pourtant nous n'avons pas toujours des relations sexuelles. Si je ne travaillais pas, je serais tout le temps chez lui, parfois j'essaie de dormir chez mamie Pêche, mais il m'en dissuade rapidement.

Il m'a laissé sa clé, mais je refuse de m'en servir, je ne veux pas m'imposer chez lui, qu'il se sente oppressé ou qu'il pense que je le force à avoir une vraie relation de couple. On pourrait presque dire que nous le sommes pourtant, en couple, mais pas dans ma vision des choses. Avoir une vraie relation de couple, c'est être tellement heureux avec la personne que l'on ne peut pas s'empêcher de la présenter à toutes les personnes que l'on connaît. À nos parents et toutes les personnes que l'on croise, sans se soucier du regard des

autres. Et le principal, que l'on se fasse suffisamment confiance pour ne pas s'inquiéter de la moindre personne qui pourrait venir draguer l'autre. Puis, c'est aussi la personne à qui on confie nos secrets, du plus drôle au plus sombre.

Je pense être prête pour lui parler de mes parents. Cette histoire douloureuse est une partie de moi et m'empêche parfois de dormir correctement.

Mamie Pêche me tanne pour que je le fasse, elle a confiance en Ezra, moi aussi bien entendu, mais j'ai quand même un doute qui persiste. Ezra ne prêtera aucune attention à mon compte en banque, ça j'en suis sûre. Il a un poste qui lui confère un salaire confortable chaque mois et il s'assume seul depuis longtemps, l'argent ne l'intéresse pas. En revanche, c'est la pitié que mon histoire pourrait lui inspirer qui m'effraie. Pour le moment son regard sur moi est magique. Magique, car je me sens forte et belle à travers ses yeux, personne ne m'a jamais regardée comme ça, pas même Peter avec qui j'ai passé plusieurs années.

Alors, oui ma peur est légitime, car si son regard sur moi devait changer, je ne le supporterais pas. Je ne sais pas comment a fait cet homme pour qu'en l'espace de quelques semaines, je tombe amoureuse de lui et de son foutu caractère.

Puisque Ezra n'est pas disponible, je décide de passer voir Marie à son bureau, principalement pour déposer le chèque de dons mensuel, mais aussi pour régler quelques détails pour le gala. Ça approche et même si elle m'a dit me faire entièrement confiance pour gérer l'événement, je ne veux rien lui cacher.

Il est midi et demi quand j'arrive devant l'immeuble qui abrite les bureaux administratifs des centres et bien sûr, Marie est partie déjeuner. Je glisse l'enveloppe dans sa boîte aux lettres et fais demi-tour, mais en sortant je heurte quelqu'un et manque de tomber. Surprise, je m'accroche à ses bras en même temps qu'il me retient par la taille. Je ne prête pas attention à cette personne, sitôt remise sur mes deux pieds, je me baisse pour ramasser mes affaires tombées à terre.

—Je ne pensais pas que tu retomberais dans mes bras si vite, Ariana.

Merde! Forcément, ça tombe sur lui, il y a des milliards d'hommes sur terre, mais il a fallu que ce soit lui. Cette voix que j'ai tant aimée m'irrite à présent, surtout quand il s'en sert pour sortir des idioties pareilles.

Je me redresse adoptant une posture qui me rend moins vulnérable.

—Bonjour, Peter. Tu m'excuses, mais je suis pressée, dis-je rapidement en lui tournant le dos, mais je n'ai pas fait un pas que sa main me retient.

—Attends! Tu ne m'as toujours pas appelé…

—Parce que je n'en avais pas envie, Peter. Toi et moi, c'est terminé! Passe à autre chose, s'il te plaît, réponds-je en me dégageant de sa poigne.

—Ariana, je t'aime toujours, tu sais? Laisse-moi t'expliquer, m'excuser au moins… Toutes ces années ne méritent pas que l'on se parle convenablement selon toi? demande-t-il d'un air suppliant.

Son air de chien battu m'agace, mais c'est vrai que j'ai des questions qui mériteraient des réponses. J'aimerais vraiment comprendre ce qui l'a poussé dans les bras d'une autre. Ai-je fait quelque chose de mal? Puis, si je veux avancer avec Ezra ou un autre, je vais avoir besoin de ces réponses.

Je souffle vaincue et lui propose de prendre un café vite fait, mais il préfère que l'on aille dans un resto, car il est en pause déjeuner. Je le lui accorde parce que j'ai faim moi aussi et qu'il a dit qu'il m'invitait. Un repas gratuit dans un bon restaurant ne se refuse pas.

Nous nous installons à une table et dès que le serveur dépose nos entrées, je rentre dans le vif du sujet.

—Je t'écoute, explique-moi.

—Je ne sais pas trop par où débuter… commence-t-il perdu.

—Pourquoi, tu m'as trompée ? Pourquoi Cécilia ? Explique-moi ce que j'ai fait de mal ! m'emporté-je en agitant les bras, la colère se ravivant.

—Rien, tu n'as rien fait de mal.

—Super, donc tu m'as trompée parce que tu le pouvais c'est ça ? m'exclamé-je outrée.

Cette conversation ne mène à rien, j'ai l'impression de devoir lui tirer les vers du nez.

—Oui, enfin non…

—Oui ou non ? Va falloir te décider, Peter ! J'ai d'autres personnes à voir aujourd'hui, alors si tu n'as rien à me dire je peux m'en aller !

—Non, Ariana, reste, me supplie-t-il.

Moi qui m'étais levée, je me réinstalle en le fusillant du regard.

—Comme je te l'ai dit, tu n'étais pas souvent là, ton boulot te prend beaucoup de temps, commence-t-il en jouant avec ses couverts. Au début, je pensais que c'était qu'un boulot, que tu faisais ça pour payer tes factures, puis tu nous as raconté ton histoire et j'ai compris que tu voulais vraiment aider ces gamins parce que tu as vécu sans tes parents toi aussi. Le plus dur a été de comprendre pourquoi tu préférais passer plus de temps avec eux qu'avec moi, continue-t-il en plongeant son regard dans le mien. Essaie de te mettre à ma place, tu leur donnes une somme astronomique tous les mois et en plus tu passes le plus clair de ton temps avec eux, j'ai le droit de me poser quelques questions, non ?

—Alors, c'est par jalousie, m'écrié-je légèrement énervée. Tu ne t'es pas dit qu'ils avaient autant besoin d'aide humaine que d'argent. Les ados ont besoin d'adultes pour les guider, l'argent ne sert qu'à leur rendre la vie plus belle, pas moins dure.

Il baisse la tête, je le laisse digérer mes paroles un instant.

—Tu as raison, mais ne t'énerve pas, tu m'as demandé de t'expliquer alors écoute-moi jusqu'au bout, s'il te plaît.

Je lui fais signe de continuer, il n'a pas tort, je dois l'écouter pour comprendre. Je ne peux pas vraiment juger ce qu'il a ressenti.

—Un soir, je ne sais pas si tu t'en souviens, mais on devait sortir manger au resto et aller au cinéma, mais tu as annulé au dernier moment, car ta patronne avait appelé et qu'un jeune venait d'arriver.

—Karim… C'était il y a trois ans, constaté-je me souvenant de ce moment.

Il hoche la tête et poursuit.

—Je t'attendais à la porte, tu mettais ton manteau quand d'un coup tu as décidé de partir pour le centre. Je me suis retrouvé seul avec Cécilia chez vous. J'étais en colère que tu m'aies laissé en plan. Cécilia et moi avons un peu bu et de fil en aiguille nous avons couché ensemble. Après cela, Cécilia s'est pointée à l'appart, un jour où tu étais au centre. D'abord, c'était une fois par mois, puis par semaine jusqu'à ce qu'elle vienne dès que tu avais quitté mon lit.

Je ne pourrai jamais pardonner à Peter de m'avoir trompée, mais le plus dur à encaisser, c'est la trahison de Cécilia. Savoir qu'elle a profité de la détresse de Peter pour m'atteindre. Tout ça pour de l'argent.

—Tu es tombé amoureux d'elle ? questionné-je en espérant presque que ce soit le cas. Cela atténuerait peut-être le sentiment de trahison que je ressens encore en y pensant.

—Non, ce n'était que pour passer le temps, je n'ai jamais cessé de t'aimer. Tu es parfaite pour moi, Ariana sache-le.

Il essaie de prendre ma main, mais je m'éloigne avant qu'il ne me touche.

—Alors tu as gâché notre relation juste pour du cul ?

—Je suis désolé, dit-il les yeux baissés sur ses mains.

—Ne t'en fais pas, ça va. Je me rends compte que nous deux, ça n'aurait pas duré. Nous sommes bien trop différents.

—Quoi ? Comment ça ? Tu dis n'importe quoi, si je n'avais pas joué au con, on serait encore ensemble, assure-t-il surpris par ce que j'annonce.

—Peter, je n'étais pas moi-même avec toi. J'essayais de devenir la femme que tu voulais que je sois, mais ce n'était pas moi. Je me suis rendu compte que je mentais. Je nous mentais. Je voulais être parfaite pour toi, mais notre histoire n'aurait pas résisté au temps. Un jour, j'aurais fini par en avoir marre de jouer un rôle. J'ai compris aujourd'hui que l'homme qui m'aimera vraiment sera celui qui m'acceptera avec mon boulot, mes gamins et mes choix.

—Et tu l'as trouvé ?

—Je ne sais pas encore, le temps me le dira… souris-je en prenant une gorgée d'eau.

Il hoche une nouvelle fois la tête, silencieux. Je lui souris me sentant étrangement bien. Comme libérée d'un poids. Cette conversation m'a permis de me rendre compte que Peter et moi n'étions pas faits pour être ensemble et cette constatation m'apaise. Je me sens plus confiante pour l'avenir. Nous sommes tous les deux responsables de notre rupture. Peter parce qu'il a préféré trouver du réconfort dans les bras d'une autre plutôt que de me parler et moi parce que je me suis perdue dans un rôle qui n'était pas le mien.

Quand je sors du restaurant, il est déjà 14 h 30, je me dépêche d'aller rejoindre mamie Pêche chez elle.

J'ai hâte de lui raconter ce que j'ai compris. C'est fou de se dire que je suis restée dans une relation pendant cinq ans sans ouvrir les yeux sur le fait que je n'étais pas véritablement heureuse. Je me suis contentée de ce qu'il m'a offert, mais au final, ce n'était pas ce dont j'avais besoin. J'en serais presque à le remercier de m'avoir trompée et de les avoir découverts. La douleur qui m'a prise aux tripes ce soir-là est toujours présente, mais moins violente. Je vais réussir à tourner cette page. La trahison de Cécilia, ça en revanche c'est plus dur à oublier. Je lui ai donné ma confiance pleine et entière, et elle a profité de moi. Je suis heureuse de m'en être tenue à mes

engagements, de ne pas lui avoir donné un centime de l'argent de mes parents.

Je sais que je le confie à des personnes qui en ont vraiment besoin.

Quand je démarre la voiture, la radio diffuse un titre qui me fait éclater de rire. Il est de circonstance me direz-vous. « Je remercie mon ex » de Camille Lellouche, est pile ce que j'avais besoin d'entendre pour parfaire ma bonne humeur.

Je m'arrête dans une épicerie en chemin, j'ai l'intention de mijoter des lasagnes pour Lilou ce soir avec une glace en dessert. On regardera sûrement un film en mangeant vu qu'elle a école demain, il faut qu'elle se couche tôt. Son père a un rendez-vous galant alors je joue à la baby-sitter.

Ça me fait penser qu'il faut que je prévienne Ezra que je ne passerai pas la nuit chez lui ce soir. Ah et que j'ai vu mon ex aussi. Je lui avais promis de l'avertir si je le voyais et je sais à quel point il déteste l'idée que je revoie Peter.

Roméo m'a dit qu'il ne l'avait jamais vu jaloux comme ça, moi je pense qu'il cachait peut-être mieux son jeu avec son ex. On ne devient pas possessif comme par magie surtout qu'entre nous, il ne s'agit pas d'une relation de couple à proprement parler.

Je ne tarde pas à arriver devant la maison de ma grand-mère et décide de chasser tout ça le temps de mon après-midi avec elle. Cela fait un moment que nous ne nous sommes pas retrouvées seules toutes les deux et ça me manque.

La voiture garée en face de la maison m'interpelle, j'ouvre la porte, dépose mes courses au frais tout en m'annonçant.

— Mamie Pêche, je suis là.

Je me dirige au salon espérant la trouver, mais ce sont trois hommes qui me surprennent, je remarque leur uniforme, mais ne prête pas attention à leurs visages, trop préoccupée par la mine grave de ma grand-mère.

Je me précipite à ses pieds, m'agenouillant au sol devant son fauteuil.

—Mamie Pêche, tu as eu un souci ? m'inquiété-je.

J'essaie d'examiner son visage, son corps pour percevoir la moindre trace de blessure. Elle a l'air d'aller bien, je jette donc un œil au salon cherchant à comprendre pourquoi la police se serait déplacée jusqu'ici, mais je ne remarque rien d'inhabituel à part le regard des trois hommes que je sens dans mon dos.

Ma grand-mère pose ses mains sur mon visage, me regarde dans les yeux et la détresse que j'y vois me fait peur. Je sens que je ne vais pas aimer la raison de leur présence.

—Ça va ma bichette, ne t'inquiète pas. Ils sont là pour parler du braquage, m'explique-t-elle en posant sa main tendrement sur ma joue.

Quand j'entends ces mots, mon regard se pose sur l'un d'eux, le plus proche de moi. Ce n'est qu'au moment où je reconnais ses yeux verts que mon corps lâche, les vannes s'ouvrent, je ne peux retenir le torrent de larmes que je déverse. Mamie Pêche me réconforte, m'aide à apaiser mes sanglots.

Ils me laissent un peu de temps, je ne suis de toute façon pas capable de parler pour le moment. Parler du jour où mes parents ont perdu la vie n'est jamais facile, mais devoir en parler à Ezra et devant d'autres personnes sera encore plus dur.

Mes larmes se tarissent, je reprends peu à peu le contrôle. Ma grand-mère continue de me réconforter avec ses gestes tendres et ça me donne le courage nécessaire pour tous les regarder. Roméo est assis sur le canapé en face de moi, son sourire se veut rassurant, je ne suis pas surprise de le voir là puisqu'il est le coéquipier d'Ezra.

Quand je remarque qui est le dernier agent présent, je me doute que c'est lui qui a rouvert le dossier puisque c'est Maxence Leroux qui m'a trouvée ce jour-là. C'est sur lui que mes prunelles se posent une fois revenue à la surface. Lui qui a mis fin à mon cauchemar.

Je me lève et prends place sur le deuxième fauteuil qui est à l'opposé d'Ezra et légèrement en biais par rapport au canapé. J'ai besoin de cet espace, assez loin d'eux pour ne pas voir leurs réactions face à ce récit. Celui qui constitue une partie de ma vie.

Ezra est positionné derrière le canapé dans l'attente.

—Bonjour, mademoiselle Duval, je suis désolé de devoir vous solliciter aujourd'hui, mais nous avons eu du nouveau.

—Je suppose que vous m'avez reconnue l'autre jour, dis-je en le fixant lui plutôt que mes deux amis.

—Non, pas vraiment. Il faut reconnaître que vous n'êtes plus une petite fille, et même si j'avais cette impression de déjà-vu, je ne pensais aucunement que vous étiez celle que j'ai trouvée ce soir-là.

Je comprends ce qu'il veut dire, pas évident de savoir à quoi peut ressembler la gamine choquée et tellement sale de ce jour.

—Ce qui nous amène ici, c'est un appel anonyme que des collègues ont reçu. On nous donnait une adresse, en nous affirmant qu'il s'agissait de celui qui avait commis l'horrible fusillade à laquelle vous avez assisté, m'explique-t-il en jetant des coups d'œil vers ma grand-mère. Malheureusement, l'homme n'était pas présent à cette adresse et nous ne savons rien de plus. Aucune photo n'était accrochée ni aucun document n'a été retrouvé pour le moment. Nous avons donc besoin de vous, termine-t-il en me fixant.

—Je vois, mais je n'ai pas réussi à faire un portrait à cette époque, pourquoi y arriverais-je après tout ce temps ?

—Parfois des témoins se souviennent d'une chose qu'ils avaient occultée au moment des faits. Je vais vous demander de raconter tout ce dont vous vous souvenez de ce jour-là. Je sais que ça ne va pas être facile pour vous, mais nous prendrons le temps qu'il faudra. D'accord ?

Je hoche la tête, perdue dans mes souvenirs, je dois me recentrer sur ce jour-là pour leur relater vraiment tout ce qu'il s'est passé.

—Avant que vous commenciez mademoiselle Duval, j'aimerais savoir si vous voyez un inconvénient pour que nous soyons responsables de ce dossier ?

Constatant que je ne sais pas où il veut en venir, il précise.

—J'ai cru comprendre que vous connaissiez très bien mon fils et que vous êtes amie avec l'agent Monceau. Vous pouvez aussi demander à ce que je sois retiré de cette enquête. Ma femme est

votre patronne, je comprendrais que cela vous gêne, mais sachez que je ne parle jamais de mon travail avec Marie.

Je rougis à son allusion à ma relation avec Ezra que je fusille d'ailleurs du regard. Je lui avais pourtant dit que je ne voulais pas que sa mère soit au courant.

—Ne le regarde pas comme ça, c'est moi qui ai fait la gaffe, ma bichette.

Ma grand-mère, qui a repris des couleurs, hausse les épaules comme pour s'excuser. Je suis sûre qu'elle est fière d'elle, mais je ne fais aucun commentaire, ce n'est pas vraiment le moment. Je fixe les agents devant moi. Ils attendent une réponse de ma part.

—Cela ne me dérange pas, après tout vous êtes l'homme qui m'a trouvée dans l'état qui était le mien. Vous voulez que je reprenne depuis le début, c'est ça ?

—Oui, du moment où vous entrez dans l'épicerie à celui où je vous en sors.

—Très bien.

Je regarde Ezra essayant par mon regard de m'excuser de ne pas lui avoir parlé avant. Son regard à lui est dur et impassible, il est devenu l'agent Leroux. Celui qui s'est présenté au centre pour ramener Marlon la première fois que j'ai fait sa connaissance.

Je prends une grande inspiration et me lance.

—Mes parents et moi venions acheter de la glace et des chocolats pour regarder la télé en famille. Il devait être 18 h 30 quand nous sommes entrés dans l'épicerie. Je suis tout de suite allée au rayon bonbons et mes parents m'ont suivie. J'essayais de les convaincre d'acheter trois paquets au lieu de deux quand nous avons entendu un bruit sourd et un boum. Mes parents m'ont demandé de me coucher, mais je n'ai pas obéi tout de suite. Je ne comprenais pas ce qu'il se passait, ce n'est que quand nous avons entendu plusieurs bruits semblables à des pétards que j'ai pris peur et me suis couchée à terre. Ma mère s'est couchée sur moi au moment où des pas se rapprochaient de nous.

Je fais une pause dans mon récit, les larmes qui parsèment mon visage me brouillent la vue. Le plus dur est à venir, j'entends ma grand-mère renifler. Pour elle non plus ce n'est pas simple, elle n'était pas présente, mais entendre comment sa fille a perdu la vie, c'est inhumain. Ce n'est pas dans l'ordre des choses de perdre son enfant, encore plus dans de telles circonstances.

J'aimerais pouvoir arrêter, mais c'est impossible. Ils veulent tout savoir et si cela peut aider d'une manière ou d'une autre à arrêter l'homme responsable de cet horrible cauchemar, alors je me dois de le faire. Je le dois à mes parents, mais aussi à tous ces gens qui ont perdu la vie ce jour-là.

—Couchée à terre, je n'apercevais que les boots de la personne qui était au bout du rayon. Mon père, lui, l'a vue. Je l'ai entendu supplier l'homme de ne rien faire de mal. Il lui a proposé de l'argent, mais l'homme n'a rien dit. La seule chose que j'ai entendue, c'est ce même bruit. J'ai compris que ce n'était pas des pétards, mais des coups de feu. Il a tiré.

Je suffoque presque, je revis ce moment qui me hante encore après tant d'années. Ce bruit, j'ai parfois l'impression qu'il me poursuit. Je ne sais pas s'ils comprennent ce que je leur dis, mais je continue. Je ne peux de toute façon plus m'arrêter, maintenant.

—Il a tiré et mon père s'est effondré sur ma mère. Elle pleurait, l'homme s'est éloigné dans d'autres rayons, mes yeux refusaient de se fermer. Il a fini par faire demi-tour et revenir jusqu'à nous quand il a remarqué que je le regardais. Il a pris des paquets près de nous et a sorti une arme de sa veste. Il m'a regardée une dernière fois, j'entendais toujours ma mère pleurer dans mon cou. Je sentais ses larmes couler sur moi et en quelques secondes ce n'étaient plus les larmes que je sentais glisser sur mon corps, mais bien le sang. Le mien, le leur je ne savais pas, mais ce n'est qu'à ce moment-là que mes yeux ont bien voulu se fermer d'eux-mêmes. Ensuite, c'est sur vous que je les ai ouverts, finis-je par dire en fixant le père d'Ezra. J'ai vu cet homme tuer ma famille. Je le reconnaîtrai si un jour vous le trouvez. Je veux bien essayer de refaire un portrait-robot si vous le souhaitez. Je ferai tout pour que cet homme paie sa cruauté.

Une fois tout cela dit, je n'ose plus les regarder. Je me réfugie dans mes souvenirs. Les bons, ceux qu'il me reste des moments partagés avec mes parents.

Ce n'est qu'au moment où je les entends prendre congé que je décide de sortir de ma léthargie pour regarder Ezra. J'ai besoin de savoir qu'il ne m'en veut pas de lui avoir caché mon histoire. De ne jamais lui avoir confié que mes parents n'étaient plus de ce monde, mais ce que j'aimerais surtout, c'est que son regard n'ait pas changé quand il se pose sur moi.

Malheureusement, quand je lève la tête cherchant son regard je ne vois rien. Je ne vois rien, car il détourne la tête et s'enfuit sans le moindre geste envers moi.

Chapitre 8

La confiance.

Ezra

—Salut ronchon, comment va ta tête ce matin ? demande mon coéquipier en souriant avant de prendre place à son bureau.

Pourquoi il me parle, il voit bien que j'ai la tête complètement retournée. Je le contourne et pars m'installer à mon bureau, manque de chance, nos bureaux sont dans la même pièce. J'attends que mon père arrive pour discuter de ce qui me turlupine depuis plusieurs jours. Plus précisément, depuis que j'ai appris ce qui est arrivé à Ariana. Ma jambe tressaute d'impatience. J'ai beau relire le dossier sur le braquage et vouloir me donner à fond, je suis obsédé par la réponse qu'il me donnera. Il faut qu'elle soit positive, il en va de ma tranquillité d'esprit.

Je vois Roméo regarder son portable avec un sourire satisfait et comme j'ai besoin d'une distraction le temps que le chef débarque, je vais l'asticoter un peu.

—Je vois que tu as trouvé ta Juliette, petit cachottier.

Il s'apprête à me répondre, quand son portable émet une nouvelle fois une sonnerie indiquant qu'il a reçu un message. Vu le sourire qu'il affiche, j'ai visé juste. Il pianote une réponse à sa correspondante mystère, tout en me répondant.

—Ça se pourrait… Surtout si le mec qu'elle fréquente continue ses conneries, dit-il les yeux toujours rivés sur son téléphone.

Qu'est-ce qu'il me chante depuis quand il drague la meuf d'un autre ?

—Tu m'intrigues, comment est-elle ? Je la connais ?

Perdu dans son dialogue avec sa conquête, il ne me répond pas tout de suite.

—Tu lui as parlé ? finit-il par demander.

—À qui ? La fille que tu fréquentes ? questionné-je les sourcils haussés d'incompréhension.

Je ne comprends pas, il n'est pas net ce matin. Je me demande si ce n'est pas lui qui a pris une cuite hier…

Il me montre son téléphone sur lequel je peux voir le nom d'Ariana s'afficher, avec l'icône des nouveaux textos reçus. Je pense lui prendre des mains, mais il est plus rapide et s'éloigne tout en lisant ce qu'elle lui a écrit.

—Alors tu lui as parlé ? Écrit ? Fait n'importe quoi qui ne te fasse pas passer pour un sombre connard ?

—Qu'est-ce qu'elle te dit ? Elle va bien ? m'emporté-je les poings serrés.

—Donc la réponse est non… constate-t-il sans vraiment me répondre. Tu sais Ezra, à te comporter comme un connard, tu vas finir par te retrouver seul. Elle ne va pas rester là, à t'attendre. Elle nous a raconté une histoire bouleversante. Son histoire. Je n'imagine pas l'enfance qu'elle a dû avoir après ça.

—Je m'en doute, je ne suis pas si con, figure-toi.

—Alors quoi ? Tu vas la laisser penser que tu l'abandonnes pendant combien de temps ? Écoute Ez', je te connais, j'ai bien vu comment tu te comportes avec elle. Tu es différent. Si tu te laissais vraiment aller, je pourrais même affirmer que tu es plus heureux depuis que vous avez commencé votre sorte d'amitié améliorée. Bien plus qu'avec Azzalée en tout cas.

—Tu m'étonnes, elle est mille fois mieux que cette garce ! dis-je outré qu'il puisse penser le contraire.

142

—Pourquoi, suis-je le seul à avoir des nouvelles, alors? demande-t-il en se levant pour me faire face.

—Elle n'a pas confiance en moi.

—Qu'est-ce que tu racontes?

—Elle ne m'a rien dit Rom'! C'est une partie importante de sa vie et elle ne m'a rien dit! m'exclamé-je, las, après avoir posé mes fesses sur le coin du bureau.

—Tu as raison. Elle aurait sûrement dû te le dire dès votre première rencontre, ça aurait été une sacrée entrée en matière.

Je me lève, mettant fin à la conversation, mon père venant d'arriver.

—N'oublie pas une chose Ezra, elle a accepté que l'on s'occupe de cette affaire. Elle nous fait suffisamment confiance pour mettre la main sur l'ordure qui lui a pris ses parents.

Rom' me dépasse, frappe trois coups à la porte de notre supérieur, pendant que je reste quelques instants à méditer ses mots.

L'entretien avec mon père s'est bien passé, il a accepté que l'on affecte une équipe à la protection d'Ariana, le temps de l'enquête. Cette protection commencera quand elle sortira du commissariat cet après-midi, puisqu'elle doit venir établir un portrait-robot.

Nous passons, Roméo et moi, la journée à chercher des indices dans le logement abandonné par l'auteur présumé du braquage ou devrais-je dire de la fusillade. Nous trouvons un nom sur un papier, mais cela ne nous donne rien, car il n'est pas dans nos fichiers. On se retrouve donc avec un nom, mais sans visage à mettre dessus, cela ne nous aide pas. Une photo nous aurait permis de diffuser un avis de recherche.

Dans la voiture du retour, je récupère mon téléphone et découvre un message d'Ariana. Elle me donne une adresse, me demandant de la retrouver là-bas quand j'aurai fini mon service.

—C'est quoi ce sourire? me demande mon ami en me jetant une œillade curieuse.

—Quoi ? Tu préfères que je tire la gueule ?

—Ouh là non ! J'en ai assez soupé depuis quatre jours, s'exclame-t-il les mains levées devant lui avant de les reposer sur le volant.

—Tu exagères…

—À peine… Dois-je en conclure que tu m'as écouté pour une fois, tu l'as contactée ?

—Même pas. C'est elle qui l'a fait. Je dois la rejoindre.

Il secoue la tête et je l'entends marmonner que j'ai une chance de connard.

Arrivé au commissariat, je ne prends pas la peine d'attendre mon coéquipier, trop pressé de retrouver Ariana. Je me change rapidement, vérifie auprès du chef que la protection a été mise en place et file retrouver la demoiselle.

Mon GPS me signifie que je suis arrivé à destination. Je vérifie l'adresse sur le message que j'ai reçu, avant de sortir espérant apercevoir Ariana. Je lui envoie un texto lui indiquant que je suis sur place, mais que je ne la vois pas.

Sa réponse succincte m'intrigue.

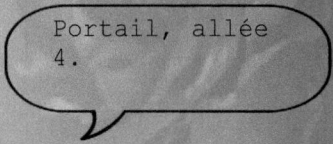

Portail, allée 4.

Je regarde un peu partout et repère un grand portail en fer forgé. Je le passe et comprends où elle me fait venir. L'allée 4 n'est pas loin, et j'aperçois très vite Ariana assise par terre. Elle gesticule tout en parlant, c'est seulement quand j'entends son rire que je m'approche.

—Salut, dis-je doucement pour ne pas l'effrayer.

—Oh Ezra ! Pardon, je ne t'ai pas entendu arriver. Je racontais à mes parents le jour où Lilou m'a demandé comment on faisait les bébés. Un moment que je ne souhaite pas revivre dans l'immédiat, mais très drôle. Bref, viens je voulais te présenter mes parents. Gildas et Cerise Duval.

Je passe sur le fait qu'elle me présente à une pierre tombale. Je suppose que quand on perd sa famille si jeune, on a besoin de se confier à eux. Dans ce lieu qui pour moi est légèrement morbide, presque inquiétant, elle doit voir le lieu où repose sa famille. Un lieu de paix.

—Cerise? souligné-je curieux et un peu railleur.

—Ne te fous pas de moi! Heureusement, j'ai échappé à cette tradition, pouffe-t-elle quand même.

—Je n'oserais pas me moquer, mais dis-moi quel aurait été ton prénom si la tradition avait été perpétuée?

—Mamie Pêche voulait m'appeler Myrtille.

Je me mets à rire et elle ne tarde pas à me suivre. La revoir, si belle, si joyeuse me ferait presque oublier le lieu où nous nous trouvons. Et comment nous nous sommes quittés la dernière fois.

Nos rires s'estompent peu à peu et font place à un silence paisible. Nous prenons le temps de nous observer. J'en profite pour regarder sa silhouette vêtue d'un long manteau gris, ses cheveux tressés posés sur son épaule droite. Finalement, nos yeux se retrouvent et je plonge volontiers dedans. Ses yeux si expressifs. Tellement expressifs qu'avant même qu'elle n'ouvre la bouche, je suis capable de deviner l'importance de ces mots.

—Je suis désolée Ezra. J'aurais dû t'en parler. T'expliquer que mes parents n'étaient plus de ce monde.

—Pourquoi tu ne l'as pas fait?

—Je ne voulais pas que ton regard sur moi change.

—Pourquoi voudrais-tu qu'il change? Ariana, ton histoire a fait de toi cette femme généreuse et entière, dis-je en glissant délicatement ma main sur son visage. Mon regard ne changera pas! Je connais la personne que tu es maintenant et ce n'est pas ce que tu as vécu enfant qui va ternir l'image que j'ai de toi. En revanche, je suis déçu que tu n'aies pas plus confiance en moi.

—Ce n'est pas une question de confiance, c'est plutôt la peur, m'annonce-t-elle, déviant son regard un instant sur ses parents.

—La peur ?

—Oui, Ezra ! avoue-t-elle en relevant son visage vers moi. Je sais que tu ne voulais pas d'une relation compliquée, tu ne souhaites pas t'impliquer et ce passage de ma vie effraierait plus d'un homme, alors oui, j'ai eu peur que tu prennes la fuite.

—On est deux peureux alors…

—De quoi tu parles ?

—Tu n'imagines pas ce que j'ai ressenti quand tu nous as raconté le cauchemar que tu as vécu, Ariana.

—Tu étais en colère contre moi, je l'ai bien vu. Je ne suis pas aveugle, dit-elle d'un ton lourd, mais sans reproche.

Je lui prends la main insistant pour qu'elle me regarde dans les yeux, j'aimerais qu'elle comprenne que ce que je m'apprête à lui dire est sincère.

—Oui, au début j'étais en colère, mais pas contre toi. Contre cet homme qui t'a privée de tes parents, ensuite, c'est la peur qui a repris le dessus. La peur que cet homme qui est encore dans la nature s'en prenne à toi. Peur aussi de ne pas pouvoir te protéger.

—Ce n'est pas à toi de me protéger, Ezra. Pourquoi voudrais-tu le faire ? Nous ne sommes même pas…

—Ne termine pas cette phrase ! la coupé-je dans son élan. Oui, notre relation n'est pas conventionnelle et je ne dis pas que je suis prêt à ce qu'elle le soit, mais tu dois bien admettre qu'entre nous, c'est plus qu'une simple amitié améliorée. Écoute, ce n'est ni le lieu ni le moment pour parler de ça, alors accorde-moi un dîner. Un dîner où l'on pourra mettre tout à plat, dis-je en priant pour qu'elle accepte.

Elle hoche longuement la tête, plongée dans ses pensées. Elle finit par se retourner vers la tombe où reposent ses parents, embrasse sa main qu'elle dépose sur les noms gravés. Une façon pour elle de leur dire au revoir, je suppose, puisqu'elle quitte le cimetière après ça.

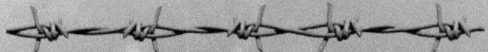

Il m'a fallu attendre aujourd'hui, samedi, pour enfin avoir le droit à ce dîner. Bon, vous allez me dire que deux jours ce n'est pas très long, mais ne pas l'avoir vue depuis notre visite au cimetière me crée un pincement au niveau du ventre. Je vous vois venir, non, ce n'est pas dû au manque de sexe, enfin pas complètement. J'ai l'impression que c'est elle tout entière qui me manque. Je me suis habitué à ce qu'elle vienne dormir auprès de moi. Une semaine, sans l'avoir dans mon lit, c'est beaucoup trop pour moi. Heureusement, elle retrouvera sa place à la fin de cette soirée.

Nous avons convenu de nous retrouver directement au restaurant. Ce qu'elle ne sait pas, c'est que je suis officiellement en service. Roméo et moi devons la suivre tout le week-end. S'assurer qu'elle n'est pas en danger. Pour moi ça va, ce boulot est plutôt agréable puisque je n'avais de toute façon aucune intention de la quitter une seconde.

Rom', lui, doit la suivre jusqu'ici et attendre dans sa voiture, tout en surveillant les alentours. Cette nuit, il dormira dans un appartement vide, dans l'immeuble où j'habite. Nous avons pu le réquisitionner pour le week-end, ce qui nous permet d'être au plus près d'elle, en cas de besoin.

Installé à notre table pour la soirée, j'attends que ma cavalière arrive. J'observe ce restaurant 4 étoiles où les nappes blanches n'ont pas un pli, les couverts sont posés bien droit, d'une précision presque chirurgicale. Au centre de la table, se trouve un bouquet entouré de petites bougies allumées pour l'occasion. Ce restaurant est classe et quand j'y pense, il ne me ressemble pas vraiment. Je n'ai pas réfléchi quand j'ai dû prendre une réservation, j'ai appelé cet établissement. J'y suis déjà venu dans une autre vie avec une autre personne, qui elle n'aurait pas toléré un resto moins réputé. Je me demande ce que va penser Ariana de ce lieu. Cette femme respire la simplicité, elle ne se prend pas la tête pour ce genre de futilité, comme le choix d'un endroit où manger.

—Votre invitée, monsieur.

Je relève la tête, surpris par l'arrivée d'Ariana, qui prend place en face de moi. J'en profite pour détailler la tenue qu'elle porte sous son manteau. Je suis ravi de constater qu'elle porte la fameuse robe blanche, celle qu'elle portait à notre première rencontre.

— C'est quoi ce regard ?

— Tu es magnifique, la complimenté-je.

Elle me jette un œil sceptique, mais me remercie d'un sourire lumineux.

— Merci, tu n'es pas mal non plus, tu as sorti la fameuse chemise, me dit-elle en désignant ma tenue de la main.

Je regarde ma chemise, ne comprenant pas cette aversion pour ce vêtement.

— Décidément, qu'est-ce qu'elle a cette chemise ? Je vais finir par la brûler, m'offusqué-je légèrement agacé.

— Ce n'est pas tellement la chemise le souci.

— Alors, quoi ? demandé-je en regardant mon haut pour vérifier que je n'ai aucune tache.

— Ezra, j'espère que tu ne t'es pas senti obligé de faire tout ça pour moi ?

Je relève mon visage vers elle surpris par sa question.

— Non, faire quoi ? M'habiller pour sortir au restaurant avec toi ? Qu'est-ce qu'il y a, tu aurais préféré qu'on reste cachés dans mon appart ? Si tu as honte de moi, dis-le tout de suite !

Moi qui voulais faire des efforts pour être présentable. Lui montrer que je pouvais prendre soin d'elle.

— Ne te vexe pas, je…

— Je voulais juste te montrer que j'étais sérieux. Qu'on pouvait avancer dans cette relation, sortir en public sans nous cacher, mais je vois que ça ne sert à rien !

Ça m'énerve qu'elle ne me prenne pas au sérieux. J'essaie de faire les choses bien, mais elle n'est jamais contente !

Je jette un œil à mon portable, vérifiant que Roméo ne m'ait pas averti d'un souci quelconque.

—Ezra...

J'envoie un message à mon collègue pour vérifier qu'il capte bien, on ne sait jamais, il pourrait avoir un problème de réseau.

—Ezra... Ezra, tu m'écoutes ? s'agace-t-elle.

Je repose mon portable, lui accordant mon attention.

—Ezra, je ne voulais pas te vexer. Je voulais juste te spécifier que tu n'étais pas obligé de faire tout ça.

En disant ça, elle désigne le restaurant, la table, ma chemise.

—Après ma tenue, c'est le resto ! Je t'assure que l'on y mange très bien !

—Je n'en doute pas. Je ne voudrais pas que tu penses que tu dois absolument m'emmener dans ce genre d'endroit et t'habiller de cette manière pour me plaire.

—Comment ça ?

—Tu me plais comme tu es, Ezra. Et même si tu avais choisi une pizzeria, j'aurais passé une bonne soirée.

—Tu veux que l'on parte ?

—Non, non, sauf si tu le souhaites, enfin non, laisse tomber…

J'ai du mal à la comprendre. En fait, je crois que c'est le propre de la femme, elles sont compliquées. Moi qui disais tout à l'heure qu'elle était simple comme meuf !

—Alors, raconte-moi, je peux savoir pour quelle raison tu es déjà venu ici ?

Merde ! Je n'aurais jamais dû évoquer ça. Comment te foutre dans la merde à ta première soirée avec une fille qui te plaît ? Lui balancer que tu es venu avec ton ex.

Je regarde partout sauf dans sa direction, essayant d'attirer l'attention d'un serveur pour qu'il me sauve la mise.

—Ezra.

—Hum ?

—On n'a pas dit que l'on ne se cachait rien ? insiste-t-elle.

Pourquoi j'ai accepté ce truc de tout se dire déjà ?

—Si bien sûr, d'ailleurs, parlons de ton enfance, ça n'a pas dû être facile.

La tentative de diversion est lamentable, mais a le mérite de la faire sourire, pas dupe de mon stratagème.

—Je vais répondre à tes questions quand tu auras répondu à la mienne.

—Ça ne va pas te plaire.

—Je m'en doute. Ton ex ? devine-t-elle perspicace.

Je hoche la tête, attendant une réflexion. Quelle idée franchement, j'ai vraiment manqué de jugeote pour le coup. J'ose un regard vers celle qui assimile l'information, mais contre toute attente sa phrase n'est pas du tout ce à quoi je m'attendais.

—Après le décès de mes parents, j'ai emménagé avec mamie Pêche. J'ai consulté un psychiatre spécialisé dans ce genre de traumatisme, cela m'a beaucoup aidée, surtout à surmonter mes peurs. J'étais devenue asociale et le moindre bruit me faisait sursauter. Je peux t'affirmer que tu deviens vite la cible de tes camarades de classe quand tu sursautes à chaque cahier qui tombe par terre par exemple.

Je l'écoute attentivement me raconter son enfance, comment elle s'est battue contre ses démons. Plus j'entends ses paroles, plus j'admire sa force de caractère.

Quand le plat de résistance arrive devant nous, deux assiettes de risotto aux truffes, la conversation se veut plus légère. Je continue de scruter mon portable de temps en temps et même si je remarque que ça l'agace, elle ne commente pas.

De toute façon, je ne me vois pas lui dire que je fais ça pour sa sécurité, elle m'enverrait paître.

Jusqu'ici, je n'ai reçu aucun texto, alors quand je vois l'icône des messages clignoter avec un numéro inconnu, je l'ouvre immédiatement.

Ce message ne contient pas la moindre ligne.

Une simple photo suffit pour me faire bouillir de rage.

Ariana

Nous sommes en plein dîner qui pourrait être des plus romantiques, si l'homme en face de moi ne passait pas son temps à regarder son portable. Je ne comprends pas pourquoi il a fait tous ces efforts, si c'est pour me faire comprendre que je suis ennuyeuse. Je lui parle du gala que j'organise, de l'enthousiasme des jeunes pour nous aider, de leur implication, mais lui est bloqué sur son téléphone et quand enfin, il daigne me regarder, j'ai l'impression d'être devenue l'ennemie à abattre. Son regard est tellement sombre que j'ai un mouvement de recul.

— Et sinon tu n'as vu personne de particulier dernièrement ?

Le ton brusque de sa question me prend au dépourvu. Je cherche de quoi il me parle, mais pour le coup rien ne me vient. À part Jimmy et Lilou, je n'ai vu personne, c'est d'ailleurs ce que je m'apprête à lui dire quand il me fourre son portable sous le nez.

— Cette photo va sûrement te rafraîchir la mémoire…

Ah effectivement, j'avais complètement oublié cette personne. Je suis surprise d'avoir moi-même occulté ce déjeuner avec mon ex. Surprise aussi qu'il ait reçu une photo de moi en compagnie de Peter au restaurant.

Étant donné son humeur, lui demander qui lui a envoyé n'est pas une bonne idée. Je ne ferais qu'aggraver mon cas et encore plus si je lui dis que j'ai simplement oublié de lui raconter.

Je pose mes couverts, l'appétit coupé.

— J'ai déjeuné avec Peter, c'était…

— Oh, mais ça j'avais bien compris, me coupe-t-il énervé. Toi qui me jures que je peux te faire confiance, tu m'as rappelé à l'instant qu'on ne devait rien se cacher et moi comme un con, je t'ai crue, mais ne t'inquiète pas, on ne m'y reprendra pas.

—Laisse-moi au moins t'expliquer !

—Je n'ai pas besoin d'en savoir plus. J'ai bien compris que tu te tapais encore ce connard ! Ah et pour ta gouverne si j'avais emmené Azalée dans ce resto c'était pour la demander en mariage, chose qui n'est pas près de t'arriver à toi, vu comme tu es !

La colère qui émane de lui est comparable à la mienne. Je ne sais pas pourquoi il utilise son ex pour me blesser. Je me lève, enfile mon manteau et sors de ce lieu la tête haute. Hors de question qu'il pense m'avoir touchée. Moi qui pensais rentrer avec lui, me voilà à devoir marcher jusqu'à chez moi. Je n'ai de toute façon pas envie de prendre un taxi qui va engager la conversation. Marcher me fera du bien.

Je commence à traverser quand j'entends mon nom au loin. Je m'arrête et remarque un homme courir vers moi. J'ai le mince espoir qu'il s'agisse d'Ezra qui souhaite s'excuser, mais c'est son ami qui me court après.

—Ariana, ça va ?

—Rom', c'est pas le moment.

Je le regarde perplexe.

—Qu'est-ce que tu fais là ? demandé-je étonnée.

—Oh rien ! Je traînais dans le quartier. Tu n'es pas avec Ezra ?

—Non, du coup tu me ramènes ou pas ?

Il comprend que je ne veux pas parler de son pote et m'indique sa voiture au bout de la rue. Je m'y installe et regarde par la vitre qui donne étrangement pile sur la table qu'Ezra et moi occupions.

—Tu nous surveillais ? demandé-je suspicieuse.

Roméo ne m'adresse aucun regard, ce qui veut tout dire.

—Non, je passais par là quand je t'ai vue sortir du resto, je me suis juste garé là où il y avait de la place.

Je continue de l'observer. Il fixe la route, concentré. Je discerne un papier au niveau du pare-brise de mon côté, je le récupère.

—Oh, mais dis-moi qu'ai-je trouvé ? Ne serait-ce pas un ticket d'horodateur, indiquant que tu es arrivé là, à peu près en même temps que moi… C'est étrange non ? m'exclamé-je sarcastique.

Il souffle vaincu.

—Je ne fais que mon travail, Ariana.

—Ton travail, tu m'expliques ?

—On a ordre de te suivre pour veiller à ta sécurité, m'explique-t-il en me jetant un regard désolé.

—Ma sécurité ? Depuis quand suis-je en danger ?

—Pas dans l'immédiat, mais…

—Vous faites ça depuis quand ? C'est toi qui as envoyé la photo ? questionné-je en essayant de contenir ma colère.

—Quelle photo ? On te suit depuis jeudi après-midi, répond-il étonné.

Alors ce n'est pas lui qui m'a photographiée, mais qui ? Qui connaît l'existence de notre relation ? Tout ça est complètement dingue !

Je reste silencieuse, je passe le reste du trajet dans mes pensées.

—Nous sommes arrivés.

Surprise, je ne me suis pas rendu compte que le moteur de la voiture était éteint.

—Ça va aller ? Je ne sais pas ce qu'il s'est passé, mais si tu as besoin de parler, je suis là, m'assure-t-il en se tournant vers moi.

—Merci, ça ira. Ah si, dis-moi, Ezra, il bosse aussi ce soir ?

Il n'a pas besoin de me répondre, le fait qu'il hésite est déjà une réponse en soi.

—De mieux en mieux… Bonne nuit Rom' et merci.

Je sors de la voiture au moment où des phares s'éteignent au loin. Il y a bien du monde dans cette rue ce soir…

—Ariana, attends !

Je reconnais cette voix et hésite à accélérer le pas.

—S'il te plaît, attends! Je suis désolé, OK! insiste Ezra en me suivant d'un pas rapide.

Je me retourne, observant cet homme dont je suis tombée amoureuse malgré moi. Son regard reflète ses regrets, mais le mien doit être empli de déception. Je ne sais pas si c'est une bonne idée, cependant l'histoire avec mon ex m'a montré que des explications claires peuvent aider à mettre fin à une relation, paisiblement.

—Tu t'excuses de quoi? De m'avoir accusée à tort ou de ne pas m'avoir stipulé que tu bossais ce soir. Ça doit être agréable de pouvoir s'offrir un resto 4 étoiles pendant les heures de service? Rassure-moi, tu te fais rembourser tes frais de repas au moins?

Merde, moi qui voulais rester calme, je suis devenue hystérique en deux secondes.

—Non, bien sûr que non. C'est moi qui t'ai invitée et puis je n'ai pas dit que tu ne méritais pas ce genre de soirée.

—Oh non, tu as fait bien pire. Je ne mérite pas selon toi qu'un homme me demande en mariage un jour, ça montre la haute estime que tu as de moi. Si je comprends bien, je suis pire que ton ex, en fait.

—Je n'ai pas voulu dire ça, je suis désolé je ne le pensais pas, OK. Et puis tu peux parler toi, tu m'as caché avoir revu ton ex, alors je pense qu'on est quitte, non?! ajoute-t-il en agitant les bras, agacé.

—Tu crois ça? Tu penses que c'est donnant-donnant, c'est ça? Tu y crois vraiment? J'ai juste oublié de te dire que j'avais rencontré mon ex par hasard et toi tu me blesses volontairement par vengeance? clamé-je incrédule.

—Arrête. Tu vas pas me faire croire que tu as oublié! S'il te plaît, sois honnête un peu!

Je prends quelques minutes pour me calmer, hurler ne sert à rien. Je me rends compte que tout ça, ce que l'on se crie, ne donnera rien. Je le vois passer ses mains sur sa tête essayant de maîtriser sa colère. Je pourrais la comprendre. Non, au fond, je la comprends,

je crois, mais le fait qu'il ne me laisse pas m'expliquer m'agace et au final, on s'énerve tous les deux.

—Ça ne sert à rien. Ton manque de confiance envers les autres t'empêche d'entrevoir la vérité. Si je ne t'ai rien raconté c'est qu'en rentrant de ce déjeuner improvisé, je vous ai trouvés, toi, Rom', et ton père installés dans le salon de ma grand-mère. La suite, tu la connais.

Sa colère semble avoir déserté son corps. Je doute qu'il me croie vraiment, mais ce que je sais, c'est que ce manque de confiance m'a blessée. J'ignore ce qu'il voit en moi quand il me regarde. Peut-être une pâle copie de la femme qu'il a aimée et qui l'a trahi, mais moi je sais au plus profond de moi ce que je ne peux pas accepter. Et qu'il se permette de me blesser sans écouter ce que j'ai à lui dire, juste pour me prouver qu'il en est capable, ça je ne peux pas l'accepter.

—On va tout arrêter. Cet arrangement, notre amitié, ça ne donnera rien de bon, dis-je la tête basse.

—Quoi ? Mais non ! Je ne suis pas d'accord !

—Je ne te demande pas ton avis. On avait dit que si l'un de nous voulait arrêter, il en avait le droit et ça, sans explication, rappelé-je en fixant son regard vert qui semble perdu.

Ce n'est que quand je commence à me retourner qu'il s'exclame.

—Ariana, attends, qu'est-ce que je peux faire pour que tu changes d'avis, dis-moi. On va discuter.

—C'était avant qu'il fallait que l'on discute, avant que tu devais m'écouter. Tu n'es pas prêt pour une relation de couple et moi je ne veux plus de cet arrangement.

Il s'apprête à me contredire, mais je l'en empêche.

—Tu dois d'abord régler ton problème de confiance. Je ne sais pas, va parler à quelqu'un, peut-être à ton frère ou ton ex, histoire de comprendre certaines choses. Fais ce que tu veux, mais fais-le, avant de finir seul.

—Il est hors de question que j'adresse un mot à ces deux traîtres ! Ils ne méritent pas mon pardon et encore moins que je leur demande des explications.

—Je n'ai pas dit que tu devais leur pardonner, réponds-je calmement.

Son regard se perd partout sauf sur moi. Il n'y a aucune issue, il campe sur ses positions et ne fera aucun effort pour combattre ses démons.

Je lui tourne le dos, pose la main sur la poignée de la porte qui une fois franchie changera à jamais notre relation.

—À partir de maintenant, on n'est plus rien l'un pour l'autre. Je ne veux plus te voir, Ezra.

Je ne connais pas sa réaction, ne me tourne pas pour le regarder une dernière fois. La porte à peine fermée, ma vision se brouille de larmes que j'essaie tant bien que mal de refouler.

Je suis à la fenêtre d'une chambre d'hôtel qui a vue sur l'océan. Après être rentrée ce soir-là, ma grand-mère m'a réconfortée comme elle a pu et a décidé que nous avions besoin de changer d'air. Nous sommes donc parties pour un week-end entre filles. J'ai dû appeler Marie pour lui demander des jours de congé qu'elle m'a accordés sans problème et nous sommes parties en bord de mer.

Mamie Pêche n'a émis aucun commentaire sur ce qu'il s'est passé, samedi soir, pas qu'elle n'ait pas d'avis, mais je pense qu'elle attend le moment propice à ses yeux pour me communiquer le fond de sa pensée. Elle attend que je sois prête à entendre ce qu'elle a à me dire et je dois avouer que je ne suis pas pressée.

—Que dirais-tu d'un pique-nique sur la plage? propose ma grand-mère en entrant dans la pièce.

Je me tourne, admire sa tenue fleurie avec son chapeau assorti et lui souris.

—Tu ne veux pas plutôt aller au restaurant de l'hôtel?

—Non, je ne veux personne pour nous déranger. Le moment est venu de discuter ma bichette!

Et voilà, je l'avais dit. Je me force à lui sourire et m'avance vers elle, j'attrape le panier qu'elle me tend, car bien sûr elle a tout prévu et lui donne l'autre bras pour qu'elle s'y accroche.

Sur la plage, je prends une bonne bouffée d'air et installe la couverture. Je m'applique à trouver des galets, histoire qu'elle ne s'envole pas, mais ma grand-mère me stoppe dans mon élan et ma tentative de gagner du temps. Elle me demande de m'asseoir à ses côtés.

Nous sommes tournées vers la mer, je regarde les vagues s'échouer sur le sable. C'est si paisible, si reposant.

—Ma bichette tu es certaine de ne pas vouloir le revoir? Tu m'as dit qu'il s'était excusé, ce n'est pas rien quand même. Tous les hommes ne s'excusent pas.

—Je ne changerai pas d'avis, affirmé-je en tournant mon visage vers elle.

—Tu sais, en amour, il faut savoir faire des sacrifices, des concessions pour que ça marche, déclare-t-elle en posant sa main sur la mienne.

—Je sais mamie, mais il a préféré me blesser plutôt que de m'écouter. Je ne suis pas parfaite, mais je ne blesserai pas les gens que j'aime juste pour leur montrer que je le peux.

—Est-ce que tu t'es mise deux minutes à sa place. Si c'était toi qui avais reçu une photo de lui en compagnie d'une autre et qu'il ne t'en avait pas parlé. Tu aurais agi comment?

Je ne réponds pas tout de suite, car je n'en ai aucune idée, mais j'aime à penser que je lui aurais laissé le temps de s'expliquer.

—Je lui ai fait assez confiance pour lui parler de mon enfance alors je pense que je lui aurais laissé le bénéfice du doute.

—Tu crois seulement?

Je la regarde sans comprendre où elle veut en venir.

—Ma bichette, tu crois lui faire confiance ou tu es sûre ? insiste-t-elle en haussant les sourcils.

—Je lui faisais confiance.

—Tu en es certaine ?

—Putain, mamie Pêche tu es de quel côté au juste ?!

Je me lève d'un bond, énervée. Je me dirige vers l'eau salée et laisse l'écume me lécher les pieds. Je sais qu'elle essaie de bien faire, mais là, je suis fatiguée. Je me torture assez l'esprit comme ça. Je venais tout juste de me rendre compte que j'étais amoureuse de lui et j'ai mal. Je n'aurais jamais dû accepter cet arrangement. Ils avaient tous raison, il y a forcément un des deux qui souffre à la fin. J'ai été trop naïve de croire le contraire. Pour ma défense, je ne pensais pas pouvoir tomber amoureuse si facilement, sous le charme d'accord, mais avoir des sentiments assez forts pour un homme en si peu de temps, c'est effrayant. Peter n'a pas eu le même impact sur mon cœur et c'est bien ce qui me fait peur.

Je retourne près de ma grand-mère sans enthousiasme. Je m'installe à ses côtés et l'imite en mangeant un sandwich confectionné par ses soins. Nous grignotons en silence et j'attends qu'elle reprenne la parole, car je suis persuadée qu'elle le fera. Je pourrais m'excuser de m'être emportée, mais je sais qu'elle ne m'en tient pas rigueur, ça nous arrive de ne pas être du même avis, cela ne nous empêche pas de nous aimer très fort. Je suis déçue quand elle n'est pas de mon côté, mais je sais aussi qu'elle fait ça pour mon bien. Elle est mon point d'ancrage, ma seule famille.

—Je veux que tu comprennes une chose, ma bichette. Je suis et serai toujours de ton côté et je t'interdis de croire le contraire. Ensuite, si je te demande tout ça, si je suis si insistante, c'est que je veux que tu sois sûre de ta décision. Je ne voudrais pas que tu aies de regrets.

Je pose ma main sur la sienne, en lui souriant.

—Merci mamie Pêche, mais une relation ne peut pas se construire sans confiance et puis il n'a jamais dit qu'il voulait être

en couple avec moi, donc je vais arrêter de me prendre la tête et passer à autre chose.

Elle me sourit en se levant, signe que notre moment sur la plage se termine.

Nous retournons à notre hôtel et j'aperçois une voiture que je connais bien au loin. Je sais ce que je vais faire demain à notre retour.

Chapitre 9

Têtue comme une mule.

Ezra

Voilà presque 48 h que nous veillons à la sécurité d'Ariana, sur la côte vendéenne. Je n'ai pas décroché un mot à Roméo depuis le fiasco de samedi soir. Et cela, même pendant nos jours de repos. Il a bien essayé de me tirer les vers du nez, mais j'ai refusé prétextant que ce n'étaient pas ses affaires.

J'ai plusieurs fois eu envie de sortir de ma cachette pour aller parler à Ariana, néanmoins quelque chose me pousse à patienter. Par fierté peut-être ou tout simplement parce qu'elle me l'a demandé.

Chaque personne qui s'approche d'elle est scannée par nos yeux inquisiteurs. Nous voulons absolument mettre la main sur l'homme qui a commis ce crime et tant qu'il ne sera pas derrière les barreaux, nous veillerons sur elle. Je veillerai sur elle. J'y mets un point d'honneur.

Nous avons pris une chambre d'hôtel, en face de la leur et épions chacune de leurs sorties. Je ne sais pas ce qu'elles fabriquent ici, pas du tourisme en tout cas, parce qu'à part pour aller au restaurant de l'hôtel, elles ne sortent pas.

C'est bien pour cela que nous sommes surpris de les voir partager un pique-nique, sur la plage. Ariana semble en colère et s'éloigne de sa grand-mère.

—Elles se racontent quoi à ton avis ?

Je suis surpris d'entendre Roméo, il a résisté longtemps avant d'ouvrir la bouche. Je hausse les épaules pour toute réponse.

—Allez mec ! Tu as une idée ? Qu'est-ce qu'elles font là ? insiste-t-il en se tournant vers moi.

Je lève encore une fois mes épaules. Qu'est-ce qu'il croit, que j'ai toutes les réponses ? J'aimerais bien savoir moi aussi ce qu'on fout là !

—Putain Ezra, tu vas rester silencieux combien de temps ? Qu'est-ce qu'il s'est passé samedi soir, pour qu'elle ait besoin de partir à des centaines de kilomètres de chez elle ? s'énerve-t-il.

Un autre haussement d'épaules le fait fulminer, mais je n'y fais pas attention. Qu'est-ce que j'en sais, elle avait peut-être prévu des vacances avec sa grand-mère depuis longtemps après tout, elle a bien vu son ex sans me l'avouer. Elle n'est plus à ça près.

—Qu'est-ce que tu as fait ?

Je lui lance mon regard le plus noir que j'ai en stock.

—Rien. Pourquoi ça serait moi qui aurais fait quelque chose ?

—Je ne sais pas, peut-être parce que jusqu'ici c'est ce que tu as fait de mieux avec elle, dit-il en scannant les alentours.

Je ne réponds pas et serre les poings, jusqu'à ce que mes doigts blanchissent. Je ne suis pas parfait, mais quand même, il est mon meilleur pote, il devrait me soutenir. Je sais que je me suis comporté comme un connard avec Ariana à plusieurs reprises, mais là, c'est elle qui est en tort pas moi !

Il regarde mes phalanges blanchir et revient vers mon visage.

—Tu comptes me frapper, maintenant ? Franchement Ez', on est potes depuis longtemps, parle-moi. Qu'est-ce qu'il s'est passé ? Et c'est quoi cette histoire de photo ?

—Comment sais-tu pour la photo ?

Putain, s'il savait et qu'il ne m'a rien dit, je lui pète le nez sans remords.

—Ariana m'a posé la question, elle pensait que j'avais pris une photo avant de te l'envoyer.

Je relève la tête, essayant de remettre mes idées en place. Je ne vais pas m'énerver contre lui juste parce qu'il veut m'aider. Il n'y

est pour rien dans ce bordel. Je sors mon portable de ma poche tout en scrutant les environs. Ariana est de retour auprès de sa grand-mère.

—Tiens, regarde toi-même.

Il prend le téléphone et se concentre sur le cliché que je lui montre.

—C'est qui ce mec ?

—Son ex, m'exclamé-je énervé.

—Ah. Je suppose que tu n'étais pas au courant ? La photo date de quand ? Si ça se trouve, c'est une ancienne photo d'eux.

—Non, c'était lundi dernier.

—Ah ?

Il reste silencieux quelques instants et pose la question que je me pose également.

—Tu sais qui te l'a envoyée ?

—Non, et je ne suis pas sûr de vouloir le savoir.

—Clairement la personne qui t'a envoyé ça veut saboter votre relation. Et il a réussi avant même qu'elle n'ait vraiment commencé d'ailleurs…

—Ce n'est pas le message qui a tout gâché. C'est elle, soufflé-je, essayant de garder un ton neutre.

Devant son regard perplexe, je m'explique.

—Elle avait promis de me prévenir quand elle déciderait de le revoir et elle n'a rien dit. Si on en est là, c'est par sa faute, pas la mienne ! m'exclamé-je en laissant ma colère sortir.

—Elles rentrent à l'hôtel, dit-il après un moment de réflexion en faisant un signe de tête vers l'extérieur.

Je regarde la plage et je les vois se diriger bras dessus, bras dessous vers leur hôtel mettant fin à notre conversation.

Nous sortons discrètement en les suivant jusqu'à ce qu'elles soient dans leur chambre.

163

Nous faisons de même et attendons nos collègues qui doivent nous remplacer.

Sur la route du retour, nous parlons de tout sauf d'Ariana. Il me dépose chez moi et on se fixe une soirée billard demain soir chez Jimmy.

Je dors une bonne partie de la journée du vendredi et l'autre, je la passe à penser à ce qu'Ariana m'a dit.

Elle pense que mon problème de confiance vient du fait que je n'ai pas pardonné à mon frère, mais elle n'est pas à ma place. Elle n'a pas le droit de me juger. OK, elle aussi a été trompée, mais ce n'était pas avec un membre de sa famille. Enzo et moi, nous faisions tout ensemble depuis la naissance, nous étions inséparables. Je sais que notre choix d'étude était différent, mais jusqu'à ce que je découvre qu'il se tapait ma fiancée, il était mon confident. Je lui confiais tout, que ce soit des difficultés du boulot ou des choses que l'on se balance entre potes et surtout, je lui parlais de ma relation avec Azzalée.

Si seulement il me l'avait dit lui-même, plutôt que je le découvre dans ces circonstances, alors nous aurions peut-être pu discuter. Peut-être que nous ne serions pas comme des étrangers aujourd'hui.

Mon frère me manque. Le lien qui nous unissait me manque.

J'aimerais avoir la force de lui parler. Essayer de comprendre pourquoi il ne m'a rien dit. Pourquoi il m'a trahi.

Je prends mon téléphone, hésite à appuyer sur son nom dans mon répertoire, puis finalement, envoie un texto à l'auteur du SMS reçu samedi soir. Il faut que je sache qui se cache derrière ce numéro. La réponse me fait tiquer. Il me dit qu'il viendra dimanche matin chez moi pour discuter, mais qu'il a agi pour mon bien.

C'est donc quelqu'un que je connais. Qui sait où j'habite. J'ai beau chercher, je ne vois pas. J'étais persuadé que c'était son ex. Bon, j'attendrai dimanche pour être fixé. Il est hors de question de me provoquer un mal de crâne pour cette personne.

Je rejoins Roméo vers 18 h au bar de Jimmy. Mon pote m'attend à notre table habituelle et je m'y installe en saluant le patron du bar.

—Jimmy aussi est de mauvais poil, annonce mon ami quand je m'installe en face de lui.

Je me tourne pour regarder l'homme en question, mais je ne remarque pas trop de différence par rapport à d'habitude. Il sert les clients, discute avec certains tout en souriant à d'autres.

—Qu'est-ce qui te fait dire ça?

—Attends, tu vas voir.

Au même moment, la grande silhouette de notre ami vient nous déposer nos boissons.

—Salut, Jim', comment vas-tu?

Il me répond par un grognement digne d'un ours.

—Ah oui, je vois, soufflé-je en jetant un coup d'œil à Roméo qui enchaîne.

—On a pris des pizzas, tu manges avec nous?

Il jette un regard derrière lui et accepte. Rom' se décale lui laissant de la place et on ouvre les pizzas qu'il a commandées à la pizzeria d'à-côté.

Nous discutons sport, musique et nous rions de la dernière arrestation d'un collègue. Il avait dû arrêter ses beaux-parents pour exhibition. Ils étaient en pleine relation sexuelle dans un parc. Quand il est arrivé au poste avec les parents de sa femme menottés, il était blanc comme un linge, le pauvre.

On voit bien que notre barman préféré n'est pas comme d'habitude. Il est dans ses pensées, ne participe pas à notre conversation. D'ordinaire, il n'est pas le dernier pour nous raconter des anecdotes sur ses clients.

—Tu vas nous dire ce qu'il y a Jim'?

J'ai décidé de mettre les pieds dans le plat, je n'aime pas le voir broyer du noir. Et puis, je ne serais pas un bon pote si je ne cherchais pas à l'aider.

Constatant qu'il ne répond pas, Roméo enchérit.

—Tu ne bosses pas ce soir? Tu as du mal à quitter ton poste plus de cinq minutes d'habitude.

—Il faut bien qu'ils s'habituent, répond Jimmy d'un air abattu.

Nous jetons un œil à ses employés. Ils s'en sortent plutôt bien c'est vrai.

—Tu ne nous as pas habitués à ça, glissé-je perplexe en croquant dans ma pizza.

—Les habitudes, ça se change, souffle-t-il en haussant les épaules.

OK, là on est tombés dans un monde parallèle. Je ne vois que ça pour expliquer son comportement.

—Bon allez, raconte-nous tout Jim'. J'ai assez soupé de tête de cochon cette semaine avec les déboires du con en face de nous, balance Rom en me désignant avec sa bouteille de bière.

Je ne rétorque pas, il n'a pas tort après tout.

—Je me suis pris la tête avec Paloma, elle veut se barrer dans le sud, mais je suis bien ici moi! J'ai ma famille, mes amis et mon bar.

Rom' souffle, exaspéré.

—Tu déconnes, c'est encore une histoire de couple! Franchement les mecs, vous allez me dégoûter des femmes avec vos relations compliquées. Vous pouvez pas les écouter et accepter ce qu'elles vous demandent qu'on en finisse?

Nous le regardons surpris par tant de véhémence.

—On en reparlera quand tu auras trouvé ta Juliette, l'asticoté-je.

Il secoue la tête exaspéré.

—Je te prendrai peut-être la tienne, elle ne se barrera pas avec moi…

Je ne prête pas attention à ses paroles, qui visent clairement à m'emmerder et reprends la conversation.

—Tu ne veux pas la suivre?

—T'es fou et mon bar j'en fais quoi? Non, va falloir qu'elle renonce à ce déménagement.

—Et si elle ne le fait pas?

Il prend le temps de la réflexion, souffle et relâche ses épaules. Il a l'air abattu.

—On dirait ta petite amie. Pour te répondre, si elle part, tant pis.

J'occulte le fait qu'il ait vu Ariana récemment. Cette femme est partout, bon sang !

—Je sais que c'est récent votre relation, mais tu ne tiens pas un peu à elle ? questionné-je mon ami que je trouve bien trop morose pour s'en foutre.

—Depuis quand il est devenu si mielleux, lui ? demande-t-il à Roméo qui pouffe dans son poing.

—Je vous emmerde !

Ils se marrent et Jimmy en profite pour esquiver en rejoignant son bar.

Roméo et moi allons jouer au billard comme prévu. Nous nous appliquons à mettre de la craie sur notre queue de billard, je précise pour ceux et celles qui ont les idées mal placées. Bande de petits vicieux…

Rom' en profite pour revenir sur ma relation avec Ariana.

—Tu vas enfin me dire ce qu'il s'est vraiment passé samedi dernier ?

Je prends le temps de placer les boules sur la table, avant de répondre.

—J'ai reçu la photo et j'ai légèrement pété un câble, c'est tout.

Il hausse un sourcil sceptique.

—Elle t'a dit pourquoi elle l'avait vu ?

—Non, réponds-je simplement en tirant dans le triangle.

—Tu l'as laissé t'expliquer au moins ?

—Non, pas vraiment. Je lui ai balancé que nous étions dans le resto où j'ai demandé Azzalée en mariage et qu'elle n'aurait sûrement jamais le droit à ce genre de demande un jour.

—Pourquoi tu lui as balancé ça ? Putain, mais qu'est-ce que tu peux être con parfois !

—Je ne sais pas, c'est sorti comme ça. Je voulais la rendre jalouse. J'avais fait allusion au fait que j'étais déjà venu manger là-bas et du coup avec la colère, j'ai sorti la première chose qui me soit passée par la tête. Je sais qu'elle rêve d'un mariage comme celui de ses parents, alors lui dire qu'aucun homme ne le fera jamais m'a paru une bonne chose pour la secouer un peu.

—Attends, je ne te suis pas, tu penses déjà au mariage avec Ariana ? questionne-t-il étonné en se relevant avant même d'avoir tiré dans la boule blanche.

—Non, ouh là non ! m'exclamé-je effrayé par cette perspective, les mains levées devant mon visage tout en tenant la queue.

—Donc, tu voulais juste la blesser ?

Je hoche la tête, pas fier de moi.

—Tu as réussi, je suppose ? Elle t'a répondu quoi ensuite ? Quand vous étiez devant chez elle.

—Elle m'a conseillé de faire quelque chose pour régler mon problème de confiance. Elle pense que je dois discuter avec Enzo. Sans ça, nous ne nous verrons plus.

—Elle n'a pas tort, dit-il en se préparant à tirer.

—Hein ? Mais non, je ne vais pas parler avec lui pour ses beaux yeux, c'est hors de question !

Il joue, met deux boules pleines, mais rate la troisième.

—Alors c'est terminé entre vous, si je comprends bien ?

—Je ne sais pas, je vais attendre qu'elle se calme un peu, ensuite j'aviserai, dis-je pensif.

Parce que bien qu'elle m'ait balancé que c'était terminé, je suis certain qu'elle ne le pensait pas. Elle a juste besoin de temps et voir si je suis capable de m'améliorer.

—Et sinon tu ne sais toujours pas qui t'a envoyé ce message ?

Je bois une gorgée de bière avant de répondre.

—Non, mais je saurai ça dimanche.

— Comment ça ?

— Je t'expliquerai. Allez, on fait la revanche.

Il comprend que je ne veux plus en parler. Nous continuons à passer une bonne soirée en jouant, parfois, Jimmy nous apporte une autre boisson, mais il ne reste pas longtemps. Nous ne partons pas tard, car nous bossons demain et la surveillance d'Ariana même pour 24 h est notre priorité.

J'arrive au commissariat à 8 h, mon père nous ayant convoqués dans son bureau avant notre départ. Je fronce les sourcils, inquiet, lorsque j'aperçois l'équipe qui devait être auprès d'Ariana et que nous devions remplacer.

— Que font-ils là ?

Rom' pose la question avant que je ne puisse intervenir.

— Le chef nous a fait revenir, mais pour le reste voyez cela avec lui, nous répondent-ils les yeux fixés sur un dossier.

Nous ne perdons pas de temps et frappons à la porte. Il nous indique d'entrer et de prendre place sur les chaises en face de lui. Nous nous exécutons rapidement.

— Je ne vais pas passer par quatre chemins, s'exprime-t-il calmement, installé au fond de son siège.

Je suis fixé sur lui attendant la suite sachant déjà que je ne vais pas aimer.

— Je vous retire l'affaire Duval.

Roméo reste stoïque alors que moi, je bouillonne sur ma chaise.

— Je vais vous donner le dossier du pyromane, les agents Renault et Reynols vous feront un rapport.

— On peut savoir pourquoi ? réclamé-je d'un ton brusque et je sais au regard de mon père que ça ne lui plaît pas.

— Parce que je l'ai décidé ! s'exclame-t-il d'une voix forte qui ne laisse pas de place à la discussion.

Je me lève, fais les cent pas dans le bureau de mon père, essayant de canaliser ma colère. Je le vois s'appuyer contre le dossier de sa chaise et m'observer.

—Écoute Ezra, elle est venue me le demander et aussi me faire savoir que la protection n'était pas nécessaire.

—Tu plaisantes ?

—Elle a raison. Elle ne risque rien, personne ne sait qu'elle est vivante. Les journaux de l'époque n'ont jamais rien su. Tout le monde pense qu'il n'y a eu aucun survivant lors de cette fusillade.

J'arrête ma marche forcée et me place derrière la chaise sur laquelle j'étais installé, mes mains pressent fortement le dossier. Ma respiration est devenue erratique comme si je venais de courir un marathon. Je ne suis pas con, je sais qu'il a raison, c'est moi qui ai un problème avec sa sécurité. À partir du moment où j'ai appris que c'était elle, le témoin tant recherché par mon père, j'ai ressenti ce sentiment d'impuissance qui me tord les entrailles. S'il devait lui arriver quelque chose, je me tiendrais pour principal responsable.

Quand je dis qu'elle me rend dingue cette femme !

—Ezra, mon fils, je sais que tu tiens à elle, même si je ne sais pas vraiment à quel point, mais c'est sa décision et je dois la respecter.

Je hoche la tête, la nuque et les épaules raides. Nous sortons et trouvons le dossier du pyromane sur notre bureau. On le lit attentivement et discutons avec ceux qui étaient chargés du dossier, pour voir s'ils avaient déjà établi un profil ou des indices qui nous aideraient.

Le dimanche, après avoir couru vingt kilomètres et pris une douche, je me prépare à recevoir la visite de la personne qui a pris la photo d'Ariana avec son ex. Ensuite, j'irai manger chez mes parents avant qu'Ariana vienne récupérer ses affaires. Je lui ai envoyé un message pour lui proposer de passer prendre ce qu'elle avait laissé dans la soirée. J'en profiterai pour lui parler.

Je me prépare un café quand la sonnette retentit.

J'ai hâte de savoir qui est le connard qui a voulu faire capoter ma relation avec Ariana. Je n'exclus pas de lui balancer mon poing dans la gueule. Je redresse le buste et me prépare à toute éventualité. J'ouvre la porte et reste bloqué. Je ne m'attendais pas à ça. Jamais je n'aurais cru qu'elle aurait cette audace. Venir chez moi après

ce qu'elle a fait. Et quand l'information monte à mon cerveau, je repense à l'objet de sa visite aujourd'hui et ma colère enfle un peu plus.

Ariana

Après être allée voir Maxence pour lui demander d'arrêter la surveillance/protection, j'en ai profité pour faire en sorte que l'enquête soit retirée à Ezra. Je ne veux plus qu'il m'approche d'une manière ou d'une autre. Je sais que cela ne va pas lui plaire quand il va l'apprendre, mais je n'ai pas envie d'avoir affaire à lui à chaque fois que je dois venir au commissariat pour l'enquête. Moins je le vois, mieux je me porte. Je ne vais pas mentir, il me manque, nos soirées, nos discussions, nos rapprochements. Tout cela me manque, mais j'ai déjà trop joué avec le feu, si ça continue, je vais me brûler les ailes.

Je rends visite à Jimmy et Lilou, ça fait un moment que nous ne nous sommes pas vus. Nous étions tous les deux très occupés et même si nous échangeons des SMS et que je le voyais quand je gardais Lilou, depuis qu'il a emménagé avec Paloma nous n'avons pas eu de franche discussion. Et j'aime vraiment parler avec lui. Notre complicité est forte. J'adore son humour et surtout son honnêteté. Il m'aide à réfléchir et là j'en ai grandement besoin avec tout ce qu'il se passe depuis une semaine.

Je frappe deux coups à sa porte et c'est une petite tête blonde qui apparaît. Son visage s'illumine en me découvrant et elle se jette dans mes bras. Je me penche vers elle pour la réceptionner et lui faire un gros câlin.

—Ariana ! Ze suis contente de te voir.

Je fronce les sourcils en entendant son zozotement, elle a pourtant fait beaucoup de progrès depuis qu'elle travaille avec Paloma régulièrement. Quand on y pense le monde est petit. Paloma est l'orthophoniste qui intervient auprès des jeunes où je travaille.

—Moi aussi je suis heureuse de te voir. Tu vas bien ?

Son regard se teinte de tristesse avant qu'elle ne vienne nicher son visage dans mon cou. Je la serre un peu plus fort avant de me redresser.

—Allez princesse, montre-moi le chemin, dis-je après un câlin réconfortant.

Elle prend ma main et me fait entrer dans l'appartement de son père. Nous rejoignons Paloma dans le salon, elle est assise sur le canapé à regarder la télévision. Enfin étant donné le regard vide qu'elle lui porte, c'est sûrement plus la télé qui la regarde.

—Bonjour, soufflé-je en la rejoignant.

Elle se redresse d'un coup comme un ressort et se lève dans un même mouvement.

—Oh, Ariana je ne t'avais pas entendue.

—Pas grave, Lilou m'a ouvert. Ça va ? demandé-je en souriant.

—Oui. Oui, tout va bien, répond-elle rapidement sans me regarder. Jimmy est à la cuisine, tu veux un café ou autre chose ?

Son comportement est étrange, mais je ne commente pas et accepte un café. Jimmy arrive quelques minutes après avec les boissons et Paloma sur les talons. Nous nous faisons un câlin digne de frères et sœurs qui ne se seraient pas vus depuis des lustres. Enfin j'imagine, car je n'en ai aucune idée, mais c'est ce que j'espère qu'ils font. Avoir de la famille, c'est important, il faut savoir en profiter.

—Salut, ma belle, ça fait un bail ! s'exclame-t-il en embrassant mon front.

Je m'écarte de ses bras protecteurs et lui souris.

—C'est vrai, j'avais besoin d'air et de passer un peu de temps avec mamie Pêche.

—Tu as eu raison. Il faut toujours profiter des gens que l'on aime et rester près d'eux.

Je sens un sens caché derrière cette phrase. Paloma a blanchi et est retournée en cuisine.

Jimmy ne prête aucune attention à la réaction de sa compagne et cela m'intrigue. La tension est palpable.

Il prend place à mes côtés et se tourne vers moi.

—Vous êtes allées où? questionne-t-il en me fixant.

—Saint-Jean de Monts. J'ai adoré écouter les vagues s'échouer sur la plage, c'était très apaisant.

Lilou, qui revient après être allée chercher une de ses poupées, vient se poser sur mes genoux.

—Z'aimerais bien aller voir la mer moi aussi. Paloma aussi, elle va partir à la mer, mais elle va pas revenir.

Je regarde Lilou qui serre très fort son jouet. Je ressens toute sa tristesse et ça me déstabilise. Cette petite fille si joyeuse et pleine de vie ne devrait pas être triste, jamais. Jimmy grogne et s'éclaircit la gorge, comme si ce que racontait Lilou lui avait mis un coup dans le ventre et qu'il ne trouvait plus son souffle.

—Qu'est-ce qu'il se passe? demandé-je à mon ami.

—J'ai un travail qui m'attend dans le sud. À Hyères.

Paloma est arrivée au moment où je posais la question et sa réponse laisse un blanc dans la conversation.

—Oh! Je ne savais pas que tu quittais le centre, réponds-je étonnée.

—J'ai postulé il y a huit mois. Ma famille est là-bas. J'ai eu la réponse cette semaine, explique-t-elle en jetant des coups d'œil vers Jimmy.

Je hoche la tête comprenant ce qui se déroule ici. Je sais d'avance que la question que je vais poser va sûrement mettre de l'huile sur le feu, mais je dois le faire pour crever l'abcès.

Je me tourne vers mon ami qui serre la mâchoire et évite mon regard.

—Vous partez quand?

Jimmy secoue la tête avant même de me donner la réponse que je voyais venir.

—Non, nous on ne part pas. Nous aussi, on a notre famille, ici.

Il récite ces derniers mots en regardant Paloma droit dans les yeux. Elle se raidit et son regard reflète une grande tristesse, mais surtout une grande déception.

Elle attrape son manteau qui se trouvait sur une chaise et l'enfile rapidement. Je sens Lilou se recroqueviller sur moi et l'enveloppe un peu plus fort dans mes bras. Je comprends mieux son comportement, son souci de diction qui est revenu. Lilou et Paloma se sont beaucoup rapprochées ces derniers temps. Cela ne fait pas longtemps que Jimmy et elle se fréquentent, mais elles se sont attachées l'une à l'autre. Ça a été rapide entre eux, car Jimmy en est tombé fou amoureux et Paloma le lui rend bien. Ils n'ont pas encore réellement emménagé ensemble, mais ils passent tout leur temps libre ensemble alors c'est normal que tout ça soit compliqué. Je n'imagine pas ce que doit ressentir Lilou, sa mère l'a déjà abandonnée alors perdre Paloma serait terrible.

Je dépose Lilou près de moi et me lève avant qu'elle n'ait franchi la porte.

—Paloma! crié-je.

Elle ne se retourne pas, mais attend la main sur la poignée. Je remarque ses épaules secouées de sanglots. Je pose une main sur son épaule espérant lui procurer un peu de réconfort quand une idée me vient.

—Ça te dit une soirée entre filles, la semaine prochaine?

Elle secoue la tête dans l'intention de refuser, mais je la prends de court.

—Lilou, toi et moi, on va aller au ciné visionner le dernier dessin animé en se goinfrant de pop-corn, avant d'aller manger des

hamburgers bien gras et de maudire la gent masculine. Ça va être sympa ! Je t'envoie un message pour l'heure.

Je ne lui laisse pas le temps de répondre et retourne au salon dans l'intention de démêler cette histoire et de remettre les pendules à l'heure de mon meilleur ami.

Lilou a disparu et pour une fois, j'en suis heureuse, car je ne souhaite pas qu'elle assiste à cette conversation.

Je m'installe en face de Jimmy sur le fauteuil.

— Alors tu comptes la laisser partir ? questionné-je déterminée à faire changer d'avis mon ami.

Il hausse les sourcils et souffle d'exaspération. En gros, je l'emmerde. Bien, ça va être sympa.

— Dis-moi ce qui te passe par la tête ? insisté-je plus doucement.

Il s'avachit un peu plus dans le canapé et au moment où je m'y attends le moins, sa voix résonne.

— Tu veux que je te dise quoi ? Elle part vivre à des centaines de kilomètres d'ici.

— Tu lui as demandé de rester, je suppose ?

— Tu crois quoi, Ariana ! Que je n'ai pas tout essayé pour qu'elle reste auprès de Lilou et moi !

Il s'est levé et arpente son salon de long en large en fulminant.

— Elle part quand ?

— Trois semaines. Dans seulement trois putains de semaines !

Il a dit cette dernière phrase avec un mélange de colère et de résignation. Il continue ses va-et-vient incessants, pendant de longues minutes puis il se rassoit, les épaules voûtées, comme vaincu. Il ne me regarde pas et la tristesse qui émane de lui me serre le cœur. Moi, qui étais venue demander conseil à mon meilleur ami, je me retrouve dans l'intention inverse. Aujourd'hui, il a plus besoin de moi que moi de lui. Je me rapproche de lui, sur le canapé et pousse légèrement son épaule pour qu'il me regarde. Ses yeux sont cerclés de rougeurs, je vois bien qu'il essaie de retenir ses émotions.

— Je ne sais pas quoi faire, Ariana.

—Si tu le sais. Réponds à cette question. Tu l'aimes ?

—Oui, mais…

—Chut! Réponds juste. Tu te vois continuer ta vie sans elle ?

Il m'observe en secouant la tête de gauche à droite avant même de me répondre.

—Je n'ai pas vraiment le choix, répond-il quand même.

—Chut, j'ai dit! Réponds simplement par oui ou par non.

—Je ne sais pas, bougonne-t-il.

—Ce n'est pas une réponse. Oui ou non ?

—Tu fais chier! Non! Non, je ne me vois pas vivre sans elle, ok! s'exclame-t-il d'un coup.

Je lui souris, sachant très bien que je l'agace, mais je continue, tout le monde sait que c'est souvent la vérité qui nous déplaît.

—Très bien alors dernière question. Pourquoi tu ne la suis pas ? Pour celle-là, tu peux formuler une phrase, dis-je en riant.

J'aperçois un léger sourire en coin à ma dernière phrase avant qu'il ne parte dans ses pensées.

Je lui laisse quelques instants de réflexion en attendant qu'il me réponde.

—Et pourquoi elle ne peut pas rester, bon sang ?

—Elle te la dit. Sa famille lui manque.

—Eh bien moi aussi. Si je pars, ils vont me manquer.

—Jim', tu m'as dit que tes parents étaient à la retraite et qu'ils partaient souvent en camping-car. Ils pourront donc vous rendre visite. Et il me semble que ton frère vit en Espagne, donc tu te rapprocherais de lui.

Je vois dans son regard qu'il comprend où je veux en venir, mais que la peur est celle pour qui il s'invente des excuses.

—Et mon bar ? Je ne peux pas le déplacer lui ? Et la vie de Lilou est ici, je ne peux pas la chambouler comme ça!

—Ce sont des excuses. Ton bar, tu n'y es déjà plus si souvent, tes employés peuvent très bien s'en occuper et je suis sûre que là-bas, tu peux trouver un endroit pour créer le bar de tes rêves.

Son regard devient noir, il n'aime pas que je démonte un à un ses arguments. Parce qu'il ne veut pas dire qu'il a peur.

—Pour Lilou, je suis persuadée qu'ils ont de bonnes écoles dans le sud, elle s'y fera de nouveaux amis, ajouté-je.

—Tu n'en sais rien ! Tu ne sais pas ce qu'il se passera si je quitte tout ce que nous avons ici. Arrête de jouer à la psy avec moi, Ariana parce que tu ne sais rien ! Je dois protéger ma fille, prendre les bonnes décisions pour elle, s'énerve-t-il.

—Peut-être que la bonne décision pour elle serait que son père soit heureux, m'agacé-je.

Nous sommes debout face à face aussi énervés l'un que l'autre. Moi, car il ne voit pas qu'il rend sa fille malheureuse avec son comportement envers Paloma et lui, car il n'accepte pas que je lui dise la vérité.

—Bien sûr la grande Ariana spécialiste des relations amoureuses sait tout mieux que tout le monde ! Occupe-toi donc de ta relation qui ne mène à rien plutôt que de mes affaires. Qu'est-ce que tu peux savoir, toi, d'une relation père-fille ? Tu n'as pas de parents !

C'est le coup de grâce. Cette dernière phrase me fait reculer de deux pas. Son regard sur moi est dur, mais ce sont ses mots qui me mettent à terre. J'ai toujours rêvé d'avoir avec mes parents un lien aussi fort que celui qu'il a avec Lilou. Il le sait, je lui ai déjà avoué l'envier sur ce point. Il ne connaît pas encore les circonstances de leur décès, il ne sait pas qu'ils se sont sacrifiés, qu'ils m'ont sauvée grâce à leurs corps.

Je suis tellement sonnée que je ne bouge plus. La tête basse, mes yeux contemplent mes chaussures floutées par les larmes que je refuse de laisser couler.

—Va-t'en Ariana, s'il te plaît.

Sa voix s'est radoucie, mais la mienne est tout son contraire, bien plus hargneuse.

— Pas la peine de me le dire deux fois !

Je sors en claquant la porte de frustration et de colère. Je n'aurais jamais pensé qu'il serait capable de me faire du mal volontairement, par vengeance. Tous les hommes de ma vie le font un jour. Je ne sais pas ce que je fais de mal, je ne suis pas parfaite, comme tout le monde, j'ai mes défauts. Peut-être que mon plus grand défaut est de vouloir les aider. Je ne pensais pas que dire la vérité aux gens se retournerait contre moi. À croire que la franchise n'est pas si bonne que ça. Je ne voulais en aucun cas blesser Jimmy et s'il s'est senti attaqué alors j'en suis désolée, mais ça ne lui donnait pas le droit de se servir de mes parents pour me renvoyer la pareille. Je me rends bien compte que Jimmy est en colère et que ses mots ont dépassé sa pensée, mais ça ne fait pas moins mal pour autant. Les larmes qui dévalent mes joues tout le long du trajet en voiture jusqu'au centre le prouvent.

Il me reste deux heures de liberté avant de prendre mon poste, mais je préfère être utile plutôt que de ressasser encore et encore tout ce qui se déroule dans ma vie en ce moment.

J'efface les traces sur mon visage et jette un œil dans le miroir du pare-soleil, je ne voudrais pas effrayer les jeunes ou mes collègues avec mon regard de panda défraîchi.

Une fois la porte du centre passée, je ne pense plus à tout ce qui m'arrive. Ma priorité, c'est tous ces jeunes qui ont besoin de nous. Mes collègues m'apprennent que Marlon est malade et qu'il se trouve dans sa chambre. Je lui prépare une tasse de soupe bien chaude et monte le voir. Je frappe, l'avertissant de mon entrée. Il est dans son lit à moitié assis contre le mur et sa tête de lit, les genoux pliés lui servent de table pour dessiner sur son carnet.

— Salut, tu veux manger un peu ?

Je dépose la tasse sur sa table de nuit pendant qu'il range ses affaires.

— Salut, merci pour la soupe. Je croyais que tu ne bossais pas avant ce soir.

Je hausse les épaules sans répondre. Je ne vais pas m'épancher auprès d'un de mes jeunes, ce serait le monde à l'envers.

—Comment tu vas ? m'inquiété-je.

—Mieux, j'ai dû choper un coup de froid.

Il avale sa soupe doucement et j'en profite pour admirer ses dessins accrochés au mur. Ce gamin est tellement doué. Je n'y connais rien en art, mais il me provoque toujours des émotions différentes et je suppose que c'est ce que recherchent les amateurs d'art. Les œuvres doivent leur parler. Ils doivent pouvoir les admirer pendant des heures sans jamais se lasser. C'est ce que me provoquent les œuvres de Marlon.

Je les scrute une à une et m'arrête sur un portrait qui me fait frissonner d'horreur. Marlon qui a remarqué ma réaction m'explique.

—C'est mon père. Je n'ai pas de photo alors je l'ai dessiné.

Je me rapproche pour être certaine de ne pas me tromper. Il est tellement réaliste que j'ai l'impression de l'avoir en face de moi. Je suis choquée par cette découverte et surtout tout ce qui va en découler. Je me détourne du dessin, me promets mentalement de revenir le voir. Je n'ose pas regarder Marlon dans les yeux, je lui demande rapidement s'il a besoin d'autre chose avant de m'éclipser.

Le reste de la soirée défile comme dans un brouillard. Je prends soin de ne montrer aucun changement de comportement aux jeunes, mais je suis déjà partie loin dans mes pensées quand ils vont se coucher.

Le lendemain, Marlon va mieux et rejoint les autres pour préparer les œuvres du gala. Ça sera une enchère silencieuse, je sais que certains objets ne vont pas rapporter le pactole, mais le moindre don sera important, puis les jeunes sont heureux de faire tout ça alors c'est déjà ça de gagné.

Je profite d'un moment où ils sont tous occupés pour aller dans la chambre de Marlon, prendre en photo le portrait de son père. Je risque d'en avoir besoin.

La journée se poursuit, dans la bonne humeur générale. Il y a certaines disputes bien sûr, mais surtout des blagues et des débats animés.

Le dimanche matin, quand mes collègues arrivent pour nous remplacer, je ne perds pas de temps et file au commissariat. Je demande à parler au Commandant Leroux, et même si nous sommes dimanche et qu'il est chez lui, je sais qu'il se déplacera. Cette enquête lui tient autant à cœur qu'à moi. Si ce n'est pas plus…

J'aurais pu attendre demain pour le voir, après tout, il est en famille le dimanche midi, mais j'ai besoin de me libérer de ce que j'ai découvert. Le temps presse si on veut mettre la main sur cet homme un jour.

Quand Maxence arrive, je pense immédiatement à son fils. Son fils qui ne m'a plus contactée depuis son message pour que je récupère les affaires que j'ai laissées chez lui. Il pense que je vais passer dans la soirée, mais j'ai une autre idée en tête. J'ai toujours la clé de chez lui, alors autant que ça serve, surtout que je sais qu'il ne sera pas chez lui ce midi…

Maxence me fait entrer dans son bureau et m'indique de prendre place pendant qu'il sort le dossier qui nous concerne.

—Bonjour, mademoiselle Duval. Comment vous portez-vous depuis l'autre jour ? me questionne-t-il en souriant.

—Commandant, je vous ai déjà demandé de m'appeler Ariana, on a partagé un repas ensemble il n'y a pas si longtemps après tout.

—C'est vrai, d'ailleurs, Marie m'attend avec Ezra pour le déjeuner de ce midi alors qu'est-ce qui ne pouvait pas attendre ? m'interroge-t-il en s'asseyant en face de moi.

—Je voulais vous montrer une photo.

Je lui tends mon portable où se trouve le portrait du père de Marlon. Je le vois froncer les sourcils et étudier attentivement le cliché.

—C'est lui. Je suis sûre à cent pour cent que c'est cet homme qui a tué mes parents.

Les larmes me montent aux yeux quand les mots sortent de ma bouche, mais je les retiens. Il me fixe de son regard le plus sérieux.

—Où as-tu eu cette photo?

Je lui raconte donc ma découverte dans la chambre de Marlon, qui est le fils du braqueur de l'épicerie. Je lui donne le nom de Marlon et il s'occupe de diffuser le portrait à toutes les brigades de France. Je reste là à le voir passer des appels, à aboyer des ordres à ses subordonnés. Il finit par se rasseoir face à moi. Je suis perdue et ça doit se voir sur mon visage.

—On va l'avoir! dit-il avec conviction. Ariana, je te promets qu'on ne lâchera pas l'affaire tant qu'on ne l'aura pas attrapé d'accord?

—Oui, mais Marlon? Je ne veux pas qu'il l'apprenne, il va s'en vouloir… Et puis, c'est un bon gamin, il… il a du talent, m'affolé-je.

Je m'emballe, paniquée. Arrêter cet homme signifie que Marlon ne voit plus son père pendant plusieurs années. Il va m'en vouloir. Certes, il l'a abandonné, mais Marlon n'a eu que lui comme modèle, ça va être dur pour lui. Depuis qu'il fait du dessin, il s'est beaucoup apaisé et s'ouvre plus facilement aux autres, je ne voudrais pas que tous ses efforts soient balayés à cause des horreurs que son père a commises.

—Ne t'inquiète pas pour lui, pour le moment on va mettre la main sur son père et ensuite on avisera. Peut-être que Marie devra lui trouver un autre centre, un autre tuteur, mais il sera bien entouré. Et laisse-moi te dire que c'est admirable de t'inquiéter pour lui après cette découverte, ajoute-t-il en faisant le tour du bureau pour poser sa main sur mon épaule.

—Il n'est pas responsable. Ce n'est qu'un gamin, ajouté-je en secouant la tête de droite à gauche.

—Je le sais. On le sait tous. On agira de manière à ce que lui aussi le sache. Il pourra voir un psychologue quand le moment sera venu.

Nous discutons encore un peu de tout ce qui va être mis en place avant de prendre congé et de retourner à nos activités respectives.

Malgré ma fatigue, je n'hésite pas une seconde à aller chez Ezra pour récupérer mes affaires avant de retourner chez ma grand-mère.

Armée de la clé qu'il m'a donnée, je monte les marches de son immeuble. Je suis confiante, je sais que le dimanche, il n'est pas chez lui avant 16-17h donc je vais pouvoir rassembler mes affaires tranquillement s'il ne l'a pas déjà fait. J'insère la clé, entre et me fige. Je suis surprise qu'il soit là, mais encore plus qu'il enlace une autre femme assise sur le canapé. Il ne me remarque pas, car il est de dos, mais elle en revanche, m'aperçoit et recule lentement, instaurant une distance raisonnable entre eux. Elle me regarde des pieds à la tête ce qui me fait sortir de ma léthargie, au moment où Ezra se retourne, sûrement surpris de me voir ici pendant qu'il est en charmante compagnie.

—Ariana ? Je croyais que tu devais venir plus tard ?

OK, donc je ne suis pas la bienvenue. Si je ne l'avais pas compris avant, maintenant je suis au courant. Je range ma colère dans un coin, après tout je n'ai rien à lui reprocher puisque nous ne sommes plus rien l'un pour l'autre. Je n'aurais pas songé qu'il me remplacerait si vite, mais de qui je me moque, c'est un queutard et il ne s'en est jamais caché. Je ne sais pas pourquoi j'ai pensé qu'après ce qu'il s'est passé entre nous, il aurait changé.

J'occulte la douleur qui brûle mon cœur pour rester digne. Il ne manquerait plus qu'il voit combien ça me touche et j'aurai touché le fond.

—Désolée, je pensais que tu étais chez tes parents. Je… Je vais vous laisser, soufflé-je rapidement.

J'ouvre la porte, avant de faire demi-tour, j'ai toujours la clé dans les mains. Je la dépose sur le premier meuble à ma portée. On ne m'y reprendra plus, dire qu'il voulait absolument que je me serve de sa clé pendant les semaines précédentes et le jour où elle me sert enfin, il est avec une autre. La vie est merdique parfois !

—Ariana, attends ce n'est pas ce que tu crois, s'écrie-t-il en se levant pour me rejoindre.

Non! Il a osé?! Il me prend pour une conne, ou quoi?! Je le découvre dans les bras d'une autre et il ose me balancer que je me fais des idées. Quel culot! Même mon ex n'a pas eu cette audace. Lui au moins a assumé ce qu'il avait fait.

Je ne perds pas de temps et dévale les escaliers aussi vite que mes jambes peuvent le faire. Je ne veux pas qu'il voie mes larmes couler. Il ne mérite pas de voir mon cœur tomber en miettes. Il ne mérite que mon mépris et à partir de maintenant c'est tout ce qu'il aura de ma part. Ne dit-on pas que l'ignorance est la plus belle des vengeances?

Chapitre 10

Une soirée trop arrosée.

Ezra

Je suis arrivé chez mes parents avec une heure trente de retard, j'ai donc été surpris de ne trouver que Rom' et ma mère installés à la table du salon à discuter.

—Ah enfin! Tu pourrais prévenir quand tu as du retard, ça m'éviterait de m'inquiéter pour rien, peste ma mère en m'embrassant.

—Pardon, maman, j'ai eu un imprévu, mais où est papa? demandé-je en arrivant dans la salle à manger.

—Il a reçu un appel du commissariat et a dû partir ce matin.

Tiens, c'est pas souvent qu'il est absent à un repas de famille. Ça doit être une affaire très urgente. Ma mère va chercher des couverts pour moi, mon pote en profite pour me questionner.

—Pourquoi es-tu en retard? Le mec que tu devais voir ce matin?

—Ouais, enfin c'était plutôt une femme.

—Ne me dis pas que tu t'es tapé une meuf alors que jusqu'à la semaine dernière tu m'affirmais vouloir essayer quelque chose avec Ariana, attaque-t-il agacé.

—Tu te fous de moi?! Mec, je pensais que tu me connaissais un peu mieux que ça! dis-je choqué qu'il puisse avoir cette image de moi. Je n'ai baisé personne, c'est Azzalée qui a envoyé la photo par message.

—Attends, tu veux dire qu'elle est venue chez toi? Mais pourquoi elle a fait ça?

Je lui fais signe que je lui raconterai plus tard puisque ma mère est de retour avec une assiette entière de piémontaise.

—Merci maman, mais tu n'étais pas obligée, j'aurais continué le repas où vous en étiez.

—Ne raconte pas de bêtises mon grand, on va t'attendre pour le fromage, s'obstine-t-elle en me souriant tendrement.

Nous continuons le repas en discutant de la pluie et du beau temps. Ma mère nous parle du gala qui approche et nous dit qu'elle aimerait que nous soyons présents. Roméo refuse poliment, car ça tombe le week-end où ses parents ont décidé de lui accorder un peu de leur temps. Je lui demande si Enzo sera présent, ce qu'elle me confirme. Je vois bien qu'elle pense que je vais refuser pour l'éviter comme je l'ai toujours fait depuis qu'il m'a trahi. Cependant, le sourire qu'elle me donne quand je lui annonce que je serai quand même présent me procure un bien fou. Je ne sais pas encore comment je vais réagir en leur présence, ce sera la première fois que je les verrai en couple et je sais d'avance que ça ne sera pas aussi facile que je veux bien le laisser paraître.

Une fois notre repas terminé, nous partons sans avoir pu voir mon père, il a appelé il y a une heure pour prévenir ma mère qu'il rentrerait tard. Je pense à Ariana, peut-être s'agit-il de l'affaire du braqueur, ils l'ont peut-être retrouvé. Je l'espère. Cela signifierait qu'Ariana est en sécurité et que la mort de ses parents sera vengée.

Roméo me rejoint chez moi avec des pizzas, comme tous les dimanches. On s'installe sur mon canapé, avec une bière chacun. Je prépare la console, quand il décide de revenir à la conversation que nous n'avons pas pu terminer tout à l'heure.

—Du coup Azzalée? Tu l'as laissé entrer? demande-t-il en mordant dans sa pizza.

—Oui, mais j'aurais pas dû… avoué-je dépité en repensant à ce qu'il s'est passé.

—Pourquoi? Elle ne t'a pas sauté dessus quand même?

—Non, mais après qu'elle m'a expliqué toute l'histoire. Nous avons parlé de notre rupture. Elle m'a dit qu'Enzo était vraiment désolé de m'avoir fait ça et qu'il aimerait vraiment discuter avec moi.

—Et elle, elle n'est pas désolée ?

—Elle m'a avoué qu'elle ne savait pas comment rompre avec moi. On a parlé de notre couple et quand elle a énuméré toutes ces choses qui n'allaient pas entre nous, j'ai compris qu'elle avait raison. Je ne dis pas que je lui pardonne ce qu'elle m'a fait, mais je comprends mieux. Nous étions trop différents. On s'est connus jeunes et nous avons évolué différemment. Je l'avais compris avant même qu'elle me le confirme en fait, mais j'étais tellement habitué à les haïr que je ne savais pas comment agir autrement.

—Alors, tu vas parler à ton frère ? questionne-t-il étonné. Ariana serait contente de le savoir, ajoute-t-il avec un sourire au coin des lèvres.

Je secoue la tête les yeux dans le vague.

—Je ne suis pas sûr…

—Tu plaisantes ? Et puis la connaissant, elle se ferait un plaisir de t'entendre dire qu'elle avait raison.

Il se marre, il n'a pas tort, elle adorerait ça. Que j'avoue l'avoir écoutée, mais est-ce qu'elle me laissera un jour lui expliquer ?

—C'est quoi cette tête, mec ? Réjouis-toi, je suis persuadé qu'elle va t'accorder une autre chance en apprenant que tu l'as écoutée, s'enthousiasme-t-il en entrechoquant sa canette à la mienne.

—Elle est venue, ce matin, mais je ne suis pas certain que ce qu'elle ait vu lui ait donné envie de discuter avec moi.

—Pourquoi, elle a vu quoi au juste ? demande-t-il étonné.

—Quand j'ai dit à Azzalée que je parlerais avec Enzo, elle était tellement contente qu'elle m'a sauté au cou et Ariana est arrivée à ce moment-là.

—Merde !

Je hoche la tête en prenant une gorgée de ma bière. Ouais, je suis dans la merde et pour une fois c'est même pas de ma faute… Je vais certainement ramer un moment, mais il va falloir qu'elle m'écoute je ne veux pas rester sur ce qu'elle croit avoir vu.

—Tu veux que je lui parle ? demande-t-il en fermant le carton de pizza vide.

—Tu la vois toujours ? questionné-je surpris en lui tendant une manette.

—Non, mais on échange des textos.

Merde, moi qui pensais qu'en tirant un trait sur moi, elle avait aussi laissé tomber Roméo. Peut-être que ça pourrait me servir, tiens. Elle est amie avec Jimmy et si elle parle toujours à mon meilleur pote, ça devrait être facile de la voir. Il suffit que j'aille chez Jimmy au moment où elle y est. Ah merde, Jimmy ne me laissera jamais l'approcher quand il va apprendre ce qu'il se passe. À moins que je ne lui explique tout, il a un bon fond, il m'aidera sûrement. Entre hommes, il faut que l'on sache se soutenir.

—Merci, mais je ne préfère pas. Je ne pense pas qu'elle accepte même si ça vient de toi. Je vais aller la voir pour lui rapporter ses affaires demain, j'espère que je pourrai lui parler sinon je trouverai un autre moyen, expliqué-je en lançant la partie.

Et c'est exactement ce que je fais, le lendemain soir. Je suis devant chez Pêche attendant que l'on m'ouvre après avoir sonné. Fébrile, je passe le carton d'un bras à l'autre jusqu'à ce que deux yeux inquisiteurs se dévoilent.

—Bonjour, Pêche. Est-ce que votre petite fille est là ? demandé-je en souriant.

Elle ouvre un peu plus la porte pour me faire face. Son regard se pose sur le carton où j'ai entassé toutes les affaires d'Ariana puis revient sur mon visage.

—Elle est sortie, répond-elle impassible.

—Ah.

Son regard me déstabilise, il n'a jamais été aussi noir quand il se posait sur moi. J'ai toujours côtoyé la femme un peu loufoque,

les yeux remplis de malice et d'amour pour sa petite fille. C'est déroutant.

—Ce sont ses affaires ?

Son ton n'est ni affable ni méprisant, il est juste neutre. Comme si elle parlait à un vulgaire marchand de tapis venu la déranger dans sa petite vie tranquille.

—Oui, mais j'aimerais pouvoir lui parler quelques minutes. Je repasserai une autre fois.

—Non. Ezra, donnez-moi ce carton et laissez-la tranquille.

—Laissez-moi m'expliquer, je n'ai rien fait de mal, je veux seulement discuter avec elle. S'il vous plaît…

Mon ton se fait suppliant, malgré moi, mais son regard change légèrement face à cette marque de faiblesse de ma part.

—Écoute, elle ne veut plus te voir pour le moment, alors je ne peux rien faire pour toi.

Je baisse la tête et après avoir déposé le carton à la porte je repars. Je vais devoir passer à mon autre plan…

—Ezra !

Je me retourne vers Pêche qui s'est avancée de quelques pas. J'attends qu'elle arrive à ma hauteur puisqu'elle souhaite me parler, finalement.

—Tu te souviens de la promesse que tu m'as faite ? s'assure-t-elle en me fixant droit dans les yeux.

—Ah oui, je vais vous la rendre ne vous inquiétez pas.

—Non, une promesse est une promesse. Je compte sur vous pour la tenir, même si vous n'êtes pas celui qui lui donnera. Vous savez je suis une vieille dame, je ne serai plus là très longtemps. Je veux m'assurer que quand il sera temps pour moi de retrouver ma fille et mon mari, Ariana ne sera pas seule. J'ai confiance en vous Ezra. Et même si pour le moment, vous ne pouvez pas être auprès d'elle, restez dans les parages, la vie nous réserve souvent de bonnes surprises…

Quand elle se retourne pour partir, je suis sonné par tout ce qu'elle vient de me dire. J'ai du mal à comprendre, elle me demande d'abord de la laisser tranquille, pour ensuite me dire que je ne dois pas m'éloigner d'elle… Je ne sais pas si je dois la laisser venir à moi ou alors exécuter mon plan B.

J'envoie un message à Roméo lui signifiant que je le rejoins chez Jimmy. Je ne sais pas ce que voulait dire Pêche, mais je ne compte pas rester à ne rien faire. Encore moins laisser sa petite fille rencontrer un autre homme. Je suis un homme d'action, rester en retrait n'est pas pour moi. Je compte bien mettre en place le plan B, ensuite, si celui-ci ne fonctionne pas alors peut-être que je me ferai discret. En attendant, je veux juste qu'elle m'écoute.

Quand j'arrive à destination, plusieurs choses me laissent perplexe. Première constatation, Jimmy a fermé le bar. Deuxième, il n'est pas très sobre. Roméo m'ouvre la porte du bar quand il s'aperçoit que notre ami n'arrive pas à tourner la clé pour m'ouvrir.

—Bah, Jim', depuis quand tu fermes un soir de semaine ? interrogé-je étonné.

—Depuis que je suis un gros con, mon pote ! J'ai un peu bu alors si tu veux me frapper pour ce que j'ai fait, n'hésite pas !

Je regarde Roméo qui paraît aussi consterné que moi.

—Il est comme ça depuis quand ?

—Aucune idée je viens d'arriver, mais il ne cesse de me répéter que tu vas le frapper et qu'il le mérite, m'explique Roméo.

Perplexes, on regarde notre ami sortir de derrière son bar avec une bouteille de rhum.

—Qu'est-ce qui t'arrive Jimmy ? Paloma est partie ? questionné-je pour comprendre.

Il secoue la tête tout en buvant directement au goulot. Il y en a sûrement plus sur ses vêtements que dans sa bouche, mais il n'y prête pas attention.

—Non, pas encore. Là, elle passe la soirée avec ta copine qui m'évite comme la peste, répond-il d'une voix pâteuse.

—Ariana ?

Je lui prends la bouteille des mains et décide de l'accompagner en prenant plusieurs gorgées de sa boisson. Je grimace, quand la brûlure de l'alcool passe ma trachée, mais il faut bien ça si je dois parler d'Ariana après ce que m'a dit sa grand-mère.

—J'ai fait le con, les mecs ! Elle voulait juste m'aider et moi comme un connard, je lui ai balancé des choses horribles. Je ne serais pas étonné qu'elles disent tout le mal que je leur fais en ce moment. C'est ce que font les femmes entre elles, non ? Nous maudire quand on merde ?

L'alcool que j'ingurgite depuis cinq minutes m'empêche de bien comprendre, mais je peux compter sur Roméo pour m'éclairer.

—Sûrement, mais dis-toi que tu n'es pas le seul à avoir merdé avec Ariana. Ezra, s'est mis dans la merde aussi avec elle.

—Ah bon ? Elle ne m'a rien dit. Si ça, c'est pas la preuve qu'elle m'en veut. T'as fait quoi toi ?

Je lui explique brièvement la soirée catastrophique au restaurant et ce qu'elle a surpris dimanche. Je ne sais pas s'il comprend bien ce que je raconte vu mon souci d'élocution provoqué par l'alcool. Il me raconte ce qu'il lui a dit et nous essayons de mettre un plan en place pour nous excuser.

Nous décidons de nous aider mutuellement, dans notre entreprise de rédemption auprès de nos copines. Mon ami barman et moi sommes assis à même le sol, le dos appuyé contre le bar, ne tenant pas très bien sur nos jambes ou même sur une chaise. Notre conversation part dans tous les sens, je ne sais même plus de quoi on parle vraiment, mais je me sens bien. L'alcool a au moins le mérite d'enlever la culpabilité de mes épaules tout en me redonnant l'espoir que tout s'arrange.

C'est bien pour ça que je me lève dès que je vois que les responsables de nos tourments arrivent par la porte de derrière accompagnées de Lilou. Je m'accroche au bar pour me stabiliser et éviter une chute mémorable. Roméo est déjà devant elles, enlace Ariana et salue poliment Paloma. Comment il a fait ce con

pour les rejoindre si rapidement, j'ai l'impression qu'elles sont à des kilomètres de moi. Jimmy est toujours affalé au sol, il semble dormir. Je l'enjambe difficilement pour m'approcher d'eux. Ariana me remarque et se marre. Qu'est-ce qu'elle a ? Je passe ma main sur mon visage essayant de comprendre pourquoi elle se fout de ma gueule. Roméo qui me tournait le dos se retourne avec un sourire.

—Ouais, désolé les filles, mais ils sont ronds comme des queues de pelles !

Paloma se dirige vers l'appart de mon pote avec Lilou certainement pour la coucher et lui éviter de voir son père dans un état pitoyable.

—Ariana, je suis désolé… Je… commencé-je. Merde, je devais dire quoi déjà ?

Je m'appuie sur le dos d'une chaise qui traîne par là pour me stabiliser.

—Merde, Rom' mon pote, aide-moi.

Je le supplie de me venir en aide, on avait prévu tout un discours avec Jimmy, mais mon cerveau patauge dans la semoule.

—Laisse tomber mec, tu feras ça une prochaine fois, préconise mon pote en me rejoignant.

—Quoi, mais non! Tu étais là, tu nous as entendus, tu peux lui répéter ce que je voulais dire…

—Désolée, j'ai autre chose à faire, comme aider mon ami à aller se coucher par exemple, me coupe Ariana en désignant mon copain de beuverie, qui est toujours endormi à terre.

—Et moi, qui va m'aider? Moi aussi j'ai besoin d'aide, bébé, supplié-je piteusement. Il a déjà une copine, elle peut l'aider.

Elle s'agenouille devant Jimmy essayant de le réveiller en douceur. Dépité, je m'affale sur la chaise, manquant de m'étaler à terre. Heureusement, Rom' n'est pas loin et retient la chaise avant que cela n'arrive.

—Paloma ne peut pas l'aider et tu as un ami qui je sais t'aidera, dit-elle en souriant à Roméo.

—Mais, on doit discuter! La fille que tu as vue, ce n'était pas ce que tu crois. C'était mon ex. Elle a envoyé la photo… Et… ah aussi… je vais parler à mon frère… alors tu vois on doit parler…

Mes mots sont décousus, je parle vite, hachurant sûrement certaines phrases, mais elle va partir et moi je ne veux qu'une chose, qu'elle me laisse lui parler. Je m'emballe, me lève, mais retombe directement sur ma chaise. Je suis pitoyable. Je la regarde parler doucement à Jimmy qui a enfin ouvert les yeux. Elle chuchote et lui sourit, incitant mon pote à se lever. Jimmy se sert d'elle pour marcher, sans s'affaler à terre, ils passent devant moi sans un regard. Je continue de regarder leur avancée. Jusqu'à ne plus les voir. Je regarde Roméo qui me presse l'épaule, sûrement en signe de réconfort.

—Allez, viens, je te ramène, m'invite-t-il à me lever d'un signe de tête.

—Attends, elle va redescendre. Il faut qu'elle m'écoute, m'exclamé-je déterminé.

Je le vois secouer la tête, mais je reste le cul vissé sur la chaise, les yeux rivés vers la porte qu'elle vient de franchir.

Je ne sais pas combien de temps nous attendons, mais elle finit par réapparaître. Surprise, elle fronce les sourcils quand elle nous découvre. Je n'ai pas bougé d'un pouce depuis tout à l'heure alors que mon pote, lui, range notre bazar.

—Qu'est-ce que vous faites encore là? demande-t-elle surprise.

Elle s'adresse à Roméo comme si je n'existais pas.

—Demande-le-lui, moi je n'ai pas l'intention de me battre pour le mettre dans ma voiture.

Elle pose enfin son beau regard sur moi.

—Écoute, tu n'es pas en état pour discuter ce soir. Va te coucher, on verra ça plus tard.

—Tu dis ça juste pour que je parte, m'insurgé-je agacé qu'elle ne m'écoute pas.

—Non, je…

—Arrête, la coupé-je. J'ai besoin de toi, Ariana. À quoi ça sert que je parle à mon frère si tu n'es pas là pour le voir ?

Je commence à m'énerver, elle essaie de se défiler. Je sais que je ne suis pas en état pour parler, mais est-ce qu'elle m'écoutera quand je serai sobre ? Je n'en suis pas certain. Elle aussi elle a peur. Elle dit que je dois m'efforcer de lui faire confiance. Mais elle, est-ce qu'elle m'a fait confiance quand elle est partie de mon appart avant que je lui explique les choses. Je lui ai dit que ce n'était pas ce qu'elle croyait et elle a préféré fuir et croire que j'avais trouvé une autre femme pour la remplacer. Je me rends compte que si moi, j'ai pris sur moi pour discuter avec mon ex et prendre la décision de voir mon frère, elle ne va faire aucun effort pour entendre ce que j'ai à lui dire. Elle reste muette, n'osant plus me regarder dans les yeux.

—Je sais que tu ne veux pas m'écouter, mais si moi je fais l'effort de parler à mon frère, tu pourrais en faire un toi aussi. J'ai entendu ce que tu m'as dit l'autre jour, je pense que tu peux prendre le temps de m'écouter toi aussi.

Elle relève la tête et plonge son regard vert sur moi. J'aimerais pouvoir me perdre dans leur profondeur, mais je ne sais pas si c'est l'alcool ou la peur de lire son refus qui me pousse à regarder ailleurs.

Elle acquiesce, acceptant de me voir quand je serai sobre, avant de quitter le bar. Je rumine en silence pendant tout le trajet du retour, certes court, mais sûrement un peu trop long pour mon pote qui me raccompagne malgré mes protestations. L'effet de l'alcool a disparu au moment où elle a passé la porte. Et depuis, je pense à ce que je lui ai dit et je suis de plus en plus en colère de ne pas m'être rendu compte avant qu'elle aussi manquait de confiance en moi. Elle rejette la faute sur moi alors qu'au final, c'est elle qui ne m'a pas fait confiance. Si elle m'avait raconté son enfance, je n'aurais pas été si choqué et je ne l'aurais pas laissée sans nouvelle pendant plusieurs jours. Elle aurait donc pu me dire qu'elle avait vu son ex. Tout ça ne se serait pas passé et nous serions ensemble en ce moment. Moi qui ne voulais pas d'une histoire compliquée,

me voilà mal barré… Je me couche avec ces pensées plus ou moins déprimantes. Je ne sais pas ce que donnera notre discussion, cependant je prends cette nuit la décision de ne pas me battre seul pour nous deux, si elle souhaite que nous ayons une relation alors elle devra se battre avec moi.

Ariana

Sur le trajet du retour, je suis perdue dans mes pensées. Revoir Ezra m'a causé autant de bien que de mal. J'aurais aimé pouvoir le toucher, l'embrasser, mais je me suis battue contre moi-même pour ne rien faire. Si je cède maintenant, on n'avancera pas. Nous n'avons jamais été un véritable couple et nous sommes déjà en train de nous déchirer. Je suis heureuse qu'il m'ait écoutée et qu'il accepte de parler à son frère, j'espère vraiment que ça pourra l'aider. Je sais que nous devons discuter, notamment de cette femme qui était pendue à son cou l'autre jour. Il me doit des explications et il n'a pas tort, je dois aussi prendre sur moi et l'écouter. Je sais que je suis parfois butée, mais dès que je repense à ce que j'ai surpris dimanche matin, une épine se plante dans mon cœur. J'ai la trouille. Je ne comprends pas pourquoi le voir enlacer une autre m'a fait plus de mal que ce que j'ai vécu avec mon ex. J'ai compris qu'avec Peter, nous n'étions pas destinés l'un à l'autre, mais j'étais attachée à lui, je l'aimais. Enfin, je croyais l'aimer. Quand j'y réfléchis, les cinq ans que j'ai passés au côté de mon ex ne sont rien comparés aux quelques semaines auprès d'Ezra. Avec lui, je me sens tellement bien. Je suis moi-même en toute circonstance, il ne me bride pas dans mes sorties ou ne me reproche pas mon investissement pour mon travail. Je me suis attachée à lui et il me manque réellement, depuis que nous sommes brouillés. Ma grand-mère a voulu me mettre en garde. Elle savait que je regretterais ma décision. Je m'en rends compte aujourd'hui, je me suis braquée sans lui laisser le

temps pour que l'on s'explique au calme. Je n'ai pas supporté qu'il m'accuse à tort de revoir Peter dans son dos. Et même quand il est revenu me voir devant ma porte, je n'ai rien voulu entendre préférant battre en retraite. Ignorer les sentiments qu'il me faisait vivre. J'étais tellement mal quand il n'a pas voulu m'écouter au restaurant que j'ai refusé de l'entendre ensuite. Et si l'éviter m'a paru être la bonne solution sur le moment, je comprends ce soir que je n'avancerai pas dans ma vie en fuyant quand les gens me blessent. Je dois vivre les émotions, même si ça fait un mal de chien, elles me permettront d'avancer. Je dois apprendre à laisser le bénéfice du doute à Ezra. Finalement, je ne suis pas différente de lui, je l'ai jugé quand je l'ai vu avec cette femme sans écouter ce qu'il me disait. Je me suis comportée comme lui avec la photo. Nous sommes tous les deux trop jaloux, brisés par nos anciennes relations pour nous remettre en question. Non, je suis trop têtue, lui m'a bien dit qu'il allait parler à son frère, contrairement à moi, il avance dans le bon sens. Peut-être qu'il croit plus en nous que je le pensais. Je m'endors dès que ma tête touche l'oreiller, la soirée a été riche en rebondissements, notre soirée filles s'est très bien passée et la nouvelle que Paloma m'a apprise m'a bouleversée. Elle tient tellement à Jimmy que j'en serais presque jalouse. Quand je l'ai accompagné jusqu'à son appart, il n'a pas arrêté de s'excuser pour ce qu'il m'a dit. Tellement que j'ai fini par lui dire que s'il n'arrêtait pas, je lui tirerais la gueule pour toujours. Je sais que j'en suis incapable, mon ami est devenu rapidement indispensable à ma nouvelle vie même si je sais qu'il va finir par partir et qu'il me manquera. Je sais que je ne pourrai jamais lui faire véritablement la gueule à ce gros nounours.

Je suis réveillée par l'odeur du café corsé de ma grand-mère. Je la rejoins dans la cuisine après m'être douchée, elle est toujours en robe de chambre, la tête dans son bol, elle me paraît fatiguée.

—Ça va, mamie Pêche ?

Elle relève aussitôt le visage et m'offre son beau sourire.

—Oui, ma bichette j'ai dormi comme un loir.

Je la regarde sceptique vu les cernes qu'elle a sous les yeux je ne la crois qu'à moitié, mais je sais qu'elle ne me dira rien, alors au lieu de perdre du temps dans une conversation stérile, je décide d'en lancer une qui l'a passionnera.

—J'ai vu Ezra hier.

Pêche arrête son bol devant sa bouche, le regard fixé sur moi. Je fais comme si elle n'attendait pas la suite et me sers mon propre café.

—Tu ne devais pas être avec la copine du barman ? questionne-t-elle surprise.

—Si on est allées au cinéma et manger un morceau.

—OK et il était là ?

—Non, réponds-je en versant le café dans mon mug.

Le silence s'étire et je cache mon sourire dans ma tasse. Elle ne va pas tarder à s'énerver, parce que je ne lui donne pas les réponses qu'elle attend.

—Bon tu vas cracher le morceau ! Ma patience a des limites ma bichette ! s'exclame-t-elle agacée.

Debout, les bras posés sur la table et les mains autour de ma tasse, je vois sa moue boudeuse et cela me déclenche un fou rire.

—C'est ça, moque toi. Tu verras quand tu auras mon âge. Je prie pour que tes petits-enfants te fassent tourner bourrique comme tu le fais avec moi, tiens !

Je me calme et embrasse sa joue droite pour me faire pardonner.

—Il était au bar avec Jimmy quand j'ai raccompagné les filles.

—Oh, et vous avez discuté ou tu es restée aussi butée qu'une mule ? demande-t-elle en haussant les sourcils.

—Ils étaient tous les deux bourrés mamie, nous ne pouvions pas vraiment parler.

—Mais tu acceptes de lui parler maintenant ? On progresse…

—Je sais mamie, tu avais raison, je ne peux pas le laisser partir, en tout cas pas sans explications.

Elle hoche la tête ravie que j'aie enfin ouvert les yeux.

—Il m'a dit qu'il avait accepté de parler à son frère, ajouté-je.

—Eh bien, il tient à toi ce jeune homme.

—Arrête mamie, il le fait pour lui et sa famille avant tout, précisé-je en croquant dans une biscotte.

—Tu pourras prendre un rendez-vous chez mon ophtalmo?

Je ne comprends pas son changement de conversation d'un coup, mais acquiesce.

—Tu n'y es pas allée il y a un mois? demandé-je quand même.

—Ce n'est pas pour moi. C'est toi qui en as besoin puisque tu ne vois pas quand un homme a des sentiments pour toi, je pense qu'une bonne paire de lunettes devrait t'aider, explique-t-elle en se moquant de moi.

—N'importe quoi! m'exclamé-je en levant les yeux au ciel. Il n'a jamais été question de sentiments entre nous deux.

—Et ça t'empêche de ressentir quelque chose pour lui? questionne-t-elle avant d'enchaîner. Ne me mens pas, Ariana. Tu n'aurais pas eu mal jusqu'à en pleurer si ce n'était pas le cas. On ne serait pas parties à des centaines de kilomètres d'ici si tu n'avais aucun sentiment pour ce jeune homme. Il est temps que tu assumes ce que tu éprouves.

Je reste un moment silencieuse tout en finissant mon petit-déjeuner. Elle part se préparer et quand elle revient, je suis sur le point de passer l'éponge sur notre table.

—Tu as prévu quoi aujourd'hui, ma bichette?

—Je dois aller voir Jimmy, mais si tu as besoin de moi je peux rester, dis-je en m'essuyant les mains.

—Non, c'est bon, mais si tu pouvais aller parler à Ezra en même temps ce serait une bonne chose.

—Mamie! m'exaspéré-je. J'ai accepté de lui parler, mais il doit travailler aujourd'hui, ça peut attendre encore un peu.

—N'attends pas trop longtemps, il va finir par se lasser… insiste-t-elle encore quand je l'embrasse.

J'enfile mon manteau et quitte rapidement la maison. Je n'ai pas envie d'entendre les remontrances de ma grand-mère. Ce matin, je veux rendre visite à Jimmy pour bavarder et l'inciter à partir avec sa dulcinée, sinon il va le regretter toute sa vie.

Étonnamment, il est derrière le bar aux côtés de ses employés quand j'arrive, je pensais qu'il serait en train de comater dans son canapé vu la cuite qu'il a prise. De dos il ne me voit pas arriver.

—Pas trop mal au crâne, patron ? demandé-je une fois devant le bar.

Il se tourne vers moi délaissant la boisson qu'il préparait. Il fait signe à Diego, son employé, de prendre sa place et contourne le bar.

—J'ai été minable, hein ?

Il ne me laisse pas le temps de répondre que ses bras viennent m'encercler dans un câlin réconfortant.

—Je suis désolé ma puce, j'ai dit des choses horribles, s'excuse-t-il en me serrant un peu plus fort. Je suis trop con.

—Arrête de t'excuser ! C'est bon, j'ai été trop loin moi aussi.

—Oui, mais tu l'as fait pour m'aider alors que moi, je t'ai fait volontairement du mal.

—C'est oublié, promis-je en me mettant sur la pointe des pieds pour embrasser sa joue.

Il hoche la tête en me proposant un café qu'il nous sert avant de nous installer à une table isolée.

—Jim', je sais que je ne devrais pas me mêler de tes affaires, mais c'est plus fort que moi, j'ai peur que tu regrettes de ne pas partir avec Paloma. Tu lui as parlé récemment ?

—Pas vraiment, j'essaie, mais elle remet son départ à chaque fois sur le tapis et du coup on finit par ne plus se parler. Elle n'a pas dormi à la maison depuis samedi, me confie-t-il tristement.

—Tu en as parlé avec ta fille ?

—Ouais, elle aimerait partir aussi. Elle dit qu'elle se trouvera d'autres amis et que de toute façon elle n'en avait pas vraiment de son âge ici.

—Tu vas faire quoi du coup? demandé-je avant de prendre une gorgée de mon café.

—Ariana, je sais que tu as raison, rien ne me retient vraiment ici, mais c'est un changement radical de vie. Je ne peux pas laisser tout ce que j'ai construit ici.

—Qu'est-ce qui te fait le plus peur, de perdre tes habitudes ou de la perdre elle? Si tu réponds à cette question tu sauras quoi faire, conclus-je confiante quant à sa réponse.

Il me regarde longuement, silencieux. Puis, il reprend d'un air taquin.

—Tu veux te débarrasser de moi c'est ça?

—Tout à fait, je ne veux plus de mon meilleur ami dans les parages… rétorqué-je faussement sérieuse. Tu vas me manquer, tu le sais, mais je préfère que tu sois heureux loin de moi que malheureux ici. Et puis, on s'appellera souvent, je pourrai même venir en vacances chez toi.

Il me semble plus détendu d'un coup comme apaisé. Il ne m'a pas clairement affirmé qu'il partait, mais il paraît plus serein aujourd'hui qu'il y a quelques jours. J'ai confiance en lui, il prendra la meilleure décision pour lui. Surtout quand il apprendra la nouvelle que Paloma garde précieusement pour elle.

—Et sinon, toi tu comptes appliquer tes conseils aussi ou tu vas laisser Ezra ramper pendant des années? réplique-t-il goguenard.

—Arrête ton char, dans quelques semaines, il trouvera une autre fille pour lui faire passer de bons moments.

Rien que de le dire, mon cœur se serre.

—C'est sûr, que si tu ne lui laisses pas une chance il aurait tort de se priver.

—Il t'a dit qui c'était cette fille qui était chez lui dimanche?

—Oui. Je ne te dirai rien, Ariana. Faut que tu lui parles, car si je te le dis tu te feras sûrement des films sans connaître les détails, souligne-t-il en finissant son café d'une traite.

—T'es drôle toi, je sais que je dois discuter avec lui, l'écouter. Tout le monde n'arrête pas de me le dire, mais c'est pas si simple, grogné-je, agacée.

—Si au contraire c'est très simple. Vous parlez, mettez les choses au clair et ensuite si tout va bien, vous faites plein de petits bébés prétentieux comme lui et adorables comme toi, pouffe-t-il.

—On est loin d'en être là! m'exclamé-je en levant les yeux au plafond.

—C'est sûr, ce n'est pas pratique de faire des bébés par engueulade interposée…

Il se marre de sa connerie m'entraînant avec lui dans son fou rire communicatif. Il se redresse d'un coup sur son siège nous faisant cesser de rire immédiatement. Je me tourne pour voir ce qui l'a poussé à réagir de la sorte et la belle brune qui salue les employés finit par nous rejoindre.

—Salut Paloma! Tu as bien dormi? demandé-je poliment.

Elle me sourit et hoche la tête, mais son regard est irrésistiblement attiré vers mon ami qui reste muet.

—Bonjour, Jimmy.

Il la regarde, comme hypnotisé. J'aperçois sa pomme d'Adam monter et descendre sans qu'il ne bouge ni n'articule un mot. Je lui file un coup de pied sous la table, il sursaute et m'adresse un regard noir. Paloma ne prête pas attention à notre échange visuel préférant expliquer sa venue.

—J'aurais aimé que l'on discute, souffle-t-elle timidement.

Jimmy s'éclaircit la voix.

—Oui, oui, tu… euh allons à la maison, s'empresse-t-il de répondre en la fixant.

Elle hoche la tête, me fait un signe et se dirige vers la porte qui mène chez mon ami.

—Désolé de te laisser comme ça, s'excuse-t-il sans la lâcher du regard.

—Vas-y, vous devez prendre des décisions importantes, souris-je contente pour lui.

—Ouais, il est temps…

—On s'appelle ? Je vais être pas mal occupée avec le gala, mais dès qu'il est passé on s'organise une dernière soirée tous ensemble.

Il acquiesce et après un autre câlin, nous nous tournons le dos et partons chacun de notre côté.

Chapitre 11

Le gala.

Ezra

—Ezra, j'espère que tu es sur la route? demande ma mère à peine ai-je glissé mon doigt sur le bouton vert.

—Oui, maman j'arrive.

En vérité, je suis toujours chez moi, essayant de lacer mes chaussures d'une main, tout en répondant à ma mère au téléphone.

—Menteur, tu ne réponds jamais quand tu conduis, m'accuse-t-elle.

Je lève les yeux au ciel, pose mon portable sur la table basse et mets le haut-parleur.

—Je te dis que j'arrive, si tu ne m'avais pas appelé, je serais déjà en voiture.

—Oh oui, d'accord je te laisse. Ah et ton frère et Azzalée sont arrivés, s'empresse-t-elle d'ajouter.

Je ne réponds pas ne sachant quelle réaction avoir. Je n'ai pas encore pu voir mon frère pour discuter avec lui et je sais que ce soir n'est pas vraiment le moment adéquat. Je ne suis pas sûr de savoir comment me comporter avec eux, mais j'ai promis à ma mère de faire des efforts, alors je serai courtois comme on me l'a demandé. En plus, il y a une personne à qui je n'ai pas encore pu parler et qui occupe bien plus mes pensées qu'eux. Ariana et moi nous sommes écrit à plusieurs reprises, principalement pour essayer de trouver un moment pour nous voir, mais quand elle ne bossait pas, elle courait

après toutes les tâches qui lui ont été confiées pour le gala. Alors oui, je suis un peu fébrile ce soir. J'ai hâte de la voir et en même temps, je sais qu'on ne pourra sûrement pas discuter calmement ce soir. Ce gala, c'est son bébé elle ne sera pas très disponible.

—Bon maman, on se voit dès que j'arrive, d'ici quinze minutes, dis-je pour clore cette discussion qui me met en retard.

—OK, attention à toi mon grand !

Quand elle raccroche enfin, je me dépêche d'enfiler ma veste de costume et mon manteau. J'arrive à l'adresse indiquée après bien plus d'un quart d'heure. Je suis bouche bée devant le lieu qui me fait face. Je me gare rapidement et contemple la bâtisse qui sert de lieu à ce gala. Quand Ariana parlait d'un château, elle ne mentait pas. Bon sang, qui est assez fou pour prêter ce lieu gratuitement à une association ? Je suis tellement impressionné que je n'entends pas qu'une personne s'approche de moi.

—Pas mal, hein ?

Je me tourne au son de cette voix qui m'est si familière. Je le regarde s'avancer encore un peu. Voilà quelque temps que je ne l'ai pas vu, la dernière fois, c'était chez mes parents lors du déjeuner où Ariana était invitée. Je le scrute de bas en haut, il porte un costume noir strict alors que j'ai opté pour un gris anthracite beaucoup moins sévère, je ne porte pas non plus de cravate contrairement à lui. Nous sommes si différents dans nos vêtements et pourtant si semblables. Mon jumeau m'inspecte de la même manière, un sourire accroché aux lèvres. Sa question ne demandait pas vraiment de réponse. Tout le monde remarque que ce lieu est magnifique.

—La petite protégée de maman a fait un boulot génial, ajoute-t-il une fois près de moi.

—Ça ne m'étonne pas d'elle.

—Ouais, tu as l'air de bien la connaître ?

Je hausse les épaules, ne voulant pas répondre. Ariana est un sujet délicat, surtout en ce moment.

—Bref, tu viens, maman nous attend, dit-il en faisant un signe de tête vers l'entrée.

Je le suis jusqu'à notre table, où sont installés mes parents et mon ex. Je trouve ma place et une fois tous installés, je remarque une chaise vide. Je jette un œil au prénom qui est indiqué et d'un coup, cette soirée me paraît bien plus intéressante.

Mes parents sont en pleine discussion, je ne les dérange pas et les salue d'un signe de tête. J'en profite pour m'attarder sur l'architecture des lieux. On peut affirmer que tout est bien agencé, ils n'ont rien changé à la pièce en elle-même. Ces vieux murs, ornés de vitraux retraçant des moments du passé qui ont eu lieu dans ce château, sont sublimes. Les tables rondes sont nappées de beaux tissus blancs et des décorations or et argent sont disposées au centre de celles-ci. Il n'y a rien de trop chargé. Tout est fait pour mettre en valeur ce pour quoi nous sommes vraiment là. Les objets vendus aux enchères sont disposés dans une pièce ouverte que l'on aperçoit en arrivant dans la salle de réception. Une table est disposée près de l'estrade, avec une liste de tous les objets et chaque invité peut aller proposer une enchère sur chacun d'eux. Celui qui fait le plus gros don sera l'heureux propriétaire de l'objet en question.

Je n'ai pas encore vu la personne qui occupe toutes mes pensées, mais je sais que cela ne va pas tarder, quand je vois les serveurs sortir par une porte armés de leurs plateaux. Je les observe passer de table en table pour servir les entrées. Comme elle me l'avait dit, ce sont les jeunes des foyers qui font le service et ils ont l'air de prendre leur travail très au sérieux. Ils finissent par notre table et je reconnais Marlon, celui que l'on avait arrêté avec Roméo, le jour où j'ai rencontré Ariana.

—Alors, pas de graffiti aujourd'hui?

Il me regarde étonné, cherchant qui je suis. Il est déstabilisé et manque de renverser son plateau que je rééquilibre, évitant la catastrophe.

—Après m'avoir fait courir, tu veux renverser le plateau sur mon costume? le taquiné-je en souriant.

—Pardon, Monsieur, c'est que je ne vous avais pas reconnu. Je suis désolé.

Penaud, il rougit et évite mon regard, je ne voulais pas le déboussoler autant. Il a l'air nerveux alors que je voulais détendre l'atmosphère.

—Ce n'est rien, ne t'en fais pas, détends-toi. Je voulais juste te taquiner. Je tiens à te féliciter pour ton tableau.

Son regard se pose sur moi et un léger sourire se dessine sur ses lèvres.

—Merci. Mais comment savez-vous qu'il est de moi?

—J'ai mes sources. En tout cas, je suis ravi que tu t'essaies sur des toiles, plutôt que sur les murs de la ville, dis-je en riant.

—C'est Mlle Duval qui m'a acheté les toiles. Elle m'a dit que je pouvais en avoir autant que je voulais, si j'arrête de dessiner sur les murs.

—Elle a eu raison. Je suis ravi que tu l'écoutes.

—J'ai plutôt intérêt, elle est gentille, mais faut pas la pousser. Et d'ailleurs, elle me regarde, j'ai intérêt à me grouiller, répond-il précipitamment.

Il dépose la dernière assiette à ma droite, celle qui est restée vide, et se dépêche de la rejoindre. Je me tourne pour enfin la découvrir. Et je reste con, le souffle coupé à la regarder. Elle porte une robe sublime. Longue, verte, un bustier en velours épouse sa poitrine et la met en valeur. Ses bras sont couverts par des manches en dentelle de la même teinte, laissant apercevoir sa peau, sa taille est mise en valeur par le tissu fluide qui descend jusqu'en bas de ses chevilles. Elle ressemble à une princesse. Je suis subjugué par son allure, sa beauté et toute l'assurance qu'elle dégage. Je suis sortie de ma contemplation par un coup de coude dans les côtes.

—Aïe! Qu'est-ce que tu fous?

Enzo et Azzalée sont morts de rire à mes côtés.

—Tu as un peu de bave, là… pouffe mon frère.

Il me montre le coin de sa bouche en me faisant un clin d'œil. Je secoue la tête et frotte l'endroit où il m'a frappé.

—N'importe quoi! T'es pas bien toi…

—Eh, mais ce n'est pas la fille qui est venue chez toi le jour où j'étais chez toi? demande Azzalée qui vient de faire le rapprochement et sans le savoir, me mettre dans la merde. Elle s'est exclamée tellement fort que mes parents ont tout entendu. Je ferme les yeux un instant, priant pour que ma mère ne comprenne pas de qui on parle.

—Quelle femme était chez toi, mon fils? Tu caches des choses à ta mère maintenant? s'emballe-t-elle curieuse.

Je fusille ma belle-sœur du regard. Elle chuchote un «désolée» entre ses lèvres, mais le mal est fait. Je cherche comment me sortir de cette conversation sans qu'elle découvre la vérité, sinon Ariana va m'étriper. Elle qui tient absolument à ce que ma mère ne sache rien. En pleine réflexion, je ne vois pas la principale intéressée arriver derrière ma mère.

—Bonjour Marie, je suis désolée, mais j'ai un souci, les plans de table ont été changés. Je ne sais pas trop ce qu'il s'est passé. Mme Brimont devait être à votre table. Je vais m'arranger pour qu'elle change de place. Je suis vraiment désolée.

Ma mère l'arrête en posant sa main sur son avant-bras.

—Ariana, respire. Tout va bien, installe-toi avec nous, la rassure-t-elle.

—Oh non, je ne peux pas, vous êtes en famille, dit-elle précipitamment. Je vais m'arranger avec Mme Brimont et sinon j'irai en cuisine de toute façon, j'ai plein de choses à faire.

—Non, Ariana c'est un ordre! Tu vas t'asseoir avec nous et profiter un peu. C'est moi qui ai changé les places. Je veux que tu sois à mes côtés ce soir. Tu as tout fait et Mme Brimont se serait ennuyée avec mes fils. Elle est très bien avec les autres donateurs.

—Mais, c'est la plus grande donatrice des centres. Elle fait des dons depuis plusieurs années, et…

—Stop! Ariana, tu es la plus grande donatrice pour ces centres. Et tu ne donnes pas que de l'argent, tu offres de ton temps et tu aides vraiment tous ces jeunes alors je te le demande, comme un

cadeau. Passe cette soirée avec ma famille et moi. Tu en fais partie en quelque sorte, conclut ma mère en la fixant.

Ariana reste muette et vient s'installer à ma droite. Nous sommes tous muets et n'osons pas ouvrir la bouche. On a les yeux rivés sur la nouvelle arrivée à notre table qui rougit sous nos regards scrutateurs. J'ai l'impression que ce que lui a dit ma mère l'a émue.

—Je suis ravi de te revoir dans de meilleures circonstances, Ariana.

Elle relève la tête vers mon frère en souriant.

—Moi de même Enzo, répond-elle souriante.

—Je te présente Azzalée, ma fiancée.

Elle me jette un œil surpris. Je pense qu'elle ne s'attendait pas à ce que j'accepte de les voir ensemble si rapidement. Elle reporte son regard sur mon frère et sa future femme et écarquille les yeux. Elle vient de reconnaître la femme qui se trouvait chez moi ce fameux jour. J'espère qu'après cette découverte elle acceptera de me parler.

—Enchantée, je suis… euh… une des tutrices de ces jeunes, bégaie-t-elle confuse.

—Et pas que, à ce que j'ai cru comprendre vous êtes une donatrice importante, ajoute Azzalée.

Ariana relâche son souffle, soulagée qu'elle n'ait pas fait référence à leur première rencontre.

—Ce n'est rien. Je préfère que l'argent serve à des personnes qui en ont vraiment besoin.

—C'est noble de votre part.

Ariana secoue la tête réfutant ce que vient de prononcer mon ex.

—Il n'y a rien de noble dans ce que je fais, c'est juste une question de choix et surtout de nécessité. Je préfère que cet argent offre une meilleure vie à ces jeunes qui n'ont pas eu la même chance que moi. Et puis, égoïstement, ça me soulage de voir cet argent disparaître de mon compte en banque.

Azzalée et Enzo sont les seuls à ignorer qu'elle est orpheline. Ça explique pourquoi ils continuent leur questionnement.

—Pourquoi, l'argent vient d'actes illégaux? l'interroge Enzo.

—Au pire, je vais être avocate d'ici quelques mois, je pourrai te défendre t'inquiète pas, enchaîne ma belle-sœur avec un clin d'œil.

Ils rient sans penser une seconde qu'ils auraient pu tomber juste. La réalité est bien plus cruelle. Ariana leur sourit, amusée, pendant que mes parents et moi sommes suspendus à ses lèvres.

—Merci, mais je n'aurai pas besoin d'avocat. Pour être honnête, c'est l'argent que mes parents m'ont laissé à leur mort. Je n'étais qu'une petite fille, j'aurais pu être comme ces jeunes, mais j'ai la chance incroyable que ma grand-mère soit encore parmi nous et qu'elle m'ait élevée. Faire ces dons m'enlève un peu de la culpabilité que je ressens d'être encore en vie.

Toute la table est silencieuse. Je vois de l'admiration dans les yeux de chaque personne. Je ne savais pas qu'elle versait des dons aussi importants et réguliers. Elle m'avait raconté qu'elle se servait de l'héritage de ses parents pour aider les autres, mais pas comment ni pourquoi? J'ai envie de lui prendre la main, de l'enlacer, de lui donner un peu de ma force. Lui montrer que je suis là, que je pourrai l'épauler quand elle ressent cette culpabilité qui n'a pas lieu d'être. Lui dire que ses parents doivent être fiers d'elle de là où ils sont. Je ne fais rien. Au lieu de ça, je prends une gorgée de champagne et commence à manger mon entrée. Tout le monde m'imite jusqu'à ce qu'on ait terminé. Ariana s'excuse de devoir nous laisser, mais elle doit superviser les serveurs en cuisine. Je la regarde partir, saluant les personnes autour des tables, vérifiant qu'ils ne manquent de rien, la tête haute. Tous lui sourient, la remercient sans penser une seconde à ce qu'elle a traversé et ce qu'elle vit encore aujourd'hui.

—Cette jeune femme est incroyable! s'exclame mon père admiratif.

Je hoche la tête pour approuver ses dires.

—Ariana est altruiste et généreuse, mais elle a vécu des choses pas faciles, ce qui fait d'elle une personne méfiante et fragile. J'ai

dû me battre pour savoir qui elle était. Au début, elle déposait des enveloppes avec de l'argent liquide dans la boîte aux lettres de mon bureau. Il m'a fallu du temps et de la patience pour découvrir qui elle était et qu'elle devienne une amie. Alors, faites en sorte qu'elle se sente bien à cette table et dans notre famille. Je la considère comme la fille que je n'ai jamais eue, alors tenez-vous bien.

Ma mère nous regarde un à un, s'assurant que nous comprenons bien l'importance qu'Ariana a pour elle. Ce n'est pas moi qui vais la contredire vu comme elle m'a envoûté en si peu de temps, je serais incapable de lui faire du mal volontairement. Ma mère s'absente après quelques minutes de discussion, son devoir l'appelle et j'en profite pour essayer d'apercevoir la belle tutrice qui n'arrête pas de zigzaguer entre les tables ou la cuisine. Bien évidemment, je ne suis pas discret et mon père n'hésite pas une seconde à me chambrer, peu importe que l'on ne soit pas seuls à cette table.

—Elle ne va pas s'enfuir, tu peux la lâcher des yeux cinq minutes, s'exclame-t-il en riant.

Je regarde mon père avec le plus bel air innocent que j'aie en réserve.

—Je ne vois pas de quoi tu parles.

Les deux convives à mes côtés se marrent ouvertement. Et leurs rires redoublent quand je les fusille du regard.

—Pas à moi Ezra, tu te souviens que j'ai rencontré sa grand-mère. Selon ses termes, tu en avais après la culotte de sa petite fille.

—Merde, papa !

Ils sont tous pliés de rire et moi, je finis par les suivre quand je me souviens de la gêne que j'ai ressentie quand Pêche lui a balancé ça sans se douter une seconde qu'elle parlait à mon père.

—Alors, maintenant, tu vas me dire ce que tu lui as fait pour qu'elle ne soit pas ravie d'être à notre table, ajoute-t-il d'un ton sérieux.

Je pose mes coudes sur la table, les mains sous mon menton, réfléchissant sérieusement à ce que je veux leur confier ou garder pour moi. Je devrais être gêné d'en parler avec mon frère et mon ex

alors que nous sommes en froid depuis longtemps, mais en réalité je ne ressens aucune animosité envers eux. Les voir ensemble ne m'a pas provoqué la colère ou la douleur que je croyais. Je pense qu'avoir parlé avec Azzalée l'autre jour m'a vraiment aidé à voir clair et j'en suis heureux. Je sais que ma relation avec mon frère n'est et ne sera plus jamais la même, je ne peux pas oublier ce qu'il m'a fait, mais j'envisage de lui parler et lui pardonner. Et c'est cette révélation qui me fait ouvrir la bouche.

—Disons qu'elle croit avoir vu quelque chose qui ne lui a pas vraiment fait plaisir, dis-je sans m'étaler.

—Merde. C'est de ma faute. Je suis désolée Ezra, je peux lui parler si tu veux ? s'excuse mon ex.

—Non, ça ira. Elle m'a promis qu'elle me laisserait m'expliquer, malheureusement nos emplois du temps ne concordent pas ces temps-ci.

—Eh bien fiston, j'espère que tout ça va s'arranger. Je serais ravi de voir cette jeune femme devenir ma belle-fille, sourit mon père en entrechoquant nos verres.

—Ouh là, je n'en suis pas encore là.

—Ça arrive plus vite que tu ne le penses. Quand tu sais que c'est la bonne, tu ne réfléchis pas longtemps, crois-moi.

Mon frère me dit ça en me tapant sur l'épaule.

—Désolé, mais j'ai déjà été sûr de moi et on voit ce que ça a donné, m'exclamé-je vivement.

Mon frère baisse la tête et se retourne bien droit, fixant son assiette. Azzalée lui presse la main en signe de réconfort. Je sais que j'ai été blessant, c'était plus fort que moi. Je crois qu'il va me falloir un peu de temps avant d'accepter ce genre de phrase de sa part.

—Pardon, je ne voulais pas dire ça, enfin si, mais je suis désolé.

—Ce n'est rien Ezra, Enzo a été maladroit lui aussi, me pardonne mon ex.

Azzalée me sourit timidement touchée elle aussi. Enzo tourne la tête vers moi et me tend la main.

—Je n'aurais pas dû dire ça, Azzalée a raison, c'était blessant pour toi. J'essaierai de ne plus dire ce genre de choses.

Je lui prends la main pour sceller notre accord. Azzalée se lève et glisse un mot à l'oreille de son fiancé avant de s'éclipser.

Ariana

Je cours partout depuis le début, j'ai juste eu le temps de grignoter l'entrée avant de repartir. En même temps, je suis légèrement gênée d'être à la table de Marie aux côtés d'Ezra. Je sais que l'on doit parler tous les deux, mais ce n'est pas vraiment le moment. Ce soir est une soirée importante que l'on prépare depuis plusieurs mois. Tout doit être parfait si l'on veut pouvoir reconduire ça l'année prochaine et recevoir encore plus de dons chaque année. Je retourne en cuisine pour vérifier que les plats sont prêts quand je vois l'ex d'Ezra sortir des toilettes et me rejoindre d'un pas assuré. Je la regarde, elle est magnifique dans sa simple robe noire avec des talons vertigineux qui me font mal aux pieds rien qu'en la regardant. J'ai déjà six centimètres de talons et je souffre le martyre alors elle qui doit bien avoir le double, je n'imagine pas. J'ai été très étonnée de voir Ezra si calme à table alors qu'il était auprès de son frère et sa belle-sœur ancienne fiancée. Quand j'ai reconnu la femme qui était chez Ezra l'autre jour, je me suis sentie soulagée et en même temps méfiante. Je ne sais pas pourquoi elle y était, après tout, si ça se trouve, jouer avec les deux frères ne lui pose aucun problème, Ezra était tellement en colère contre Enzo qu'il pourrait très bien vouloir se venger. Toutes ces questions, je me les suis posées des milliards de fois ces derniers temps, je sais que je dois laisser Ezra s'expliquer, mais les réponses m'effraient. Et surtout, je crains ce qu'il se passera ensuite. Je ne sais pas si je ne préfèrerais pas qu'il tourne la page et qu'il m'oublie. Je suis une

putain de trouillarde, parce que j'ai peur que ce qu'il se passe entre nous soit trop intense, trop passionnel. Je suis amoureuse, j'en suis consciente. Il me manque et je n'ai envie que d'une chose, me blottir dans ses bras. Heureusement, je suis très occupée, mais mes yeux le cherchent dès que je peux, c'est plus fort que moi. Azzalée n'est plus qu'à deux pas, les yeux fixés sur moi et j'essaie de rester calme. Elle m'a paru sympathique tout à l'heure. Je ne suis pas du genre à juger les gens rapidement. Pourtant, il est vrai que je me suis surprise à vouloir la détester au début pour ce qu'elle avait fait à Ezra et pour l'avoir trouvée dans ses bras tandis que je rêvais d'être à sa place à ce moment-là. Après avoir découvert que le père de Marlon était l'homme qui a tué mes parents, j'aurais eu bien besoin de lui, même si je pensais l'éviter, je n'aurais pas résisté à lui raconter ni à le laisser me réconforter.

—Salut, tout se passe bien ? me demande Azzalée.

Je lui souris franchement, en hochant la tête.

—Oui, et à table ? Je suis désolée de ne pas être présente, je reviens dès que j'ai vérifié que les plats sont bien servis.

—Oh ! Ne te tracasse pas, on comprend toute l'importance de cette soirée. Je dois avouer que tu m'impressionnes.

—Moi ?

—Oui, Marie m'a dit que tu avais tout organisé et que tu fourmillais d'idées pour aider tous ces jeunes. Je comprends qu'Ezra ait craqué. Au-delà du fait que tu sois magnifique dans cette robe, tu as l'air d'une personne formidable.

—Oh ! euh… eh bien merci, mais…

Tous ces compliments me gênent beaucoup, je ne pensais pas qu'elle serait encore plus gentille que je l'imaginais, la détester n'est vraiment plus d'actualité.

—Non attends, laisse-moi finir. Je voulais m'excuser. C'est moi qui ai envoyé la photo à Ezra. Enzo et moi dînions à quelques tables de vous et il m'a dit que tu étais la nouvelle petite amie d'Ezra. Je lui ai fait remarquer que vous sembliez être, cet homme et toi, très proches, il m'a pourtant bien dit que cela ne nous regardait pas,

213

mais j'ai eu peur qu'il revive ce que je lui avais fait. Je sais que c'est hypocrite. J'en suis désolée. C'est aussi pour ça que j'étais chez lui ce dimanche où tu nous as vus. On venait de s'expliquer sur notre passé et j'étais tellement heureuse qu'il accepte de parler à Enzo que je l'ai pris dans mes bras. Je ne veux pas que tu penses qu'il t'a oubliée ou que je puisse jouer sur les deux tableaux avec eux. J'aime vraiment Enzo. Et j'aimerais vraiment qu'Ezra trouve une femme bien, alors laisse-lui une chance.

Je suis choquée par ce qu'elle me dit. Elle a deviné ce que je pensais et elle me donne les explications que j'attendais, autant que je redoutais.

—Merci, de m'avoir dit tout ça, mais je ne sais pas si je suis la personne dont il a besoin, réponds-je en baissant le regard.

—Ah ça, il n'y a que lui qui peut te le dire. Et vu comment il te dévore des yeux à chaque fois que tu passes non loin de la table, je suis sûre qu'il serait plutôt ravi que tu lui accordes un peu d'attention, me confie-t-elle les yeux pétillants de malice.

Je rougis et jette un regard vers la table. Ses pupilles me happent la seconde qui suit. Nous nous regardons de loin sans faire le moindre geste.

—Je vais retourner à table, parce que là vos regards sont carrément indécents…

Je détourne les yeux pour voir le sourire lumineux d'Azzalée qui m'adresse un clin d'œil.

Je pouffe, en lui retournant son sourire. Je repars en cuisine où je suis attendue. Je vois le chef mettre les assiettes sur le plateau de chaque jeune en leur donnant à chacun un mot encourageant, ils sont si stressés par cette soirée qu'on pourrait croire qu'ils jouent leur place dans leur centre respectif. Il y a beaucoup d'ados que je ne connais pas qui viennent des centres des environs gérés par Marie. La plupart des tuteurs sont présents et aident au bon fonctionnement de la soirée. Ils partent tous les uns après les autres avec leur chargement. Je les regarde servir les convives avec le sourire quand j'aperçois Marlon qui discute encore avec Ezra, je ne sais pas ce qu'ils se racontent, mais s'il continue de le déconcentrer,

je vais devoir intervenir. Je demande au chef comment se passe la partie cuisine et il m'affirme que tout se déroule parfaitement, les adolescents qui sont encadrés par deux tuteurs réalisent ce qu'on leur demande sans broncher. Il faut dire qu'ils ont conscience de l'opportunité qu'ils ont de travailler sous les ordres d'un chef renommé. Ils sont tous orientés vers le métier de la restauration, nous les avons choisis pour ça. Si on peut faire passer un bon moment à ces gamins tout en les faisant travailler avec leur consentement bien sûr, alors on a réussi notre pari. Je discute de certaines choses avec le chef, notamment quand il souhaite que je passe à l'action avec ses pâtissiers, car je me suis portée volontaire pour aider à finir le dessert. Une pièce montée de choux à la crème confectionnée par les jeunes et moi-même. Elle sera servie devant les yeux des convives et je ne suis pas peu fière. J'adore faire de la pâtisserie et même si j'ai la pression ce soir, je suis confiante. J'ai passé énormément de temps à m'entraîner chez moi et j'ai beau savoir qu'ils seront bons, je ne peux m'empêcher de douter. Quand il n'en restera plus une miette, je serai enfin rassurée. Je retourne très vite à ma place, ravie de pouvoir me poser quelques minutes.

—Dis donc Agent Leroux, il me semble que vous perturbez ce jeune homme qui devrait être en cuisine.

Ezra se tourne vers moi, en levant un sourcil surpris. Marlon, lui, se confond en excuses de ne pas être allé aider ses camarades.

—Ne t'inquiète pas Marlon, tout va bien, le rassuré-je d'un sourire.

Il me sourit et file en cuisine non sans avoir tapé dans le poing qu'Ezra lui tendait. Je m'installe à ses côtés, les mains tremblantes de ne pas pouvoir le toucher. Me refusant un contact physique, je n'en reste pas moins fébrile. Après ce que m'a dit Azzalée, j'ai envie de me rapprocher de lui. Heureusement, Marie me fait face m'empêchant de faire cette bêtise.

—Vous avez quelque chose à me reprocher, Mlle Duval? me questionne-t-il d'une voix suave.

Je tourne la tête vers lui et laisse mon regard se balader sur son visage. Il s'est rasé de près et avec son costume gris, il est

très élégant. Je ne pensais pas le trouver encore plus beau habillé comme cela. Je ne suis pas du genre à aimer les vêtements chics, je suis plutôt simple comme femme, mais là, je dois avouer que je suis légèrement émoustillée par son allure.

— Vous monopolisez ce jeune homme qui s'est engagé à tenir son poste toute la soirée, réponds-je faussement fâchée.

— Vous m'en voyez désolé, puis-je monopoliser votre attention à la place ?

Son sérieux me fait fondre. Il me regarde comme si j'étais l'attraction de ce gala et qu'il n'y avait personne autour de nous. Il a ce pouvoir dans son regard de me faire me sentir belle.

— Je ne suis pas très disponible, désolée, mais peut-être que tu pourrais me ramener chez ma grand-mère après la soirée ? Enfin, si tu veux bien m'attendre.

Il est visiblement surpris et met quelques secondes à me répondre. Quelques secondes qui me paraissent des heures tellement j'ai peur qu'il refuse.

Je ne sais même pas pourquoi je lui ai proposé cela, ce n'était pas du tout mon intention, mais j'ai eu cette envie de passer du temps seule avec lui depuis des jours alors autant en profiter pendant que mon courage se manifeste.

— Tu n'es pas venue avec ta voiture ?

— Non, j'ai pris le bus avec les jeunes, mais c'est Lila et Tim qui se chargent du retour puisque c'est eux qui travaillent ce soir.

— D'accord, je serais ravi de te raccompagner.

Le sourire qui étire son beau visage me fait chaud au cœur. Je ne sais pas comment va se passer ce trajet. Je mentirais si je disais que je n'avais plus peur, mais Azzalée a raison, il mérite une fille bien et si je peux être cette femme alors je dois foncer.

Nous discutons avec sa famille, quand Karim vient m'avertir qu'ils m'attendent en cuisine. Les jeunes ont commencé à monter les choux les uns sur les autres à l'aide de caramel pour qu'ils se collent bien entre eux. Je les aide et nous sommes presque à la fin quand j'entends les applaudissements, signe que Marie a commencé

son discours de remerciements. Les enchères sont closes et Lila doit vérifier le montant le plus fort qui remporte le bien sur lequel il a misé. J'ai hâte de savoir si les convives ont apprécié ce qui leur a été présenté.

Je les laisse mettre la touche finale, puis regagne ma place en essayant de passer inaperçue, alors que Marie continue son discours.

—Je suis ravie que cette soirée vous ait plu et j'espère que vous avez été généreux.

Tout le monde rit, Marie est à l'aise et reprend en expliquant à quoi servira l'argent récolté ce soir.

—Nous essayons d'accueillir chaque jeune en les aidant à s'épanouir. Pour cela, nous leur proposons de participer à un sport, ou une activité artistique. Nous pouvons aussi réaliser certains travaux de rénovation des centres pour qu'ils puissent continuer à accueillir ces enfants dans un lieu sécurisé. Alors encore merci d'avoir répondu à cette invitation. Je souhaiterais remercier le chef Picoli d'avoir accepté de nous rendre ce service et les maraîchers qui nous ont donné leurs produits de saison sans compter. Merci aussi au propriétaire des lieux qui nous a gracieusement prêté ce magnifique château ainsi qu'aux musiciens qui continuent de jouer leurs airs enchanteurs. Merci aussi aux tuteurs et tutrices qui sont présents chaque jour et qui ont accepté de participer à ce projet bénévolement. On peut aussi applaudir les adolescents qui ont participé activement ce soir au service ou en cuisine pour nous offrir un repas digne des meilleurs restaurants étoilés.

Les applaudissements fusent et je suis ravie d'y assister. Je sais comme nos protégés étaient stressés et j'espère qu'ils ont conscience de ce qu'ils ont réalisé ce soir.

—Je tiens à remercier particulièrement une personne qui a énormément fait ce soir et depuis déjà plusieurs semaines. Une personne que vous avez dû voir virevolter un peu partout. Ce gala n'aurait pas eu lieu sans elle et je tiens à ce qu'elle vienne auprès de moi. Alors merci d'applaudir Ariana Duval qui est l'une des tutrices et la personne qui a tout organisé de A à Z pour que vous puissiez passer une bonne soirée.

Je ne bouge pas de ma chaise bien trop intimidée par tous les regards braqués sur moi. Je déteste être sous le feu des projecteurs. Marie le sait et je suis sûre qu'elle l'a fait exprès. Je ne peux pas rester ici comme une cruche, mais mon corps est comme tétanisé sous les yeux scrutateurs de toutes ces personnes. C'est la main d'Ezra sur mon épaule qui me sort de ma léthargie. Je rejoins Marie aussi rouge qu'une tomate. Je la fusille du regard, lui promettant multiples supplices. Elle me sourit et reprend :

—Je tiens à ce que ce soit Ariana qui vous livre le montant exact de votre générosité, continue-t-elle en me souriant.

Lila nous rejoint et me tend une feuille sous pli. Je sais qu'elle y a inscrit le montant des enchères. Je fixe cette enveloppe en priant silencieusement pour que le chiffre soit conséquent.

Je relève la tête, en regardant directement la table que j'occupe et plus précisément l'homme qui a un sourire éblouissant me donnant la force de l'ouvrir. Lila l'a collée et je m'acharne à l'ouvrir, ce qui fait rire les convives. Une fois ouverte, je prends la carte et la retire délicatement. Je vois une suite de chiffres. Une suite de sept chiffres. Les mains tremblantes, je n'arrive pas à relever mes yeux embués de ce bout de carton. Marie me presse le bras, me questionnant silencieusement. Elle aussi veut savoir et je la comprends, mais je suis tellement émue que j'ai du mal à lâcher les chiffres des yeux. Je sais qu'il faut que je parle et que beaucoup ici seront ravis d'apprendre cette nouvelle alors je prends une grande inspiration.

—Les dons récoltés par les enchères ce soir s'élèvent à un million deux cent soixante-six mille sept cent quarante-trois euros.

Les acclamations arrivent de partout, des cuisines, de la salle où sont exposées les œuvres et de la salle pleine. Je regarde Marie qui me sourit à travers ses larmes. Nous nous prenons dans les bras, heureuses. Lila me fait signe de regarder derrière le carton, je ne comprends pas ce qu'elle me dit, mais retourne le papier quand même. Seulement, je ne vois rien à part les chiffres magiques écrits dessus. Je continue en tournant le carton. C'est là que je découvre le montant de la plus grosse enchère et l'œuvre qu'elle concerne.

On ne devrait pas annoncer l'objet qui s'est le mieux vendu, même si entre adultes on savait qu'elle serait l'œuvre la plus appréciée. Je n'aurais pas cru que quelqu'un donnerait une telle somme. En reprenant le micro, l'assemblée se tait.

—Merci à tous pour cette soirée qui se finit en apothéose. Je voulais vous présenter un de nos jeunes qui a été beaucoup plébiscité ce soir avec son œuvre. Mes collègues m'ont dit que son tableau avait suscité beaucoup de questions et que vous aimeriez découvrir l'artiste qui en est l'auteur. Nous ne voulions pas créer de jalousie entre les jeunes, mais je pense qu'ils me comprendront quand ils sauront pourquoi. J'aimerais que Marlon vienne me rejoindre.

Je regarde partout pour le trouver auprès d'Ezra, encore… Décidément, ils sont inséparables ces deux-là. Marlon finit par venir à mes côtés. Je lui glisse quelques mots à l'oreille pour le détendre.

—Souris Marlon, tu es un véritable artiste.

Il me scrute les sourcils froncés. Je reprends donc le micro et continue :

—Voici Marlon, qui a réalisé le tableau qu'une personne a acheté pour cinq cent mille euros ce soir !

Marlon me regarde, surpris. Je vois bien qu'il ne sait pas où regarder ni comment réagir face aux applaudissements. Je lui souris, puis repose le micro et l'applaudis à mon tour. Il est fixé sur moi et se jette dans mes bras. D'abord surprise, je finis par fermer mes bras autour de lui. Je le sens sangloter dans mon cou. Je décide de l'emmener à l'écart et l'incite à descendre de l'estrade pour nous faufiler vers les vestiaires près de la cuisine. Il me suit sans broncher, essayant de cacher aux autres son émotion.

—Allez, Marlon, lâche tout. Nous sommes seuls.

Assis par terre, il se cache le visage dans ses genoux. J'attends patiemment qu'il se reprenne. Ce qu'il finit par faire.

—Merci Ariana. Sans toi, je n'aurais pas fait ce tableau.

—Tu dis n'importe quoi, tu l'aurais juste tagué sur les murs de la ville et je me serais encore fait engueuler par ton nouveau pote.

Il rit de ma petite blague, ce qui me rassure. Je n'aime pas voir mes jeunes en détresse et même si je sais que cette fois, c'est plus de la joie que de la tristesse je ne peux m'empêcher de penser que j'ai peut être fait quelque chose de travers.

—C'est toi qui m'as donné cette toile et c'est toi qui m'as demandé de réaliser ce tableau, je ne te remercierai jamais assez pour ça. Je ne sais pas si je pourrai en faire mon métier, mais en tout cas j'ai bon espoir de faire autre chose que ce que mon père a pu faire.

Je regarde ce jeune homme arrivé discrètement au centre, il n'a jamais parlé de ce pour quoi il était arrivé là. Il reste souvent en retrait, enfin ça, c'était au début, depuis que nous avons commencé à préparer le gala, il s'est ouvert aux autres. Mais pas au point de parler de son père. De son histoire. Je ne sais pas ce qu'il a vécu avec cet homme et s'il est au courant de ce qu'il a fait. Quand j'y pense, j'ai un pincement au cœur. Quand son père sera enfin derrière les barreaux, moi je serai soulagée. Mais lui, arrivera-t-il à affronter la situation? Car même si ce n'est pas lui qui a commis ces actes horribles, il va porter le poids de ce fardeau et cela me révolte.

—C'est peut-être moi qui ai acheté ces toiles vierges, mais c'est toi qui les as sublimées. Ne remets pas en cause ton talent, quoi qu'il t'arrive à l'avenir, promets-moi ça. Promets-moi que tu continueras à peindre et que tu feras ce qu'il te plaît de ta vie.

—Je te le promets. Rien ne me fera abandonner le dessin, promet-il avec conviction.

—Merci, c'est important, tu sais. Je ne serai pas toujours là et dans un an, tu quitteras le centre pour l'université. Si j'ai choisi de faire ce métier, c'est pour vous offrir de meilleures opportunités. Peu importe pourquoi vous êtes arrivés au centre, vous n'êtes pas seuls, et nous sommes là pour vous guider vers votre avenir.

—Ça t'arrive de revoir les jeunes qui quittent le centre? Tu as de leurs nouvelles?

—Oui, j'échange des textos avec eux. Je n'ai eu que deux jeunes sous ma tutelle, mais les deux me donnent des nouvelles

régulièrement en tout cas. Bon allez, viens, le dessert va être servi et on n'aura plus rien pour nous, dis-je avec entrain.

La soirée se termine quelques heures après. Les nouveaux propriétaires des objets et œuvres récupèrent leurs biens et chaque jeune est installé dans son bus, signant la fin de ce gala.

Chapitre 12

Accepter ses peurs

Ezra

J'attends aux côtés de mon père que les deux femmes qui nous accompagnent finissent ce qu'elles doivent faire. Je suis impatient et un peu fébrile. Je sais que l'on va devoir discuter et je ne sais pas si je dois espérer une issue favorable pour moi ou non.

—Tu crois qu'elles vont nettoyer à la place de l'entreprise qu'elles ont engagée ? me demande mon père.

—Elles en sont capables… dis-je en souriant légèrement.

Mon père commence à perdre patience, en ce moment il est un peu sur les nerfs. Il passe beaucoup plus de temps à son bureau et n'hésite pas à louper le repas dominical ou à l'écourter s'il est appelé. Ce n'est pas dans ses habitudes, mais je sais que je ne peux pas poser de questions, car il ne me dira rien. Nous sommes très à cheval sur le secret professionnel. Nous sommes tous les deux appuyés contre un mur pour regarder les deux femmes donner des consignes et ranger certaines choses qui leur paraissent importantes.

—Je suis fier de toi, fils.

Devant mon regard perplexe, il s'explique.

—Tu as réussi à passer la soirée auprès de ton frère sans l'étrangler. Je n'aurais pas cru cela possible il y a six mois.

—Ouais, on va dire que j'ai compris certaines choses ces derniers temps, réponds-je en haussant les épaules.

—Je vois ça. Et puis, tu as peut-être trouvé la personne qui est faite pour toi.

—Je ne sais pas. Comment peut-on être sûr à cent pour cent que l'on a trouvé la femme faite pour nous ? questionné-je pensif. J'y ai cru, avec Azzalée et on a vu ce que ça a donné.

—L'amour n'est pas facile fiston. Il faut se battre chaque jour afin de garder la personne chère à notre cœur. Tu sais, on m'a dit un jour «si la personne avec qui tu es te rend meilleur, alors elle est faite pour toi». Tu dois être prêt à tout pour elle, même à te battre contre toi-même. À toi de voir si tu l'es.

—Et si je suis le seul à me battre ?

Il me regarde dans les yeux, réfléchit et retourne la tête vers le va-et-vient des personnes autour de nous.

—Alors ça ne sert à rien de s'acharner. Mais si j'en crois les œillades qu'elle te lance de temps en temps et le fait que tu la raccompagnes ce soir, tu ne seras pas seul longtemps, conclut-il en me faisant un clin d'œil.

J'observe Ariana discuter avec ma mère et le chef Picoli. Quand je remarque qu'elle regarde dans ma direction dès qu'elle le peut, je souris. Mon père a raison, elle m'a demandé de la ramener chez elle ce soir, elle a donc fait un pas vers moi. Je ne sais pas si on arrivera à construire quelque chose, elle et moi, mais elle vaut le coup que j'essaie.

—Allez viens on va récupérer nos femmes avant qu'elles ne partent avec ce gigolo, dit-il d'une voix bourrue.

Je regarde mon père qui a les yeux braqués sur le chef. Merde, ma mère a posé sa main sur le bras du cuisinier.

—Je ne te pensais pas si jaloux, papa, le taquiné-je en le suivant.

—Je viens de te dire qu'il fallait se battre pour la personne que l'on aime, ça vaut pour toute la vie. Ne prends jamais ta femme pour acquise, Ezra, car c'est là qu'elle risque de s'enfuir.

Nous arrivons près d'eux et mon père n'hésite pas à passer les bras autour de la taille de ma mère revendiquant ainsi sa place légitime. Ariana s'approche de moi en souriant.

—Désolée pour l'attente, je récupère mes affaires et on peut y aller si tu veux, s'excuse-t-elle en relevant le visage vers moi.

Je hoche la tête et je la suis en direction des vestiaires. Elle récupère son manteau et son sac à main tout en se tournant vers moi.

—Dis-moi, ça arrive souvent à ton père d'être jaloux ?

—Il n'est pas discret, hein ? En même temps, pourquoi le serait-il ? Il est marié à ma mère et est toujours amoureux, la jalousie fait partie du couple et puis pourquoi il devrait le cacher ? m'emballé-je sans le vouloir.

—Je ne dis pas qu'il devrait le cacher, au contraire quand on tient à une personne, il faut savoir lui dire et lui faire comprendre avec des gestes comme montrer sa jalousie. J'ai trouvé cela plutôt mignon en fait.

Nous saluons mes parents et montons en voiture.

—Merci de me raccompagner. Cela m'embêtait que Tim soit obligé de faire un détour.

—Et moi, je n'aurais pas accepté que tu rentres avec un autre.

Je sens son regard sur moi. Je reste concentré sur la route, je risque de faire une connerie si je la regarde ne serait-ce qu'une seconde.

—Tim est marié et heureux en ménage.

—En quoi cela me concerne ?

—Excuse-moi, j'ai cru percevoir une pointe de jalousie, me taquine-t-elle.

Je ressens son sourire plus que je ne le vois et ça entraîne le mien irrémédiablement.

—T'as pas tort, mais en ai-je le droit ? demandé-je en lui jetant un coup d'œil.

—Pourquoi tu n'en aurais pas le droit ? Je te signale que j'étais jalouse d'Azzalée, alors je n'ai pas vraiment à te juger.

—Comme ça, tu étais jalouse ?

J'essaie de ne pas sourire en restant fixé sur la route.

—Ouais, enfin je le suis toujours un peu. Elle est tellement belle et l'assurance qu'elle a… Je comprends pourquoi tu es amoureux d'elle.

—Étais, rectifié-je.

—Hein ?

—J'étais amoureux. Je ne le suis plus depuis longtemps.

—Oui, par la force des choses, mais si elle ne t'avait pas trompé, tu serais toujours avec elle aujourd'hui.

Je reste silencieux le temps de me garer devant chez elle. Cette discussion, nous devons l'avoir les yeux dans les yeux afin qu'elle y voie toute ma sincérité. Je ne veux plus qu'elle doute de moi. De nous.

Je me tourne vers elle et l'incite à me regarder.

—Ariana, je ne suis plus amoureux d'elle et cela depuis des années. Bien avant qu'elle me trompe. Je m'en suis rendu compte le jour où tu l'as découverte chez moi. On s'est expliqués et elle m'a ouvert les yeux sur notre relation. On s'est rencontrés jeune, au lycée et nous avons évolué différemment. On était tellement habitués à être ensemble que ça paraissait logique de se marier, mais quand moi je ne prêtais pas attention à elle, elle se posait des questions sur ce qu'elle voulait vraiment. Et ce n'était pas moi. Elle a toujours été proche d'Enzo, je savais qu'ils avaient des points communs. Leurs études, leurs loisirs… Ils se voyaient souvent pour parler de leurs cours ou passer des journées entières à la bibliothèque. Pendant que moi je faisais du sport pour être admis à l'école de police, que je sortais avec Roméo ou passais mon temps libre devant la console, une chose qu'elle détestait. Nous nous sommes éloignés et je l'ai prise pour acquise. Je n'ai pas pensé qu'elle pouvait être malheureuse et elle n'arrivait pas à me parler. Quand elle s'est rendu compte qu'elle aimait mon frère, elle a pris peur et s'est confiée à lui. Il était aussi fou d'elle, ils pensaient me parler le jour où je les ai découverts.

—Je suis désolée. Te rendre compte de tout ça a dû être un choc pour toi.

—Non, je te remercie au contraire. C'est grâce à toi que j'ai pu avoir ces explications et fermer ce chapitre de ma vie. Tu m'as poussé à écouter Azzalée et ça m'a enlevé le poids que je portais sur mes épaules et m'empoisonnait la vie. Je vais pouvoir m'ouvrir sereinement à une autre relation, affirmé-je en lui prenant la main.

—Je suis contente pour toi. C'est une bonne chose, murmure-t-elle en reprenant sa main.

Elle a baissé la tête sur ses doigts qu'elle n'arrête pas de croiser et décroiser.

—Ariana, regarde-moi.

Je relève délicatement sa tête et pose ma main sur l'une des siennes.

—J'aimerais savoir une chose.

—Hum.

—Crois-tu que tu pourrais être la personne avec qui j'aurai cette relation? Je parle d'une vraie relation. Je veux te présenter à ma famille, mes amis en tant que petite amie officielle. Je veux être autorisé à t'embrasser ou te toucher quand j'en ai envie. Tu m'as beaucoup manqué ces dernières semaines et cela m'a permis de comprendre que tu avais déjà une place importante dans ma vie, j'aimerais avoir la même dans la tienne.

Je distingue des larmes inonder ses yeux. Je ne sais pas si c'est bon signe et après quelques minutes de silence, je finis par la lâcher du regard et me remettre bien droit devant le volant. Je comprends qu'elle ne veuille pas prendre de décision hâtive, mais elle pourrait au moins me sourire, me dire qu'elle va y réfléchir.

Je suis surpris de sentir ses doigts sur mon visage, je tourne la tête pour découvrir qu'elle se met à genoux sur le siège passager. Elle me sourit, approche son visage du mien. Elle pose délicatement sa bouche sur la mienne et mon sang ne fait qu'un tour. Je pose mes mains sur ses hanches, la rapproche de moi jusqu'à ce qu'elle soit obligée de venir se mettre sur mes jambes de chaque côté de mes hanches. Je l'embrasse à perdre haleine. J'ai l'impression de retrouver mon chez-moi. Ce baiser me grille le cerveau. Je suis à

sa merci, mais j'ai très vite besoin de plus. Je veux sentir sa peau sous mes doigts, la caresser, embrasser chaque centimètre de son corps. Je passe une main sous sa robe, touchant ses cuisses nues et remonte lentement sur le tissu de son string. Elle a envie de moi autant que moi et cela m'excite encore plus. Elle hoquette au moment où je la tire davantage contre moi pour qu'elle sente que je la veux aussi. Mon sexe ne demande qu'à sortir et entrer en elle.

Je sursaute quand une main vient frapper à la fenêtre.

—Bon ça suffit, lâche ma bichette maintenant !

Mortifiée, Ariana cache son visage dans mon cou. Je regarde Pêche, elle n'a pas l'air de vouloir partir et je ris, autant frustré qu'amusé. Cette femme aura ma peau. Je suis persuadé qu'elle est contente d'elle en plus. Ariana se repositionne sur son siège aussi rouge qu'après un marathon et je suis presque sûr que ce n'est pas dû qu'à la gêne.

—Bon, je crois que je dois rentrer. Elle ne nous lâchera pas de toute façon.

—Elle me déteste, ce n'est pas possible autrement, m'exclamé-je dépité.

—Non, elle t'adore, mais elle aime encore plus nous embêter.

Elle rit et ce son me fait frissonner d'envie.

—Tu ne peux pas venir chez moi ? la supplié-je.

—Non, pas ce soir. Je lui ai promis de lui raconter le gala. Et puis, en ce moment je préfère être près d'elle, m'explique-t-elle d'une voix teintée de tristesse.

—Elle est malade ?

—Non, mais depuis que j'ai identifié l'homme du braquage, je m'inquiète pour elle, dit-elle le regard lointain.

—Attends, vous savez qui c'est ? Ils ont mis la main dessus ?

Je ne suis plus du tout excité d'un coup, mon instinct de protection prend le dessus.

—Oui, j'ai découvert qui il était, mais ils doivent encore le localiser. Je pensais que tu étais au courant. Ton père ne t'a rien dit ?

—Tu m'as retiré de l'enquête, je te signale ! Alors, non je n'étais pas au courant que tu étais en danger, non ! m'exclamé-je vivement, quelque peu énervé.

—Calme-toi. Je ne suis pas en danger, il ne sait toujours pas que je suis vivante et ça ne risque pas de changer. Allez, changeons de sujet.

—Non, attends, j'ai besoin d'en parler, dis-moi au moins qui est cet homme, supplié-je.

—Non. Le sujet est clos, clame-t-elle sérieusement. Maintenant, je m'en vais ou tu m'embrasses pour me souhaiter une bonne nuit, ajoute-t-elle d'une voix plus douce.

Elle me sourit et je me fais avoir comme un con. Je l'embrasse comme si je n'allais jamais la revoir. Je mets dans ce baiser toute ma frustration, ma colère qu'elle ne m'en dise pas plus et surtout, je lui montre le désir qu'elle m'inspire. Quand nous nous séparons, nous avons la respiration erratique et nos sourires sont identiques.

Elle ouvre sa portière et rejoint sa grand-mère non sans me saluer une nouvelle fois d'un geste de la main. Je me dépêche de sortir de la voiture et parcours la distance qui me sépare d'elle. Je l'attrape par la main et la retourne d'un geste vif. Surprise, elle se retrouve dans mes bras et s'agrippe à mes biceps.

—Je ne pense pas pouvoir passer une bonne nuit, il me faut une autre dose.

Je l'embrasse à nouveau avec beaucoup plus de douceur, de tendresse. Ce baiser est bien plus lent et maîtrisé, mais il n'est pas moins délicieux. J'y mets fin aussi doucement que possible, repu et heureux. Je commence à m'éloigner quand Pêche m'interpelle.

—Et moi, je n'ai pas le droit au bisou de bonne nuit ?

—Non, Pêche, vous avez gâché un bon moment, vous méritez ce châtiment, plaisanté-je.

—Pff… les jeunes n'ont aucune pitié pour les vieilles femmes de nos jours.

Ariana et moi nous esclaffons. Cette femme est une vraie comédienne. Je m'apprête à retourner à mon véhicule quand Pêche me surprend.

—Je savais que tu réussirais. Maintenant, je compte sur toi pour tenir ta promesse.

Je remarque qu'elle a attendu que la principale concernée ne soit plus à portée d'oreilles et elle sourit.

—Je ferai de mon mieux. En tout cas, elle lui reviendra un jour ou l'autre…

Elle lève les yeux au ciel comme si j'avais dit une bêtise. Je suis pourtant très sérieux, je ne sais pas ce que l'avenir nous réserve. Le contraire serait tellement plus simple.

Je suis réveillé par la sonnerie de mon portable qui s'excite. Je me frotte les yeux essayant de m'habituer à la lumière qui perce derrière les volets à demi-ouverts. Mon téléphone me signale l'arrivée d'un SMS, ce qui me fait réagir. Quand je vois les appels en absence de ma mère, je me redresse et ouvre le texto.

> Tu penses que l'on déjeune toujours ensemble ce midi. J'ai invité ton frère et Azzalée, pour une fois, j'aimerais passer un dimanche en famille.

Je regarde l'heure et comprends que ma mère s'inquiète. Il est plus d'une heure de l'après-midi. Je me dépêche de sortir des affaires propres et de filer dans la salle de bain. Je suis prêt en vingt minutes et je suis déjà en voiture quand ma mère me rappelle. Je décroche avant de démarrer.

—Oui, maman j'arrive !

—Oh, j'ai bien cru que tu ne serais pas là, dit-elle visiblement surprise de m'entendre.

—Je ne me suis pas levé, mais je serai là, ne t'inquiète pas.

—OK, j'ai eu peur que tu ne veuilles pas venir sachant que ton frère et sa fiancée sont présents.

—Non, maman, ça va, je viens.

Je m'apprête à raccrocher quand une idée me vient.

—Eh maman ! Tu accepterais que je vienne accompagné ?

Je regarde l'écran où les secondes s'écoulent toujours ce qui signifie qu'elle est bien au bout du fil.

—Maman ? Tu es toujours là ? m'inquiété-je.

—Oh oui, désolée c'est soudain, je ne pensais pas que tu voyais quelqu'un, mais bien sûr invite-la, j'ai hâte de rencontrer cette jeune femme.

—Je n'ai pas dit que c'était une femme, mais tu ne seras pas déçue, promis, souris-je.

—Fais attention sur la route.

Elle raccroche et un sourire jusqu'aux oreilles se dessine sur mon visage. Il est temps de vérifier si Mlle Duval est prête à faire des efforts et montrer au monde notre relation.

Je me gare rapidement devant chez elle et frappe trois coups à la porte.

—Oh Ezra ! Que fais-tu ici ? m'accueille-t-elle surprise.

—Bonjour, à toi aussi Ariana.

Je la prends de cours et dépose un baiser sur ses lèvres.

—Je suis venue te kidnapper. Tu as bien accepté que l'on soit un vrai couple hier soir ?

—Euh oui.

Elle paraît hésitante, ce qui me donne le sourire.

—Bon, alors je t'embarque. On va manger chez mes parents.

—Hein ? Mais euh… Marie, elle va…

Elle cherche ses mots, bafouille, je sais qu'elle s'inquiète de ce que va penser ma mère. J'ai compris qu'elles étaient proches et que l'avis de ma mère comptait beaucoup pour elle.

—Ne t'inquiète pas, tout va bien se passer, je te le promets. File prendre tes affaires, je suis déjà à la bourre, la pressé-je.

Elle reste quelques secondes immobile puis quand elle voit que je n'ai pas l'intention de bouger, elle se décide à prendre ce dont elle a besoin. Je l'entends embrasser sa grand-mère et lui souhaiter un bon après-midi. Elle réapparaît rapidement et je la laisse passer devant moi, ne lui laissant pas la possibilité de faire demi-tour.

Je lui ouvre la portière de la voiture galamment et elle prend place, un léger sourire aux lèvres.

—Tu es sûr que c'est une bonne idée ? demande-t-elle hésitante en attachant sa ceinture.

—Pourquoi ça serait mauvais ? Maintenant ou plus tard, je ne vois pas ce que ça change. En plus, tu connais déjà toute ma famille.

—Oui… Enfin là, ce n'est pas pareil quand même !

—Tu as raison, je vais pouvoir t'embrasser sans avoir à me cacher, souris-je fièrement.

—Ça va pas ! Il est hors de question que tu entreprennes quoi que ce soit de ce genre devant tes parents.

Elle croise les bras, boudeuse.

—Oh ! ça va, j'ai pas dit que j'allais te baiser dans la cuisine non plus !

—Encore heureux ! s'exclame-t-elle en levant les yeux au ciel.

—Allez, je plaisante. Je ne ferai rien qui te mette mal à l'aise, OK ?

—Hum, marmonne-t-elle sceptique.

—Ariana, je veux juste que l'on soit un vrai couple et ça implique de rencontrer ma famille et qu'ils sachent que nous sommes ensemble.

Elle me jette un œil de travers, mais ne commente pas, et passe le reste du trajet à se ronger les ongles ou à gigoter sur son siège.

J'ai presque envie de rire de la voir si nerveuse, mais je suis sûr que j'en prendrai pour mon grade si je le fais, alors je me contiens. En arrivant, je me surprends à être un peu nerveux moi aussi. Il faut dire que maman aime tellement Ariana que je n'ai pas intérêt à me louper avec elle. Je sais qu'elle l'adore, et si elle n'acceptait pas qu'elle devienne sa belle-fille? Ou qu'elle veuille nous marier avant même que nous ayons pu commencer notre relation? Ma mère est parfois un peu hystérique quand il s'agit de ses fils. Je ne sais pas si j'ai eu une bonne idée finalement. Merde, de toute façon maintenant, je n'ai plus le choix, on n'a plus qu'à croiser les doigts pour que notre histoire ne se finisse pas en cauchemar.

C'est main dans la main que nous passons la porte de la maison. On entend les discussions animées à table et après avoir échangé un regard d'encouragement, nous franchissons le couloir et entrons dans la salle à manger.

Les bavardages s'arrêtent d'un coup quand ils nous remarquent. Ma mère vient nous accueillir.

—Entrez, installez-vous, on vient de commencer l'entrée.

Je m'avance et c'est quand j'entends l'exclamation de ma mère que je comprends qu'elle n'avait pas vu Ariana qui était légèrement en retrait et donc cachée à son regard.

—Eh bien merde alors! s'exclame ma mère, une main sur la bouche.

Mon père rigole à gorge déployée pendant qu'Enzo, Azzalée et moi sommes choqués de l'entendre jurer. Elle qui ne dit jamais un mot plus haut que l'autre. Elle doit vraiment être surprise pour lâcher un gros mot.

—Bonjour.

La petite voix d'Ariana résonne. Elle rougit face à tous ces yeux posés sur elle. Je décide de la guider vers nos places, histoire de laisser aux autres le temps de se reprendre. Mon père n'est pas si surpris que ça, mais il ne s'attendait sûrement pas à ce que je décide d'inviter Ariana si vite, je pense.

Ma mère se reprend vite et affiche un sourire chaleureux.

—Désolée Ariana, quand ce petit malin m'a prévenue qu'il invitait quelqu'un je ne pensais pas que c'était toi.

—Je comprends Marie, je suis aussi surprise que toi d'être ici aujourd'hui, répond ma copine en souriant timidement.

—Je suis passé la prendre chez Pêche avant de venir. Elle n'était pas au courant.

Ariana me sourit et ça me réchauffe le cœur. Maintenant que ma mère est informée, elle devrait bien moins s'inquiéter.

—Tu as bien fait. Même si je déteste que vous m'ayez caché cet aspect de votre relation.

Ma mère fait les gros yeux, mais son sourire étincelant nous prouve qu'elle est bien plus heureuse que furieuse.

Mon frère qui était resté jusqu'ici silencieux pose une question qui apparemment le turlupine.

—C'est bien beau tout ça, mais moi j'ai une question sérieuse pour Ariana.

Elle le regarde, suspicieuse et inquiète. Je ne sais pas ce qu'il compte demander, mais son sérieux nous pousse à attendre la suite avec impatience. Et j'espère qu'il ne compte pas déstabiliser Ariana, sinon je ne suis pas sûr de rester très calme.

Il sait qu'il a l'attention de tout le monde et que je suis prêt à le remettre à sa place s'il dépasse les bornes.

—C'est qui Pêche ?

Je souffle, soulagé et quelque peu surpris. Il n'est pas bien de nous faire peur comme ça.

Je grimace face à son sourire, il l'a fait exprès, il sait que je suis sur les nerfs. Il remarque toujours quand je suis sur le fil. Il a toujours su voir en moi comme personne. Ariana a retrouvé le sourire et c'est avec une grande fierté qu'elle lui répond.

—Ma grand-mère. C'est elle qui m'a élevée et je t'interdis de te moquer de son prénom. Elle en est très fière.

—Oh! Loin de moi cette idée, mais tu ne vas pas me dire que c'est courant quand même! Je suis désolé de t'annoncer que tes

234

arrières grands-parents devaient avoir un grain parce que donner un nom de fruit à son enfant faut oser.

Ariana se raidit et regarde Enzo comme si elle allait le défenestrer.

—Ma mère s'appelait Cerise. Donc si je te suis bien ma grand-mère a un grain, c'est ça?

Le sérieux avec lequel elle s'exprime et le ton légèrement rauque prouvant sa colère me font me redresser, Enzo ne fait plus le malin.

—Pardon, je ne voulais pas t'offenser. Je voulais juste détendre l'atmosphère vu comment Ezra et toi étiez coincés, mais excuse-moi, je n'aurais pas dû balancer ça.

Ariana explose de rire d'un coup. Je suis surpris et quand j'aperçois ses yeux plissés qui se remplissent de larmes tant elle rit, je me pose des questions. Elle se calme rapidement ce qui me rassure, car ça devenait vraiment bizarre.

—C'est moi qui suis désolée Enzo, tu as tout à fait raison, ils ont tous un grain. Je me fous de toi, ne t'inquiète pas, tu as voulu nous faire peur tout à l'heure en posant ta question et j'ai voulu te rendre la pareille.

Mes parents pouffent de rire ainsi qu'Azzalée. Mon frère ne sait plus sur quel pied danser et ça nous amuse tous.

—Tu te paies ma tête alors que c'est ton premier jour dans cette famille! Bah, ça promet! plaisante-t-il.

—Désolée, mais c'était tentant.

—C'est de bonne guerre, mais je suis sérieux, qu'est-ce que c'est que ces prénoms? Il plantait un arbre fruitier à chaque naissance ou quoi? questionne-t-il moqueur.

—Si seulement il y avait une explication rationnelle. Non, mon arrière-grand-mère aimait les pêches et a donc donné ce prénom à sa fille et ma grand-mère a voulu en faire une tradition. Heureusement, mon père n'était pas d'accord et j'y ai échappé.

La voir échanger, rire et faire sa maline me ravit. J'avais peur, mais l'avoir près de moi au premier dîner entièrement familial détend l'atmosphère et m'apaise.

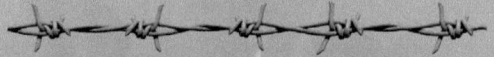

Ariana

Le repas se passe dans la bonne humeur, je remercie Enzo pour ça, car après son intervention pour nous détendre, la discussion s'est faite naturellement. Marie a bien essayé de savoir depuis quand on était ensemble, mais Azzalée a senti notre gêne et s'est mise à parler de son mariage. Marie a donc été happée par tout ce que lui disait sa belle-fille. J'ai bien vu qu'Ezra s'était éclipsé à ce moment-là, prétextant débarrasser la table. Je me doute que pour lui ça ne doit pas être simple même s'il ne l'aime plus, il devait quand même se marier avec elle, alors l'entendre préparer son mariage avec son frère n'est pas quelque chose qu'il a envie d'entendre. Enzo et lui sont sortis de table et sont partis, je ne sais où. Maxence, lui, s'en est allé dans une autre pièce depuis plusieurs minutes après avoir reçu un texto. Nous sommes donc entre filles et même si entendre les préparatifs m'intéresse, j'aimerais être auprès d'Ezra. Je m'éclipse dans l'intention de le trouver quand Maxence sort de nulle part et m'interpelle.

—Ariana, je dois te parler, tu as deux minutes ?

Je fronce les sourcils inquiète, mais je le suis dans ce qui semble être son bureau. Il me propose de prendre place sur une chaise et fait de même sur la plus proche de moi.

—Je viens d'avoir des nouvelles de l'homme que l'on recherche.

Je déglutis, j'ai peur de ce qu'il peut m'apprendre et en même temps, j'aimerais qu'il me dise qu'ils l'ont eu et qu'il ne sortira jamais de prison.

—On sait qu'il est revenu dans le coin. On ne connaît pas encore sa position exacte, mais il est de retour dans la région, m'explique-t-il en me regardant droit dans les yeux.

—OK, et vous comptez l'arrêter quand?

—Le plus vite possible. Je sais que tu ne risques rien puisqu'il n'a toujours pas connaissance de ton existence, mais si tu veux, je peux assigner quelqu'un à ta sécurité.

Je le regarde silencieusement, assimilant tout ce qu'il vient de m'annoncer et secoue la tête.

—Ça ne servirait à rien. Si je ne suis pas en danger, il vaut mieux que tous vos hommes se mettent à sa recherche.

—Je suis d'accord, je voulais juste te mettre au courant de l'avancée de l'enquête, conclut-il en se levant pour ouvrir la porte.

—On devrait les retrouver, ils vont se demander ce que l'on fabrique.

Je reste muette en le suivant, l'esprit trop retourné pour émettre un son. Le savoir si près de nous me fait quelque chose. J'aimerais vraiment mettre la main sur cet homme qui a détruit ma vie et celle de toutes les personnes présentes ce jour-là. Je m'installe à table sans prêter attention à ce qu'il se passe autour de moi. Perdue dans mes pensées, je suis sortie de ma bulle par Ezra qui me pince discrètement la cuisse.

—Ça va?

Je hoche la tête et lui souris légèrement. Je vois bien qu'il ne me croit pas, mais je ne peux rien ébruiter devant sa famille, et puis je ne sais pas si j'ai envie de lui dire vu la réaction qu'il a eue quand il a découvert toute l'histoire sur la mort de mes parents.

—Je crois que je vais ramener Ariana chez elle. Il commence à se faire tard et je bosse tôt demain matin.

Je sais qu'il a compris que quelque chose n'allait pas et il veut savoir de quoi il s'agit. Nous saluons tout le monde et remercions ses parents avant de nous installer en voiture. Il démarre sans attendre sachant que je ne révélerai rien tant que nous ne serons pas seuls.

Nous nous garons rapidement et je remarque que nous ne sommes pas chez mamie Pêche, mais devant son immeuble.

— C'est maintenant que tu me kidnappes ? demandé-je en riant.

— Je veux savoir ce qui te tracasse et je ne veux personne pour nous distraire. Ta grand-mère a tendance à nous empêcher de faire ce que l'on veut.

La référence à ce que mamie Pêche a interrompu hier soir est claire et cela me fait doucement rire. Il n'a pas tort, cependant, je ne veux pas qu'elle s'inquiète pour moi sans raison et si je lui dis ce qu'il se passe, je veux être sûre qu'il sera seul pour extérioriser. J'ai bien compris qu'il souffrait du syndrome du prince charmant quand il s'agit de ma protection, il en fait des tonnes.

Nous montons à son appartement et il me propose de boire quelque chose dès que l'on a franchi la porte. J'ai l'impression qu'il est nerveux. J'accepte une bière, qui me détend suffisamment pour avoir cette conversation. Je m'installe sur son canapé pendant qu'il se précipite à son frigo. Nous sirotons nos boissons en silence. Je réfléchis à ce que je veux qu'il sache, dois-je lui dire qui est l'homme que la police recherche ? Ou dois-je lui annoncer qu'ils ont retrouvé sa trace dans la région ? Est-ce qu'il ne faut pas que je le laisse dans l'ignorance, ça lui évitera de s'inquiéter pour rien. Non, je vais lui dire, il faut que l'on soit sincères si on veut que notre relation fonctionne. J'en suis là de mes réflexions quand il prend la parole.

— J'ai fait quelque chose de mal ?

Je suis surprise qu'il envisage ça et cela doit se voir sur mon visage, il a l'air soulagé de ma réaction.

— Non, pourquoi tu penses ça ?

— Tu étais sortie de table quand Enzo et moi sommes revenus. D'ailleurs, je m'excuse de t'avoir abandonnée, mais entendre les préparatifs du mariage de mon ex c'était vraiment trop bizarre pour moi. Et puis, j'ai pu parler à mon frère comme ça.

— Oh je m'en doutais un peu, ne te tracasse pas pour ça, je pensais d'ailleurs te rejoindre, mais j'ai croisé ton père en cours de route, expliqué-je pour faire taire ses doutes.

Il hoche la tête, me scrute en attendant la suite.

—Il voulait me parler de l'enquête.

Il se lève, passe sa main dans ses cheveux, les ébouriffant.

—Et tu comptes m'en dire plus ou tu vas encore me laisser dans le flou ? Non, parce que vu la tête que tu tirais quand vous êtes revenus à table, je ne sais pas si je vais supporter longtemps de ne pas être au courant ! s'énerve-t-il en faisant les cent pas.

—Ça dépend, tu comptes te calmer et m'écouter sans t'énerver ?

—Je ne sais pas, dis-moi et on verra bien.

Je prends une grande inspiration et lui avoue ce qu'il a le droit de savoir. En parler à quelqu'un me fera du bien, je ne veux pas inquiéter mamie Pêche avec ça.

—Ils ont découvert que l'homme qu'ils recherchent est revenu dans la région. Selon ton père, ils ne vont pas tarder à l'attraper.

—C'est une bonne chose, alors qu'est-ce qui t'inquiète ? Si c'est ta sécurité, je peux appeler mon père, il acceptera sûrement qu'une équipe gère ta sécurité vu la situation, me propose-t-il en se tournant vers moi.

—Non, il me l'a proposé, mais j'ai refusé. Je ne suis pas en danger.

Il se réinstalle près de moi et prend mes mains dans les siennes me faisant pivoter vers lui. Je plonge mes yeux dans le vert de ses iris. Je me sens tellement bien avec lui, à discuter, à le sentir si proche de moi, ses doigts caressant le dos de mes mains. Je ressens ce besoin de me confier à lui. Il a ce pouvoir sur moi. Le pouvoir de me permettre de lâcher prise alors que je suis du genre à garder les choses pour moi. J'ai mis du temps à lui parler de mon histoire, par crainte qu'il me regarde avec pitié, mais maintenant il la connaît. Il s'est impliqué dans cette affaire, je n'ai plus à être effrayée et c'est ce qui me fait m'épancher si facilement.

—J'ai peur Ezra. J'ai peur de revoir cet homme, d'éprouver encore tout ce que j'ai ressenti ce jour-là. Peur de mes réactions et de ne pas réussir à témoigner. Je sais que c'est une bonne chose que l'enquête soit rouverte et surtout que l'on ait enfin bientôt attrapé cet homme, mais ça ne m'empêche pas d'avoir peur. Je suis terrifiée

par toutes ces choses et c'est ce dont je me suis rendu compte ce soir. Je sais qu'ils vont l'avoir, Ezra. Je ne m'inquiète pas pour ça, mais de tout ce qui va en découler.

Je n'ai pas remarqué mes larmes qui dévalent mes joues ni qu'il m'avait prise dans ses bras. Il me serre fort contre son torse et je laisse sa chaleur m'apaiser. J'ai besoin de ce réconfort. J'aimerais rester comme ça une éternité. Ne plus rien ressentir que son corps chaud collé au mien. Je relève le visage pour le regarder et c'est une tout autre tension qui s'éveille dans la pièce. Nos yeux se disent tout ce que nos corps réclament. Je ne sais pas comment en un instant, en un regard cette tension sexuelle s'est installée, peut-être que c'est seulement le manque qui se fait sentir. Tout ce que je sais, c'est qu'à cet instant, dans ses bras, je n'ai pas peur. Je ne songe pas à tout ce qu'il va inévitablement se passer avec l'enquête. Non, tout ce qui me traverse l'esprit, c'est le besoin impérieux de l'avoir en moi. Qu'il me fasse sienne à nouveau, que nous oublions grâce à nos corps tout ce qu'il s'est passé ces dernières semaines. Je me relève, m'installe à califourchon sur lui et m'abaisse vers ses lèvres. Notre baiser est sauvage, sans retenue. Il presse mes fesses dans ses mains rapprochant mon intimité de son érection contenue dans son jean. Je me frotte sans pudeur en essayant d'apaiser ce feu qu'il a allumé. Sans comprendre, je me retrouve sur le dos, à le dévorer du regard pendant qu'il se déshabille rapidement. Je suis subjuguée par la beauté de ses abdos. Merde, j'avais oublié comme il était bâti. Je laisse mon regard couler sur son corps et remarque qu'il est déjà équipé. Je hausse un sourcil, en souriant.

—Pas le temps pour les préliminaires, j'ai trop besoin d'être en toi.

Il tire sur mon pantalon et retire mon dessous dans un même mouvement. Je me retrouve en soutif' et t-shirt et vu son regard, cette vue lui plaît. Il se dépêche de me rejoindre et m'offre un baiser à couper le souffle tout en me pénétrant entièrement. Je gémis, il se redresse, se met plus à l'aise tout en continuant ses coups de reins implacables. Je suis secouée par des milliers de papillons qui grandissent dans mon bas-ventre. Un feu crépite en moi. Je sens

qu'il enfle à chaque fois qu'il tape sur ce bouton magique. Il est concentré, fixant mon regard et je vois son visage se déformer au moment où l'orgasme l'emporte. Sa mâchoire se crispe et ses pupilles sont dilatées comme jamais. Sa jouissance entraîne la mienne. Nous reprenons notre respiration, lui la tête posée sur mon ventre et moi en passant mes doigts dans ses cheveux.

Chapitre 13

Je tiens à toi !

Ezra

Après avoir refait l'amour à Ariana, lentement cette fois, je la ramène chez sa grand-mère. J'aurais aimé qu'elle reste avec moi cette nuit, mais je comprends qu'elle ne veuille pas la laisser seule. Elle est inquiète depuis que l'enquête est ouverte et a besoin de s'assurer que Pêche va bien. Au fil des années, elle a créé une bulle de protection autour de sa grand-mère, la seule personne auprès de qui elle se sente en sécurité, et elle-même. Toute cette histoire la remue et c'est normal. Je ne connais pas beaucoup de personnes qui seraient sereines face à cette réalité. Devoir affronter l'homme qui a tué ses parents ne peut que lui inspirer la peur. En tant que policier, j'ai envie de lui dire que c'est important qu'il soit arrêté, qu'après l'avoir attrapé il aura un procès et ses parents seront vengés, mais je ne suis pas que policier dans cette affaire. Je suis le petit ami de la victime et là, c'est plus complexe. Il faut que je la soutienne et que je l'aide à faire le bon choix pour elle. Elle n'est pas la seule victime, les familles des autres personnes tuées ce jour-là seront informées quand l'auteur de ce massacre sera derrière les barreaux, mais ils ne pourront pas témoigner. Personne d'autre qu'elle ne peut le faire. Ce poids qu'elle porte sur ses épaules ne va pas être facile, mais pour le moment il faut que l'équipe en charge de l'enquête l'attrape et ça va sûrement demander un peu de temps. Néanmoins, lorsque cela arrivera, je serai là pour elle. Je ferai tout mon possible pour qu'elle se sente entourée.

Je me couche heureux d'avoir retrouvé la femme dont j'ai besoin. Grâce à elle, j'ai enfin pu parler à mon frère. Je me sens apaisé quand j'y pense. Notre conversation s'est établie naturellement. Il m'a parlé de ce qu'il ressentait pour Azzalée lorsque je sortais encore avec elle. De ce qu'il a essayé de refouler sans y parvenir et je comprends maintenant que c'était inévitable. Ils sont tombés amoureux et on ne peut rien faire contre ça. Je ne suis pas encore prêt à lui rendre le rôle de confident, mais je ne me défilerai plus en sa présence. Il m'a une nouvelle fois demandé d'être son témoin, mais j'ai botté en touche. Je ne sais pas ce que l'avenir me réserve et je ne veux pas formuler une promesse que je ne suis pas sûr de pouvoir tenir. Déjà, je lui ai affirmé que je serai présent et c'est déjà un grand pas. Le mariage n'est que dans un an, je me laisse le temps de voir venir.

Nous sommes vendredi, la semaine s'est passée tranquillement. L'enquête sur laquelle Rom' et moi travaillons n'avance pas et on ne sait plus trop où chercher. J'ai vu Ariana à plusieurs reprises, au bar de Jimmy mardi soir après son taf et elle a passé la soirée à l'appartement le lendemain. Elle ne veut toujours pas dormir avec moi, mais je ne dis rien. En plus, elle pense que nous sommes allés trop vite la dernière fois. C'est vrai qu'elle passait toutes ses nuits dans mes bras alors que nous n'étions pas officiellement en couple, on n'a connu plus lent comme relation. Sachant qu'elle ne travaille pas ce soir, j'en profite pour organiser une petite soirée chez moi. Jimmy et sa copine seront là, ils partent dans quelques jours et c'est certainement la dernière fois qu'on les verra. Ariana est chagrinée par le départ de son meilleur ami. Je la taquine souvent en lui répétant qu'il y a un an ils ne se connaissaient pas, mais comme elle dit «ce n'est pas le temps passé avec les personnes qui fait que la relation est belle c'est ce que l'on s'offre les uns aux autres». En y réfléchissant, ce qu'elle dit fait sens. Nous nous sommes rencontrés il y a peu de temps et pourtant, j'ai l'impression qu'elle a toujours fait partie de ma vie. Elle connaît plus de choses de moi que n'importe quelle autre femme que j'ai pu rencontrer avant. Bon ce n'est pas comparable vu que je ne faisais que coucher avec elles, je ne prêtais aucun intérêt à ce qu'elles pouvaient me confier.

Je ne ressentais pas l'envie de leur raconter ma vie non plus, mais je comprends ce qu'elle veut dire et je respecte le lien qui l'unit à Jimmy.

Nous sommes tous installés dans mon salon et les discussions vont bon train. Nous trinquons au prochain départ de Jimmy, Paloma et Lilou tout en dégustant toutes les choses qu'Ariana a préparées pour l'événement. Ariana a offert un bracelet d'amitié à Lilou. La petite pensait qu'elle l'oublierait une fois qu'elle serait partie et Ariana a voulu lui prouver que c'était impossible, alors elles arborent toutes les deux un bracelet où est inscrit le prénom de chacune d'elles. Les deux femmes vont installer Lilou dans ma chambre devant un dessin animé. On se retrouve donc entre mecs, quand Jimmy se tourne vers moi avec sérieux.

—Tu me promets de prendre soin d'elle, Ezra.

—Je ferai ce que je peux, tu le sais bien.

—Non Ezra, promets-le-moi. Elle m'a raconté ce qu'il lui est arrivé dans son enfance. Je sais qu'elle a une peur bleue de se retrouver seule. D'être abandonnée, termine-t-il les yeux dans le vague.

—Je te le promets. Je ferai tout mon possible en tout cas, dis-je, sincère, en pressant son épaule de ma main.

—Bien. T'es un bon pote Ez', mais Ariana est comme la petite sœur que je n'ai jamais eue. J'ai besoin de savoir qu'elle ne sera pas seule ici.

Je hoche la tête et Rom' lui propose une partie de PlayStation pendant que je vais chercher des bières en ruminant la promesse que j'ai faite. Une de plus. Décidément les proches d'Ariana ont tendance à me faire jurer des trucs à tout bout de champ. D'abord Pêche, maintenant Jimmy, après ce sera qui ? Ce qui m'inquiète le plus c'est de ne pas être capable de respecter ces serments. Ils ont confiance en moi et c'est une bonne chose, cela signifie qu'ils pensent que je suis peut-être bon pour elle, mais est-ce qu'ils comprennent le poids que ça me fait porter ? D'accord, je compte prendre soin d'elle comme Jimmy me l'a demandé, mais parce que j'en ai envie, pas parce que je lui ai donné ma parole. J'ai besoin de

la protéger, de la savoir en sécurité parce que je tiens vraiment à elle. Je tombe peu à peu amoureux d'elle et ça m'effraie de ne pas pouvoir tenir ces obligations, car si moi je veux construire quelque chose, elle pourrait bien changer d'avis et ne plus vouloir de moi. Et alors, comment pourrais-je tenir ces satanés engagements ? Et ne parlons même pas de celle que j'ai faite à sa grand-mère. Pour respecter celle-ci, il faudrait que je reste près d'elle, même si je dois en souffrir de la voir faire sa vie avec un autre. Moi qui voulais une relation simple me voilà servi.

Je sens deux bras m'enlacer par-derrière et Ariana pose sa joue contre mes omoplates. Je caresse ses bras en savourant ce moment. Après toutes ces réflexions, j'ai besoin de la savoir près de moi. En sécurité dans mes bras. Je me retourne lentement et l'embrasse sans attendre. Je sens le regard des autres sur nous, mais hors de question de mettre fin à ce baiser. J'en ai trop besoin. Nos bouches se séparent, cependant nos yeux eux restent ancrés les uns aux autres. Je ne sais pas ce qu'elle y lit, mais les siens sont brillants et ses joues colorées. Chacun des moments que l'on passe ensemble renforce ce lien entre nous et s'il y a quelque temps j'avais pris la fuite, aujourd'hui, je ne veux surtout pas la lâcher. Rom' rompt notre moment en proposant à Ariana de jouer contre Jimmy. Apparemment, il n'est pas au courant des talents de sa meilleure amie pour certains jeux vidéo.

—J'ai hâte de te voir perdre, Jimmy, déclaré-je amusé.

—Vous me faites marcher, les gars ! Ne me dites pas qu'elle vous a battus ? Vous êtes de vraies brêles en fait !

Ariana lui file un coup de coude dans les côtes qui le fait rire.

—Fais gaffe, je ne te ferai pas de cadeau. Meilleur ami ou pas, tu vas morfler, Jim'.

Ariana est concentrée, ce qu'a dit Jimmy lui a donné une raison de plus de le battre et je sens que le grand gaillard va vite comprendre qu'on ne se foutait pas de lui.

Le jeu commence et Ariana élimine Jim' rapidement. C'est une partie en un contre un qui dure dix minutes. À la fin, le vainqueur est celui qui a été tué le moins de fois. Au bout de cinq éliminations

contre zéro, Jimmy râle et s'énerve. Paloma est morte de rire et n'hésite pas à le charrier. Elle ne joue pas, mais soutient la seule autre femme de notre groupe.

La partie se termine à 21-3 Ariana gagne et le fait savoir en nous effectuant une petite danse de la joie ridicule. Jimmy est dépité, mais bon perdant, il félicite sa meilleure amie.

—Bon je ne jouerai plus jamais à ce jeu stupide contre toi, c'est bien trop humiliant!

Paloma se pose sur ses genoux pour le réconforter et il la serre contre lui. Je serais tenté de l'imiter, mais le regard que mon meilleur ami leur lance me fait penser qu'il est seul. C'est un grand romantique et ce ne serait pas cool de lui foutre notre bonheur sous les yeux. Ariana s'est sûrement fait la même réflexion, car elle lui propose une bière pour le détourner des deux tourtereaux qui s'embrassent sans nous prêter attention. Quelques heures plus tard, Ariana débarrasse les plateaux vides et propose un café à tout le monde. Rom' et moi acceptons.

—Non, merci, on va y aller, Paloma est fatiguée, répond Jimmy.

On regarde tous sa petite amie qui n'a pas l'air fatiguée du tout. Elle rougit sous nos regards et il rit de la voir gênée.

—Quoi, tu aurais préféré que je dise que tu avais un besoin urgent à satisfaire? Franchement bébé, ils n'ont pas besoin de savoir que tu es accro à mon corps.

Maintenant, elle est écarlate et se cache le visage dans les mains sous nos rires.

Ariana la prend dans ses bras pour lui dire au revoir et comme elle adore faire chier son meilleur ami, elle n'hésite pas à lui lancer une petite pique.

—Ça doit sûrement être les hormones, ne t'emballe pas. Ça n'a rien avoir avec toi.

Paloma pouffe et Jim' est vexé qu'elle remette son sex-appeal en cause.

—Bien sûr que si! C'est bien grâce à moi que ses hormones la travaillent à ce que je sache! s'exclame-t-il en bombant le torse.

—Hey tu n'étais pas tout seul! s'offusque sa compagne.

Paloma a réagi tout de suite et Roméo et moi sommes largués. De quoi est-ce qu'ils parlent? Ariana nous éclaire en une seule phrase.

—Eh oui, Jimmy il faut être deux pour faire un bébé.

Oh bah merde alors! Je suis sur le cul. Jimmy va avoir un bébé. Bon c'est son deuxième, mais le premier avec Paloma. C'est une sacrée étape.

On les félicite chaleureusement et après avoir récupéré Lilou qui dormait, ils s'en vont. Ariana les raccompagne à leur voiture sachant qu'elle ne les verra plus avant leur départ lundi matin. Elle revient rapidement les yeux rougis et se réfugie dans la cuisine où on l'aperçoit nous préparer nos cafés. J'aime qu'elle fasse comme chez elle. Elle est venue tout mettre en place avant qu'ils arrivent et a joué à la parfaite maîtresse de maison toute la soirée. Et j'adore qu'elle se sente à l'aise ici. Je la laisse œuvrer, car je sens bien qu'elle en profite pour se reprendre et effacer sa tristesse.

—Voilà les cafés!

Elle dépose son plateau sur la table basse et je l'attrape par les hanches pour qu'elle s'installe sur moi.

—Au fait, j'ai vu l'article sur le gamin qu'on avait chopé pour les graffitis! C'est un vrai artiste, l'article est dithyrambique, s'exclame Rom'.

—Ah bon? Je n'ai pas vu, dans quel journal? demande-t-elle les yeux pétillants de fierté.

—Je ne sais plus, mais je l'ai gardé, je te l'apporterai si tu veux.

—Oui, j'aimerais bien. Il manque de confiance en lui, ça pourrait lui faire prendre conscience qu'il a un talent fou. Quand je pense à ce que sa toile nous a rapporté, c'est incroyable.

—Ouais, il paraît! L'article a mentionné cinq cent mille, c'est ça?

—Oui, je peux te dire que c'était un choc quand j'ai lu le montant.

—Tu m'étonnes.

Je les écoute parler, en somnolant. La fatigue commence à se faire sentir et un petit somme avant de ramener Ariana ne serait pas de trop.

Je me réveille en sursaut, avec la lumière aveuglante du soleil. Je suis toujours sur le canapé, mais seul. Je regarde mon appart et ne trouve aucune trace de Rom' ou ma copine. On pourrait croire que j'ai rêvé la soirée d'hier. Tout est nickel. Merde, je me suis endormi et personne ne m'a réveillé. Je sors mon portable de ma poche et constate qu'on est déjà en fin de matinée. Ariana commençait à 9 h. Fait chier, je n'ai pas pu profiter d'un moment seul avec elle avant qu'elle commence sa garde. Dépité, je file sous la douche et prends le temps de détendre mes muscles sous l'eau chaude. Il n'y a pas à dire, on dort quand même mieux dans un lit. Je m'habille vite fait, j'ai trop besoin d'un café pour finir de me réveiller. Je sors une tasse et au moment où je la glisse sous la machine, je remarque un mot collé dessus. L'écriture reconnaissable d'Ariana me donne le sourire.

On te laisse dormir, Rom' me ramène, ne t'inquiète pas. Bon week-end, on se voit lundi. Bisou. A.

Je souffle quelque peu frustré de devoir attendre jusqu'à lundi soir pour la revoir, mais je sais à quel point son boulot est important. Puis, je suis autant dévoué au mien qu'elle alors, je ne vais pas me la jouer comme son ex à le lui reprocher. Surtout après avoir vu de mes propres yeux son investissement lors du gala. Ces gosses ont une chance incroyable d'avoir une personne qui se démène à ce point, pour leur faciliter la vie et leur donner les moyens d'avoir une belle vie, une fois adulte. Je l'admire pour ce qu'elle réalise même si je dois m'accoutumer à ses horaires particuliers. J'en profite pour aller faire un jogging et passer du temps avec Rom'. Le dimanche comme d'hab', je vais déjeuner chez mes parents et Rom' découvre la nouvelle dynamique de la famille. Tout le monde me demande des nouvelles d'Ariana et je me contente de leur indiquer qu'elle va bien. Je jette un regard à mon père en disant ça, car j'ai l'impression qu'il attendait vraiment la réponse. Je ne sais

pas s'il l'a revue ou s'il a du nouveau sur l'enquête. Ni même s'il sait qu'elle m'en a parlé. J'aimerais poser des questions et qu'il puisse me dire où ça en est, mais cela ne servirait à rien. Je dois prendre mon mal en patience et espérer qu'elle me racontera quand il y aura du nouveau. Au moment de partir, Azzalée me demande si Ariana sera présente dimanche prochain et je lui confirme sans hésitation qu'elle m'accompagnera. Après tout, elle ne bosse pas et je suis sûr qu'elle sera d'accord. Ma mère propose d'inviter Ariana pour Noël, mais je ne sais pas quoi lui répondre. Je n'avais même pas fait attention que nous étions début décembre. Apparemment, mon frère sera là avec sa fiancée, car ils fêtent Noël le 25, comme tous les ans, chez les parents d'Azzalée, alors que, pour nous, le réveillon est un moment sacré. Voilà cinq ans que ma mère ne le fête plus vraiment avec Enzo, à cause de moi et je sens qu'elle est heureuse de pouvoir le faire enfin entourée de ses deux fils. Roméo sera lui aussi présent puisque ses parents ne reviennent pas avant l'été prochain. Parler d'Ariana a renforcé mon manque d'elle. Elle n'a pourtant pas assisté à beaucoup de repas chez eux, seulement deux dont un où nous n'étions pas ensemble. Elle a pris une place importante dans ma tête, dans ma vie et surtout, elle s'implante de plus en plus dans mon cœur. Je passe peut-être pour une putain de midinette à dire ça, mais c'est ce que je ressens et ça ne m'est jamais arrivé si vite. Avec mon ex, j'ai cru que c'était hyper sérieux, mais on était que des ados, on ne connaissait rien à l'amour. Nous avons entretenu une relation vouée à l'échec.

La journée de lundi a été très frustrante et je rentre chez moi énervé. On continue à traiter l'affaire du pyromane, sans succès. À chaque fois que l'on a un indice, il n'est pas fructueux. J'ai l'impression d'avoir passé la journée à tourner en rond. Heureusement, mon père nous a demandé d'effectuer des rondes cette semaine, ça nous changera de la paperasse d'une enquête qui stagne.

J'arrive devant la porte de chez moi, quand une voix me surprend.

—Eh bien, je pensais être mieux accueilli que ça.

Je me tourne et découvre ma petite amie assise sur les marches qui mènent à l'étage supérieur. Elle se lève et je m'empresse de la prendre dans mes bras. Je ne pensais pas la voir si tôt, j'aurais aimé avoir pris une bonne douche relaxante et retrouver une humeur plus joviale avant son arrivée, mais je crois que le meilleur remède pour chasser mes soucis, c'est de sentir son corps contre le mien.

Je m'écarte juste le temps de mettre ma clé dans la serrure et de nous faire entrer. Je ne remarque que maintenant qu'elle possède un sac rempli de courses. Je la laisse aller en cuisine et ranger tout ce qu'elle a apporté. Curieux, je n'hésite pas à observer ce qu'elle a acheté. Des patates, une boîte de lardons, de la crème fraîche et de la glace qu'elle met dans mon petit congélo' en haut de mon frigo.

—Je ne pensais pas te voir si tôt, je vais prendre une douche, annoncé-je en reculant jusqu'à la salle de bain.

Elle me sourit, sans répondre, trop occupée par ce qu'elle prépare.

Après la douche la plus rapide que je n'aie jamais prise, je la retrouve en train de couper des pommes de terre en morceaux. Silencieusement, je viens l'enlacer par-derrière et poser ma tête sur la sienne. Elle pose son couteau après avoir terminé la dernière pomme de terre épluchée et se tourne vers moi.

—Tu vas mieux ?

—Oui, surtout quand je te vois ici cuisiner, réponds-je en souriant.

—Tu n'es qu'un baratineur, Ezra tu n'étais pas dans le même état d'esprit quand tu es arrivé. Ta journée ne s'est pas bien passée ?

—OK, disons que ça va mieux depuis que tu es là. Et que je peux te prendre dans mes bras et embrasser tes lèvres qui ne demandent que ça !

Je finis ma phrase à l'orée de sa bouche. Je l'embrasse comme je le désire jusqu'à en oublier complètement la frustration de ma journée. Cependant, lorsqu'elle me repousse doucement avec ses mains sur mon torse, c'est une tout autre frustration qui se fait sentir, bien plus physique et qui serait bien plus facile à contenter.

—Laisse-moi finir, sinon on ne mangera pas avant demain.

Son clin d'œil taquin m'incite à grogner dans son cou la faisant rire avant qu'elle ne s'écarte pour finir de préparer le repas.

—Tu as besoin d'aide ?

Elle me regarde bouche bée, son air étonné me vexerait si je n'étais pas moi-même surpris par ma proposition.

—Tu n'as qu'à couper ça en lamelles, se reprend-elle en me tendant le fromage.

J'ouvre cette chose orange et vois qu'il y a déjà des traits sur le dessus, je suppose que les morceaux qu'elle me demande sont déjà fractionnés. Je commence à le trancher directement sur la table jusqu'à ce qu'elle m'arrête.

—Tu vas bousiller ton plan de travail, tiens prends ça.

Elle met le reblochon sur une planche en verre que je n'avais encore jamais vue et je retourne à ma tâche.

—On va manger quoi au fait ?

—Tu ne devines pas ?

Je regarde ce qu'elle prépare dans sa poêle, mais les oignons qui accompagnent les lardons ne m'aident pas. Je suis vraiment une quiche en cuisine. Je hausse les épaules lui montrant que je n'en ai aucune idée.

—L'indice ultime, c'est toi qui le détiens.

Je regarde les lamelles de fromage en fronçant les sourcils. J'ai l'instinct de prendre l'emballage pour lire le nom du fromage et je souris.

—Mais oui, une tartiflette ! Désolé, mais je suis vraiment une brêle en cuisine, m'exclamé-je en salivant à cette perspective.

—Exact ! Ça fait un moment que je n'en ai pas mangé, dit-elle en riant.

—C'est clair ! J'adore ça en plus. Je sens que je vais te séquestrer chez moi histoire que tu me mijotes toujours ce genre de repas.

Elle ne répond pas, mais son sourire est contagieux. Je l'aide à mettre le fromage sur les pommes de terre qu'elle coupait tout à l'heure et elle enfourne le plat rapidement.

—Voilà, comme j'ai cuit les pommes de terre avant, on ne devrait pas attendre longtemps.

Je lui propose de boire un verre et elle accepte une limonade. Nous nous installons au salon avec nos boissons et quelques cacahuètes en guise d'apéro.

—Ton week-end s'est bien passé ?

—À part que tu m'as manqué, ça a été.

Elle me regarde étonnée que j'ose lui déballer ça sans me cacher.

—Quoi ? Je ne vais pas te mentir, c'est vrai ! J'aurais aimé que tu sois à mes côtés surtout au repas de dimanche. Ils n'ont pas arrêté de me poser des questions sur toi.

—En fait, c'est surtout parce qu'ils t'ont parlé de moi que je t'ai manqué, si je comprends bien ? me taquine-t-elle.

Son regard malicieux me soulage. Les femmes sont parfois très fourbes, je sais qu'avec mon ex c'était toujours comme ça, je devais faire attention à ce que je formulais pour éviter qu'elle ne déforme mes paroles et que cela finisse en dispute. Je suis heureux de constater qu'Ariana n'est pas comme ça et que je peux donc balancer ce qui me passe par la tête sans craindre une remarque.

—Ils sont plutôt attachés à toi eux aussi, c'est normal qu'ils prennent de tes nouvelles.

Ses yeux deviennent humides et si elle ne souriait pas, j'aurais juré avoir dit quelque chose de mal.

—Ça va ?

—Oui, arrête de t'inquiéter pour moi Ezra. Je suis émue, c'est tout.

Voyant que je ne capte pas bien ce qu'elle me dit, elle s'explique.

—Tu tiens à moi ? demande-t-elle les yeux brillants.

—Euh… bah oui, enfin…

Je suis gêné de lui avouer cela, c'est vrai que je tiens à elle, sinon je ne lui aurais pas couru après. Je ne serais pas inquiet pour elle non plus d'ailleurs et je ne l'aurais pas emmenée chez mes parents. Je tiens à elle et c'est même bien plus que cela, mais il est trop tôt pour que je le lui confie. Je ne suis pas assez sûr de moi, d'elle, pour lui avouer que je tombe lentement, mais sûrement, amoureux d'elle.

Ariana

J'empêche les larmes de couler du mieux que je peux, mais l'entendre avouer qu'il tient à moi m'émeut plus que je le voudrais. Je sais bien que nous nous sommes rapprochés ces derniers temps, mais vu comme il était réticent à entamer une relation quand on s'est rencontrés, je n'aurais pas cru qu'il serait le premier à l'admettre.

—Je tiens aussi à eux. Et à toi, Ezra.

Nous nous fixons et je discerne dans ses yeux la lueur que je connais maintenant parfaitement, celle qui indique que nous n'allons pas rester habillés très longtemps. Il s'approche lentement de moi, pose sa main sur ma nuque inclinant mon visage, en posant délicatement sa bouche sur la mienne. Je le laisse prendre possession de mes lèvres, nos langues dansent sensuellement provoquant des fourmillements indécents dans le bas de mon ventre. Je tire sur son sweat le rapprochant de moi. J'ai besoin de le sentir, de le toucher alors je glisse mes doigts en dessous en griffant légèrement ses abdominaux. Sa main sur ma hanche remonte doucement sur mon ventre, continue jusqu'à atteindre mon soutien-gorge. Je frissonne ce qui le fait sourire contre mes lèvres.

BIP BIP BIP

Merde, le four ! Je me sépare de lui à regret et me précipite pour sortir le plat du four. Je l'entends qui arrive derrière moi.

—Décidément, quand ce n'est pas ta grand-mère, c'est mon four, l'univers est contre moi, s'agace-t-il un sourire aux lèvres.

Je lui souris tout en prenant des assiettes que je dépose sur son mange-debout.

—Je ne suis pas plus ravie que toi, pour le coup, mais c'est meilleur chaud alors à table. Et puis, on se rattrapera tout à l'heure.

—Super, un coup vite fait avant que tu ne repartes chez ta grand-mère.

Le ton désespéré qu'il prend me fait hausser les sourcils.

—Depuis quand ça te dérange ? Si tu préfères, je peux rentrer dès la fin du repas, dis-je, déçue.

—Hors de question ! s'exclame-t-il en me tirant à lui. Mais j'ai hâte qu'ils attrapent ce connard, que je puisse enfin profiter de ta présence.

—Deviendriez-vous accro, M. Leroux ?

Je lui souris mutine, sans vraiment attendre de réponse et poursuis quand il s'installe sur sa chaise.

—Exceptionnellement, je pourrais rester cette nuit, si tu m'acceptes chez toi…

Il relève la tête, un sourire éblouissant aux lèvres.

—Tu plaisantes, tu restes vraiment ? questionne-t-il en se levant pour venir m'enlacer.

—Si tu veux bien de moi, je serais ravie de rester.

—Mais et Pêche ?

—Elle n'est pas seule ce soir et à vrai dire, c'est elle qui m'a virée.

Il pouffe la tête dans mon cou me faisant rire.

—Si je comprends bien, elle compte faire des folies et t'a gentiment priée de dormir chez moi ?

—Arrête ! Je ne veux pas penser à ce qu'elle va faire avec Claude. Elle m'a déjà énuméré ce qu'ils comptaient faire et crois-moi, participer à un strip-uno n'est pas ce dont j'ai envie.

—Un strip-uno?

—Tu as déjà joué au poker à deux, toi?

—Pas con! On pourrait en faire un nous aussi?

—Ça va pas! Je risquerais de penser à ma grand-mère. Rien de tel pour anéantir ma libido.

—Tu as raison, mais si l'on se retrouve tous les deux à poil, je te promets que tu ne penseras ni à Pêche ni à rien d'autre d'ailleurs.

Il dépose des bisous mouillés dans mon cou remontant sur mon menton jusqu'à ma bouche. Il a clairement raison, rien ne peut me détourner de lui quand il fait ce genre de choses. Il se recule après m'avoir donné un baiser rempli de promesse.

Nous nous régalons de notre tartiflette accompagnée d'une salade verte, histoire de nous donner bonne conscience. Nous décidons de manger nos glaces sur le canapé devant un film, ce qui n'est pas pour me déplaire, puisque j'en profite pour me coller à lui et bénéficier de sa chaleur.

Notre soirée à deux s'est super bien passée. Et j'avais oublié ce que c'était de dormir dans ses bras. Je me suis sentie bien à mon réveil et surtout à ma place. Si je pouvais, je dormirais tout le temps avec lui, mais avec mamie Pêche qui n'est pas très en forme en ce moment et l'enquête qui progresse lentement, je ressens le besoin de rester à ses côtés. Elle est tout ce qu'il me reste et même si je sais qu'elle vieillit, je ferai tout pour qu'elle reste le plus longtemps auprès de moi.

Je suis d'ailleurs en sa présence quand je reçois l'appel tant attendu de mon meilleur ami.

—Bien arrivés? demandé-je en décrochant.

—Oui, la route a été longue, surtout pour Lilou, mais ouais, on y est.

—C'est cool. Place à ta nouvelle vie, m'enthousiasmé-je.

Le silence qui me répond m'inquiète.

—Jim'? Ça va?

—Hum, ouais, ça va aller, répond-il d'une voix faible.

—C'est un grand changement, mais Paloma et le bébé le méritent bien, dis-je en récupérant mon chocolat chaud dans le micro-ondes.

—Je sais.

—Tu m'appelles quand tu veux, OK ? Je serai toujours dispo pour toi.

—Merci. Pareil pour moi.

—Je sais, merci, Jimmy.

—Je ne plaisante pas, Ariana. Je m'inquiète pour toi, après tout ce que tu m'as raconté, je ne sais pas si j'aurais dû partir maintenant. J'aurais bien pu rejoindre Paloma d'ici quelques semaines.

—Non, Jimmy. Tu as une famille et tu dois être présent. Je te promets de t'appeler régulièrement, et puis je viendrai vous rendre visite dès que je le peux, proposé-je en prenant une gorgée de ma boisson.

—Tu me le promets, tu m'appelles au moindre problème.

—Promis. En plus, tu vas venir une fois par mois pour ton bar et je compte bien te voir, chaque fois que tu seras dans les parages.

—Il y a intérêt. Bon je dois te laisser j'ai des cartons à sortir du camion.

—OK, embrasse tes deux femmes pour moi.

Après avoir raccroché, je remarque que ma grand-mère, qui était en train de regarder la télé, s'est endormie. Ça arrive de plus en plus souvent ces temps-ci. Elle me dit aller bien, mais plus le temps passe, plus elle se fatigue vite. J'ai beau lui poser des questions sur sa santé, elle m'assure qu'elle se sent bien. Et je ne peux pas la forcer à consulter, avec le caractère qu'elle a, le médecin prendrait peur et partirait en courant. J'ai profité d'être seule pour aller voir mes parents et leur raconter un peu ma vie. J'aime beaucoup faire ça et imaginer leur réaction s'ils étaient encore là. Ça peut paraître bizarre de parler aux tombes, mais c'est ma façon de prendre du recul sur ce qui peut m'arriver. Et ça me permet de me remettre en question. Je suis seule devant eux et pourtant, je me sens entourée de leur amour. Parfois, j'essaie d'imaginer ce qu'aurait été ma vie

avec eux. Je sais qu'elle aurait été bien différente s'il n'y avait pas eu ce drame. J'aurais encore mes parents près de moi et c'est eux qui m'auraient élevée. Qui je serais devenue ? Dans la vie on évolue tous différemment, puisque nos vies, nos émotions, nos ressentis sont différents. Je ne pense pas que je serais devenue tutrice au centre si je n'avais pas vécu ce drame. Je serais une autre personne. Avec des amis différents. Un petit ami sûrement aux antipodes d'Ezra. Le simple fait d'y penser me donne des frissons. Je ne sais pas comment serait mon existence si mes parents étaient avec moi, mais je sais que rien ne les fera revenir et qu'ils seraient heureux de savoir que je suis épanouie. Parce que c'est le cas, je suis ravie de mon boulot, j'ai des amis en or, même si Jimmy me manque déjà beaucoup, je sais qu'il est serein lui aussi. Je trouve peu à peu mes marques avec Ezra et cela me comble, car être avec lui est tout ce qu'il me fallait pour me sentir moi en toute circonstance. Je suis sûre que mes parents l'auraient adoré, enfin surtout ma mère. Mon père aurait évidemment voulu inspecter son curriculum vitae et son casier judiciaire avant de le laisser approcher sa petite fille. Alors oui, c'est indéniablement bizarre pour beaucoup de monde de venir parler à des pierres tombales, mais tout le monde n'a pas perdu des êtres chers si jeunes et chacun fait son deuil comme il peut. Je sais que quoi qu'il arrive, eux seront toujours là pour moi, d'une certaine façon.

Je suis revenue apaisée chez ma grand-mère. Claude est parti au moment où je suis rentrée juste avant le repas de midi. Nous avons mangé ensemble, mais la voir grignoter quelques morceaux de steak et un haricot vert a ravivé mon inquiétude. Elle a essayé de donner le change en me posant des questions sur ma nuit avec Ezra, mais la lueur taquine qui brille d'habitude dans ses yeux n'était pas présente. Après avoir répondu à ses interrogations, j'ai voulu l'imiter. J'avais envie de l'entendre me raconter sa soirée, cependant elle m'a répondu qu'elle était trop vieille pour ce genre de connerie. Pêche a clos la discussion en tournant la tête vers la télé et s'est endormie devant.

Je reste quelques minutes à l'observer. Je m'assure qu'elle n'a pas froid et vérifie sa respiration. Depuis que l'enquête est

rouverte, je m'inquiète pour elle. J'ai l'impression que ça a été un élément déclencheur à son déclin. Comme si elle s'était forcée à être forte pour moi et qu'elle n'attendait que de trouver cet homme pour enfin lâcher prise. Ça me terrorise. Me sentant suffisamment rassurée pour la quitter des yeux, je me réfugie dans ma chambre. Je fais un peu de ménage et me détends avant de reprendre le boulot demain matin. J'aurais rendu visite à Jimmy s'il n'était pas parti, mais je vais devoir trouver de nouvelles habitudes. Ça me fait penser que maintenant je serai conviée aux repas de famille de ma patronne. Ça aussi, c'est une nouvelle habitude, toutefois je suis ravie de l'intégrer à ma vie. Je suis surtout contente que Marie m'ait acceptée en tant que petite amie d'Ezra. J'avais peur, mais au final, passé l'effet de surprise, elle m'a beaucoup rassurée et je sais que notre lien n'en sera que plus fort. J'espère juste que si notre relation amoureuse se termine, Marie n'y verra pas un problème pour le boulot. Je sais qu'elle sait faire la part des choses, mais on est jamais sûr de rien dans la vie. Et puis, elle reste sa mère, et une mère se pliera en quatre pour son enfant c'est bien connu.

Je pars au boulot, alors que mamie Pêche dort encore. Je lui laisse un mot et m'assure que Claude lui rend visite pendant les deux jours où je serai au travail. Comme ils ont l'habitude de se voir en journée, je sais qu'elle ne sera pas seule et ça me rassure. Je ne vais pas l'embrasser comme je le fais d'habitude pour ne pas la réveiller. Elle a besoin de repos et je la vois demain soir de toute façon.

En arrivant au centre à huit heures, ils sont tous prêts à partir sauf Marlon. Tim n'a pas pu aller le voir, car il ne lui a pas donné l'autorisation d'entrer. Je trouve ça étrange qu'il n'aille pas en cours un mercredi. D'habitude, c'est le jour qu'il préfère, le jour de son cours d'art. Aujourd'hui, je suis en binôme avec Lila. Elle accompagne les jeunes dans leurs établissements scolaires pendant que je mets un peu d'ordre dans la maison. Ils ont tous des corvées afin de se responsabiliser et d'apprendre la vie en société, mais lorsqu'ils sont en cours, on fait la poussière et la serpillière. Ensuite, Lila passe dans les chambres récupérer les vêtements sales et vérifie qu'elles ne sont pas trop en désordre. Ils ont chacun leur

espace et ils doivent en prendre soin. Nous faisons donc un tour des pièces de temps en temps pour être sûrs qu'ils respectent le matériel. Ils savent que leur antre sera celui d'un autre jeune une fois qu'ils seront majeurs et qu'ils devront quitter le centre. En général, ils respectent bien les consignes, mais ce n'est pas pour ça que nous relâchons notre surveillance. Je suis dans le bureau, je viens de raccrocher avec le lycée où est inscrit Marlon pour avertir de son absence au moment où Lila me rejoint.

—Tu es passé voir Marlon? me demande-t-elle les sourcils froncés.

—Non, pas encore, pourquoi?

—Je l'ai entendu parler en passant près de sa chambre, mais lorsque j'ai frappé, il s'est mis à tousser et m'a demandé de ne pas entrer.

—Ah bon? Tu es sûre de l'avoir entendu parler juste avant? m'assuré-je en contournant le bureau.

—Oui. Il était peut-être au téléphone.

—S'il était vraiment malade, il ne serait pas au téléphone, je vais aller le voir. Tu peux t'occuper du repas en attendant? demandé-je en ouvrant la porte.

On sort du bureau au moment où le téléphone sonne. Je jette un regard à ma collègue qui file vite en cuisine pour éviter de répondre. Je souffle, agacée, nous ne recevons pas souvent d'appels. En général, c'est pas bon signe.

—Allô.

—Bonjour, je souhaiterais parler à mademoiselle Duval, dit une voix masculine.

—Je vous écoute, réponds-je méfiante.

—Je suis Alain Fary, je tiens une galerie d'art. Et suite au récent article paru dans le journal local, j'aimerais beaucoup rencontrer le jeune artiste qui a réussi à vendre sa toile une somme astronomique.

—Vous voulez rencontrer Marlon? Dans quel but exactement? questionné-je curieuse et suspicieuse.

—J'aimerais voir, si par hasard, il a d'autres toiles et s'il accepterait de me les montrer, voire de les exposer.

Je reste un moment muette. Faut dire que ce n'est pas une demande très commune. Je suis ravie que le talent de Marlon ait été repéré, mais je me dois d'être responsable et de garder la tête froide.

—Bien, je vous remercie de l'intérêt que vous lui portez et je lui transmettrai le message. Je vais prendre vos coordonnées pour que je puisse vous recontacter si ça l'intéresse, mais sachez que je suis là pour veiller aux intérêts de Marlon. En tant que tutrice, je vérifierai que vous ne lui causerez pas du tort.

—Je comprends parfaitement mademoiselle Duval et c'est tout à votre honneur. J'attends donc votre appel et n'hésitez pas à venir visiter la galerie pour vous faire une idée.

Je raccroche, le sourire aux lèvres. Je m'empresse d'aller annoncer la bonne nouvelle au principal intéressé oubliant complètement de frapper à la porte. J'ouvre, excitée à l'idée de ce que j'ai à lui apprendre.

—Marlon, tu ne vas pas y croire !

J'ai toujours la main sur la poignée, mon corps étant emporté par la force de mon geste, j'avance dans la chambre avant de m'arrêter net. Je suis tétanisée par ce que j'ai en face de moi. Ou plutôt qui j'ai en face de moi. Ma main serre encore plus fort la poignée. Je sens mon corps trembler, mais je fais ce que je peux pour le cacher. Marlon n'a pas le temps d'ouvrir la bouche, je le devance.

—Qu'est-ce que vous faites ici ?

L'homme qui me fait face se redresse et me scrute d'un regard noir. Le même qui me hante encore souvent la nuit. Tout en essayant de reprendre contenance, je glisse ma main dans la poche de ma veste, juste avant qu'il ne sorte une arme de la sienne me faisant sursauter.

—Papa, ça ne va pas ! Range ce pistolet, tu es fou !

Chapitre 14

En face à face avec son passé.

Ezra

— Plus qu'une heure et on rentre, dis-je soulagé.

— Il est temps, cette journée est interminable.

Je suis d'accord avec Roméo, ça faisait longtemps que l'on n'avait pas passé une journée si longue en patrouille. Habituellement, nous tombons toujours sur des jeunes commettant des conneries ou bien nous sommes appelés pour quelques troubles à l'ordre public. C'est rarement grave, mais au moins nous sommes occupés. Aujourd'hui, nous n'avons cessé d'attendre et de sillonner les rues.

— Au fait, tu as demandé à Ariana si elle serait là au réveillon, demande mon ami en me regardant du coin de l'œil.

— Non, j'ai zappé.

Son regard sceptique me fait tiquer.

— Quoi ? Ça arrive d'oublier, m'agacé-je en haussant le ton.

— J'espère juste que tu ne commences pas à te défiler.

— Me défiler ? De quoi tu parles ?

— Tu te dis que ça va trop vite et c'est pour ça que tu repousses le moment de lui demander.

— C'est ce que tu penses ? Que ça va trop vite ?

— Non, enfin, je ne suis pas dans ta relation, c'est juste que je te connais et je ne t'ai pas vu si accroché à une femme depuis Azzalée.

— Et ce n'est pas une bonne chose ? demandé-je perdu.

—Si, mais je ne t'ai jamais vu autant merder aussi.

—Tu exagères ! protesté-je en croisant les bras sur mon torse.

—Je veux juste être certain que tu ne regrettes pas d'être avec elle.

—Tu rigoles ! Tu me fais quoi la Rom' ?

Non, mais c'est vrai, qu'est-ce qu'il lui prend d'un coup ? Il est le premier à m'avoir poussé vers elle et maintenant que je suis sûr de moi et bien dans ma relation, il me pose ces questions.

—Ezra, je veux juste m'assurer qu'être avec elle n'est pas juste un défi pour toi. Après tout, jusqu'ici vous avez joué au chat et à la souris sans avoir de moment d'accalmie. Entre cet arrangement bizarre, ces révélations sur son passé, le retour d'Azzalée et je ne parle même pas de ta réaction quand elle a revu son ex. Tu dois être sûr de toi.

C'est vrai qu'il nous est arrivé beaucoup de choses depuis que nous nous sommes rencontrés, Ariana et moi. Je ne peux nier que ça n'a pas été de tout repos, mais toutes ces épreuves me prouvent que je suis vraiment amoureux d'elle. Je n'aurais jamais accepté cela pour une autre. J'en suis conscient. C'est ce que je m'apprête à répondre à mon coéquipier, quand mon portable personnel sonne.

Le nom qui apparaît m'interpelle, ce n'est pas normal. J'ai un mauvais pressentiment.

—Jimmy, un souci ?

—Putain, oui c'est Ariana, elle est en danger !

J'entends l'urgence dans sa voix. Je me redresse nerveusement.

—Comment ça ? Elle est au centre, normalement.

—Je n'en sais rien. Elle m'a appelé, mais je n'ai entendu qu'une conversation, elle est devant un homme armé. Je crois aussi qu'elle a dit qu'il y avait Marlon. J'ai appelé le 17, mais je doute qu'ils aient pris ça au sérieux, s'emballe-t-il nerveusement.

—OK, on y va. J'te rappelle, soufflé-je rapidement.

Je raccroche et donne l'adresse à Roméo qui n'a pas attendu pour démarrer. Je lui explique ce que Jim' a raconté et on se dirige rapidement vers le centre.

On se gare juste en face de l'entrée. Là où se tiennent les jeunes et une femme qui semble paniquée. Roméo va directement lui parler pendant que j'observe chaque visage en espérant trouver celui d'Ariana sans succès. Je rejoins mon coéquipier, espérant qu'il ait plus de réponses.

—Apparemment, c'est le père de Marlon qui s'est réfugié dans la chambre du gosse. Ariana est allée le voir, car elle pensait qu'il était malade et serait tombée sur eux. Ils sont descendus au salon, tous les trois avant que les autres jeunes ne reviennent de leur cours et Ariana a demandé à Lila, sa collègue, de rester dehors et de ne laisser entrer personne, m'explique-t-il en me désignant cette Lila.

—Elle est seule avec cet homme ?

—Non, il a gardé son fils aussi.

—Personne ne sait pourquoi ? Il veut peut-être récupérer son môme ? proposé-je, le regard fixé sur la bâtisse.

Il hausse les épaules, au moment où des voitures de police débarquent. Mon père en sort et se dirige directement vers moi.

—On vient d'apprendre ce qu'il se passe. Vous avez des infos ?

Je laisse Roméo raconter à mon père qui n'est pas venu seul. Puis, je lui demande :

—Pourquoi, tu t'es déplacé ? Ce n'est pas dans tes habitudes.

Il me regarde perplexe et jette un œil à l'équipe avec qui il est venu et je remarque qu'il s'agit des agents en charge de l'enquête sur le braquage. Il me pousse sur le côté et nous éloigne des oreilles indiscrètes.

—Ariana ne t'a pas dit qui était l'homme que l'on cherchait, suppose-t-il étonné.

—Non, juste qu'elle savait qui il était.

Il se pince les lèvres, mécontent.

—Je ne devrais rien te dévoiler, mais vu ta posture et ton regard, tu comptes rentrer avec nous.

Je ne réponds pas, il a raison, je rentrerai dans cette baraque qu'il le veuille ou non. Et le plus tôt sera le mieux. J'ai déjà du mal à me contenir. Savoir qu'Ariana est face à un homme armé me donne envie d'entrer et de lui refaire la face. Je sais que je dois me calmer et ne pas laisser mes émotions transparaître si je veux que mon père me laisse faire, alors je prends sur moi en respirant calmement.

—Très bien. Il ne s'agit pas que d'un père voulant récupérer son fils. On ne sait pas pourquoi il est venu ici, mais on sait qu'il s'agit de l'homme qui a tué les parents d'Ariana, m'annonce-t-il sans prendre de gants.

—QUOI ?! Putain, on ne peut pas la laisser avec lui bordel !

Je tourne sur moi-même prenant ma tête dans mes mains. Mon père pose fermement sa main sur mon épaule.

—Je sais, mais on va la sortir de là, Ezra. Je veux juste savoir si tu te sens capable d'entrer sans perdre ton sang-froid ?

Je prends quelques secondes de réflexion en regardant les agents se préparer à intervenir. Roméo me fixe tout en installant son gilet pare-balles.

—Il est hors de question que je la laisse seule avec lui, déclaré-je avec détermination.

—Bien ! Va t'équiper, tu entreras avec Roméo et moi. L'autre équipe va pénétrer par-derrière.

Je n'attends pas et file récupérer mon équipement. Tout en ajustant mon gilet et en vérifiant mon arme, je pense à tout ce que l'on a vécu jusqu'ici. Tous les moments que j'ai passés aux côtés d'Ariana à discuter, l'embrasser, la caresser, l'aimer tout simplement. Quand je pense que je ne lui ai pas encore dit, ça me fout en rogne. Je me promets une chose dès qu'elle sera saine et sauve dans mes bras, je lui avouerai. Peu importe qu'elle ne soit pas prête à l'entendre ou à me rendre cet amour. L'important, c'est qu'elle le sache. Rien que pour ça, je vais la sortir de là.

Fort de cette résolution, je rejoins les équipes qui se mettent en place. Nous sommes rapidement prêts à entrer. Mon père me fait signe de frapper, avertissant notre entrée. Cela pourrait éviter au tireur de prendre peur et de tirer dans tous les sens.

—Police! On va entrer!

Je crie ces mots en poussant la porte. Mon père s'engage le premier suivi de mon coéquipier. Je pénètre derrière eux et on se retrouve devant trois personnes. Marlon est assis, complètement terrorisé. Il observe son père tenant Ariana par le cou. Celui-ci tient une arme appuyée sur la tempe d'Ariana. Je prends le temps de la regarder dans les yeux, espérant lui envoyer des ondes positives qui la rassureraient, mais ce que je constate me coupe le souffle. La détermination dans ses yeux est fascinante, mais ce qui m'inquiète vraiment, c'est la lueur qui passe furtivement dans son regard. Une sorte de renoncement. Comme si elle avait abandonné pendant quelques instants, avant de nous voir arriver.

Mon père passe aux négociations. Si on réussit à savoir ce qu'il désire, on pourra peut-être sortir les deux otages sereinement.

—Je veux l'argent que mon fils a gagné. J'y ai droit, il n'est pas encore majeur, martèle l'agresseur agité.

Nous pensions qu'il s'agissait de l'histoire du braquage, nous sommes pris de court.

—Je vous ai déjà dit qu'il n'avait pas cet argent puisqu'il a légué le tableau au centre. Vous êtes en train de donner une très mauvaise image de vous à votre fils.

La voix à peine tremblante d'Ariana nous surprend. Elle paraît calme même si je remarque un léger stress dans sa posture. Elle est vraiment dans une position délicate et pourtant, elle se maîtrise pour épargner Marlon.

—Vous dites n'importe quoi! Je suis sûr que vous l'avez planqué quelque part. Il me les doit après tout ce que j'ai fait pour lui!

—Je ne te dois rien! Relâche-la! Elle n'a rien fait, supplie son fils en sanglotant.

—Tu n'es qu'un ingrat! Tu n'imagines pas tout ce que j'ai fait pour toi.

—Si je sais! hurle Marlon.

Nous sommes suspendus aux lèvres du jeune homme qui semble en savoir plus qu'il n'y paraît. Le père est focalisé sur son fils, ce qui laisse le champ libre à l'autre équipe qui entre discrètement en encerclant la pièce. Nous nous préparons à intervenir.

—Je sais ce que tu as fait papa. Je sais que tu as tué tous ces gens. C'est moi qui ai appelé la police pour révéler notre adresse.

L'homme incrédule retourne son arme sur son fils. Et en quelques minutes, tout est terminé.

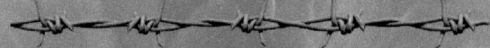

Ariana

Je prie intérieurement pour avoir réussi à appuyer sur mon portable et qu'un correspondant ait entendu ma conversation. Je ne sais plus qui j'ai appelé en dernier, mais franchement, là, je m'en fous royalement. Le père de Marlon nous a fait descendre au salon et je l'ai supplié de laisser partir Lila. Je ne voudrais pas que d'autres personnes soient victimes de cet homme. Il en a assez fait. S'il devait s'en prendre à l'un des jeunes, je ne pourrais jamais me le pardonner. Heureusement, il n'a pas protesté, Lila est donc partie aussi vite qu'elle a pu. Et moi, j'ai soufflé de soulagement. Elle saura gérer les jeunes et les empêcher d'entrer. Accessoirement, elle appellera peut-être les flics.

Il a fait asseoir son fils terrorisé sur le canapé. Et m'a laissée debout son avant-bras autour de ma gorge.

—Relâchez Marlon et dites-moi ce que vous voulez.

J'essaie de prendre une voix rassurante, pour que Marlon ne devine pas la panique que je ressens et en même temps, je me sens

étrangement confiante. Comme si avoir déjà vu l'horreur dont cet homme était capable m'avait anesthésiée. Je ne vais pas mentir, j'ai peur, mais pas pour moi. Si le destin a décidé que c'est cet homme qui devait me prendre la vie alors, je n'y peux pas grand-chose. Au fond de moi, j'ai une sensation de résignation. Comme si je savais que c'était la fin. Que cela devait se terminer comme ça. Je pense à ma grand-mère, qui va perdre la dernière personne de sa famille. Je sais qu'elle ne va pas le supporter. Dire que je ne l'ai même pas embrassée avant de partir ce matin. Moi qui étais enfin heureuse. Véritablement, heureuse. Pas comme avec Peter où je passais mon temps à être une autre. La vie est vraiment injuste quand on y songe. C'est lorsqu'on a trouvé sa place qu'on nous l'arrache. Je regarde Marlon qui retient autant qu'il le peut ses sanglots. J'aimerais tellement l'épargner. Qu'il ne soit pas témoin de ce dont son père est capable. Je sais qu'à partir d'aujourd'hui, rien ne sera plus pareil pour lui. Il va devoir vivre avec ce qu'il a vu et encore il n'est pas au courant de tout. Je suis tellement en colère qu'il doive vivre ce genre de choses. Il va devoir faire face aux erreurs de son géniteur et je ne serai pas là pour l'aider. Je me sens tellement impuissante.

—Hors de question, c'est mon môme, il reste avec moi! s'époumone-t-il.

Il nous a bien dit ce qu'il voulait, mais je ne peux malheureusement rien faire pour lui. Je suis pieds et poings liés. Et rien n'a l'air de pouvoir le détourner de son objectif.

Il resserre sa prise sur mon cou et place son revolver sur ma tête au moment où la police nous avertit de son arrivée. Ma respiration se coupe quand je remarque les trois hommes en uniforme, casque compris et arme à la main. Je les reconnais immédiatement. Si j'ai ressenti du soulagement quand j'ai entendu le mot police, je ressens maintenant la crainte qu'un d'eux soit touché par ce malade. Surtout celui qui me transperce de son regard azur. Celui qui m'envoie un message rien qu'avec un regard. Les voir là, pour m'aider, me redonne une détermination que je croyais envolée. Peut-être que ce sera mon dernier jour parmi eux, mais je ferai

ce qu'il faut pour qu'aucune des quatre personnes qui me sont proches ne soit blessée, ou pire.

Maxence est le premier à parler, demandant ce qu'il souhaite pour enfin nous laisser sortir de cet enfer, mais sa réponse est la même. Il veut l'argent du tableau. Je crains que nous soyons dans une impasse. Il ne lâchera pas l'affaire et sa prise sur son arme s'accentue. Je sens battre mon cœur jusque dans mes tempes. Je plonge mon regard dans celui de l'homme que j'aime et essaie de puiser la force de ne pas faiblir. Quand soudain, Marlon prend la parole en me coupant le souffle.

—Je sais ce que tu as fait, papa. Je sais que tu as tué tous ces gens. C'est moi qui ai appelé la police pour révéler notre adresse.

Merde. Tout mon sang quitte mon visage à l'instant où son arme se porte en direction de Marlon. Il a desserré sa prise sur moi, ce qui me permet de pivoter face à lui, tout en poussant son bras de toutes mes forces vers le plafond juste au moment où une détonation se répercute. Un sifflet strident me brise les tympans. Je suis projetée en arrière sans pouvoir me raccrocher à quoi que ce soit. Je sens mon corps se recroqueviller sur le sol. D'instinct, j'entoure mes jambes de mes bras et me plonge dans ma bulle. La même bulle dans laquelle je m'étais plongée le jour du braquage. Je n'entends plus rien, ne ressens plus rien. Mon esprit est parti dans des contrées lointaines. Là où je suis entourée de mes parents, ma grand-mère. Je vois Jimmy avec sa famille. Je souris au visage charmeur de Roméo. Je ressens la bienveillance de Marie et de sa famille. J'ai l'impression que mon esprit me montre tous ceux à qui je tiens et qui font partie intégrante de ma vie. Je sors enfin de ma transe quand je rencontre le beau visage d'Ezra qui me sourit. À moins que ce soit sa voix qui m'appelle et sa main que je sens sur mon visage, qui me fait revenir à moi. Je suis toujours assise par terre. Ezra se trouve face à moi, une main caressant ma joue. Quand il voit que je lui souris, il se précipite sur mes lèvres comme un désespéré. Je l'accueille volontiers tellement soulagée de le sentir auprès de moi. Il se recule et se relève en me tendant la main. C'est à ce moment-là que je remarque Marlon aux côtés de

Roméo. Je prends conscience qu'il n'y a aucun blessé et qu'ils ont arrêté l'homme responsable de tous ces drames. À peine suis-je sur mes jambes que je me hâte vers lui.

—Oh, Marlon, je suis tellement désolée.

Je le prends dans mes bras et le serre aussi fort que je le peux. Nous sommes tous les deux en pleurs et nous nous accrochons l'un à l'autre, déversant tout ce que ces quelques heures nous ont fait ressentir.

—Chut, chut ça va aller, le rassuré-je en le serrant un peu plus fort.

Nous nous calmons et il s'écarte de moi essuyant de sa manche son visage maculé de larmes.

—C'est moi qui te demande pardon Ariana, il n'aurait jamais dû s'en prendre à toi. Je suis désolé qu'il t'ait fait ça, s'excuse-t-il en baissant la tête.

—Non, Marlon tu n'aurais rien pu faire. Ton père a fait des erreurs, mais ça n'a rien à voir avec toi. Ne te sens pas coupable.

Il se remet à pleurer tout en me parlant.

—Tu sais, il a tué tellement de gens. J'ai vécu avec un monstre et savoir qu'il aurait pu te blesser, c'est, c'est…

—Stop Marlon, c'est bon. OK! On va bien tous les deux et c'est tout ce qui compte. Mais il faut que je te dise quelque chose.

Je demande la permission visuellement à Maxence, qui nous a rejoints, de lui expliquer ce qu'il va se passer. Et surtout pourquoi. Maxence hoche la tête et fait signe à Rom' et Ezra de l'accompagner.

—Je sais ce que ton père a fait, car j'y étais, dis-je d'une voix douce.

—Comment ça? Tu savais qui il était?

—Attends, laisse-moi t'expliquer, mais avant ça, je veux que tu me promettes une chose. Je veux que tu me jures que tu ne te rendras pas responsable de ce qu'il a fait. Tu n'es pas lui et tu ne le seras jamais. Ce soir, ta vie va changer et j'en suis désolée, alors

271

jure-moi que tu resteras le même jeune homme bon et plein de talent que tu es.

—J… Je ne sais pas. Je ne comprends pas, m'avoue-t-il perdu.

—Tu as dit que ton père avait tué des gens. Eh bien, j'étais présente ce jour-là. Il a abattu plein de gens c'est vrai et il croyait que j'en faisais partie. Il a tiré sur mes parents et moi, mais j'ai eu la chance de survivre sans blessure.

Il se remet à pleurer à torrents.

—Je ne te dis pas ça pour te culpabiliser, mais parce que je sais que maintenant qu'il est derrière les barreaux, la presse va beaucoup en parler, je ne voudrais pas que tu l'apprennes par quelqu'un d'autre que moi. Je ne vais plus pouvoir être ta tutrice. La loi me l'interdit sachant que nous sommes en quelque sorte liés dans cette affaire. Je ne sais pas si on se reverra avant le procès et si tu y assisteras, c'est toi qui choisiras, sache juste que je suis sûre que c'est le destin qui t'a mené à moi. Et j'ai été ravie de te voir évoluer et découvrir ton talent. Surtout, ne lâche rien, déclaré-je émue aux larmes.

Je le prends à nouveau contre moi et le serre bien fort contre mon cœur. Je distingue une personne des services sociaux arriver et se diriger vers nous. Je suis bouleversée par tout ça, mais encore plus par ce qu'il va devoir vivre. J'espère qu'un jour, je pourrai le revoir. En tout cas, je vais faire mon possible pour suivre sa carrière de loin. On se détache et il part non sans se tourner vers moi une dernière fois. Avec son regard me déchirant de l'intérieur.

Je prends de grandes inspirations essayant de réguler ma respiration. Je sens une crise de panique approcher. Cela faisait plusieurs années que ça ne m'était pas arrivé. Je ne suis pourtant pas seule dans cette pièce, il y a des agents de police un peu partout, mais j'ai cette sensation de solitude immense qui m'oppresse. J'ai l'impression de renouveler exactement ce que j'ai vécu, quand Maxence m'a trouvée. C'était il y a douze ans et pourtant, c'est comme si je revivais ce moment précis. Comme si je perdais à nouveau mes parents ce soir, mais que mon cœur ne pouvait s'abandonner à ressentir cette tristesse. Je pensais que retrouver

l'homme qui les a tués m'aiderait à enlever ce poids qui me pèse lorsque je pense à eux. Il n'en est rien.

Tout le monde s'agite autour de moi et je suis consciente que dès que je franchirai la porte de cette maison, je devrai répondre aux questions des enquêteurs. Ils voudront sûrement m'hospitaliser pour être sûrs que je n'ai aucune séquelle physique et je refuserai. Il va falloir que je sorte d'ici, je le sais bien. Je dois affronter ce qu'il s'est passé. C'est le besoin de sentir les bras de l'homme que j'aime qui me donne la force de me lever. Je me dirige vers la porte restée ouverte. Je croise des tas de personnes, ne prêtant pas attention à moi. Je me trouve enfin sur le perron. Ce perron où je l'ai rencontré pour la première fois. Là où je l'ai pris pour un sacré connard.

Je le trouve tout de suite, comme si mes sens étaient reliés à lui et uniquement à lui. Il parle avec Roméo et d'autres mecs tout en retirant son accoutrement. Ses gestes sont secs, précis et maîtrisés. Cela fait quelques secondes que je l'observe et comme s'il avait senti mon regard, il se retourne et me fixe. Il s'élance dans ma direction et je lui souris. J'ai tellement besoin de me fondre en lui. D'oublier tout ce qu'il s'est déroulé aujourd'hui, dans ses bras. Besoin de me sentir apaisée. Je sais pertinemment que lui seul pourra m'offrir cette sensation de plénitude d'être enfin en paix.

Chapitre 15

Être en paix.

Ezra

Je sors de cette baraque avec Roméo et nous allons nous dévêtir derrière la camionnette, prévue à cet effet. Nous retrouvons d'autres collègues, dont ceux qui sont passés par la porte de derrière. Ils ont assisté à toute la scène. Comme toujours, ils débriefent à voix haute. Je ne les écoute pas vraiment, trop perturbé par tout ce qu'il s'est passé.

Je me contrôle pour la laisser parler tranquillement avec Marlon, mais je n'ai qu'une hâte, c'est de la prendre dans mes bras et honorer la promesse que je me suis faite.

Je n'ai pas envie de me déclarer devant tous ces gens et surtout pas devant mon père. Avouer ses sentiments pour la première fois, ça se fait dans l'intimité ou du moins à l'abri des oreilles indiscrètes.

Je remarque le pauvre gosse sortir accompagné d'une femme qui doit sûrement travailler pour les services sociaux. Je le vois les épaules tombantes, comme si c'était lui qui était accusé de tout ce que son géniteur a commis. Il porte un poids bien trop lourd pour ses frêles épaules. Il va devoir se recréer une place dans un autre centre, avec d'autres jeunes qui eux ne seront pas au courant de ce qui lui est arrivé. Au moins, il ne subira pas le jugement de ses camarades de galère. Je prends un coup au cœur quand son regard se pose sur moi. Il est si triste et en même temps, je perçois un soupçon de colère dans le fond de ses yeux.

Mon corps réagit avant ma tête, puisque je me retrouve devant lui en quelques enjambées. Quand il se rend compte que je souhaite lui parler, il écarquille les yeux de peur ou de surprise, je ne sais pas vraiment. La femme qui l'escorte fronce les sourcils et me barre le passage.

—Bonjour, je souhaiterais parler à Marlon un instant s'il vous plaît, expliqué-je poliment.

—Je ne pense pas qu'il soit prêt pour un interrogatoire.

—Non, je ne veux pas l'interroger, j'aimerais juste savoir comment il se porte.

Elle se tourne vers Marlon et l'interroge. Une fois qu'il a accepté, elle nous laisse seuls.

—Alors comment te sens-tu ?

—Ça va.

—En tout cas, je suis désolé de ce qu'il t'arrive, dis-je sincèrement.

Il hausse les épaules pour toute réponse.

—Tu sais dans quel centre tu vas aller ?

—Non et je n'ai pas franchement envie de quitter celui-là. J'étais bien ici, j'avais trouvé des amis et puis Mlle Duval m'aide beaucoup, m'avoue-t-il peiné.

—Tu vas beaucoup lui manquer aussi, tu sais.

—Ouais, elle va avoir un autre ado difficile qui va arriver et elle ne pensera bientôt plus à moi, déclare-t-il, une pointe de colère dans sa voix.

—Tu te trompes. Elle est attachée à chacun d'entre vous, le rassuré-je en posant une main réconfortante sur son épaule.

—Ce n'est pas parce que tu la baises que tu sais tout d'elle ! Faut arrêter de me prendre pour un con ! balance-t-il énervé.

Je comprends sa colère. Dans une situation semblable, j'aurais certainement tout envoyé valser depuis un moment. Je prends une grande inspiration pour ne pas m'énerver, j'ai du mal avec les morveux qui me parlent sur ce ton, mais je prends sur moi.

—Je vais laisser passer ce que tu viens de balancer et le mettre sur le compte de tout ce qui t'est arrivé. Mais sache que parler d'elle de cette façon ne te montre pas sous ton meilleur jour. Pour elle, tu as beaucoup de talent et elle croit en toi, alors essaie de ne pas tomber dans des travers et de lui prouver qu'elle n'avait pas tort en t'offrant sa confiance. N'oublie pas qu'elle t'a sauvé la vie.

—Elle n'aurait peut-être pas dû. Après tout, je suis le fils de l'homme qui a tué ses parents, dit-il, son visage reflétant sa culpabilité.

—C'est vrai, elle aurait donc dû te laisser mourir. Je suis sûr qu'elle en serait soulagée.

Je plante mes yeux dans les siens. Le silence entre nous est pesant. Il est hors de question qu'il pense mériter mourir, Ariana a eu un geste complètement fou tout à l'heure, même si ça a eu le mérite de sauver tout le monde. Ça aurait pu mal se terminer. J'espère maintenant qu'il va s'en rendre compte.

—Écoute Marlon, Ariana a fait ce qu'elle pensait être le mieux pour toi et ce n'est sûrement pas pour que tu fasses des conneries ensuite. N'oublie pas qu'elle savait depuis un moment qui tu étais, mais elle n'a jamais fait de différence. Elle t'a soutenu dans tes rêves alors à toi de faire le reste. Et puis, quand tu pourras, passe nous rendre visite.

Il me sourit enfin et je retrouve le visage du jeune homme qui était fier de participer au gala. Il monte dans la voiture où la femme l'attendait. La vie n'est pas tendre avec lui, mais il va s'accrocher. Il va devenir un homme bon, je n'en doute pas.

Je retourne auprès des gars pour finir d'enlever mon gilet pare-balles.

—Non, mais la meuf elle est canon.

—Tu m'étonnes, dommage que l'on ait pas le droit de draguer au boulot. Surtout que le chef est là.

J'écoute d'une oreille distraite leurs bavardages. Rom' lui est fixé sur son téléphone. Je continue de ranger mes affaires, tout en jetant des coups d'œil vers la porte d'entrée.

—J'ai envoyé un message à Jimmy pour le rassurer, mais j'crois pas que ça ait bien marché, m'explique-t-il en me montrant son portable.

—OK, je demanderai à Ariana de l'appeler dans la soirée.

Rom' hoche la tête et me donne une tape dans le dos avant de s'éloigner.

—Et toi tu en penses quoi, Ezra ?

Je relève la tête vers mes deux collègues, complètement largués.

—De quoi ?

—Bah de la femme dont on parle depuis tout à l'heure, m'éclaire-t-il.

—C'est-à-dire…

—La belle tutrice qui a été séquestrée. Tu étais avec nous tout à l'heure ou pas ?

Je fronce les sourcils quand je comprends qu'ils parlent de ma copine. Renault est célibataire et fier de l'être, mais Reynols, lui, est marié depuis peu alors en quoi ça l'intéresse ?

—Laisse tomber, il paraît qu'il est maqué, il n'a sûrement plus le droit de regarder d'autres femmes.

Ils rient de leurs conneries, ce qui m'exaspère. J'ai envie d'expulser ma frustration en leur collant une bonne droite dans le pif, mais je suis en service. Ils ont du bol ces connards ! J'opte donc pour une réponse soft.

—Je vous déconseille d'aller lui parler. Son mec est du genre jaloux.

—Comment tu sais ça toi ? Tu la connais ?

L'agressivité de Reynols me surprend, mais je n'y prête plus attention, le plus important c'est qu'ils comprennent qu'Ariana n'est pas libre.

—Je connais son mec et vous connaissez même son beau-père.

Je formule ça en faisant un signe du menton vers mon père. Ils se retournent et je souris quand ils comprennent enfin.

—Putain, c'est toi? Quel enfoiré!

—T'es le connard le plus chanceux qui soit.

Mon sourire toujours accroché aux lèvres, je ressens des frissons le long de ma colonne vertébrale. Je me retourne et suis happé par le regard de ma belle. Je ne réfléchis pas et quitte les deux clowns sans un mot. Mes yeux fixés sur elle ne semblent pas pouvoir se décrocher. Il ne me reste que quelques mètres pour la prendre dans mes bras. Le temps semble figé. Il n'y a plus que nous deux. Plus rien ne compte autour de nous.

—Mlle Duval, j'aurais quelques questions à vous poser.

Hein? Mais c'est qui ce connard qui me bouche la vue? Il ne peut pas attendre un peu pour ses questions bordel!

Je m'approche d'elle poussant légèrement celui qui m'empêche d'accéder à ma copine. Il me regarde surpris et j'entoure la taille d'Ariana de mon bras. Non, mais ils vont arrêter de la draguer et de la reluquer comme ça, oui! Ils se prennent pour qui tous ces mecs? Ils ne peuvent pas attendre leur tour.

Ariana se blottit contre moi ce qui fait réapparaître mon sourire.

—Désolée, mais c'est plus l'agent Leroux qui se charge de l'enquête? questionne-t-elle en restant collée à moi.

J'admire Ariana qui pense à l'essentiel alors que moi, trop focalisé sur elle, je n'ai pas fait attention au fait que c'était un homme que je ne connaissais pas qui voulait l'interroger. Tu parles d'un flic! Faut dire qu'elle me retourne toujours autant le cerveau.

—Oui, pardon je me présente, je suis l'agent Martineau. J'étais le coéquipier de l'agent Leroux à l'époque du braquage.

—Ah, les enfants, je vous cherchais. Vous avez rencontré mon ami.

Mon père nous a rejoints et tapote joyeusement l'épaule de son ancien collègue.

—Arthur, je te présente mon fils et ma belle-fille.

Ariana rougit quand mon père l'appelle ainsi. Moi, je suis secrètement ravi si tout le monde pouvait l'entendre, je n'aurais plus à marquer mon territoire.

—J'aurais dû y penser, tel père, tel fils. Toujours autant jaloux du moindre homme qui s'approche de Marie?

Ils rient tous les deux, ne nous prêtant pas attention.

—J'ai pas été très discret, je crois, chuchoté-je dans le creux de l'oreille d'Ariana.

Elle rit avant de me répondre, moqueuse.

—Un peu plus et tu pissais tout autour de moi, non?

Je grogne tout en l'embrassant dans le cou.

—Si ça pouvait éloigner les personnes de sexe masculin, alors je n'hésiterais presque pas.

—C'est dégueu! s'exclame-t-elle écœurée.

On rit et ça fait du bien. Nous reprenons une attitude plus formelle quand nos vis-à-vis se décident à parler de l'enquête. J'aurais aimé pouvoir partir tout de suite avec Ariana à mon bras et passer la soirée avec elle, mais mon père nous persuade que c'est mieux que l'interrogatoire se fasse maintenant pendant que tout est frais dans la tête d'Ariana. Il me conseille de partir avec Roméo et de les attendre là-bas. Je prends sur moi, puis rejoins mon coéquipier.

—On rentre?

—Et Ariana? Je pensais que tu restais avec elle.

—Non, elle va au poste avec mon père.

Je grogne plus que je ne parle, ce qui a pour effet de lui clouer le bec, pour mon plus grand bonheur.

Arrivés au commissariat, je lui propose d'effectuer le rapport de notre journée tout seul étant donné que je reste pour attendre Ariana. Cela m'occupera. Il ne se fait pas prier et rentre chez lui après cette journée mouvementée.

Je tape un rapport, plutôt léger avec ce qu'il s'est passé au centre. J'explique juste pourquoi nous y étions avant les autres. Je sais que

je n'aurais pas dû avoir mon portable perso au boulot, au pire si mon père veut me foutre un blâme pour ça, je m'en fiche un peu. Le principal est que tout se soit bien terminé.

Je suis frustré de ne pas avoir pu parler à Ariana. Maintenant que j'ai posé les mots sur ce que je ressens, j'ai besoin de lui dire. Je sais que ce n'était pas le moment, mais avec la journée que nous avons vécue, je ressens l'urgence de lui avouer mes sentiments. Quand je pense qu'elle aurait pu ne jamais ressortir de cette maison, mon cœur se brise rien qu'en l'imaginant. Je ne sais pas comment j'ai pu garder mon sang-froid, là-bas. À présent assis derrière mon bureau, je prends conscience de ce qu'il s'est produit. Je revois son visage, son expression, cette résignation que j'y ai discernée. Et la colère fait surface. Savoir qu'elle était résignée à y rester comme si elle pensait que c'était inévitable, ça me fout en l'air! Comment a-t-elle pu penser que nous allions l'abandonner? Et puis, elle aurait dû me dire que l'homme qui a tué ses parents était le père de Marlon, j'aurais pu faire plus attention. J'aurais pris de ses nouvelles régulièrement quand elle était au boulot. Heureusement que Jimmy nous a contactés sinon je n'ose penser à ce qu'il se serait passé. Putain, quand j'y pense…

Si je n'étais pas si pressé de revoir Ariana, j'irais à la salle de sport frapper dans un sac pour évacuer tous ces sentiments contradictoires.

J'entends la porte de l'accueil s'ouvrir et vois une dizaine d'hommes entrer. Je découvre qu'il s'agit de l'équipe de nuit, je me détourne déçu. Je commence à trouver le temps long. Je ne suis pas d'un naturel patient alors devoir attendre sans rien faire alors que je pourrais être chez moi tranquille m'énerve. Je ne veux pas rentrer sans Ariana à mes côtés, mais va pas falloir qu'ils tardent sinon j'irai directement la chercher sur place.

Je réponds à Jimmy qui attend le coup de téléphone d'Ariana. J'essaie de le rassurer, lui promettant qu'elle l'appellera et qu'elle va bien, du moins physiquement.

—Je t'avais bien dit qu'il serait là.

Je me retourne surpris par la voix de mon père.

—Merci Maxence, pour tout ce que tu as fait.

—Je n'ai fait que mon métier. Je t'avoue que je suis bien content que tout se soit si bien terminé.

Mon père la prend dans ses bras, au moment où je me rapproche. Ariana se tourne enfin vers moi et même avec ses traits tirés et sa mine fatiguée, je la trouve belle. Je l'observe et je vois que quelque chose a changé. Son regard est plus clair et plus lumineux. Comme lavé de ses démons. Je la sens en paix. Et la paix, c'est tout ce qu'elle mérite.

Ariana

Je regarde Ezra prendre place dans cette voiture à côté de son meilleur ami. J'aimerais tellement pouvoir le suivre. Je n'ai pas envie de répondre à un tas de questions. J'ai juste envie de partir d'ici et de penser à autre chose. J'ai demandé à Maxence de me laisser le temps d'appeler ma grand-mère, pour l'avertir et surtout la rassurer sur mon état. Les journalistes sont là, ils rôdent, à l'affût de la moindre info. Jusqu'ici, on a fait en sorte qu'ils n'aient pas accès aux jeunes. Ils ont été transportés dans un hôtel le temps que la maison soit prête à les accueillir de nouveau. Ça ne devrait pas être trop long puisque rien n'a été cassé, il faut juste que la police prenne toutes les empreintes.

Je m'installe derrière la maison sur les marches du perron et appelle mamie Pêche.

—Ma bichette, c'est toi?

Entendre sa voix me fait tellement de bien après tout ce qu'il vient de se passer.

—Oui mamie, c'est bien moi. Je… Tout…

Je ne sais pas comment lui annoncer. Je suis complètement retournée par ce que j'ai vécu. Je ne veux pas qu'elle s'inquiète et pourtant, ma voix se brise à chaque fois que j'essaie de parler.

—Calme-toi. Respire bichette, je suis là.

Je fais ce qu'elle me dit et prends de grandes inspirations. J'expire en même temps qu'elle. Elle a toujours su m'aider à réguler mes crises de panique. Quand je me sens un peu plus confiante, je reprends la parole.

—C'est fini, mamie Pêche. Il ira en prison. Maman et papa sont vengés.

—Oh ma bichette. Enfin, tu vas pouvoir reprendre ta vie. Je suis si soulagée, mais tu vas bien? demande-t-elle d'une voix frêle.

—Oui, ne t'inquiète pas.

Je lui explique ce qu'il s'est passé, essayant de ne pas trop entrer dans les détails. Je ne pense pas que savoir que sa petite fille a été menacée par une arme à feu soit une bonne idée.

—Je dois encore répondre aux questions des enquêteurs, je ne pense pas que je rentrerai ce soir. Ezra doit me retrouver au commissariat, j'irai sûrement dormir chez lui.

—Pas de problème, ma bichette, je suis très fatiguée de toute façon, je vais aller me coucher.

—Tu es sûre? Je peux rentrer, tu es souvent fatiguée en ce moment, m'inquiété-je.

—Ta ta ta! Je suis une vieille femme, ma bichette, c'est normal que je sois fatiguée. Et maintenant que je sais que tu n'es plus en danger, que ce malade ne peut plus te faire de mal, je vais dormir comme un bébé, affirme-t-elle.

—D'accord. Je dois te laisser mamie, je passe demain dès que je suis levée. Je t'embrasse.

—Prends ton temps ma bichette. Profite de ta liberté. Tu vas pouvoir vivre en paix à présent. Profite donc du corps d'apollon de ton homme. Je t'embrasse ma bichette.

Je raccroche avec le sourire, sacrée mamie Pêche, elle ne perd pas le nord. Cet appel est exactement ce dont j'avais besoin. Entendre sa voix m'a donné la force de répondre aux questions des deux hommes qui m'attendent à l'intérieur.

Je prends une grande inspiration en me levant des marches, puis me dirige à nouveau dans la maison.

Il n'y a plus grand monde qui s'agite, tous ont l'air d'avoir fini ce pour quoi ils étaient là. J'essaie de ne pas prêter attention aux regards qu'ils posent sur moi. J'ai l'impression d'être devenue une autre. Je me sens jugée, sans en comprendre les raisons. Je ne suis personne, rien de ce qui s'est passé aujourd'hui ne changera la personne que je suis, alors pourquoi j'ai la sensation d'être un extra-terrestre quand ils me scrutent ?

Je me secoue et vais rejoindre Maxence et l'agent Martineau qui se sont installés sur le canapé.

—Je suis prête, dis-je confiante.

Ils relèvent la tête en m'entendant et se lèvent.

—Bien ! Peux-tu nous raconter ce qu'il s'est passé. Dans quelle pièce tu l'as découvert, et tout ce qu'il vous a dit ou fait, jusqu'à notre arrivée, me demande Maxence d'une voix si apaisante qu'elle m'agace.

J'ai envie de le secouer et lui dire que je ne suis pas en sucre. Bon sang, je ne suis pas une poupée de porcelaine qui va se casser d'un moment à l'autre !

Je ne réponds pas et prends la direction de la chambre de Marlon. De là, je leur révèle tout ce qu'il s'est dit et comment, d'instinct, j'ai appuyé sur un bouton de rappel de mon téléphone espérant pouvoir alerter quelqu'un. Ils m'affirment qu'effectivement, il y a eu un appel à la police donnant l'alerte. Je continue en racontant que le père de Marlon voulait absolument l'argent gagné au gala. Ensuite, nous redescendons au salon et je leur explique qu'il a accepté de laisser Lila sortir empêchant ainsi les autres jeunes d'entrer. Et voilà, ils connaissent la suite, je m'arrête donc là. En y pensant, j'ai l'impression de décrire la scène d'un film. Je ne sais pas

si je réaliserai un jour ce qu'il s'est passé ce soir. Mais je sais que j'ai hâte de retrouver mon homme, alors quand Maxence me propose de partir, je les suis plutôt deux fois qu'une.

En voiture, je sors mon portable et en passant tous les appels en absence ou messages, je vois l'heure et me demande s'il n'est pas trop tard pour voir Ezra ce soir.

—Maxence, tu peux me déposer chez ma grand-mère, demandé-je légèrement déçue.

—J'accepterais volontiers si je n'avais pas promis à mon fils de te ramener à lui. Il t'attend au commissariat.

—Oh, mais tu es sûr ? Vu l'heure qu'il est, il a dû partir, je ne veux pas que tu t'embêtes à me ramener s'il a décidé de partir.

Il ne me répond pas tout de suite et pour cause, nous nous garons déjà devant le poste de police. Avant de sortir, il se retourne vers moi.

—Ariana, je connais mon fils, il sera là. Il doit même s'impatienter de pouvoir t'avoir pour lui seul. Je ne sais pas trop depuis combien de temps vous vous fréquentez, mais je connais Ezra par cœur, on est un peu pareils tous les deux. On veut être présents pour les gens qu'on aime.

—Oui, peut-être, mais je comprendrais qu'il ait voulu aller se reposer, sa journée a été dure, alors…

—Non, ne réfléchis pas. Écoute, je ne peux pas prétendre savoir ce qui t'arrive ou ce que tu ressens, après tout ce que tu as enduré. En revanche, j'ai vu beaucoup de personnes vouloir se réfugier dans la solitude après un drame ou un événement du même genre. Et je peux te certifier que ce n'est pas la solution. Laisse ton entourage te soutenir, au moins le temps de te faire à l'idée. Aujourd'hui, tu as affronté l'homme qui a tué des gens sous tes yeux d'enfant et tu n'as pas craqué. Et je ne parle même pas de tes parents. Tu es déjà plus forte que la plupart des hommes de ma brigade, crois-moi.

Il pouffe en même temps que sa remarque me fait rire, quand je dirai ça à Ezra et Rom', je vais bien me marrer.

—Alors à toi de voir. Soit tu acceptes qu'Ezra t'aide au moins pour ce soir, soit je te raccompagne et tu te retrouveras seule quand ton esprit réalisera tout ça. C'est ta première nuit où tu n'auras pas peur qu'il réapparaisse. Profite, tu as assez souffert tu ne crois pas ?

Je prends le temps de réfléchir à tous ses propos et je sais que ma décision est prise. Je n'ai qu'une hâte, c'est qu'Ezra me prenne dans ses bras, qu'il m'aide à oublier tout ça. Je ne vais pas changer d'avis maintenant, surtout s'il m'attend depuis tout ce temps.

Nous voyons des hommes et des femmes arriver et entrer dans le commissariat, puis nous entrons à leur suite.

Maxence me montre son fils d'un mouvement de tête et mon visage se détend d'un coup. Mon sourire vient instantanément en le voyant. Je crois qu'au fond, j'avais peur qu'il ne soit pas là et d'être déçue. Savoir qu'il m'a attendue me rassure, rien qu'un regard sur lui et je sens tous mes muscles se relâcher et mon esprit s'apaiser. Comme si Ezra était le catalyseur de mes émotions. Lui seul peut me faire passer d'une colère noire à une sérénité bien méritée. D'une tristesse infinie à un fou rire incontrôlé. Il est l'homme capable de contrôler mes émotions et mon cœur. Je suis persuadée qu'il ne s'en rend même pas compte. J'aime l'homme face à moi, surpris par la voix de son père. Il me regarde et j'ai hâte de me retrouver seule avec lui. Je remercie Maxence en lui faisant comprendre poliment que je souhaite être seule avec son fils à présent.

À l'instant où il s'éclipse, nous avançons l'un vers l'autre. Je colle ma joue sur sa poitrine et le laisse me serrer dans ses bras. J'apprécie le moment, écouter les battements de son cœur comme s'ils étaient la plus belle musique qu'il m'ait été donné d'entendre. Respirer l'odeur de sa peau. Sentir ses doigts glisser sur la base de ma nuque. Je relève la tête et plonge dans son regard vert. Je veux contenter tous mes sens. Il ne me manque plus qu'une chose à faire pour y arriver et ce n'est pas parce que je suis en plein milieu d'un commissariat que je vais me gêner. Sur la pointe des pieds, je l'incite à venir prendre possession de ma bouche. Je ne perds pas un instant pour goûter ses lèvres, jouant de ma langue pour

lui donner un baiser aussi enivrant que ce qu'il me fait ressentir. Je me perds complètement dans ce moment, hors du temps. Je suis tellement absorbée par toutes ces sensations que ce baiser me pousse à ressentir, que je ne prête pas attention aux personnes autour de nous. Autant dire que ma pudeur habituelle s'est fait la malle. Des sifflements et des rires résonnent et c'est là que je m'en rends compte et mets fin à notre baiser.

Je ferme les yeux, mortifiée. Je n'ose pas regarder autour de nous, les joues en feu, je cache mon visage dans le sweat d'Ezra. Lui au contraire rit fièrement.

—Eh bien, je peux savoir ce qu'il se passe ici ?

Oh non ! Maxence. Je croyais qu'il était parti. Je me recule, embarrassée de m'être fait prendre en flagrant délit de flirt avec son propre fils. Ni moi ni mon compagnon ne pipons mot jusqu'à ce que tout le monde reprenne ses activités.

—Quand je t'ai dit de profiter, Ariana, je ne pensais pas devoir préciser en dehors d'ici.

Ezra pouffe à mes côtés pendant que je me dandine d'un pied sur l'autre sans savoir où me mettre.

—Désolé papa, je crois que la journée a été longue. On va partir, s'excuse Ezra en constatant que je suis trop gênée.

Je relève la tête et vois Maxence hocher la sienne un sourire aux lèvres. Ezra m'incite à le suivre et au moment où l'on passe devant lui, Maxence ajoute :

—Essayez de ne pas vous faire arrêter pour exhibition ce soir. J'aimerais bien aller dormir.

Honteuse, je me dépêche de sortir d'ici sous le rire de mon petit ami.

—Arrête de rire ce n'est pas drôle ! m'offusqué-je.

—Bien sûr que si, c'est drôle, tu verrais ta tête.

Je le pousse, pour qu'il arrête de se moquer de moi, mais ce n'est pas avec ma force que je vais le faire bouger. Je me blesse plus qu'autre chose lui offrant un nouveau fou rire.

—T'es chiant! Tu sais que je suis gênée, tu pourrais arrêter de te foutre de moi.

—Je pourrais, mais ça fait tellement de bien après la journée qui vient de s'écouler. Te savoir près de moi en pleine forme me rend heureux et je ne vais pas m'excuser pour ça, ma belle.

Je le regarde et c'est en souriant que nous prenons le chemin de son appart'.

Après une douche où notre besoin de nous retrouver physiquement s'est fait sentir, nous sommes au lit. Je soupire d'aise, ma tête posée sur son épaule. Je sens qu'il veut m'annoncer quelque chose, j'ai l'impression que son cerveau ne s'est pas arrêté depuis que nous sommes allongés sous ses draps. Et ça commence à me faire peur.

—Dis-moi ce qu'il y a?

Il souffle et se redresse. Je m'installe en tailleur face à lui, pour mieux déchiffrer l'expression de son visage.

—J'étais en colère contre toi, tout à l'heure. Je sais qu'avec ce que tu as vécu aujourd'hui, je ne devrais rien te reprocher et juste profiter que tu sois là, mais ça tourne en boucle dans ma tête, m'avoue-t-il en prenant une de mes mains.

—D'accord, alors raconte-moi, qu'est-ce qui t'a mis en colère?

—Quand tu étais encore entre les mains de ce malade. Au moment où nous sommes entrés, j'ai vu dans tes yeux, je… Quand j'y pense, ça me fout en rogne.

Il s'est redressé et passe frénétiquement sa main tatouée sur son cuir chevelu.

—Explique-moi. Qu'as-tu vu dans mes yeux pour être autant en colère?

Je m'installe correctement pour lui faire face. Je prends ses mains, ayant besoin de le sentir près de moi. Je ne sais pas ce qu'il va me dire et j'ai peur que ce qu'il a aperçu aujourd'hui ne soit trop pour lui. Qu'il ne veuille pas d'une femme qui a subi tant de traumatismes. Que ce soit trop contraignant de vivre avec moi. Avec tout ce qu'il va se passer à présent. Le procès va pouvoir

avoir lieu et ça ne sera pas une partie de plaisir. Je vais devoir revivre tout ce que j'essaie de refouler, que ce soit le braquage ou la séquestration que Marlon et moi avons subie. Je comprendrais qu'il ne veuille plus être avec moi, mais je ne serais pas d'accord, alors je vais devoir me battre pour lui et s'il faut vraiment que je lui explique mes sentiments pour l'aider à rester à mes côtés alors tant pis. Si ça l'effraie ou que c'est trop tôt, je n'hésiterai pas à lui dire ces trois mots qui ne demandent qu'à sortir en sa présence.

—Tu avais abandonné, Ariana. Avant que tu te rendes compte que nous étions là, c'est ce que j'ai vu dans ton regard. Tu avais abandonné et je t'en veux pour ça!

Il s'est mis debout, il arpente la pièce de long en large, essayant d'expulser sa colère. Au moment où je comprends de quoi il me parle, je me mets en travers de son chemin. Nous sommes face à face. Il a le souffle court comme s'il venait de courir un marathon et non fait quelques aller-retour dans une chambre de huit mètres carrés. Le regard ancré dans le sien noirci par la colère qu'il ressent, j'essaie de rassembler mes idées pour lui expliquer mon ressenti, au moment où il m'a vue baisser les bras.

—Je ne vais pas te mentir, tu me connais un peu maintenant et ce n'est pas mon genre. Tu as raison, pendant quelques minutes, j'ai cru que je ne m'en sortirais pas. J'étais encore une fois confrontée à cet homme et mon cerveau n'arrêtait pas de m'envoyer les images de lui qui tirait sur mes parents. Cela faisait un bon moment que nous étions seuls en sa présence et je ne voyais pas comment en sortir vivante, sachant que je ne pouvais pas lui donner ce qu'il me demandait. Alors tu as raison, j'ai abandonné. J'ai cru que c'était mon destin. Celui de mourir sous les balles de l'homme qui a pris la vie de mes parents. Je suis désolée si ça t'a mis en colère, mais si ça peut te rassurer je suis bien contente d'être auprès de toi ce soir, plutôt que six pieds sous terre.

Mon trait d'humour n'a pas l'effet escompté. En même temps, il était nul. Je ne peux pas le lui reprocher. Il reste muet pendant tellement longtemps que je ne suis pas certaine qu'il ait compris ce que je lui ai dit. Et comme je ne sais pas ce que je pourrais lui

expliquer d'autre pour le rassurer, je ne bouge pas et attends qu'il prenne la parole.

—Je ne veux plus jamais voir ça dans ton regard. Je t'aime, Ariana et il est hors de question que la femme que j'aime m'abandonne. D'accord ?

J'ai bien entendu ? Il a bien dit ce que je crois ? Je suis tellement choquée d'entendre ces trois mots prononcés par cet homme, avant même que je ne les lui dise à mon tour, que je ne bouge plus. Je ne sais pas quoi lui répondre. Je sens mes yeux humides verser des larmes qui glissent le long de mes joues. Il se rapproche de moi et son pouce vient chasser les preuves de mon émotion.

—Je ne veux pas te rendre triste.

Je secoue la tête de droite à gauche. Je ne suis pas triste et je ne veux pas qu'il pense ça, mais je suis incapable de sortir un son. Il pose son front tout contre le mien.

—Jure-moi que tu ne m'abandonneras pas ? Je sais que c'est irrationnel ce que je te demande, mais j'ai besoin de savoir que tu te battras pour rester près de moi. S'il te plaît, jure-le-moi.

Sa déclaration me vrille le cœur. J'aime tellement cet homme que je serais prête à lui jurer n'importe quoi. La boule dans ma gorge ne veut toujours pas passer et m'empêche de lui répondre à voix haute. Alors je hoche la tête et je m'agrippe à son cou lui offrant un baiser passionné. J'espère pouvoir lui montrer tout ce que ma voix refuse de lui avouer.

Je me recule pour reprendre mon souffle et enfin lui avouer ce que j'ai sur le cœur.

—Erza, je…

—Attends, tu entends ?

Couper dans mon élan je grogne, mais d'un coup j'entends une sonnerie familière. Je me précipite vers mon sac à main qui était resté dans le salon. Recevoir un appel en pleine nuit n'est jamais bon signe. Même s'il est fort possible que ça soit Jimmy vu que je lui ai juste envoyé un message lui précisant que je l'appellerai demain matin il est capable de ne pas vouloir attendre.

290

—Allô ?

—Eh bien, il était temps ! Il est hors de question que j'attende demain pour parler à ma meilleure amie.

Je lève les yeux au ciel et fais signe à Ezra que ce n'est rien de grave, il retourne dans la chambre. Je m'assieds sur le canapé sachant très bien qu'il ne me laissera pas écourter la conversation.

—Je vais bien Jimmy, je t'aurais appelé demain matin à mon réveil. Tu n'es pas censé profiter de pouvoir faire tes nuits complètes avant l'arrivée du bébé ?

—Pas quand ma meilleure amie se fait séquestrer par un homme armé ! Bordel, Ariana, tu ne peux pas savoir comme je suis sur les nerfs depuis que j'ai reçu ton appel cet après-midi ! Comment crois-tu que je me suis senti en entendant un homme te menacer alors que je suis à des centaines de kilomètres de toi ! s'emballe-t-il la colère prenant possession de lui.

—Je vais bien et tu n'aurais rien pu faire de toute façon.

—J'aurais bien trouvé, je ne serais pas resté là à attendre.

—Et j'aurais eu ta mort sur la conscience. Tout ça pour jouer au héros ! Non, mais tu ne crois pas que j'ai perdu assez de personnes de ma famille dans ma vie ! Alors je te le répète Jimmy, tu n'aurais rien fait ! Il est hors de question qu'un jour, je sois obligée d'annoncer à Lilou que son père est mort par ma faute !

Il se tait un moment et moi, je tremble de m'être énervée. J'en ai marre que les gens essaient de me sauver, moi tout ce que je souhaite, c'est ne plus perdre une seule personne de mon entourage, c'est possible bon sang ?!

—Je dis n'importe quoi. Pardon, ma belle, je ne devrais pas m'énerver contre toi, c'est juste que je me suis senti inutile et je déteste ça.

—Je sais, ne t'inquiète pas. Si ça ne te dérange pas, j'aimerais vraiment aller me coucher. Je t'appelle demain si tu veux.

—Tu as intérêt ! Bisous ma belle, passe une bonne nuit.

291

Je raccroche et rejoins Ezra qui s'est déjà endormi. Je m'allonge et il vient poser son bras d'un geste possessif sur mon ventre. Le fait qu'il ait ce mouvement inconsciemment me fait sourire et je m'endors apaisée.

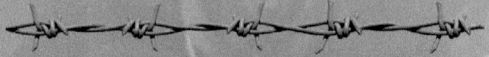

—Ariana !

—Hum…

—Ariana, fais taire cette sonnerie !

—Oui, j'arrive… Aïe !

Ezra vient de m'envoyer mon portable dans la tronche. Sympa le réveil. J'arrive à décrocher sans ouvrir les yeux, je jure que je tue Jimmy la prochaine fois que je le verrai !

—Jimmy, je t'ai dit que j'appellerai quand je serai réveillée. Tu fais vraiment chier !

Ezra grogne à mes côtés. Je dois le déranger, mais il va devoir faire avec, mes yeux ne veulent toujours pas s'ouvrir.

J'attends qu'il me réponde, mais la seule chose que j'entends, c'est une respiration hachée.

—Jim' ça va ?

Je commence à m'inquiéter. Je me frotte les yeux essayant de remettre mes idées en place.

—Désolé bichette, c'est Claude.

Maintenant complètement réveillée, je suis assise, en alerte.

—Où est mamie Pêche ? Claude, passe-moi mamie s'il te plaît.

Ma voix se fait urgente, je sens qu'il se passe quelque chose, il ne m'aurait pas appelée autrement. Je me lève, faisant les cent pas.

—Je suis désolé, Ariana.

—De quoi? Claude, passe-moi ma grand-mère maintenant! Ce n'est pas drôle!

—Je n'ai rien pu faire. Elle est partie. Je suis vraiment désolé.

Je n'entends plus rien. Je ne ressens plus rien. Mes genoux ne me tiennent plus et le sol les accueille durement. Mon portable à terre émet encore la voix de l'ami de ma grand-mère. Je ne veux pas l'entendre. Je ne veux rien savoir. Je veux juste dormir. Me recoucher comme je l'étais et dormir. Rien ne s'est passé. Je vais me reposer encore un peu et après j'irai rendre visite à mamie Pêche comme prévu. Elle me charriera sur ma nuit passée avec Ezra et je serai gênée. Oui, voilà je vais faire ça. Dormir un peu et aller voir ma grand-mère. Comme prévu. Rien n'a changé. Rien.

Chapitre 16

Un adieu peut en cacher un autre.

Ezra

Putain, c'est quoi ce raffut! J'ouvre un œil et vois le portable d'Ariana s'exciter sur ma table de nuit. Je l'appelle à plusieurs reprises, mais elle ne se réveille pas. Je finis par lui passer le téléphone qui m'échappe des mains, il atterrit sur sa tête. Oups, au moins elle est réveillée et va pouvoir stopper cette sonnerie. Je ne suis pas d'humeur et ce n'est pas parce que je lui ai avoué mes sentiments que je vais me comporter comme un bon toutou, ce n'est pas mon genre.

La sonnerie s'arrête, je me rendors non sans grogner mon mécontentement. Si elle pouvait sortir de la chambre pour répondre, ça m'irait bien.

Je suis réveillé en sursaut et me retrouve assis dans l'instant. Je remarque Ariana à genoux sur le sol, le portable tombé à ses pieds. Je ne comprends pas ce qui lui arrive, je m'approche d'elle, essaie de lui poser des questions qui restent sans réponse. Je prends son portable d'où je perçois la voix d'un homme.

—Allô?

—Oh! Vous êtes l'ami d'Ariana? Je suis vraiment désolé de lui apprendre cette nouvelle par téléphone.

—Attendez, vous êtes qui? Quelle nouvelle?

Ariana n'a toujours pas bougé. Son visage n'exprime aucune émotion. J'essaie de la prendre contre moi pour qu'elle réagisse, mais elle se dégage et retourne au lit.

—Je suis un ami de Pêche. Elle est décédée cette nuit, dans son sommeil.

Je reste muet, assimilant cette annonce. Mon regard posé sur le corps de la femme que j'aime et qui encore une fois a perdu un membre de sa famille. Je mets fin à l'appel après avoir pris note de tout ce qu'il m'a dit. Pêche a été transportée au funérarium où Ariana pourra aller lui faire ses derniers adieux.

Je me glisse dans le lit derrière elle, la serrant aussi fort que je peux. Je ne sais pas comment la sortir de cette léthargie. Après un moment, sa respiration devient régulière. Je profite de la savoir endormie pour me lever et avertir mon père que je ne bosserai pas pendant quelques jours. Il a compris et m'a accordé des congés. Je me prépare un plateau-repas, espérant qu'elle accepte de manger avant d'aller voir sa grand-mère.

Au moment où j'entre dans la chambre, je la trouve debout, habillée, déjà prête à sortir.

—Je t'ai préparé un p'tit déj.

Elle me regarde, hoche la tête, prend la tasse l'avale d'un trait et sort comme un courant d'air. Surpris, je la suis et dépose mon plateau dans la cuisine. Elle met ses chaussures et enfile son manteau.

—Attends, je t'accompagne.

Elle fronce les sourcils, comme si je l'avais surprise.

—Tu ne dois pas bosser? Je vais juste voir mamie Pêche, je n'ai pas besoin de toi!

Choqué par le ton brusque de sa réplique, je mets un peu de temps à la suivre. Je chope ma veste et la rejoins alors qu'elle est déjà sur le trottoir.

—J'ai pris quelques jours. Je ne veux pas te laisser seule, si tu as besoin de moi.

Ses pas sont rapides et sa posture droite et fière m'interpelle.

—Je te le répète j'ai pas besoin de toi. J'ai promis à ma grand-mère d'aller la voir ce matin, alors j'y vais, point! Retourne travailler.

OK, je ne sais pas ce qu'elle a, mais je n'aime pas le ton sur lequel elle me parle.

Je ne réponds rien, j'ai l'impression que cela ne servirait à rien de toute façon. Après une demi-heure de marche, nous arrivons dans le quartier de sa grand-mère. Je la suis, mais plus le temps passe, plus j'ai l'impression qu'elle pense vraiment aller voir sa grand-mère chez elle.

Elle entre dans la maison, s'annonce comme elle en a l'habitude. Je la suis, elle fait le tour des pièces et quand elle a fini, elle me fixe.

—Elle a dû partir avec Claude. Mamie Pêche ne me laisserait pas seule. Elle va revenir. Tu peux y aller, je ne te retiens pas.

Le déni.

La première phase d'un deuil. Je n'ai jamais été confronté à la mort, dans ma famille, mes grands-parents sont décédés soit avant ma naissance soit peu de temps après. J'ai entendu parler des différentes étapes, mais je ne suis pas un expert. Je sais juste que le premier c'est le déni et à la fin, c'est l'acceptation. Va falloir que je me renseigne, car là, je ne sais pas comment me comporter avec elle. Et je suis vexé qu'elle me rejette alors que je souhaite être présent pour elle.

—Claude m'a dit qu'il était au funérarium, annoncé-je espérant qu'elle réagisse.

—Qu'est-ce qu'ils foutent là-bas ? Franchement, ils ont de ces idées.

—Je peux t'y accompagner si tu veux.

—Non, mais tu ne vas pas me lâcher en fait ! Qu'est-ce que tu ne comprends pas quand je te répète de retourner bosser ?

Oh ! Elle commence à me gonfler ! Prends sur toi Ezra, elle vit un moment compliqué. J'inspire profondément pour refouler mon envie de l'envoyer chier.

—Je dois y aller de toute façon, Claude m'a demandé de le retrouver là-bas, alors autant ne prendre qu'une voiture.

—OK.

Sans un mot de plus, elle sort et m'attend pour verrouiller la porte. Je ne prends pas la peine de lui parler avant que nous soyons dans ma voiture. Lorsque je m'y risque enfin, je me heurte à un mur.

Nous arrivons et Claude nous rejoint avant que l'on ait posé un pied à terre.

—Ah, Ariana, je suis désolé, vraiment après tout ce qu'il t'est arrivé hier, s'excuse le vieil homme.

—C'est pas toi qui tenais le pistolet sur ma tempe hier, Claude, alors arrête de t'excuser ! lui répond-elle, agressive, ce qui surprend le vieil homme qui a un mouvement de recul.

Je lui souris et hausse les épaules. Je ne vais sûrement pas risquer de me prendre les foudres qui sortent de la bouche de ma belle.

—Dis-moi plutôt où est mamie Pêche. Vous avez de drôles de fantasmes vous deux quand même ! J'ai déjà entendu que se confronter à la mort peut accroître la libido, car l'humain a cet instinct de conservation, mais quand même à vos âges…

Dans une autre situation, je serais plié de rire. Claude la regarde comme si c'était un extra-terrestre. Il lui indique qu'elle est à l'intérieur sans plus de détails. J'en profite pour lui glisser un mot, quand elle n'est plus à portée d'oreille.

—Désolé, elle est comme ça depuis tout à l'heure. Je crois que c'est le déni ou un truc du genre.

—Je comprends. Pauvre petite, elle doit être chamboulée par tout ça.

Nous la rejoignons et quand elle arrive à l'intérieur et qu'ils lui montrent dans quelle chambre funéraire elle se trouve, elle me regarde avec colère. Merde, qu'est-ce que j'ai encore fait ?

Je m'approche lentement, ne sachant où me mettre.

—Tu ne pouvais pas me dire qu'elle était morte ! Non, il a fallu que je l'apprenne par ce monsieur. Ce n'est vraiment pas drôle franchement !

Muet, je ne sais pas quoi répondre. Claude essaie de l'avertir qu'il l'a appelée cette nuit, mais elle l'ignore et ouvre la porte pour aller voir sa grand-mère.

Je m'avance à sa suite, je ne veux pas la laisser seule, dans cette épreuve.

—Qu'est-ce tu fous?

Et merde, c'est ma fête aujourd'hui.

—Je ne vais pas te laisser seule là-dedans, Ariana. Je t'ai dit que je voulais être présent pour toi.

—Oui, eh bien moi, je veux être seule!

La porte se referme sur elle et moi je reste comme un con. Claude me tape sur l'épaule et me montre des sièges où l'attendre. Au bout d'un quart d'heure, mon portable sonne et le numéro de Jimmy apparaît. Je sors de l'établissement pour ne pas déranger les autres familles en deuil.

—Ouais, ce n'est pas vraiment le moment, là.

—Ariana est avec toi? demande-t-il inquiet. Elle m'avait promis de me rappeler ce matin, mais son portable reste sans réponse.

—Désolé mec, mais sa grand-mère est décédée cette nuit, nous sommes au funérarium.

—Merde, comment elle prend la nouvelle?

Je réfléchis, essaie de trouver les mots pour lui expliquer simplement les choses.

—Elle est… bizarre, dis-je pensif.

—Comment ça?

—Elle ne me parle pas ou alors pour m'engueuler. J'ai beau prendre des gants, j'ai l'impression de ne servir à rien, sauf de punching-ball.

—On parle bien d'Ariana, là?

—Non, de la reine d'Angleterre! T'es con ou tu le fais exprès?

Il comprend le sérieux de la situation et reprend.

—L'enterrement est pour quand ? Je vais venir. Elle aura besoin de notre soutien.

—Aucune idée, je t'envoie un message quand j'en sais plus.

—OK, je vais te laisser.

Je repère Ariana arriver vers moi. Je la scanne de haut en bas essayant de déceler le moindre signe de sa tristesse, mais je ne perçois rien. Pas d'yeux rougis par les larmes ni de peau blafarde qui montrerait un tant soit peu ses émotions, juste une allure fière et combattante. On pourrait croire qu'elle vit ça tous les jours. Qu'elle n'est pas affectée par la perte du dernier membre de sa famille.

—Attends Jim', Ariana sort tout juste, je vais voir si elle veut te parler.

Je mets le portable contre mon torse le temps d'interpeller la principale concernée.

—C'est Jimmy, il aimerait venir à l'enterrement, tu veux lui parler ?

—Non, il est parti vivre ailleurs qu'il y reste je n'ai pas besoin de lui non plus !

Je souffle et reprends l'appareil.

—Désolé, mec, mais…

—J'ai entendu. Je vois ce que tu veux dire maintenant, tiens-moi au courant pour la cérémonie, je serai là que ça lui plaise ou non.

—Bien, je te laisse. Elle m'attend devant la voiture.

—Bon courage vieux !

Je raccroche en levant les yeux au ciel. Tu parles, ce n'est pas du courage dont j'ai besoin, mais d'un manuel sur les façons d'aider quelqu'un à faire son deuil. Je rejoins Ariana dans la voiture, un peu inquiet. À quelle sauce va-t-elle me manger cette fois-ci ? Je ne suis pas une lavette d'habitude, mais là, je ne sais pas comment me comporter, j'ai l'impression de marcher sur des œufs dès que j'ouvre la bouche.

—Tu veux que je t'emmène où ?

—Chez ma grand-mère, ensuite tu seras tranquille, s'exclame-t-elle sèchement.

—Je t'ai déjà prévenue que je restais avec toi.

—Et je t'ai dit que je n'avais pas besoin de toi !

Elle se tourne vers la fenêtre mettant fin à la conversation.

Les jours se suivent et se ressemblent. Pêche avait tout prévu, Ariana n'a eu qu'à prévenir les proches et avertir le curé. Nous sommes samedi, la cérémonie vient d'avoir lieu et elle n'a toujours pas versé une seule larme. Elle a le regard vide, j'ai l'impression qu'une partie d'elle est morte en même temps que Pêche. Elle me parle toujours de la même manière. Heureusement, elle fait des efforts avec les autres maintenant, mais je commence vraiment à perdre patience. Je ne sais pas comment l'aider et j'ai l'impression de n'être bon à rien. Tout ce que je fais, elle le critique ou elle m'engueule, soi-disant que je n'ai rien à foutre à ses côtés. Ma mère m'a dit que c'était normal que c'était sa façon de se protéger. Je veux bien, mais elle va finir par m'user et je ne suis pas sûr que notre relation redevienne comme avant, après ça.

C'est pour ça qu'avec Jimmy nous avons pris une décision. Ça ne lui plaira pas, on le sait tous les deux, mais c'est la seule solution que l'on ait trouvée pour la faire réagir, en espérant que ça marche.

Elle n'arrive pas à retourner chez sa grand-mère. Dès qu'elle a besoin de quelque chose, elle me le demande, enfin m'ordonne d'aller lui chercher. Du coup, elle vit avec moi et c'est pesant. Moi qui rêvais de pouvoir passer toutes mes nuits avec elle, là j'en viens à m'isoler dans la salle de bain juste pour souffler. C'est invivable. Je reprends le travail lundi et je ne vais pas pouvoir supporter son humeur chaque jour en rentrant du travail. Ma mère lui a laissé jusqu'aux fêtes de fin d'année pour se remettre de tout ce qui lui est arrivé. Dans une semaine, c'est Noël et mon envie de l'inviter s'est fait la malle. Bien sûr, je serais ravi qu'elle soit avec ma famille et moi. Seulement si elle redevient elle-même, sinon je ne suis pas certain de vouloir d'elle tout court. Je l'aime et la voir comme ça me fait un mal de chien. Elle m'a promis de ne pas m'abandonner,

mais c'est exactement ce que je ressens actuellement. Elle est là, mais je n'existe plus pour elle. Je suis bon qu'à exécuter ses ordres et me plier à ses humeurs. Je ne veux pas d'une relation comme ça. Et c'est bien par amour pour elle que j'ai pris cette décision. Je veux lui ouvrir les yeux sur son comportement.

C'est pour cette raison que quand nous sortons de la voiture pour accompagner Jim à la gare, je sors un bagage supplémentaire. Elle fronce les sourcils en me voyant faire.

—Tu comptais partir combien de temps Jim? Une si grosse valise pour deux jours ce n'est pas un peu exagéré, se moque-t-elle.

Mon pote me jette un regard, c'est le moment. Je me lance :

—Elle est pour toi.

Muette, elle nous regarde tour à tour, sans comprendre. Elle finit par me fixer, toujours avec cette colère quand elle pose les yeux sur moi.

—Tu te débarrasses de moi c'est ça? Si je te fais chier, tu peux me le dire au lieu de me jeter dans un train. J'aurais trouvé un hôtel.

—Ma puce, calme-toi, on a pris cette décision tous les deux. On pense que ça te ferait du bien de voir autre chose quelque temps.

J'admire Jim qui essaie de temporiser les choses, mais je sens bien que c'est à moi qu'elle en veut. Encore.

—Tu parles, il veut juste être tranquille pour baiser ses pouffiasses. Les vieilles habitudes ont la vie dure, il semblerait. Moi qui croyais que je ne devais pas t'abandonner. Finalement, c'est toi qui le fais.

—Ce n'est pas vrai, je…

—Laisse tomber! J'ai l'habitude maintenant, tous ceux que j'aime partent à un moment ou à un autre de toute façon.

Elle ne me laisse pas en placer une et c'est la goutte d'eau qui fait déborder le vase. Comment ose-t-elle dire que je l'abandonne alors que c'est elle qui fait n'importe quoi!

Elle se dirige d'un pas déterminé vers la gare, mais je ne la laisserai pas fuir sans avoir vidé mon sac moi aussi. J'en ai plus que

marre de me taire. Si elle veut partir comme ça, va falloir qu'elle m'écoute avant.

Je la rattrape, la retourne vers moi.

—Ça suffit! Ariana, tu me fais chier avec ce ton moralisateur. Depuis le décès de Pêche, j'essaie de faire ce que je peux pour t'aider, pour être présent à tes côtés. Je subis tes ordres et ton air condescendant, mais là ça suffit. Je ne veux pas que tu partes pour pouvoir me taper je ne sais quelle nana! J'espère juste que changer d'air te permettra de redevenir la femme que j'aime. Je refuse que tu gâches notre relation avec ton comportement égoïste à mon égard. Si pour t'en rendre compte, il faut que tu t'éloignes de moi au risque que tu ne veuilles plus rentrer, alors je veux que tu le fasses. Actuellement, tu n'es plus la femme dont je suis tombé amoureux. S'il te plaît, prends le temps qu'il te faut et quand tu seras prête, reviens-moi.

Les larmes coulent sur ses joues, mais je ne les efface pas. Je reste à distance pour ne pas flancher. J'ai mal de la voir comme ça. J'aimerais revenir sur ma décision et la garder près de moi, mais je sais au plus profond de moi que ce n'est pas la bonne solution si je veux pouvoir vivre une belle relation avec elle. Elle renifle, s'essuie les yeux d'un revers de manche.

—Et si je reviens dans plusieurs mois?

Sa voix est calme, ce qui me soulage. On va pouvoir se séparer sans dispute.

—Je serai là. Je ne bouge pas. Je t'attends.

—Et si je ne revenais jamais?

Je hausse les épaules. Bordel que c'est dur. Je ferme les yeux, un instant. Je ne dois pas flancher. C'est pour notre bien à tous les deux.

—Si tu es plus heureuse sans moi, je ne vais pas te forcer. Sache juste que je t'aime.

Elle étouffe un sanglot et j'opère un demi-tour. Je croise Jimmy qui me fait un signe de tête, mais je ne m'arrête pas. Je dois absolument partir d'ici avant de m'effondrer.

Je ne pensais pas que ça serait si dur. J'espère juste que ce n'est qu'un au revoir.

Ariana

Après qu'Ezra est parti sans se retourner, Jimmy m'a prise par les épaules et nous sommes entrés dans le train qui m'éloignait de l'homme que j'aime. Je sais pourquoi il ne me supporte plus. Je me suis rendu compte de mon comportement, mais tant qu'il ne disait rien, c'était plus fort que moi. Dès qu'il était près de moi, je réagissais au quart de tour.

Sa déclaration m'a bouleversée, j'aurais aimé lui dire que je l'aime, mais ça m'était impossible. J'avais trop mal au cœur, j'ai eu la sensation qu'il me rejetait. De l'avoir perdu, lui aussi.

J'ai conscience d'être allée trop loin avec lui, mais il aurait pu me parler plus tôt, au lieu de m'envoyer aussi loin de lui. Je suis en colère contre lui. Contre mon ami aussi, de m'avoir forcée à partir. Je ne lui adresse d'ailleurs pas la parole et cela fait déjà trois jours que je suis hébergée chez Paloma et lui.

Voir Lilou, jouer avec elle et m'occuper d'elle me procurent un bien fou. Je sens Jimmy sur ses gardes. Il attend le moment où je vais craquer. J'aimerais bien, mais mes émotions sont bloquées en moi depuis l'annonce de la mort de ma grand-mère. Je sais que je devrais pleurer, extérioriser ma tristesse, mais je n'y arrive pas. Je crois que c'est pour ça que je m'en prenais à Ezra. Avec lui, ma tristesse ressortait bien plus facilement et le fait qu'il m'évite de plus en plus me permettait de ne pas flancher.

J'aimerais être forte. Montrer à mes parents et à mamie Pêche que je peux m'en sortir. Seulement maintenant, j'ai perdu l'homme

que j'aime avec mes conneries. Je sais qu'il contacte Jimmy tous les jours. En général, il appelle au moment du dîner et Jim' s'éclipse en me lançant un regard. J'ai compris, je ne suis pas si conne.

Je suis souvent tentée de lui demander des nouvelles, mais la peur prend le dessus. Et s'il s'était rendu compte que la vie sans moi était plus simple ? Si sa vie de célibataire lui manquait, finalement ? Ouais, si c'est le cas je ne sais pas si je supporterai la vérité. Je n'ai pas spécialement envie que l'on achève mon cœur. Je ne suis pas prête. Il faudrait déjà qu'il commence à cicatriser du départ de mamie Pêche.

Je suis devant l'école de Lilou, c'est moi qui la récupère après les cours depuis hier. On prend le goûter ensemble et ça me permet de ne plus réfléchir à tout ça pendant quelques heures. Souvent, on discute de ses camarades et de sa nouvelle vie ici. Comme je le pensais, elle s'est bien intégrée et s'est fait de bons copains rapidement. Je suis donc avec les autres parents à attendre la sortie des petits monstres.

Quand je vois sa petite tête apparaître, je m'avance et m'attends à recevoir un super câlin comme la veille, mais au lieu de ça, elle arrive tête basse.

—Bah ma puce, qu'est-ce que c'est que cette tête ? Tu n'es pas contente de me voir ?

Elle hoche la tête sans répondre, les yeux toujours sur ses chaussures.

—Viens, on va aller prendre un goûter au chaud et tu vas me raconter tes malheurs.

Nous nous dirigeons vers un café et je commande deux chocolats chauds pour nous réchauffer de ce froid. On est dans le sud, mais à l'approche de Noël faut pas rêver, il fait un froid de canard quand même.

—Allez, ma puce, regarde-moi et raconte-moi ce qu'il t'arrive.

Elle secoue la tête refusant de me regarder.

—Lilou, dis-moi ce qu'il se passe je commence à m'inquiéter.

—Non, je veux pas. Je veux être comme toi, répond-elle boudeuse.

—Comment ça ma puce ? Pourquoi comme moi ?

—Toi tu ne pleures jamais, même quand ta mamie est partie au ciel. Je veux être forte comme toi, tata.

Figée, j'assimile lentement ce qu'elle me dit et déglutis difficilement. Une gorgée de ma boisson m'aide à avaler la pilule et surtout, à trouver comment lui expliquer mon comportement.

—Moi aussi, je pleure parfois, tu sais, ça fait du bien de temps en temps. Tu ne seras pas moins forte pour autant. Je pense même que les gens qui s'autorisent à verser des larmes sont bien plus forts que moi.

—Alors pourquoi tu ne pleures pas toi ?

Merde, elle va finir par réussir à me faire pleurer, alors que je suis complètement à sec depuis plusieurs jours. Je prends une grande inspiration, pour ne pas flancher maintenant dans ce café bondé.

—Je ne sais pas. J'aimerais vraiment pleurer, ça me soulagerait, mais je crois que je suis bloquée de l'intérieur.

—Et ça te fait mal ? demande-t-elle avec ses yeux brillant d'innocence.

—Oui, un peu.

—Si tu veux, on peut pleurer ensemble comme ça on sera plus fortes.

Je lui souris et hoche la tête. Je lui propose de finir nos boissons et de rentrer chez elle pour discuter dans sa chambre tranquillement de ce qui nous donne envie de pleurer. Quand je pense qu'elle se retient de montrer ses émotions juste parce qu'elle me voit agir de la sorte, cela me fend le cœur.

La maison est calme quand nous arrivons et c'est avec la main de Lilou glissée dans la mienne que je monte les escaliers pour accéder à sa chambre.

Je lui propose de me raconter ses problèmes, en la laissant pleurer sur mon épaule. Ce n'est qu'une histoire d'enfant, mais du

haut de ses six ans, c'est un drame insurmontable. Je la réconforte comme je peux et quand ses sanglots se tarissent, elle me demande de parler de ma grand-mère. Et une fois ouvertes, les vannes ne s'arrêtent plus. Je pleure en lui racontant comment était mamie Pêche, comment elle me réconfortait quand j'avais des soucis, comment elle me faisait rire aussi. Et ce qu'elle m'a appris à cuisiner. Je lui débite tout ce qui me passe par la tête. Je la serre contre moi, soulagée. Elle m'écoute attentivement et me pose parfois des questions. Elle me serre contre elle et je n'ai jamais reçu de câlin si réconfortant.

C'est comme ça que son père nous découvre. Je sèche vite mes perles salées pour éviter de l'inquiéter.

— Papa, tu sais tata Ariana elle avait une super mamie ! Elle lui montrait même des bêtises.

Je pouffe et Jimmy nous regarde, attendri. Il demande à sa fille de rejoindre Paloma et nous voilà seuls.

— Je suis désolée Jim'. Je me suis comportée comme une idiote avec toi.

Pour toute réponse, il m'ouvre les bras et je me précipite pour le serrer contre moi. Il m'embrasse le haut de la tête et je soupire d'aise.

— Ne te tracasse pas. Chacun vit son deuil comme il peut. Tu as vécu beaucoup de choses ces derniers temps, ma puce.

— Ce n'était pas une raison pour te faire la gueule. Tu m'accueilles chez toi et moi je passe mon temps à t'éviter.

— Pff ça c'est rien. J'en connais un qui a subi bien pire.

L'allusion à Ezra est claire et mon cœur bondit dans ma poitrine.

— Ouais, je suis une vraie peste quand je veux, soufflé-je la tête basse.

— Le principal, c'est que tu en aies conscience.

Après avoir retrouvé mon meilleur ami, je me suis sentie mieux. Pleurer m'a fait le plus grand bien. Je ne suis pas sûre d'être prête à retourner vers Ezra. Je veux me laisser un peu de temps. Je vais

profiter d'être avec mes amis, quand je me sentirai prête à le revoir, à continuer une relation avec lui, je rentrerai. Je l'aime et il me manque, mais je ne suis pas certaine que cela suffise actuellement. Il m'a laissé le malmener et je ne veux pas recommencer.

Si je décide de le retrouver, je saurai me faire pardonner. Je lui montrerai que je peux me battre pour lui, mais je ne veux pas lui donner de faux espoirs. J'ai jusqu'à Nouvel An pour prendre une décision, ensuite je serai obligée de rentrer soit pour reprendre ma place au centre ou alors, pour avoir une discussion avec Marie.

Un matin, alors que je prends un café en compagnie de Jimmy, il me surprend en me parlant d'une chose qui m'était complètement sortie de la tête.

—Tu seras avec nous samedi soir ou tu penses rentrer ?

—Il y a quoi samedi ?

Il me regarde étrangement et pendant un instant, je crois avoir une moustache ou un morceau de gâteau coincé quelque part. Je passe la langue sur mes dents et une main sur mon visage, mais je n'ai pas l'impression qu'il y ait quoi que ce soit.

—Ariana, tu plaisantes ? Samedi, c'est le réveillon de Noël.

Oh merde ! J'ai oublié Noël !

—Tu avais vraiment zappé. Je n'y crois pas… Avec Lilou qui n'arrête pas de parler de ses cadeaux, je pensais que tu t'en souviendrais.

—Bah non. Je n'y ai vraiment plus pensé, réponds-je en secouant la tête. Du coup, je suppose que tu reçois ta famille ?

—Oui, mes parents viennent ainsi que ceux de Paloma. Mon frère aussi fait la route. Pour une fois que ça tombe un week-end, on va en profiter.

—Cool vous devez être contents, ça va être chouette. Euh… du coup, ne t'inquiète pas, si je ne rentre pas chez moi, j'irai à l'hôtel.

Je suis un peu gênée d'avoir oublié ce léger détail. Heureusement, j'ai déjà acheté leurs cadeaux, mais j'étais persuadée que c'était

la semaine prochaine au moins. Je suis vraiment à l'ouest en ce moment.

—Ariana, je ne te chasse pas. Je veux juste savoir si on te compte avec nous à table.

Je hausse les épaules.

—Je n'en sais rien. J'étais tellement persuadée que je le passerais avec ma grand-mère, que maintenant qu'elle nous a quittés, je n'ai pas encore réfléchi à ce que je voulais faire, songé-je.

—Tu fais comme tu le sens. En revanche, si je peux me permettre, je suis sûr qu'il y a une personne qui serait ravie de le passer avec toi.

—Lilou n'est qu'une enfant, tout ce qui l'intéresse, c'est d'ouvrir ses cadeaux.

—Je pensais à Ezra. Tu devrais lui donner des nouvelles.

—Tu le fais déjà, à quoi ça sert que je l'appelle ? Si c'est pour se faire du mal, j'ai donné, murmuré-je en prenant une gorgée de café.

—Tu ne t'es pas dit que si c'était douloureux, c'est que c'était important. Ariana, je ne plaisante pas. Tu as su me remettre les idées en place quand j'ai su que Paloma partait. Alors c'est à moi de t'aider un peu cette fois. Tu te souviens des questions que tu m'as posées ce jour-là ?

—Vaguement.

Mauvaise foi, bonjour !

—Réponds simplement par oui ou par non. Tu l'aimes ?

Quel traître !

—Oui.

—Bien ! Et tu te vois faire ta vie sans lui ?

Il m'énerve !

—Je ne sais pas. Franchement, Jimmy c'est différent là !

—Ce n'est pas une réponse. Oui, ou non ?

Je souffle et essaie de réfléchir. Mon avenir est tellement flou en ce moment que je ne sais vraiment pas quoi répondre. Et en même temps, la seule chose que j'arrive à voir, c'est qu'il sera à mes côtés.

—Non, je ne pense pas.

Il hausse un sourcil, content de lui.

—Alors pourquoi tu ne le rejoins pas ?

—Je n'ai plus rien là-bas à part lui. J'ai peur que le souvenir de mes parents, de ma grand-mère, de tout ce qu'il s'est passé au centre ne me fasse plus de mal que de bien.

—Je te rappelle que moi aussi j'avais peur de venir ici. Je n'avais rien ici alors que mon bar était installé, j'avais des potes, mes parents ne vivaient pas loin. Je t'avais toi. Lilou avait sa vie aussi, mais au final je suis content d'avoir suivi Paloma. Certes, nous allons avoir un enfant et ma famille peut se déplacer, néanmoins je suis heureux de l'avoir choisie. Je sais que ta vie est différente, mais ça revient au même, il faut juste que tu saches si tu aimes Ezra assez pour affronter tout ce que tu as vécu là-bas. Et puis, tu n'es pas seule, les parents d'Ezra t'adorent, Rom' aussi aimerait que tu reviennes. Et les jeunes du centre, tu comptes leur dire quoi ?

—OK, j'ai compris. Je vais y réfléchir sérieusement. Tu peux me laisser jusqu'à demain pour te répondre.

Il hoche la tête et nous reprenons nos activités de la journée.

Je sais qu'il faut que je prenne une décision. Pour Ezra et pour moi, car à la gare, ce jour-là, c'était peut-être des adieux, finalement…

Chapitre 17

Un Noël sans elle.

Ezra

Demain, c'est Noël et cela fera une semaine que j'ai laissé Ariana partir. Je suis retourné au boulot et on a repris nos habitudes avec Rom'. Faire semblant d'être bien est devenu une habitude. Une semaine où je passe mon temps à regretter de l'avoir éloignée de moi. Plus le temps passe, plus j'ai peur d'avoir fait une bêtise. Si seulement elle acceptait de me parler, je pourrais prendre mon mal en patience. Jimmy me donne de ses nouvelles tous les soirs, mais entendre sa voix m'aiderait certainement à déceler ses émotions. Je sais qu'elle m'en veut, Jim' a dit qu'elle ne lui avait pas parlé pendant plusieurs jours. Je sais qu'elle a pleuré et qu'elle se sent un peu mieux concernant le départ de Pêche. Ce que j'aimerais moi, c'est savoir si elle va revenir ou si elle va quitter définitivement cette ville, ses amis, son boulot et surtout, si elle va me quitter moi.

Ma mère a arrêté de me demander si elle sera présente au réveillon. Je crois qu'elle a compris que je n'en savais pas plus qu'elle et que je souffrais de ne pas avoir de nouvelles.

Je viens de rentrer d'une journée de boulot et je n'ai pas la patience d'attendre plus longtemps pour appeler Jimmy, tant pis s'il est occupé.

Les sonneries s'enchaînent et je m'impatiente.

—Euh… ouais attends.

OK, déjà il m'a répondu. Je l'entends discuter et au loin je reconnais le rire d'Ariana. Je souris instinctivement à ce son et mon cœur se met à battre plus rapidement.

—C'est bon, je t'écoute, Ez'

—Euh, je crois que j'ai ma réponse, elle a l'air d'aller bien.

—Elle rit aux blagues douteuses de mon frère, c'est pas vraiment un bon indicateur, crois-moi.

Je ne retiens qu'une chose dans sa phrase et je n'aime pas du tout ça.

—Ton frère ?

—Ouais, il vient d'arriver, il passe le réveillon avec nous.

Merde, je ne sais pas si je suis énervé parce qu'elle est avec un autre homme ou parce qu'elle va passer le réveillon avec eux.

—Quand je l'ai laissé partir avec toi, ce n'était pas pour que tu la fourres dans les bras d'un autre ! m'emporté-je.

Il pouffe, ce qui augmente ma pression artérielle. Si je l'avais en face de moi, je lui foutrais une droite à ce con. De quel droit il se fout de moi, je lui ai demandé de l'aider à se remettre d'aplomb, pas à rencontrer d'autres mecs.

—Calme-toi Don Juan, elle ne fait que rire et parler avec lui. Je croyais que vous aviez réglé cette histoire de confiance.

Je grogne pour toute réponse, il m'énerve à avoir raison.

—Bon, tu voulais autre chose monsieur grognon ? demande-t-il amusé.

—Non, si elle va bien, je suppose que c'est tout ce que je souhaitais savoir. Merci pour ce que tu fais pour elle Jim', t'es un super pote.

—Elle est comme ma petite sœur, je ne fais que ce qu'elle mérite. Je te souhaite un bon réveillon, mon pote.

Je raccroche et un sentiment de désespoir s'empare de moi. Moi qui espérais qu'elle reviendrait pour le réveillon, je sais à présent qu'elle n'en a pas du tout l'intention.

Après avoir appelé ma mère pour l'avertir de l'absence d'Ariana demain soir, je m'installe sur le canapé avec mon ami de la soirée. Jack Daniel's a le mérite de me permettre d'oublier certains aspects de ma vie et ce soir, j'en ai marre de tout retourner dans ma tête. Faire une pause ne fait pas de mal, demain je ne bosse pas et je ne suis attendu qu'en fin de journée, rien ne m'empêche de me bourrer la gueule.

— Qu'est-ce que tu as foutu mec ? Putain, allez, aide-moi.

Je sens quelqu'un me tirer par le bras et essayer de me lever. Qu'est-ce qu'il se passe, encore ? Et pourquoi il crie ce connard ? Je me dégage de ses bras et retombe à terre.

— Allez, Ez' tu déconnes ! Lève-toi et va te doucher, tu pues l'alcool.

J'entends que quelqu'un se déplace, il a dû partir, tant mieux, il arrêtera de brailler et je vais pouvoir me rendormir.

— Eh ! Oh putain !

Je viens de me prendre un verre d'eau sur la tronche et mes yeux s'ouvrent d'eux-mêmes, cherchant le responsable.

— C'est bon, tu te sens mieux ? Allez, lève-toi, ta mère va nous attendre.

Hein, de quoi il cause ?

— Fous-moi la paix Rom', j'ai le droit de boire ce soir, demain on ne bosse pas.

— Ouais sauf que c'est le réveillon et que ta mère va péter un câble quand elle va voir ta tronche.

— Quoi ? Non, c'est demain le réveillon, je sais, je viens d'appeler ma mère pour la prévenir qu'Ariana ne sera pas là.

Il me tend mon portable et me montre la date. Merde, j'ai dû m'endormir. OK, réfléchissons, merde il veut pas arrêter ce massacre, le marteau piqueur là-haut.

—Va prendre une douche, je te prépare un café serré.

Je me lève difficilement, mais arrive quand même à la salle de bain sans trop de problèmes. Une douche va me faire du bien. Comment ai-je pu oublier que c'était le réveillon ? Le premier avec mon frère depuis cinq ans. Je ne dois pas négliger ma famille. Ariana ne sera pas là. OK ! Mais ils ne doivent pas subir ma tronche d'ivrogne à cause d'elle.

Une fois douché et rasé de près, j'enfile mes affaires et mon pull traditionnel de Noël. Quand j'y pense, je suis bien content qu'elle ne me voie pas avec cette horreur. Je retrouve Rom' qui tape frénétiquement sur son portable. Quand il m'aperçoit, il me tend un café et je le bois lentement, sentant mon estomac faire des siennes. Ça promet pour le repas.

On arrive chez ma mère avec une heure de retard et au lieu de me couvrir, mon meilleur pote ne se prive pas pour me balancer à mes parents. Mon père me tape dans le dos, compatissant, alors que ma mère me fait la leçon. Je fusille Roméo du regard sans aucun effet. Enzo et Azzalée sont là et nous commençons comme chaque année avant ma séparation avec elle, les préparatifs en famille. Certains mettent la table, d'autres ouvrent les huîtres ou préparent l'apéritif. Bref, on passe un bon moment et même s'il me manque quelqu'un pour que tout soit parfait, je profite.

Ma mère nous envoie, Enzo et moi, à la cave pour aller chercher les bouteilles de vin qui accompagneront le repas.

—Maman t'a dit lesquelles il fallait prendre.

Enzo me regarde bizarrement.

—Quoi ?

—On était tous dans la cuisine quand elle nous a énuméré le nom des bouteilles.

—Ah bon. Je n'ai pas fait attention.

—Ouais, tu n'es pas vraiment attentif ce soir. T'es sûr que ça va ?

—Oui, c'est juste que… rien, laisse tomber.

—Ezra, tu es mon frère, je sais que ces dernières années ne nous ont pas rapprochés, loin de là, mais tu peux me parler. Maman m'a dit qu'Ariana ne serait pas avec nous ce soir, c'est ça qui t'empêche d'être pleinement avec nous ?

Je souffle, vaincu, il ne me lâchera pas tant que je ne lui aurai pas parlé. On n'est pas jumeaux pour rien, quand on veut savoir une chose, on va chercher l'info à la source et on ne lâche pas tant qu'on n'a pas ce qu'on veut.

—J'aurais aimé qu'elle soit là ce soir, mais je ne peux rien y faire. Je voudrais me réjouir de la savoir heureuse ou du fait qu'elle se sente mieux, mais je n'y arrive pas. J'aurais aimé être celui qui lui rendrait le sourire. Celui vers qui elle se tournerait pour aller mieux. En fait, je suis un gros égoïste.

—Non, je ne trouve pas. Ezra, tu es loin d'être égoïste. Tu l'as laissé partir parce que tu pensais que ça lui serait profitable et a priori, tu as eu raison. Maman m'a confié comment elle se comportait avec toi. Je ne suis pas sûr que j'aurais la patience dont tu as fait preuve avec elle, si Azzalée devait faire la même chose. Tu n'as rien à te reprocher et je suis persuadé qu'elle le sait. Le peu que je l'ai vue, j'ai pu constater qu'elle était plutôt intelligente et les regards ne trompent pas Ez', elle t'a dans la peau, alors elle reviendra.

Je hoche la tête assimilant ce qu'il me dit. Qu'est-ce que je peux répondre de plus, il a tout dit. J'ai fait ce que je pensais être le mieux pour elle et pour notre avenir. Je n'ai pas à regretter de l'avoir laissée aux bons soins de notre ami. Elle y a trouvé du réconfort, sans moi et alors ? Ça ne veut pas signifier qu'elle ne reviendra pas. Maintenant, je vais assumer ma décision et arrêter de m'inquiéter pour une hypothétique rupture. Tant qu'elle ne me dira pas elle-même que c'est terminé, je me dois de croire en nous. Fort de cette nouvelle résolution, j'aide Enzo à prendre les bouteilles qu'il me tend et nous retournons dans la cuisine.

—Merci les garçons. Maintenant, j'ai besoin d'un volontaire pour tartiner les toasts avec moi, deux pour mettre la table et un pour aider votre père à ouvrir les huîtres.

Azzalée s'installe de suite aux côtés de ma mère, Enzo se précipite sur les assiettes. Merde, je déteste ouvrir les huîtres ! Roméo et moi nous jaugeons, on sait ce qui va se jouer. Il aime autant que moi s'occuper des huîtres. Je m'apprête à me jeter sur les couverts quand la sonnette de l'entrée résonne.

—Le premier qui ouvre met la table !

Et il court jusqu'à la porte. Le con, il va m'avoir ! Je pars à sa suite et le rattrape au moment où il pose la main sur la poignée. Morts de rire, comme les gamins que nous sommes à cet instant, nous ouvrons.

Mon rire se stoppe à l'instant où je reconnais la femme qui se tient devant nous. Je ne prête pas attention à Roméo qui décide de retourner en cuisine. Je crois que j'ai gagné, pour le coup. Et sur tous les plans.

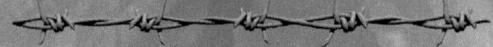

Ariana

Ma décision a été facile à prendre. Je ne me vois pas vivre sans Ezra. Je me suis dépêchée de prendre un billet de train pour le samedi matin, je suis arrivée dans l'après-midi, j'ai juste eu le temps d'aller me changer. Je ne vais pas mentir, retourner dans la maison de mamie Pêche m'a bouleversée. J'ai pleuré pendant un bon moment. Jusqu'à ce que j'arrive à reprendre pied et à me préparer pour retrouver l'homme que j'aime. J'ai demandé à Jimmy de l'avertir de mon arrivée, je ne voudrais pas me pointer comme un cheveu sur la soupe le soir du réveillon. Marie et Maxence méritent de savoir que je serai présente. Je n'ai pas pu le joindre moi-même, mon portable m'a lâchée jeudi soir. J'espère que Jimmy

a réussi à le joindre, merde maintenant je stresse. Je me suis déjà assez comportée en peste avec Ezra, je ne voudrais pas qu'ils me prennent pour une fille qui se tape l'incruste dans une famille qui n'est pas la sienne.

Pendant cette semaine, j'ai beaucoup réfléchi et je me suis rendu compte que j'ai beaucoup de choses à faire dans cette ville et surtout pour le centre. Ma grand-mère était fière de ce que j'accomplissais pour eux et je lui dois de continuer surtout que j'adore ça. Je me suis souvenue d'une chose importante que j'aimerais partager à Marie. Ce soir n'est pas le moment idéal pour parler boulot, mais j'ai déjà attendu trop longtemps.

Il est 20 h 30 et j'arrive devant chez les parents d'Ezra. Je prends une grande inspiration avant de sortir du véhicule. Une boule au ventre m'accompagne à l'approche de le revoir. Le fait de ne pas avoir pu lui parler avant que je n'arrive me met une pression supplémentaire dans l'estomac. Bordel, j'ai rarement été aussi stressée de sonner chez quelqu'un.

J'appuie sur la sonnette et peu après j'entends des pas précipités et des rires graves. Je reconnais parfaitement le sien, c'est pourquoi je ne suis pas surprise de le découvrir derrière cette porte.

—Ariana, tu exagères, par ta faute je vais me taper les huîtres !

Je regarde Rom', sans comprendre un traître mot de ce qu'il dit, trop focalisée sur Ezra qui me fixe comme s'il ne croyait pas à ce qu'il avait sous les yeux.

—Salut, je suis désolée de ne pas avoir pu t'appeler, heureusement, Jimmy t'a prévenu, enfin voilà je…

Je m'emmêle les pinceaux, complètement déboussolée par mes sentiments pour lui qui refont surface en mille fois plus puissants.

Il s'avance, je recule. Il ferme la porte et nous nous retrouvons dehors, tous les deux. Tous les deux, muets. Je ne sais pas quoi dire, comment me comporter. J'ai envie de le toucher, de l'embrasser, mes doigts me démangent de sentir sa peau. Je me retiens ne sachant pas quelle sera sa réaction.

—Jimmy m'a dit que tu passais le réveillon avec eux, commence-t-il.

—Hein ? Non, je lui ai demandé de t'appeler pour te prévenir de mon arrivée. J'ai pris le train ce matin.

—Il ne m'a rien dit. Et pourquoi, ce n'est pas toi qui m'as averti ?

—Mon téléphone m'a lâché. Mince, moi qui pensais que tu aurais prévenu tes parents.

Je réfléchis à toute vitesse, je ne peux pas rester ici alors que je n'étais pas prévue. Moi, qui espérais des retrouvailles joyeuses et passer le premier réveillon sans ma grand-mère avec une famille qui m'accepte.

—Ça ne gênera pas ma mère que tu sois là, tu sais.

—Moi, ça me gêne. En plus, quand je repense à mon comportement avant mon séjour dans le sud, j'ai honte. Je…

—Chut, ne parlons pas de ça maintenant, on a le temps d'en reparler, m'arrête-t-il en posant son doigt sur ma bouche.

—Non, Ezra, je veux m'excuser. Je te dois des excuses. Je ne sais même pas comment tu as pu me supporter. J'ai été une vraie peste avec toi et à peine plus aimable avec ta famille.

—Tu venais de perdre ta grand-mère, on peut le comprendre. Viens on va passer un bon réveillon et on discutera ensuite quand on sera au calme.

—Attends, Erza, laisse-moi te dire une chose avant. J'aurais dû te dire ça bien avant, mais avec tout ce qu'il s'est passé, je n'étais plus moi-même et j'ai oublié le temps d'un instant que c'était important que tu le saches.

—OK, je t'écoute.

—Je suis complètement et irrémédiablement amoureuse de toi, Ezra. Je sais que mon comportement a pu te…

Je n'ai pas le temps de terminer ma phrase que sa bouche est sur la mienne et que je retrouve enfin le goût de ses lèvres. Je prends tout ce qu'il m'offre, trop heureuse de le retrouver et qu'il accepte mes excuses. Je sais que nous devons parler de tout ce qu'il s'est

passé et de notre avenir, mais rien que là, je sais que tout ira bien à présent. Nous pouvons vivre notre relation au grand jour, plus rien ne peut nous séparer. Ni mon besoin de cacher ma relation à ma patronne ni à nos ex, et encore moins au malade qui m'a mise en danger à plusieurs reprises.

Nous rentrons dans la maison, et le stress que je ressentais s'évapore à la minute où Marie me prend dans ses bras. Nous apprenons qu'ils étaient au courant de ma venue. Jimmy n'avait pas voulu appeler Ezra pour lui faire la surprise, il a donc contacté Roméo qui s'est chargé de faire la commission aux parents d'Ezra.

Nous passons une soirée agréable, je suis heureuse de pouvoir sourire et rire en ce jour de fête familiale.

Mon premier Noël sans elle.

Mon premier Noël avec lui.

Et à cet instant, je sais que je ferai tout mon possible pour qu'il y en ait encore plein d'autres à ses côtés. Ma main dans la sienne, je lui souris heureuse, et en paix avec ma vie.

Chapitre 18

La demande.

Ezra
8 mois plus tard

—Alors prêt pour ce soir ?

Je regarde Rom' qui connaît très bien la réponse à cette question. Tu parles que je suis prêt, j'attends ça depuis un sacré moment. Aujourd'hui, c'est un jour spécial. Aujourd'hui, cela fait un an qu'Ariana et moi nous sommes rencontrés. Cette année n'a pas été de tout repos, nous avons eu des hauts et des bas. Entre nos ex qui ressurgissent, notre arrangement qui, je peux bien me l'avouer maintenant, était complètement con. Sans oublier le moment où j'ai appris ce qu'elle a vécu enfant. Puis la séquestration et le décès de sa grand-mère, qui a bien failli nous séparer. Ouais, toute cette année a été rythmée. Heureusement, après Noël dernier nous n'avions plus qu'à profiter. Ariana a repris son travail au centre comme prévu, mais n'a pas oublié Marlon pour autant. Elle a fait en sorte que la proposition du galeriste lui soit renouvelée dans les environs de la ville où il vit actuellement. Elle n'a pas le droit de l'approcher ni de savoir où il se trouve et parfois je sais que ça la démange de le chercher. Mais elle est consciente de ce qu'elle risque, que ça soit au niveau de son boulot ou de la justice. Elle n'a pas le droit de s'approcher d'un mineur qui n'est plus sous sa tutelle. C'est une question d'éthique. Dans un peu moins d'un an, quand il sera majeur, elle pourra le revoir s'il l'accepte.

Bref, tout ça pour dire qu'aujourd'hui, tout va bien pour nous et que je vais faire une chose que je m'étais interdit de faire il y a encore un an.

—Je suis prêt, tu le sais très bien.

—Ouais, c'était juste pour te foutre un coup de pression.

Il se marre, mais en attendant, je ne ressens pas toute cette pression dont il parle. C'est étonnant d'ailleurs, quand j'ai fait ma demande à Azzalée, j'étais tétanisé. Là, je me sens serein. Je suis sûr de moi et je suis persuadé qu'elle va me répondre oui. Enfin, j'espère sinon je ne suis pas certain de m'en remettre.

Merde ce con a réussi à me foutre la trouille à me poser des questions.

Je ferme mon casier avec force et me barre sous son rire. Il est fier de lui en plus !

Ce soir, pas de restaurant gastronomique qui coûte une blinde, non, on se rend dans notre resto favori, le petit italien qui se trouve près de chez nous. Ah oui, parce qu'on vit ensemble depuis Noël. Elle ne voulait pas retourner dans la maison de sa grand-mère. Au début, elle voulait louer un appart', mais j'ai refusé tout net. Je la désirais auprès de moi tous les soirs. Elle m'avait bien trop manqué lors de son séjour chez Jimmy et il est hors de question de reproduire ça.

Ouais, on peut affirmer que ma vie a bien changé en un an.

J'arrive à la maison et la découvre derrière les fourneaux. Une chose qui ne change pas avec elle et qui a joué dans ma décision de la faire emménager avec moi à l'appart, c'est qu'elle me concocte des repas succulents. Mais pour le coup, là, je ne comprends pas ce qu'elle y fait.

—Tu sais qu'on sort ce soir ?

Elle se retourne et me lance un sourire éblouissant.

—Oui, c'est pour demain matin. Je me suis dit qu'on n'aurait pas envie de sortir chercher des viennoiseries alors je fais des croissants.

Je l'attire à moi et l'embrasse.

—Tu penses à tout. Ce week-end, c'est rien que nous deux et on ne sort pas d'ici.

—Je croyais qu'on devait sortir ce soir ?

—Oui, après on ne bouge plus, on éteint nos téléphones, on ferme à double tour, on ne pense qu'à nous, annoncé-je en l'enlaçant.

—Hum, ce programme me plaît bien.

Elle me donne un léger baiser et me pousse de la cuisine.

—Va donc prendre une douche le temps que je termine.

—Tu veux pas m'accompagner ?

Ma moue boudeuse la fait rire.

—Non, sinon on ne sortira jamais d'ici. Allez, Monsieur l'agent, filez de ma cuisine !

Elle a raison, si on commence maintenant, je ne mettrai jamais mon plan à exécution. Et j'y tiens trop pour louper cette soirée.

Une fois que je suis prêt, elle prend ma place et ressort avec sa robe blanche. Celle qu'elle portait il y a un an. Ma préférée.

La soirée commence vraiment bien. J'espère trouver en dessous la même chose que ce qu'il y avait la dernière fois. Merde, je me sens à l'étroit d'un coup.

Le regard qu'elle me lance me confirme qu'elle a conscience de ce qui me perturbe.

Au restaurant, nous sommes placés à notre table habituelle, je prétexte un besoin urgent pour aller voir Ricco le patron et cuistot, je lui remets le bijou et m'assure que tout est prêt.

Je n'ai pas fait dans le grand tralala, ce ne serait pas nous, mais juste ce qu'il faut pour que ce soit une soirée spéciale.

Nous trinquons à nous et à notre avenir. On commence notre repas, en discutant de tout et de rien. Du prochain gala qu'elle organise pour la seconde année. On parle de nos amis, de Paloma qui a accouché d'un petit garçon, Liam. Ariana en est la marraine et elle prend son rôle très au sérieux. On rit de Rom' et ses rendez-vous foireux. Le pauvre, il n'a vraiment pas de bol, il tombe toujours sur des garces. Il est trop gentil. On parle du mariage de mon frère. J'ai fini par accepter d'être son témoin. Après tout, de l'eau a coulé

sous les ponts. Je ne suis plus amoureux de la mariée et j'ai compris ce qui les liait tous les deux. Ils ont une belle complicité, comme celle que j'ai avec Ariana. Je suis heureux aujourd'hui et je serais quel genre d'homme, si je gâchais le bonheur de mon frère pour une histoire vieille de six ans.

Le dessert arrive et avec ça Ricco envoie les musiciens que j'ai fait venir. Simple, mais pas moins élégant. Une guitare sèche et une voix de velours qui entonne *All of me* de John Legend. Cette chanson, parce qu'à cet instant, je lui donne tout de moi et j'espère qu'elle me donnera tout d'elle.

Je mets un genou à terre, le cœur battant. Elle me regarde faire, complètement perdue et je souris en contemplant la surprise dans ses prunelles. Je remarque des larmes perler au coin de ses yeux. J'espère juste que ce sont des larmes de joie, sinon je vais passer pour un con. Je soulève le couvercle qui recouvre son dessert et elle y découvre un écrin ouvert. J'espère que Pêche me regarde, car j'honore ma promesse aujourd'hui.

—Ariana, je…

Merde, ma voix part dans les aigus. Je m'éclaircis la gorge et reprends. *Ce n'est pas le moment de flancher Ezra.*

—Ariana, ça fait maintenant un an que nous nous sommes vus pour la première fois. Un an que nous nous sommes pris la tête pour la première fois. Et un an que je suis tombé sous ton charme. Tu sais que je ne suis pas doué pour les beaux discours alors je vais faire vite. En plus, c'est hyper inconfortable cette position.

Elle rit et je souffle un peu plus détendu. Les gens autour de nous, nous observent et j'ai envie de les envoyer chier. Merde, ils ne peuvent pas faire semblant de ne rien voir, c'est trop demandé !

—Ariana, accepterais-tu de devenir ma femme ?

Je la regarde, attendant une réponse, mais la seule chose que je vois c'est ma belle qui sanglote sur sa chaise. Merde, j'ai fait une connerie. Putain, elle va me jeter.

—Ariana, je… si c'est trop tôt…

—Oui.

—Hein ?!

Je ne suis pas sûr d'avoir bien entendu.

—Tu peux répéter ?

J'ai l'air d'un con, mais mon cœur qui bat directement sous mes tempes me donne le vertige.

—Bien sûr que j'accepte. Je t'aime Ezra.

Merde, elle a dit oui. Elle a dit oui ? Putain qu'est-ce que je fous encore par terre moi !

Je me lève et l'incite à m'imiter, pour que je puisse la prendre dans mes bras et lui donner un baiser digne d'un film romantique. On se donne en spectacle, mais rien à foutre. Ils ont qu'à bien regarder, ouais, cette femme est à moi et à personne d'autre !

Après tout ça, nous nous remettons de nos émotions, je glisse à son doigt la bague qui lui revient. Nous nous dépêchons de prendre nos desserts pour fêter nos fiançailles plus intimement.

Nous passons notre nuit à satisfaire notre désir mutuel. Le samedi n'est fait que de sexe, entrecoupé de pauses gourmandes. Je suis le plus heureux des hommes. Si on pouvait rester ainsi, reclus rien que nous deux pour l'éternité… Malheureusement, la réalité nous rattrape avec l'impatience de mademoiselle à divulguer la nouvelle à son meilleur ami.

—Tu peux pas attendre demain, ou lundi pour lui annoncer ? Franchement, j'ai bien d'autres projets en tête pour le moment. Je glisse mes doigts sous le drap qui couvre son corps nu. Je caresse ses cuisses remontant lentement vers la zone qui m'intéresse.

—T'es une vraie machine, ce n'est pas possible ! Allez, laisse-moi deux minutes, après promis, je serai toute à toi.

Je grogne, mais retire ma main. Pas trop envie qu'un autre homme entende ses gémissements. De mauvaise grâce, je m'écarte et allume mon portable. J'ai deux messages des deux seules personnes qui étaient au courant de mes projets. Je réponds à mon frère en premier puis passe à celui de Roméo.

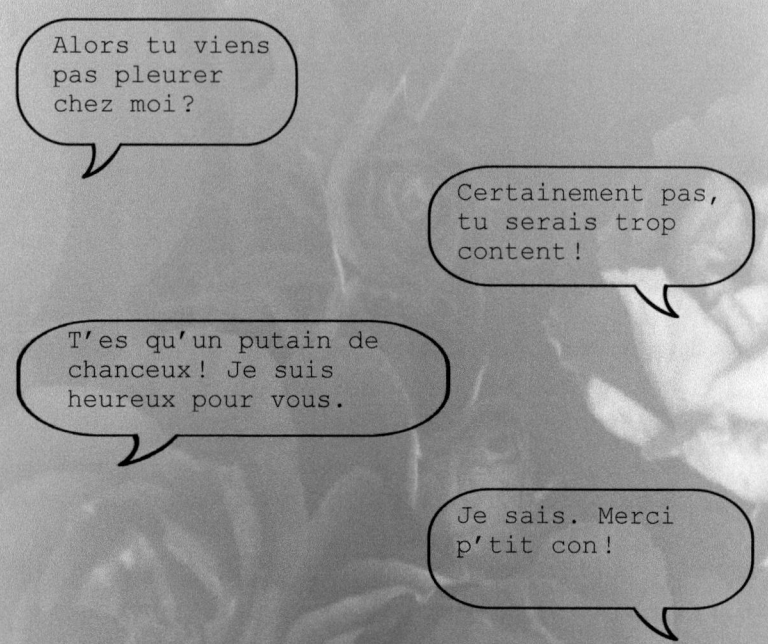

Alors tu viens pas pleurer chez moi ?

Certainement pas, tu serais trop content !

T'es qu'un putain de chanceux ! Je suis heureux pour vous.

Je sais. Merci p'tit con !

Je repose mon portable bien décidé à reprendre le cours de notre week-end et oublier les gens extérieurs. Seul son corps contre le mien compte à l'instant. Ariana est encore au téléphone racontant le menu de notre soirée. En constatant que cela s'éternise, je décide de l'aider à mettre fin à sa conversation, rapidement.

Je me faufile sous le drap et commence à embrasser, lécher, mordiller sa peau douce. De sa cheville, je passe au mollet, la cuisse, de l'une à l'autre, je l'oblige à écarter les jambes. Je remonte lentement, je sens son corps réagir et j'entends ses légers soupirs. Elle met fin à son appel au moment où je passe ma langue sur son point le plus sensible. Elle exhale et gémit à chaque coup de langue que je lui offre. Rapidement, elle enlève la couverture et me dédie un regard empli de désir. Je remonte et l'embrasse passionnément. J'ai encore besoin d'elle. Toujours. Depuis quelques mois, nous avons décidé d'arrêter les capotes, ce qui facilite grandement mes actions à cet instant. Nous avons confiance l'un en l'autre,

elle prend la pilule et nous sommes d'accord pour attendre avant d'avoir des enfants.

Et puis franchement, sans latex, ce n'est quand même pas la même chose, bordel! Je ne me vois plus en mettre maintenant que je l'ai goûtée à nu, je ne peux plus m'en passer.

Tout en l'embrassant à en perdre haleine, j'entre en elle, écartant ses chairs tendres. M'immisçant en elle aussi loin que possible. Je pose mon front contre le sien mettant fin à mon baiser, en lui offrant mon regard pour qu'elle puisse y discerner tout l'amour que je lui porte.

Nous finissons haletants, nos corps repus. Elle commence à s'endormir et je la tiens contre moi tout en laissant Morphée m'offrir ses bras.

Nous sommes attablés pour le petit déjeuner, quand le portable d'Ariana se manifeste.

—Tu ne pouvais pas l'éteindre ou le mettre en silencieux! On est censés être que tous les deux ce week-end.

—Désolée, j'ai dû oublier quand j'ai raccroché hier. J'avais un peu la tête ailleurs, je te signale.

—Dis que c'est de ma faute. Moi, j'avais ma tête pile à la bonne place.

Je pouffe tandis qu'elle rougit. J'adore. Ça ne change pas, elle rougit toujours autant quand on parle de sexe. Elle récupère l'objet qui nous interrompt et me le tend.

—Au lieu de bouder, tu devrais répondre, c'est ton meilleur pote qui nous dérange.

Quoi? Rom'? C'est bizarre, pourquoi il n'a pas appelé sur le mien? Tout en décrochant, je prends mon portable et vois plusieurs appels en absence.

—Putain, tu ne réponds jamais à ton portable ou quoi?!

—Ça va, je te signale qu'on est en repos.

—Ouais, bah va falloir te ramener au boulot parce qu'on a repéré le pyromane.

327

—Merde, où ça ? J'arrive !

—Je t'attends au bureau, mais ne traîne pas.

Je raccroche et m'habille à vitesse grand V. Hors de question de louper ce connard. Depuis le temps qu'on le cherche.

—Alors, il voulait quoi ?

—Je dois aller bosser, je suis désolé c'est une urgence.

Je l'embrasse en passant près d'elle et sors de l'appartement. Je suis un peu dégoûté d'écourter notre week-end en amoureux, mais le boulot, c'est le boulot. Surtout quand on est sur ce genre d'affaires. Je sais qu'Ariana le comprend, elle est la première à retourner au centre quand on la contacte en urgence. Ce n'est que partie remise, on a toute notre vie pour être ensemble.

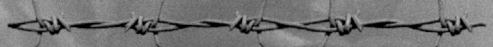

Ariana

Je le regarde franchir la porte, déçue que notre moment prenne fin si brutalement. Je sais que si ce n'était pas si urgent, il ne serait pas parti. Nous sommes pareils, tous les deux, notre travail a une grande place dans nos vies.

Je prends le temps de faire un brin de ménage, vu que nous n'avons strictement rien foutu du week-end. Et même si je ne suis pas maniaque, j'aime que ça soit propre. Je n'hésite pas à mettre de la musique et cherche celle qui a accompagné sa demande en mariage. Quand j'y repense, je suis tellement heureuse. Je n'aurais jamais pensé qu'il préparait tout ça. Je songeais au mariage, mais dans plusieurs années. Je pensais devoir lui en parler, peu à peu pour que l'idée s'installe dans sa tête. Après la déconvenue qu'il a subie avec Azzalée, j'aurais pensé qu'il serait réticent. J'avais tout faux. Je sais qu'il a fait beaucoup d'efforts envers son frère depuis

un an. Quand il a accepté d'être son témoin, j'ai bien cru que Marie allait nous faire un AVC. Nous étions tous surpris. Je crois même qu'Enzo lui a posé la question juste pour le faire chier, car il savait que ça l'agaçait qu'il le lui demande chaque dimanche. Aujourd'hui, nous étions exempts d'y assister, car c'était l'un des derniers repas pour préparer la cérémonie et les parents de la mariée étaient présents.

Je me reprends quand je me surprends à regarder cette bague magnifique qui orne mon annulaire. C'est un anneau en argent sur lequel une plume paraît posée délicatement. Elle est fine et simple. Je la connais par cœur, c'est l'alliance que ma mère portait. Je n'ai jamais oublié cette bague. Je n'ai jamais su pourquoi ma mère avait choisi une plume, mais moi j'en ai ma propre signification. Quand j'étais petite, j'en ramassais souvent et les apportais à mamie Pêche et à chaque fois, elle me disait ceci «les plumes apparaissent lorsque les anges nous caressent» je ne sais pas d'où elle sortait ça, mais cela m'a beaucoup aidée quand mes parents nous ont quittés. De ce fait, la plume est un symbole fort pour moi. Et quand il m'a expliqué que c'était ma grand-mère qui la lui avait donnée dès leur première rencontre, j'ai su que ma grand-mère savait bien avant nous que nous étions faits l'un pour l'autre.

Je secoue la tête ne voulant pas me laisser aller au manque. Bien sûr qu'ils me manquent, mais je refuse de m'arrêter de vivre. Je sais qu'ils me regardent de là-haut et il est de mon devoir de leur faire honneur. Ils ne sont plus là et je me dois de vivre pour eux. Je vais souvent les voir, je n'ai pas perdu cette habitude, sauf que maintenant je vais sur deux tombes. D'ailleurs, je compte bien aller leur annoncer la nouvelle de mes fiançailles.

Il fait beau et je suis seule, autant en profiter. Je pars donc à pied, ça me fera du bien un peu d'exercice. Je ressens quelques courbatures à cause des moments intimes et sportifs que nous avons passés, Ezra et moi, mais cela me fait plus sourire que souffrir. Je prends le temps de regarder mon portable pendant le trajet. Un message de Paloma me fait rire.

> Je veux une photo de la bague !

Je décide de lui octroyer ce plaisir, juste avant de l'appeler.

—Elle est canon !

—Je sais. C'est celle de ma mère.

—Hein ?

Je lui explique, l'histoire de ma grand-mère qui donne la bague à Ezra et la promesse qu'il lui avait faite.

—C'est hyper romantique !

—Je sais. Jimmy t'a raconté la soirée ?

—Ouais, vaguement, mais vas-y, fais-moi rêver.

—Nous étions dans notre restaurant favori, tout se passait comme d'habitude. Puis, au moment du dessert, des musiciens sont arrivés à nos côtés, ils interprétaient *All of me*.

—Oh ! J'adore cette chanson !

—Moi aussi. Bref, il a mis un genou à terre et m'a fait sa déclaration. Bon, tu t'en doutes, j'ai pleuré comme une madeleine, si bien qu'il a cru que je refusais.

—Non !

—Je te jure, j'ai fini par lui répondre, mais il a mis du temps avant de comprendre que j'acceptais. C'était assez drôle à voir quand j'y repense.

—Tu en as de la chance, moi je ne suis pas près d'avoir une demande de ce genre.

—Eh, il t'a fait mon magnifique filleul, ne te plains pas !

—C'est vrai qu'il est beau, mon fils.

Nous rions en chœur et parlons d'autre chose. J'ai hâte de les revoir, nous devons y aller après le mariage d'Enzo et Azzalée.

Nous sommes tous les deux en vacances alors on va en profiter pour partir.

—Je vais te laisser ma belle, j'arrive au cimetière.

—OK, passe le bonjour à ton fiancé pour moi.

—C'est noté, bisous à mes chouchous.

Je franchis le portail et je commence par aller voir mamie Pêche. Après tout, elle connaît mon futur mari et c'est un peu grâce à elle que j'en suis là aujourd'hui.

—Bonjour, mamie! J'ai une grande nouvelle.

Je lui raconte mes dernières aventures et ris en imaginant ce qu'elle me dirait. Je repense à certains moments passés avec elle et j'aimerais qu'elle soit à mes côtés, je sais qu'elle veille sur moi. Je la garde dans mon cœur, pour toujours, c'est d'elle que je tiens ma force. Elle m'a élevée après tout.

Je me dirige vers mes parents quand je sens mon portable vibrer. Je le sors, pour l'éteindre, je déteste que l'on me dérange quand je suis ici. Mais quand je lis le nom de l'appelant, je réponds instinctivement.

—Rom'? Tu n'es pas au boulot?

—Ariana, faut que tu viennes!

Son ton agité m'interpelle.

—Quoi? Attends, calme-toi, tu veux que je vienne où?

Je l'entends souffler et reprendre une respiration hachée.

—Il s'est passé quelque chose. Je suis désolé, je…

Merde, je ne comprends rien à ce qu'il me raconte. Mais il me fait peur. Une boule d'angoisse se forme dans mon ventre. Je crains de comprendre. Je ne veux pas comprendre.

—Rom', s'il te plaît, dis-moi…

—C'est Ezra, il a eu un accident. Je ne sais pas ce qu'il a. Je suis à l'hosto…

Je n'écoute plus, mes jambes flanchent. Mon cœur se brise encore une fois. Mes larmes inondent mes joues. J'ai trop peur

de reprendre la communication. Peur d'entendre les mots trop souvent entendus. Je ne peux pas le perdre. Pas lui, je n'y arriverai pas. Je ne me relèverai pas, cette fois…

Chapitre 19

Et si on oubliait tout ?

Ariana

Lorsqu'on a cette impression que la vie veut nous envoyer un message. Que peut-être, nous ne méritons pas le bonheur. Quand tout ce que l'on avait nous échappe. Quand tous les êtres chers nous abandonnent les uns après les autres.

Peut-on survivre ? Peut-on se reconstruire ? Oublier ?

Non ! Jamais, je n'oublierai.

Comment effacer les regards des gens qu'on aime ? Leurs sourires, leurs rires, tous ces moments passés avec eux, tristes ou joyeux, nous rendent vivants l'espace d'un instant.

On ne peut pas enterrer les souvenirs.

Jamais.

On espère juste réussir à se relever. Mais certains proches sont là pour nous soutenir, pour nous rappeler que, quoi qu'il arrive, la vie a parfois du bon.

On commence par faire semblant de rire, de vivre, pour n'inquiéter personne. Pour éviter les regards de pitié des uns et des autres. Puis un jour, on se rend compte qu'on ne rit plus pour faire plaisir aux autres, mais bien par envie. Une blague ou un moment joyeux avec ces êtres qui nous sont chers depuis plus ou moins longtemps. À partir de là, nous nous ouvrons de nouveau en racontant, parfois, une partie de nos vies.

On commence à refaire confiance.

Confiance en la vie, confiance en l'amour, confiance en tout…

Et enfin, on revit.

Tous ces moments, je les connais.

Je n'ai que 24 ans, mais j'ai déjà vécu beaucoup trop d'abandons. Certains m'ont trahie quand d'autres ont perdu la vie. Et je sais maintenant qu'il me suffit d'une seule personne présente pour m'aider. Juste une et je me relèverai.

Mais à l'heure actuelle, la seule personne qui pourrait m'aider est allongée là, dans ce lit ridiculement petit pour lui, dans cette chambre froide qui sent l'antiseptique à plein nez.

Je ne sais pas s'il va se réveiller un jour. Ni même quelles seront les séquelles s'il y parvient.

Deux mois.

Deux mois que je suis à ses côtés, jour et nuit.

Je refuse de quitter cette chambre de peur de rater son premier regard.

Mes yeux se posent sur l'homme que j'aime, son abdomen monte et descend au rythme de ses respirations artificielles. Le bip-bip régulier me rassure, il me signifie qu'il est toujours avec moi. Qu'il se bat. Qu'il ne m'a pas encore abandonnée. La solitude est devenue mon quotidien. Et même si sa famille n'est jamais loin, ils ne sont pas là pour moi. Eux aussi sont tristes, mais ils sont présents les uns pour les autres. Ils font de leur mieux pour me montrer leur soutien, pourtant, ils ne comprennent pas que je suis seule, sans lui.

Je n'ai plus personne.

Cette fois-ci, il n'y aura pas de recommencement.

S'il n'ouvre pas ses beaux yeux verts, alors je fermerai les miens pour toujours. Perdue dans mes pensées, je joue machinalement avec la bague autour de mon annulaire lorsqu'un son strident résonne. Je me lève d'un bond de ma chaise et regarde le personnel soignant se précipiter sur mon homme. Sans m'en rendre compte,

j'ai cessé de respirer. Une infirmière me sort de la chambre et m'ordonne de me reprendre.

—Respirez et inspirez, mademoiselle, il faut vous calmer. Regardez-moi !

Je la regarde, les yeux vides. Pourquoi respirer si lui a décidé de me quitter. Il est tout pour moi. Il est mon oxygène. Mon corps s'alourdit sous le poids de la souffrance que m'impose cette épreuve. Puis le sol se dérobe sous mes pieds. La dernière chose à laquelle je pense est que je vais les retrouver. Désormais, avec lui, tous les êtres que j'aime sont là-haut. Prenant conscience que j'ai tout perdu, je lâche prise et laisse le noir m'engloutir, un sourire aux lèvres.

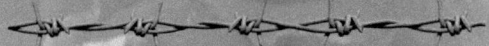

Je me réveille, allongée dans un lit d'hôpital, entourée d'un médecin et d'Enzo. J'ai des électrodes partout et en me redressant, je débranche tout. Je n'ai qu'une hâte, c'est de retourner voir Ezra. Je veux connaître la suite, constater de mes propres yeux ce que mon cerveau a retenu. Apercevant le sourire de mon beau-frère, j'ose espérer de meilleures nouvelles. Mais pour l'heure, le médecin m'explique ce qu'ont révélé les examens qu'il a pratiqués. Quelques soucis de santé me sont annoncés. D'abord choquée, je lui ris au nez en lui signifiant que je suis en pleine forme et qu'il ferait mieux de me dire comment va mon fiancé. Enzo intervient, me rassurant sur l'état d'Ezra et me demande d'écouter les conseils du médecin, d'aller me reposer si je ne veux pas que mon corps flanche. C'est vrai que ce n'est pas le moment. Je dois être présente pour l'homme que j'aime. Mais avant j'ai besoin de le voir.

—Ariana, s'il te plaît, ne fais pas ta tête de mule !

—Mais Ezra, je…

—Ezra va bien, je te l'ai déjà dit, les médecins sont confiants, il est sur le point de se réveiller.

—Oui, mais…

—Promis, je t'appelle au moindre changement.

—Il faut que…

—Si tu ne pars pas immédiatement, je préviens tout le monde de ce qu'a annoncé le médecin et ils te forceront à rester chez toi plus longtemps que moi.

Oh, le… merde ! Il m'a eue sur ce coup. Hors de question d'avoir Marie sur le dos. Ni quelqu'un d'autre d'ailleurs. Ils ont d'autres préoccupations que moi, mais je sais qu'ils n'hésiteraient pas à me taper sur les doigts s'ils savaient. Depuis que je suis arrivée à l'hôpital, après l'appel de Roméo il y a deux mois, nous nous sommes vus tous les jours. Depuis, je refuse de sortir de sa chambre et eux se relaient. Nous ne nous sommes pas vraiment parlé, en deux mois. Nous avons pleuré, oui. Nous nous sommes pris dans les bras, mais parlé, non. Pour dire quoi ? Nous sommes tous dans le même bateau. On attend. C'est tout ce que l'on peut faire.

Marie et Maxence ne savent même pas que nous sommes fiancés. Nous n'avons pas eu le temps de leur annoncer la nouvelle. Marie a bien remarqué ma bague vu que je la triturais presque systématiquement, mais quand elle m'a posé la question, je lui ai simplement dit qu'elle venait de ma mère. Je n'ai pas menti. Juste omis de lui expliquer que c'est son fils qui me l'a offerte. Je préfère qu'Ezra soit celui qui leur annonce. En plus, à quoi ça rimerait ? Son fils est dans le coma. La priorité n'est pas là.

Sous la contrainte d'Enzo, je passe le reste de la journée et la nuit à dormir, chez moi. Chez nous. Je n'étais pas rentrée depuis deux mois, me contentant des vêtements que m'apportait Azzalée. Roméo et Enzo venaient souvent pour ouvrir les fenêtres, prendre le courrier dans la boîte aux lettres, ils m'apportaient ce dont j'avais besoin, mais moi, je n'étais jamais revenue.

C'est la raison pour laquelle j'éprouve une immense solitude ce matin. Me réveiller dans notre lit, dans notre chambre, sans lui, me lacère le cœur. Je repense à nos derniers moments passés ici, notre insouciance. L'amour que nous n'hésitions pas à nous proclamer. Physiquement, souvent. Oralement, parfois. Silencieusement, dans des gestes du quotidien, toujours.

Je regarde mon portable, par réflexe, et découvre un message d'Enzo. Simple, clair, rassurant.

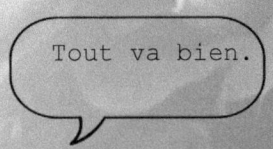

Tout va bien.

Je ne lui réponds pas, il n'attend rien. Je crois qu'il est le seul qui arrive à parler un peu. Depuis deux mois, il est le pilier de la famille Leroux. Maxence étant aussi bouleversé que sa femme, il fallait quelqu'un pour nous servir d'appui. Roméo s'est enfermé sur lui-même, il s'en veut énormément pour ce qu'il s'est passé. Il m'a souvent répété qu'il aurait préféré être à sa place que ça aurait dû être lui, allongé sur ce lit d'hôpital. Je n'ai jamais rien répondu. Je n'ai pas pu. Pourtant, je sais que j'aurais dû le rassurer, lui expliquer que rien n'était sa faute, que c'était un accident. Les risques du métier. Je n'ai pas réussi. Trop engluée dans mon chagrin, je n'ai pas eu la force de le rassurer, de lui avouer que je ne lui en voulais pas. Il va falloir que je lui parle, dès que je le verrai, je me promets de le faire. Maintenant que l'on sait qu'Ezra est stable, on va pouvoir respirer un peu. Enfin, j'espère…

Les deux semaines suivantes sont rythmées par mes aller-retour à l'hôpital. Je n'ai pas repris le travail depuis l'accident, je n'ai pas pu, et puis j'en étais tout simplement incapable. Je prends régulièrement des nouvelles du centre et eux font de même, mais être avec eux dans l'état où je suis risque de faire peur à tout le monde.

Quand j'arrive dans la chambre de mon fiancé ce matin, j'ai la meilleure surprise au monde. Il est assis et a les yeux ouverts.

Bien réveillé, pour la première fois depuis des mois, et je n'étais pas auprès de lui. Je sens mon ventre se serrer à la vue d'Azzalée penchée sur lui. Ils ne m'ont pas encore vue. Je suis restée bloquée à la porte. Mon cœur bat la chamade, heureux de retrouver son âme sœur. Je me laisse un peu de temps pour digérer la nouvelle, avant d'entrer.

Je ressens une certaine jalousie du fait que ce soit son ex qui soit auprès de lui à cet instant. Je sais qu'elle n'est plus amoureuse de lui et qu'elle va se marier avec Enzo, mais il s'agit de mon homme. Mon homme qui nous a foutu une peur indescriptible. L'homme dont mon cœur est complètement et irrémédiablement tombé amoureux. J'ai hâte de revoir ses yeux, de me plonger en eux, qu'il découvre l'amour que je lui porte dans les miens.

Je suis toujours là à assister à une scène étrange qui m'est douloureuse. Azzalée a les mains posées sur lui. Plus précisément sur son torse nu. Là où l'on peut remarquer les stigmates de son accident. Les brûlures qui lui ont laissé des marques. C'est moi habituellement, avec l'accord des médecins, qui lui administraient ses soins. Une simple pommade à lui poser délicatement. Permettant aux tissus de cicatriser.

J'entre en essayant de ne rien montrer de mon agacement. Je ne veux pas passer pour la femme hyper jalouse et hystérique. Surtout pas quand il s'agit de la première fois que l'on se rencontre en deux mois et demi. La première impression est toujours importante, non ? Même s'il s'agit d'un cas un peu particulier.

Ils me regardent tous les deux et, si un grand sourire étire les traits de ma future belle-sœur, c'est sur le visage d'Ezra que je suis fixée. Je pensais y trouver un sourire, voire un regard explicite. Quelque chose qui trahirait sa joie de me voir. Peut-être une main tendue, un geste m'invitant à venir près de lui. Il ne fait rien de tout ça. Au lieu de ça, il me jette à peine un regard.

Enzo fait son entrée avant même que quelqu'un n'ait ouvert la bouche. Son sourire est contagieux et je le lui rends instinctivement quand il vient vers moi pour me claquer la bise comme il a pris l'habitude de le faire depuis qu'il a appris la nouvelle. Je n'arrête pas

de lui dire qu'il faut qu'il arrête de me couver, que je peux prendre soin de moi toute seule. Il est persuadé que si son frère apprend que j'ai dû gérer seule mes soucis, il lui fera la peau.

—J'étais en train de t'appeler, justement. Pour t'annoncer la nouvelle.

Je souris et me tourne vers mon homme qui cette fois me regarde étrangement.

—Frangin, maintenant va falloir que tu prennes soin de ta future femme! Comme elle a pris soin de toi, s'exclame Enzo en souriant.

—Ne t'inquiète pas, pour ça, mon frère.

Malgré sa voix enrouée et légèrement cassée, nous comprenons très bien ce qu'il annonce. Je pourrais sourire, même rire s'il n'avait pas posé sa main sur la cuisse de son ex en même temps. Annihilant tous mes espoirs. Un vertige me prend et Enzo a le réflexe de me rattraper. Azzalée, qui s'est écartée d'Ezra, m'apporte un verre d'eau. Je sens les yeux de mon homme sur moi. Azzalée m'aide à me relever, elle veut me sortir de la chambre m'expliquant que prendre l'air me fera le plus grand bien. Au moment où je passe la porte, j'entends Ezra parler à son frère.

—Tu devrais aller voir ta petite amie, elle n'a pas l'air bien.

Cette phrase me terrasse le cœur. Me détruit de l'intérieur. Moi qui attendais depuis des semaines de le revoir. Lui que j'ai veillé jour et nuit pendant son séjour ici. Lui à qui je me suis accrochée corps et âme. Cet homme que j'aime ne sait plus qui je suis…

Après cet épisode extrêmement douloureux pour moi, nous avons fait venir les médecins. Après quelques examens, ils nous ont annoncé qu'il avait perdu six ans de sa vie. En gros, pour lui, je n'existe pas. Tout ce qu'on a vécu s'est effacé de sa mémoire. Pour lui, il est encore avec Azzalée et toujours à l'école de police. Les médecins nous ont demandé de ne pas le brusquer, qu'il est possible que sa mémoire revienne. Peut-être par bribes, mais de ne surtout pas lui imposer des souvenirs qui pourraient le perturber. Son subconscient a volontairement oublié certains moments de sa

vie. On ne sait pas pourquoi ni s'il va les retrouver un jour, on ne peut qu'espérer. Je peux espérer. Car au fond, je suis la seule intruse dans sa vie aujourd'hui. Tous les autres font partie de son passé, même si certains aspects ont changé. Notamment qu'il n'est plus avec Azzalée, et que c'est maintenant son frère qui est fiancé à elle.

Tout ça m'épuise beaucoup, je n'arrive plus à dormir, trop perturbée par ce qu'il m'arrive. Les médecins m'ont prévenue que le stress n'était pas bon, si je voulais éviter une hospitalisation, il fallait que je me ménage, mais comment, dans ma situation, pourrais-je être sereine ? Comment pourrais-je dormir sur mes deux oreilles en ne sachant pas ce que l'avenir me réserve ?

Je suis passée de la femme fraîchement fiancée à l'homme qu'elle aime à une femme qui passe son temps à veiller l'homme qu'elle aime.

Pour n'être plus rien à ses yeux.

Chapitre 20

L'abandon.

Ezra

Putain, ras-le-bol de ce lit d'hôpital! Heureusement, depuis quelques jours j'ai des séances de kiné pour me muscler les jambes. Je n'ai presque pas de séquelles physiques de l'accident. Juste quelques brûlures. D'ailleurs, je n'en ai aucun souvenir. Les médecins m'ont dit que je ne devais pas essayer de me les remémorer, ça me demande un gros effort et m'énerve. Ils m'ont annoncé que j'avais oublié six ans de ma vie. Six ans! Je leur ai ri au nez au début, je pensais qu'ils me faisaient une bonne blague, mais tout mon entourage a confirmé alors je me suis fait à l'idée. Du coup, j'ai demandé à ce qu'ils me racontent un peu ma vie avant de me retrouver là. Ils m'ont appris que j'étais sorti de l'école de police il y a six ans et que l'accident avait eu lieu lors d'une intervention.

J'effectue l'inventaire de ce que je sais chaque matin, pour essayer de comprendre le comportement de chacun. On ne va pas se mentir, ils ont tous changé par rapport à mes souvenirs.

Alors, je sais que je suis officier de police, en équipe avec Roméo qui est toujours mon meilleur pote. Je vis toujours dans le même appartement. Je fais toujours mon jogging matinal avant d'aller bosser. Et voilà, c'est tout. Pas terrible quand même. Ah! Je suis toujours avec Azzalée. Même si sur ce point c'est assez bizarre. Je la trouve distante avec moi. Elle paraît mal à l'aise quand je lui prends la main ou que j'essaie de me rapprocher d'elle. Et il y a une chose que je ne comprends pas, c'est qu'elle m'a dit que nous n'étions

pas mariés alors que je me souviens que nous étions fiancés. C'est bizarre quand même qu'on soit fiancés depuis six ans, mais toujours pas mariés. Je n'ose pas trop poser de questions, surtout que nous ne sommes jamais seuls tous les deux. Soit Enzo l'accompagne ou alors cette fille. Je ne la connais pas, cependant elle passe tous les jours, je crois que c'est la petite amie de mon frère, mais c'est flou. Ce qui est sûr, c'est qu'il l'adore et qu'il prend soin d'elle. Bizarre. Je ne sais pas qui elle est et même si j'essaie d'en faire abstraction par respect pour mon frère, le fait qu'elle vienne seule ici me dérange. Pas que la vision soit désagréable, elle est plutôt canon. Mon frère a bon goût. Mais je ne sais pas, j'ai une sensation étrange dans le creux de mon ventre quand je la regarde. Une sensation que je ne devrais pas ressentir pour elle. La seule chose que je sais d'elle, c'est son prénom. Ariana. Je n'arrête pas de le répéter dans ma tête, j'ai l'impression que je l'ai souvent employé, que ma bouche a l'habitude de le prononcer. Malheureusement, je ne comprends pas pourquoi. Surtout, je ne veux pas ressentir tout ça. Pas alors qu'elle est avec mon frère et que je suis moi-même fiancé à Azzalée. Je ne suis pas le genre de connard à tromper sa copine et encore moins avec celle de son jumeau. Non, il va falloir que j'éclaircisse ça. Mes idées ne sont pas toujours très claires quand elle est présente dans ma chambre et parfois j'aimerais qu'elle parte. Je préférerais qu'elle me laisse pour que je puisse être le petit ami parfait pour Azzalée. Pourtant, je ne le fais pas. Je ne voudrais pas qu'Enzo m'en veuille de la mettre à la porte et puis, faut avouer que j'aime la savoir là, même si elle perturbe mes pensées. Elle vient tous les jours sans exception. Elle ne parle pas beaucoup, je crois que le fait que les médecins leur aient demandé de ne pas parler de ce qu'il s'est passé ces six dernières années l'empêche d'entamer une conversation. La seule fois où j'entends sa voix, c'est à son arrivée, elle me demande comment je vais et ensuite, mes parents, Rom', Azzalée ou mon frère arrivent. Elle ne bavarde qu'avec ces deux derniers, mes parents la saluent, mais ils sont tellement concentrés sur moi que j'ai l'impression qu'elle passe inaperçue. Avec Roméo, c'est pareil, ils se sourient, mais ne s'adressent pas la parole. Au début, j'ai cru qu'il ne la connaissait pas, mais parfois j'aperçois un regard

d'Ariana sur lui au moment où il part. Un regard mélancolique. C'est étrange, j'ai l'impression de pouvoir lire en elle. Ses yeux sont très expressifs. Je ne suis pas sûr d'avoir un jour réussi à deviner aussi facilement l'humeur d'Azzalée.

Et voilà ; Ariana fait son entrée, il n'est que neuf heures du matin, mais elle me sourit avant de me demander comment je me porte. Contrairement aux autres jours, elle paraît fatiguée.

—Je vais bien, merci. Vous avez l'air fatiguée ?

Étonnée que je lui pose une question, elle ne me répond pas tout de suite. C'est vrai qu'habituellement, je ne lui rends pas la pareille. Je ne la connais pas après tout, qu'est-ce que ça peut me foutre de savoir comment elle va ?

—Oh, euh ça va merci.

Je hoche la tête et elle va s'asseoir sur sa chaise. Pour une fois, nous sommes seuls et j'ai envie d'en savoir un peu plus sur elle. Elle m'intrigue.

—Vous n'êtes pas obligée de venir tous les jours, vous savez ?

Surprise, elle lève la tête et je plonge dans son regard bleu. Je n'avais pas remarqué que ses yeux étaient si clairs. Merde alors ! Elle a les yeux les plus beaux que je n'aie jamais vus.

—Cela ne me dérange pas. Et j'ai besoin de savoir que tu vas bien.

Je fronce les sourcils. Pourquoi elle aurait besoin de savoir comment je me porte ? Ce n'est que la copine de mon frère. Merde, je n'aime pas ne rien comprendre ! En plus, elle me tutoie. Et moi, je ne sais toujours pas qui elle est vraiment.

—Et vous n'avez pas un métier ? Quelque chose qui occupe vos journées d'habitude ?

—Si, je travaille dans l'un des centres que dirige Marie.

—Mais vous n'y allez pas en ce moment, je me trompe ?

—Pas depuis un moment non, répond-elle tristement.

—C'est en rapport avec vos soucis de santé ?

Elle se redresse, suspicieuse.

—J'ai remarqué que mon frère prenait souvent de vos nouvelles et vous semblez de plus en plus fatiguée.

—Oh… euh… il ne s'agit pas que de ça, mais oui, je dois me reposer.

Mes parents entrent juste à ce moment et nous ne nous reparlons plus. Ma mère n'arrête pas de me demander comment je vais et si je suis bien installé, si j'ai besoin de quelque chose, bref la vraie mère poule. Mon père, lui, reste plus discret, mais ne me quitte pas du regard pour autant. Avec lui, tout a toujours été dans le regard.

Ils partent seulement quand le kiné vient me chercher pour notre séance hebdomadaire. Ariana, elle, est toujours là et je sais que comme chaque jour, elle n'aura pas bougé à mon retour. Quand je vous dis qu'elle est toujours présente. Plus que ma propre fiancée.

Après une heure d'exercices, le kiné me félicite et m'annonce que le médecin veut me voir dans son bureau. Un peu inquiet, je m'y rends sans problème. Je garde toujours une béquille, car parfois mes muscles ne veulent plus me porter. C'est de plus en plus rare et le kiné m'a dit que plus je marcherai, moins ça arrivera. Alors j'ai hâte de pouvoir rentrer chez moi, parce que ce n'est pas ici que je peux vraiment marcher. En plus, il fait un temps pourri depuis quinze jours, alors aller dehors n'est pas une option et les couloirs de l'hosto non merci!

J'entre dans le bureau du docteur Charrier après avoir frappé.

—Bonjour, Monsieur Leroux, asseyez-vous.

Je m'exécute et pose ma béquille à terre pour ne plus qu'elle me gêne. Vivement que je m'en débarrasse!

—Alors, comment vous sentez vous?

Je prends le temps de réfléchir à ce qu'il me demande.

—Un peu perdu, mais ça va.

Il hoche la tête compréhensif.

—Je me doute que ce n'est pas évident. Le cerveau est complexe, c'est normal de se sentir perdu dans de telles circonstances.

344

—Est-ce qu'il y a une chance pour que cela me revienne ? Les six ans qui se sont volatilisés ?

—Possible, on ne peut pas en être sûr. Peut-être que quelque chose vous reviendra un jour, peut-être que vous ne vous souviendrez jamais de tout. La mémoire est malléable, mais surtout, surtout ne vous forcez pas.

—D'accord.

—En revanche, physiquement vous êtes plutôt en forme, non ?

—Oui, j'ai encore besoin de cette béquille, mais je sens que je reprends peu à peu de la force.

—Bon, qu'est-ce que vous pensez si on prévoyait votre retour chez vous ?

—Vous plaisantez ? Quand ?

Il rit de me voir si pressé. J'ai l'impression d'être un gamin à qui on vient d'annoncer que Noël est avancé à la semaine prochaine.

—Que diriez-vous de lundi après-midi ? Tous vos derniers examens sont bons, alors ça vous laisse le temps de faire encore quelques séances de kiné et vous pourrez reprendre votre vie. Si ça vous convient bien sûr ?

Il m'offre la liberté dans cinq jours. Et il me demande si ça me va. Il est fou, bien sûr que ça me va. Je vais enfin me casser d'ici. Retrouver mon lit, mon appart et mon indépendance. Le sourire que je lui offre pourrait alimenter un immeuble en électricité si c'était possible. En revanche, une question reste en suspens.

—Et pour le boulot ? Je vais pouvoir reprendre quand ?

—Alors, à ce sujet il va vous falloir un peu de temps. Étant donné votre emploi, la médecine du travail devra valider votre retour, il vous faudra sûrement effectuer un test d'effort. Ensuite, si vous vous sentez prêt et qu'ils sont OK je ne vois pas d'inconvénients à ce que vous repreniez.

OK, bon il va falloir que je sois un peu patient, mais je vais pouvoir y retourner, j'en suis sûr en tous cas, je mettrai tout en

œuvre pour être réintégré. J'ai toujours voulu être flic et mon envie n'a pas disparu contrairement à mes souvenirs.

Je retourne dans ma chambre où m'attendent mon frère et sa copine. J'ai l'impression qu'il la réprimande sur son état, mais je n'ose pas me mêler de leurs affaires. J'essaie de ne pas me faire remarquer en me dirigeant vers mon lit.

—Si tu continues à faire n'importe quoi, je te jure que je balance tout. Tu agis n'importe comment Ariana !

Elle se lève essayant d'esquiver l'engueulade.

—Laisse-moi tranquille, Enzo, je sais ce que j'ai à faire.

Sa voix est douce, mais ferme. Elle ne se laisse pas faire et j'admire sa façon de lui tenir tête.

Il ne me reste que quelques pas avant de pouvoir m'asseoir quand ma béquille glisse sur un bout de drap qui traîne.

Je sens un bras m'enlacer la taille, m'empêchant de m'étaler par terre. Bordel, qu'est-ce que ça me gave de pas être maître de mes mouvements ! Je pose les yeux sur la main qui m'a évité de tomber et si j'ai cru que c'était mon jumeau qui avait eu ce réflexe, je comprends que je me trompe lourdement. Je relève la tête et découvre ces yeux bleus qui m'attirent, mais qu'il faut que j'évite à tout prix.

Ariana m'aide à me redresser et instinctivement, pose ma main sur la sienne. Je ne sais pas si c'est pour la repousser ou autre, mais j'ai besoin de la toucher à cet instant précis.

Je n'aurais jamais dû faire ça. Pas devant mon frère, pas ici dans cette chambre d'hôpital qui me retient prisonnier depuis trop longtemps. Toucher cette main fine et délicate, ne me pousserait pas à ressentir ce frisson de désir qui me traverse le corps et qui me donne envie de la prendre dans mes bras, de poser mes lèvres sur les siennes. Et surtout, une fulgurante envie d'elle. Une fulgurante envie d'envoyer tout valser et de l'emmener loin d'ici pour la faire mienne. Non, je ne devrais plus jamais la toucher, ça m'éviterait de songer à tromper ma fiancée et à trahir mon propre frère.

D'un coup, je la repousse et prends une décision radicale. Il est hors de question que je fasse du mal à mon jumeau et à la femme avec qui je suis depuis toujours. Hors de question que je remette toute ma vie en question pour une attirance qui n'a pas lieu d'être.

Je me redresse en le regardant droit dans les yeux. Et cette fois, je fais ce que je n'ai pas encore réussi à faire.

—J'aimerais que vous partiez maintenant !

Mon ton est brusque et sans équivoque. Je veux qu'elle s'en aille immédiatement et qu'elle ne me touche plus.

Le regard qu'elle me porte me brise le cœur sans que j'en comprenne la raison. Pourquoi une femme que je ne connais ni d'Eve ni d'Adam me touche autant ? Pourquoi la voir vaciller et se retenir à mon frère me fait mal ? Pourquoi cette femme a ce pouvoir sur moi ? Quand je croise son regard, je voudrais revenir sur mes paroles, lui dire qu'elle peut rester autant qu'elle veut, l'asseoir, la prendre dans mes bras. J'aimerais faire tout ça, mais je me l'interdis pour le bien d'Azzalée. Pour celui de mon frère, le sien aussi, mais surtout pour le mien. Oui, car j'ai bien peur qu'elle signe ma perte si elle reste près de moi.

Le regard déçu de mon frère m'est douloureux, mais si je le fais, c'est aussi pour lui. Alors, je tiens bon et attends qu'il l'aide à quitter la chambre.

Je ne sais pas pourquoi le fait de lui demander de sortir d'ici la rend si triste, peut-être sommes-nous amis ? Peut-être avons-nous tissé un lien fraternel ? Je n'en sais rien. Je ne sais plus rien de ma vie d'avant et il faut que je m'y habitue et eux aussi. Je ne redeviendrai jamais celui qu'ils ont connu il y a trois mois. Je ne sais plus qui j'étais juste avant cet accident et je vais devoir m'en accoutumer. Je ne me souviendrai peut-être jamais de ces six dernières années, alors à quoi bon faire semblant ?

Mon frère revient me voir après avoir aidé sa petite amie à sortir. Il ne me regarde pas et je comprends qu'il est fâché.

—Je suis désolé.

—De quoi ? De lui avoir demandé de sortir brusquement alors qu'elle venait de t'aider à ne pas te ramasser la tronche ? Tu te rends compte de la façon dont tu lui as parlé ?

—Désolé, je ne voulais pas brusquer ta petite amie, mais je ne la connais pas !

Il se prend la tête dans les mains, en soufflant fort.

—Elle n'est pas ma petite amie, je te l'ai déjà dit.

—Mais alors, qui est-elle ? Franchement, qu'est-ce qu'elle fout là si personne ne la connaît ? Et puis pourquoi tu es à ses petits soins ?

—Ezra, tu…

Il tourne sur lui-même, énervé.

—Tout le monde la connaît ! Tu la connais ! Enfin, la connaissait…

—Dis-moi qui elle est alors ? Elle était là lors de l'accident ? C'est une amie ?

—Je ne peux rien te dire, les médecins ont été clairs. Tu dois te souvenir seul de certaines choses.

—Très bien, alors je ne veux plus la voir ! Si personne ne peut me dire qui elle est et pourquoi elle est ici tous les jours, je ne vois pas pourquoi je devrais continuer à la voir.

—Tu fais une bêtise, souffle-t-il en secouant la tête.

—Peut-être. Peut-être pas. Enzo le médecin m'a bien expliqué qu'il était possible que je ne retrouve jamais la mémoire. Je ne sais pas qui elle est et je ne le saurai probablement jamais. Alors pourquoi resterait-elle à attendre ? Pourquoi lui donner de faux espoirs ?

—Et si tu retrouvais la mémoire ? Pourquoi penses-tu au scénario le plus noir ?

—Qu'est-ce que ça changerait ? Au mieux c'est une bonne amie, elle s'en fera d'autres. Pourquoi tu t'acharnes à vouloir qu'elle reste ? Ce n'est pas comme si j'avais oublié ma fiancée non plus !

Il reste silencieux quelques minutes. Je sens bien qu'il aimerait me dire quelque chose alors j'attends.

—Je ne vais pas me disputer avec toi. Sache juste une chose, Ezra. Toi, tu as oublié ces six dernières années, mais pas nous. Pas tous ceux qui étaient près de toi.

Il quitte la chambre, sans un mot de plus me laissant méditer sur ses mots.

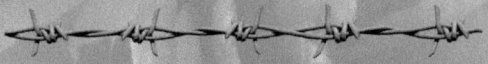

Ariana

Toujours assise sur une chaise dans le couloir de ce maudit hôpital, j'attends qu'Enzo sorte de cette chambre. Celle qui abrite l'homme que j'aime. L'homme qui vient de m'implorer de partir. La façon dont il m'a demandé de quitter sa chambre a été tellement brusque que ça m'a provoqué un vertige. Enzo m'a immédiatement fait sortir et m'asseoir ici. Je peux comprendre sa requête, je m'attendais à ce que ça arrive. Après tout, il ne sait plus qui je suis. Il ne se souvient plus de ce qu'on a vécu. Je me doutais qu'un jour, il en aurait marre de me voir et me demanderait de partir, mais je ne pensais pas que ça serait si brutal. J'avais encore les mains sur lui, je venais tout juste de me remettre de la sensation d'un courant électrique qui m'avait traversé le corps lors de son toucher qu'il a brusquement changé d'attitude envers moi. Pourtant, nous avons eu une petite conversation ce matin, j'espérais que répondre à ses questions déclencherait un déclic et lui rappellerait certaines choses, mais ça n'a pas fonctionné. Je suis déçue, mais je comprends. Je vais laisser un peu de temps et revenir. Peut-être qu'alors il acceptera de me parler. Peut-être acceptera-t-il que nous soyons amis. Ce n'est pas l'idéal dans la situation actuelle, mais vaut mieux ça que rien.

Enzo revient d'un pas rapide. Je vois bien que quelque chose le met en colère. Je ne le connais pas aussi bien que son frère, cependant ils ont certaines similitudes dans leurs réactions.

—Tout va bien ? Tu n'as pas à lui en vouloir, tu sais ?

—T'en fais pas, viens, je te raccompagne. Tu n'avais pas un rendez-vous avec ton médecin au fait ?

—Demain, je n'oublierai pas.

—Tu as intérêt. Ce n'est pas parce que mon jumeau se comporte comme un con que tu dois négliger ta santé.

J'acquiesce et nous prenons la route du retour.

Le lendemain, je me fais violence pour ne pas aller le voir quand je me rends à mon rendez-vous. Je me fais quelque peu remonter les bretelles. Selon le médecin, à force d'en faire qu'à ma tête, je risque de ne plus pouvoir échapper à l'hospitalisation. Il me fait promettre un repos complet d'une semaine. Je ne suis pas sûre de réussir à tenir cette promesse, mais d'un côté, il va bien falloir que je l'écoute. Mais avant ça, je veux voir Ezra une dernière fois. Ce dimanche matin, je me prépare à aller le retrouver. Il me dira sûrement de repartir, mais tant pis.

J'arrive dans le couloir qui mène à sa chambre et suis stoppée par Roméo.

—Salut, je peux passer ?

Je lui souris, on ne se parle plus trop ces derniers temps, mais il reste un bon ami. C'est juste que les circonstances sont particulières depuis trois mois.

—Je suis désolé, Ariana.

Hein ? De quoi est-il désolé ?

—Je veux juste voir comment il va aujourd'hui, je ne reste pas longtemps.

Marie et Maxence sortent et leurs regards ne me rassurent pas.

—Bonjour, je suis passée voir Ezra. Vous allez bien ?

Ils se jettent un regard que je ne sais interpréter.

—Ariana, tu ne peux plus venir ici.

350

—Quoi?

—Ezra ne veut plus te voir.

Marie m'annonce ça comme si elle trouvait ça normal. Elle ne peut pas trouver ça normal? Elle ne peut pas me lâcher qu'il ne veut plus me voir comme si c'était logique. Comme si elle était d'accord avec ça.

—Je veux juste savoir comment il va. Je ne le dérangerai pas longtemps, promis.

Supplier n'est pas ce que je comptais faire, mais vu leurs regards, je n'ai pas le choix. J'ai besoin de le voir, de savoir s'il va bien ou si je peux faire quelque chose. Ils n'ont pas le droit de me laisser comme ça.

—Ariana, il a pris sa décision et on est d'accord avec lui. Venir chaque jour le perturbe, il ne sait pas qui tu es, alors respecte sa décision. C'est le mieux que tu puisses faire. Si tu l'aimes un tant soit peu alors tu vas respecter ça.

Choquée par ses paroles, j'ai du mal à assimiler ce qu'elle me demande.

—Je… D'accord… Je…

Mon cerveau carbure pour trouver une solution, quelque chose à quoi me raccrocher.

—Je peux simplement venir au repas du dimanche. Comme d'habitude, je viendrai avec le dessert et…

—Non!

J'ancre mon regard dans les yeux de Maxence qui s'est exclamé. Il n'exprime aucune émotion. Il s'adresserait mieux que ça à un mec qu'il vient d'arrêter pour meurtre.

Marie reprend avant que je ne puisse prononcer quoi que ce soit.

—Il est notre priorité. Si te voir le met mal à l'aise et qu'il refuse tes visites, alors on se doit de respecter nous aussi sa demande. Par amour pour lui. On a bien failli le perdre, alors on fera tout ce qu'on peut pour qu'il se remette de cet accident. Quand tu auras

des enfants, tu comprendras qu'on est parfois obligé de prendre des décisions difficiles, mais on le fait toujours pour leur bien.

Les larmes qui dévalent mes joues me brouillent la vue. Je retourne dans ma voiture et pleure tout ce que mon corps contient. Je n'aurais jamais cru qu'un jour Marie me traite ainsi. Cette famille m'a offert ce que j'avais perdu. Une famille aimante et accueillante. Une famille qui m'a acceptée telle que j'étais. Pour une fois, je pensais pouvoir m'attacher sans peur. Qu'ils ne me blesseraient jamais. Je ne pensais pas qu'ils pourraient un jour m'abandonner.

Je prends la route, les yeux toujours humides. Je ne prends même pas la peine de les essuyer, ça ne servirait à rien. Ce sont les vraies chutes du Niagara.

Quand j'entre dans l'appart' mon portable se manifeste. Je sais que je ne verrai pas le nom que j'aimerais tellement lire alors je ne décroche pas. Je sais que Jimmy ne m'appellera pas avant demain, ça doit être Enzo. Je n'ai pas envie de lui parler. Il doit être au courant de ce que ses parents ont décidé et il ne m'a rien dit. Je ne suis pas d'humeur à entendre ses excuses bidon.

Je m'installe dans le canapé et allume la télé histoire de ne pas me sentir trop seule. Je ne la regarde pas, mes yeux se posent sur le cadre que je serre contre moi. Il s'agit d'une photo de nous deux lors d'un week-end à la mer. Nous sommes sur la plage, j'avais mis un chapeau et il ne cessait de s'envoler, Ezra se moquait de moi, il disait que c'était pour les mamies. Au moment où il a appuyé sur le déclencheur de l'appareil photo, il a jeté mon chapeau et emportée par son rire, je l'ai suivi. C'est la plus belle photo de nous. Une photo où l'on aperçoit un couple souriant, heureux et amoureux.

Je n'arrive pas à croire qu'il me rejette. Encore moins que je perde la seule famille qui me restait alors que j'aurais eu bien besoin d'eux dans les prochains mois.

—Ariana, ouvre-moi! Je sais que tu es là!

Enzo tambourine à la porte. Je n'ai pas envie de le voir ni de lui parler. Comment ose-t-il débarquer ici après ce qu'ils me font subir?

—Ariana, ouvre ou je force la porte ! Je viens d'apprendre ce que t'ont dit mes parents.

Les tambourinements continuent.

—Allez, ouvre s'il te plaît, je ne partirai pas sans t'avoir vue et m'assurer que tu vas bien.

Je lui ouvre, parce que me connaissant, je m'en voudrais pendant des jours s'il se pète le dos à dormir sur mon palier.

Je tourne le verrou et retourne m'asseoir. Il entre et referme la porte.

—Ça va ?

Le regard que je lui lance lui répond. Il se fout de moi là ou quoi ? Est-ce que j'ai l'air d'aller bien ?

—Oui, pardon, c'est con comme question. Écoute, je n'étais pas au courant. C'est Roméo qui m'a expliqué.

Je hausse les épaules. Que puis-je répondre ? Rien.

—Bon écoute, je vais leur parler, OK ? On va trouver une solution, ils n'ont pas le droit de te repousser comme ça. Sinon, tu as consulté le médecin hier ? Il t'a dit quoi ?

—Je n'ai pas la tête à ça, Enzo. S'il te plaît, va-t'en. Va-t'en et laisse-moi être triste toute seule.

—Raconte-moi ce que le médecin t'a dit, ensuite je partirai. Mais je te préviens, je reviendrai !

Je secoue la tête, agacée.

—Repos forcé pendant un temps ensuite on verra.

—Il t'a dit ça hier, c'est ça ?

Je hoche la tête.

—Alors tu peux me dire pourquoi tu as essayé de voir Ezra, aujourd'hui.

Je souffle, il m'énerve ! Qu'il me lâche à la fin, ce ne sont pas ses affaires !

Je suis sauvée par la sonnerie de l'entrée. Décidément, ils se sont donné le mot ou quoi ?

J'ouvre et découvre Roméo, surprise, je recule et le laisse entrer.

—Qu'est-ce que tu fais, ici ? Je pense que j'ai compris je ne peux plus voir ton pote.

—Écoute, je ne suis que le messager. Je ne te veux pas de mal Ariana. Marie et Maxence non plus, ils font juste ce qu'ils pensent être le mieux pour lui.

—Bien, donc tu veux quoi ?

Enzo s'est rapproché de nous, écoutant sagement.

—Il faudrait que tu partes de l'appartement.

—Quoi ?

—Oui, c'est l'appart d'Ezra. Il va en avoir besoin.

Putain, mais quand est-ce que la journée va s'arrêter ? Ils ont décidé de m'achever c'est ça ?

—Et tu étais obligé de venir ce soir pour me le dire ? Me laisser un peu de temps pour digérer que l'on me jette de la vie de l'homme que j'aime, c'est trop demander ?

—Comme je te l'ai dit, je ne suis que le messager. Et si je suis venu ce soir, c'est parce qu'il sort de l'hosto dimanche, finalement.

—Donc tu es venu pour la foutre à la porte de chez elle !

La colère transparaît dans la voix d'Enzo. Je suis surprise de ne même pas réagir à cette nouvelle. Je crois que j'ai eu tellement de déceptions à encaisser ces derniers temps que ma tête ne sait plus quoi me faire ressentir. Mon cœur est déjà brisé par le rejet d'Ezra alors ça ne m'étonne pas qu'il ne réagisse pas à ce nouvel affront. Je décide de ne pas prendre part à cette querelle, qui ne mène de toute façon à rien. Je ne peux plus me permettre de me fatiguer plus que je ne le suis déjà, alors je m'installe sur le canapé et me contente de les écouter.

—Techniquement, c'est chez Ezra.

Enzo colle Roméo contre le mur. Ses yeux lancent des éclairs. Roméo ne réagit pas à cette attaque, il se contente de le fixer un sourire aux lèvres. Je ne sais pas ce qui le fait marrer, mais je ne vais pas tarder à le savoir, il me semble.

—Qu'est-ce qu'il t'arrive, Enzo? Depuis quand tu t'énerves comme ça? C'est Ariana qui te rend comme ça? Tu es amoureux? Vu qu'Ezra est persuadé d'être fiancé à Azzalée, tu te réconfortes dans les bras d'Ariana?

Le poing qui s'abat sur le nez de Rom' est mérité. Je ne sais pas ce qui lui arrive, mais il dépasse les bornes. Je me lève, je ne veux pas qu'Enzo commette plus de dégâts. Il va s'en vouloir.

—Roméo, je vais te demander de partir. Je passerai sur ce que tu viens d'insinuer, parce que ce serait me rabaisser à ton niveau et je me pense plus adulte que ça. En revanche, je te promets que je serai partie d'ici dimanche matin et qu'il n'y aura plus aucune trace de moi dans cet appartement.

Muet, il se contente d'acquiescer avant de franchir la porte.

Je prends une grande inspiration avant de le rattraper et de faire ce que je me suis promis de lui dire.

—Roméo! Attends!

J'attends qu'il se retourne et me regarde. Je veux qu'il voie dans mes yeux la sincérité de mes paroles.

—Tu dois arrêter de t'en vouloir, Rom'. Tu n'y es pour rien pour l'accident. Ce sont les risques du métier et vous les connaissez tous les deux. Je voulais juste que tu le saches.

Il hoche la tête, me souffle un merci avant de se remettre en marche.

Je retourne à l'intérieur et découvre Enzo qui fait les cent pas. Je remarque qu'il est au téléphone alors je me fais toute petite et me dirige vers la chambre. J'ouvre l'armoire et commence à remplir une valise, après tout, si je dois être partie d'ici dimanche matin, il va falloir que je commence quelque part.

—Qu'est-ce que tu fabriques?

—Rentre chez toi Enzo, Azzalée va t'attendre.

—Oui, je vais y aller. J'étais avec elle au téléphone, elle t'embrasse.

Je lui souris et continue mon rangement.

355

—Tu vas aller où ? Chez ta grand-mère ?

—Je ne sais pas. Pour le moment, je prépare mes affaires, je verrai ensuite. Mais je n'ai de toute façon pas trente-six solutions.

—OK, je viendrai t'aider demain à tout ranger. N'en fais pas trop. N'oublie pas que tu n'es pas en état pour tout ça.

Je hoche la tête et il disparaît.

Je m'assieds sur le lit et réfléchis à toute cette histoire. Déménager est la suite logique finalement, Roméo a raison, c'est avant tout l'appartement d'Ezra. Ça semble donc logique que je n'y sois plus lorsqu'il rentrera. En revanche, je me demande comment ils vont gérer le fait qu'Azzalée ne s'y trouve pas non plus. Merde, quand il va apprendre qu'il n'est plus son fiancé, mais son beau-frère et qu'en plus il a accepté d'être témoin à son mariage… Je n'ose imaginer le choc que ça lui fera. Ça va lui faire un mal de chien et je ne serai pas là pour l'épauler. Je sais que c'est lui qui l'a voulu et au fond je peux le comprendre seulement, je ne comprends pas Maxence et Marie et je leur en veux beaucoup. Eux qui m'ont accueillie comme si j'étais une des leurs avant même que je sois officiellement avec leur fils. Ils me déçoivent beaucoup. À cause de leur décision, je suis plus seule que je ne l'ai jamais été. Après la mort de ma grand-mère, je pensais ne pas pouvoir me relever, je pensais que j'étais seule. Mais finalement, ils ont su me prouver que je pouvais compter sur eux. Ils m'ont tous aidée à leur manière et aujourd'hui, ils ne trouvent rien de mieux que de me laisser sur le bord de la route.

Si encore ils m'avaient laissé venir aux déjeuners du dimanche, si nous avions continué à nous voir sans pour autant parler de ces six dernières années, j'aurais su me tenir. J'aurais pu cacher certaines choses, trouver des mensonges qui paraîtraient plausibles envers Ezra. Cela m'aurait permis d'avoir de ses nouvelles et qui sait, devenir amis et peut-être même commencer une nouvelle relation.

Enfin, non. Je ne sais pas. Je ne sais plus quoi penser.

Plus j'y songe et plus je me dis qu'il faut que je trouve un autre endroit que chez ma grand-mère pour vivre. Un endroit plus éloigné avec moins de souvenirs. Peut-être une autre ville. Une

autre région. Là où je pourrai tout recommencer. Là où ces six dernières années ne me hanteront pas.

Voilà, ma décision est prise. Rester ne me servirait à rien. Je n'ai plus personne ici. Rien à quoi me raccrocher. Le centre ? Je ne m'imagine pas travailler pour Marie après ça. Et puis, mon état de santé ne va bientôt plus me le permettre, de toute façon, le médecin a été clair.

Forte de cette nouvelle résolution, je profite d'être seule pour préparer mes cartons, j'emballe tout ce qui m'appartient et enlève toutes les photos de moi. Je passe la nuit à briquer et à fouiller dans chaque recoin. Je ne veux rien laisser au hasard. Et surtout, ne rien oublier.

Le lendemain, je suis prête. Enzo m'a dit qu'il viendrait avec Azzalée vers neuf heures. J'attends, appuyée sur ma voiture. Ils arrivent pile à l'heure et je m'arme de patience pour affronter cette dernière épreuve.

—Qu'est-ce que tu fais sur le trottoir ? Tu n'es pas censée te reposer ?

—Bonjour à toi aussi Enzo !

Azzalée me fait la bise et houspille son fiancé.

—Enzo, laisse-la un peu !

—Mais ce n'est pas moi qui le dis, ce sont les médecins !

—Oui et elle est assez grande pour se débrouiller !

Je souris, leurs petites querelles vont me manquer.

—Eh les amoureux ! Je suis là !

Ils s'arrêtent et quand Enzo observe ma voiture, il blanchit.

—Tu as tout fait toute seule ?

—Oui et je t'arrête tout de suite, je vais très bien. En revanche, si je vous ai attendus, c'est que je voulais vous avertir d'une chose.

Je sens que ma décision ne va pas être bien prise, alors j'essaie de retarder le moment le plus possible, malheureusement, ils doivent le savoir. Ils m'ont beaucoup soutenue tous les deux ces dernières semaines et ils méritent de savoir ce que je compte faire.

—Je ne vais pas aller chez ma grand-mère.

—Tu comptes aller où ? questionne Enzo en fronçant les sourcils.

—Je vais quitter la ville. Je ne sais pas encore où je vais vivre, mais ma décision est prise. Je ne resterai pas ici.

—Tu plaisantes ? Après tout ce qu'on a fait pour toi, tu te casses ? s'offusque-t-il. Tu sais qu'en agissant ainsi tu leur donnes raison ?

—Peut-être, mais je ne fais pas ça pour eux. Je le fais pour moi. Tu sais tout comme moi qu'avec ce que les médecins m'ont annoncé, il est préférable que je parte.

—Mais nous, on sera là pour t'aider. Tu pourras compter sur nous.

—C'est gentil, mais c'est décidé, je pars.

Voyant qu'il ne me fera pas changer d'avis, il abdique. Je leur laisse les clés de l'appartement et lui explique que j'ai fait transférer mon courrier chez ma grand-mère le temps de trouver un logement.

Je lui assure que l'on restera en contact en lui donnant régulièrement des nouvelles. Ils me serrent tous les deux dans leurs bras et c'est ainsi que je prends la route pour de nouvelles aventures. Partir est ma seule issue pour le moment. L'avenir est beaucoup trop incertain en ce qui concerne Ezra pour que je puisse espérer quoi que ce soit. C'est le cœur en miettes que je dis au revoir à cette ville. À cette vie qui m'aura offert de bons comme de mauvais moments. M'éloigner de l'homme que j'aime pour toujours n'est pas chose facile. Je ne souhaite à personne d'avoir à le faire. Heureusement, la vie nous réserve parfois des surprises, des belles et des moins belles. Et il s'avère que parfois, une belle surprise nous aide à affronter la mauvaise. Arrivée à destination, un texto d'Enzo me donne le sourire.

Prends soin de toi. Et surtout de mon neveu ! ;)

À suivre...

Remerciements

Oh la la, ça fait bizarre d'en arriver là !

Écrire les remerciements signe la fin de quelque chose et le début d'une autre…

Je tiens à remercier mon mari, mon doudou, l'homme de ma vie, qui clairement en a eu marre que je dise que je ne trouvais plus d'histoire à me plaire et qui m'a dit «t'as qu'à l'écrire toi!»

Si je me suis lancée, c'est grâce à lui.

Ensuite, je remercie ma fame, mon Alpha, ma meilleure amie. Coraline G. qui m'a toujours encouragée à continuer et qui a lu absolument tous mes écrits, qui pour certains n'ont pas encore de fin. Oups…

Je tiens à remercier Ninie T., ma bêta qui a l'art et la manière de m'envoyer des messages encourageants où elle me botte le cul pour que je lui envoie la suite. Merci infiniment, c'est aussi grâce à toi que Nous interdire d'aimer existe.

Je remercie également mes enfants, mes bébés parce qu'ils sont mes moteurs, T.A.J.A.L, je vous aime.

Toute ma grande famille… (oui, quand t'es mariée ça fait beaucoup). Merci parce que si vous lisez ces lignes, c'est sûrement que vous avez ouvert ce livre, et c'est déjà ça… Mdr

Merci à Anaïs Mony l'éditrice des éditions caméléon qui par sa gentillesse, ses encouragements et sa transparence, met tout en œuvre pour rendre nos histoires uniques. Mais elle sait aussi sortir le fouet et croyez-moi, elle le manie à la perfection… Mdr

À Manydesign, pour ma couv et toute la mise en page parce que je n'ai pas été hyper sympa et je lui ai donné du fil à retordre lol. Mais vous avez vu cette cover ?! Je vous recommande cette graphiste, vous pouvez y aller les yeux fermés.

Émilie, ma correctrice, merci infiniment de pointer les couacs et répétitions.

Toute la team Caméléon, le comité de lecture, le service presse, les chroniqueurs/euses merci pour votre dévotion à cette team à laquelle je suis fière de faire partie.

Les auteures Caméléon, vous êtes toutes topissimes, ne changez pas, merci pour votre accueil, votre soutien et vos conseils avisés. Allez lire leurs histoires, elles sont toutes incroyables !

Et enfin merci à toi cher lecteur, toi qui as pris le temps de me lire, j'espère qu'Ariana et Ezra t'auront fait passer un bon moment, que ce soit le cas ou non n'hésite pas à aller mettre des étoiles, un commentaire et à venir m'en parler !

À bientôt.
Amicalement.
Justine.

Contact

Retrouvez Justine sur Facebook et Instagram

Mail : leseditionscameleon@hotmail.com
Site Web : http://www.leseditionscameleon.com

Dans la même collection :

La mélodie des sentiments de Jane Yam
Quand les lumières s'éteignent de Mélissa Rivière
Des paillettes dans le sable d'Enolla Brunetti

Résumé du tome 2

8 mois…
8 mois sans lui…
8 mois et une nouvelle famille…
Ariana doit se battre et affronter son passé, mais que lui réserve
l'avenir ?

***

8 mois…
8 mois où tout a basculé…
8 mois à combler 6 ans perdus…
Ezra devra multiplier ses efforts afin de recouvrer cette mémoire
qui lui fait tant défaut. Lorsque son regard croise celui de
l'inconnue de l'hôpital, des sensations étranges le submergent.

***

Mais à force de jouer avec les fils du destin, ne perdront-ils pas
tout ?
Entre secrets et révélations, auront-ils enfin, le droit de s'aimer ?